HEYNE
BÜCHER

Von Linda Ladd sind
als Heyne-Taschenbücher erschienen:

Liebesglut · Band 04/14
Das Mädchen Starfire · Band 04/69
Fluß der Träume · Band 04/131
Winterfeuer · Band 04/158

LINDA LADD

MITTERNACHTSFEUER

Roman

Deutsche Erstausgabe

WILHELM HEYNE VERLAG
MÜNCHEN

HEYNE ROMANE FÜR ›SIE‹
Nr. 04/160

Titel der Originalausgabe
MIDNIGHT FIRE
Aus dem Amerikanischen
von Angelika Naujokat

Printed in France 1995
Umschlagillustration: Pino Daeni / Schlück
Umschlaggestaltung: Atelier Ingrid Schütz, München
Satz: Fotosatz Prechtl, Passau
Druck und Bindung: Brodard & Taupin

ISBN 3-453-09412-3

1

»Vergebung ist der zerbrochene Traum, der sich in einem Winkel des Herzens versteckt, oft Vergeßlichkeit genannt, auf daß sie dem Träumer keinen Schmerz bereite.«

— George Roemisch
Vergebung

März 1871
New Orleans, Louisiana

Als die glänzende, schwarze Kutsche an einem zweistöckigen Stuckhaus an der Ecke der Rue Royale vorüberrumpelte, konnte Carlisle Kincaid vor Aufregung kaum stillsitzen. Bald schon würde sie mit ihren drei Begleitern das St. Charles Hotel erreichen, und sie konnte es nicht erwarten, an der Abendgala, die dort im Ballsaal stattfinden sollte, teilzunehmen. Arantxa Perez, ihre Freundin aus der Klosterschule, würde auch da sein, und bestimmt konnten sie sich irgendwann einen Augenblick davonstehlen, um die Pläne für Carlisles Besuch in Mexiko zu besprechen.

Um ihre Aufregung zu verbergen, strich Carlisle über den schimmernden, roten Satinrock ihres Ballkleides. Sie mußte innerlich lachen, als sie an ihren ältesten Bruder, Gray, dachte, und daran, wie er wohl reagieren würde, sollte er jemals den wahren Grund für ihre Mexikoreise herausfinden. Wenn er auch nur die winzigste Vermutung hätte, daß sie der Familie Perez behilflich sein wollte, Benito Juarez zu stürzen, würde ihn wohl der Schlag treffen.

Carlisle schloß eine Sekunde lang ihre Augen und stellte sich vor, wie es sein würde, mit den Rebellen zu reiten, die sich gegenwärtig heimlich in den Bergen in der Nähe von Saltillo versammelten.

Arantxas Familie hatte mit den französischen Truppen, die den Erzherzog Maximilian von Österreich unterstützten, gegen die Anhänger von Benito Juarez gekämpft. Sowohl sie als auch ihr Zwillingsbruder Javier hatten Carlisle mit Geschichten über die Kämpfe ihres Vaters gegen die Juaristas und über seine enge Freundschaft mit der Kaiserin Carlota gefesselt. Arantxa hatte schon mit zehn Jahren schießen gelernt und war inzwischen eine ausgezeichnete Schützin. Sie hatte Carlisle versprochen, daß sie ihr das Schießen und auch das Reiten beibringen würde, wenn sie erst einmal in Mexiko waren — beides Dinge, die ihre Brüder Gray und Stone ihr niemals erlaubt hatten, als sie in Chicago aufwuchs.

Das einzige Mal, daß sie sich ihrem Bruder ernsthaft widersetzt hatte, war, als sie mit Elizabeth Cady Stanton für das Frauenwahlrecht demonstriert hatte. Zur Strafe hatte er sie für ein Jahr in das Kloster des Heiligen Herzens hier in New Orleans gesteckt. Nun aber würde sie mit den Rebellen reiten und die Einwohner Mexikos von Tyrannei und Unterdrückung befreien. Aus Javiers Erzählungen wußte sie, daß die mexikanischen Bauern sogar noch mehr litten als die armen Leute, die sie bei ihrer Wohltätigkeitsarbeit in verschiedenen Chicagoer Spitälern gesehen hatte. Er war es auch, der ihr von den schrecklichen Bedingungen berichtet hatte, unter denen sie leben mußten, und — schlimmer noch — wie Präsident Benito Juarez bestrebt war, ihnen ihre Religion zu nehmen!

Gray hatte auf dem Sitz gegenüber Platz genommen und warf der Frau, die neben ihm saß, einen Blick zu. Zu Carlisles Belustigung beachtete ihn Tyler, die erst seit wenigen Stunden Grays Frau war, überhaupt nicht. Gray runzelte die Stirn. Carlisle wußte warum. Er war es nicht gewöhnt, von Frauen ignoriert zu werden. Aber Carlisle konnte Tyler wirklich keinen Vorwurf machen. Das Mädchen hatte Gray nicht heiraten wollen, auch wenn er mit der begehrteste Junggeselle von ganz Chicago war — und neben seinem Bruder Stone sicherlich auch der wohlhabendste.

Tyler seufzte plötzlich laut, und Carlisle schwor sich, niemals zuzulassen, daß man sie so wie Tyler gegen ihren Willen in eine Ehe zwang.

Niemand sagte ein Wort. Carlisle, die freundschaftliche Plaudereien über alles liebte, fand die bleierne Stille zermürbend. Aber andererseits gab es auch wenig zu sagen. Die überhastete Heirat ihres Bruders am frühen Nachmittag war eine Katastrophe gewesen.

Carlisle mußte ein Kichern unterdrücken, denn ihr kam wieder der erstaunte Ausdruck auf dem Gesicht ihres Bruders in den Sinn, als Tyler in Trauerkleidung den Gang entlanggeschritten kam, um ihrer Ablehnung gegenüber dem Bräutigam Ausdruck zu verleihen. Tyler war der Ansicht, daß Gray die Plantage ihrer Familie gestohlen hatte und schuld daran war, daß sie bei ihrem Onkel, Burl Lancaster, einem überall bekannten Ganoven, aufwachsen mußte. Deshalb hatte sie versucht, Gray um zehntausend Dollar zu betrügen, aber Gray hatte ihr Spiel durchschaut und Kontakt zu Chase Lancaster, Tylers arrogantem Cousin aus Mexiko, aufgenommen.

Chase war nach New Orleans gekommen, wo Gray Tyler eigentlich in seine Obhut hatte geben wollen. Aber statt dessen hatte er sich in sie verliebt und Tyler gezwungen, ihn zu heiraten — und das mit der Hilfe von Chase Lancaster. Bei dem Gedanken an die beiden Männer und ihre anmaßende Art, mit der sie Frauen behandelten, sträubten sich Carlisle die Haare.

Gegen ihren Willen warf sie einen verstohlenen Blick auf Chase, der neben ihr saß. Seine breite Schulter preßte sich vertraulich gegen ihre. Carlisle hatte eine ausgesprochene Abneigung gegen ihn, aber zur selben Zeit verspürte sie auch eine seltsame Faszination, die von ihm ausging.

Ihre erste Begegnung war unglücklich verlaufen — um es wohlwollend auszudrücken —, denn er hatte sie in einer äußerst kompromittierenden Lage erwischt. Javier Perez hatte vorgesprochen, um Grays Erlaubnis einzuholen, Carlisle zu einem Besuch bei seiner Familie in Mexico City einzuladen, und sie war an dem Spalier vor dem Fenster des Besuchszimmers hinaufgeklettert, um ihre Unterhaltung zu belauschen.

Chase Lancaster, diese Schlange, hatte sich ausgerechnet genau den Augenblick für seine Ankunft ausgesucht. Er war plötzlich unter ihr aufgetaucht und hatte so lange auf unverschämte Art und Weise unter ihren Rock geschaut, bis sie schließlich gezwungen gewesen war, hinunterzusteigen. Er hatte sie ausgelacht und gesagt, daß sie wie ein Affe aussehe. Aber zumindest hatte er sie bisher nicht verraten. Jetzt schwebte ständig die Drohung über ihrem Kopf, daß er es doch noch tun würde, und das erzürnte sie noch viel mehr.

Da die Entscheidung über einen Besuch bei der Familie Perez immer noch nicht endgültig gefallen war, blieb ihr keine andere Wahl, als seine andauernden Quälereien zu ertragen. Und nun hatte er Gray auch noch dazu überreden können, sie nach Mexiko begleiten zu dürfen. Dank seiner Einmischung hatte ihr Gray befohlen, zu Chases Ranch in der Nähe von Monterrey zu reisen, statt zum Haus der Perez in Mexico City, wie sie und Arantxa es eigentlich geplant hatten. Nun war sie überhaupt nicht sicher, wann sie jemals dorthin käme, oder ob sich Arantxa und Javier schon längst zum Lager der Guerilleros aufgemacht hatten, wenn sie endlich in der Stadt eintreffen würde. Außerdem war die Vorstellung, auf Chase Lancasters Hazienda bleiben zu müssen, überhaupt nicht verlockend. Er war nicht nur ein Juarista, sondern auch der unhöflichste Mann, dem sie jemals begegnet war — ständig zog er sie auf und nannte sie »Ma'am«, in einer ausgesprochen herablassenden Art und Weise.

Mit Verdruß stellte sie fest, daß er sich in die Ecke zurückgelehnt hatte und sie anstarrte. Er grinste sie an, wobei er eine Braue in die Höhe zog. Carlisle wandte umgehend ihren Blick von ihm ab und schwor sich feierlich, ihn für den Rest des Abends zu ignorieren. In seiner Eitelkeit dachte er wahrscheinlich, daß sie ihn für gutaussehend hielt. Das tat sie natürlich auch. Im Augenblick sah er in seinem schwarzen Abendanzug und der weißen Brokatweste sogar noch besser aus als gewöhnlich. Er war groß und blond und sonnengebräunt, wie die Wikingerkrieger, über die sie in einem der Geschichtsbücher ihres Bruders gelesen hatte. Aber sie würde das ihm gegenüber natürlich niemals zugeben.

Außerdem wußte Chase Lancaster nur allzu gut, wie attraktiv er war. Die Art, wie er sein Haar aus dem Gesicht zurückkämmte, lenkte die Augen des Betrachters direkt auf seine hohen Wangenknochen und die klassisch geschnittenen Gesichtszüge. Er war glattrasiert, was nicht der Mode entsprach, aber er trug ziemlich lange, ordentliche Koteletten, die seinen schmalen Kiefer noch betonten.

Und seine Augen! Die Blicke, die ihr Chase manchmal aus seinen mandelförmigen, dunkelblauen Augen zuwarf, brannten durch ihre Kleidung. Noch beunruhigender war allerdings der Eindruck latenter Gefährlichkeit, der ihn umgab, ganz so, als handele es sich bei ihm um ein großes, geschmeidiges Tier, das jeden Augenblick bereit ist, seine Beute zu verspeisen — oder vielleicht auch, dachte sie höhnisch, eine Weile mit seinem Opfer zu spielen, bevor es ihm den tödlichen Biß versetzte.

Sie sollte ihn einfach ignorieren, so wie Tyler es mit Gray machte, oder, besser noch, einfach an Javier denken. In ihn hatte sie sich verliebt, und Arantxa hatte ihr anvertraut, daß er ebenfalls verrückt nach ihr war. Sie konnte es nicht erwarten, nach Mexiko zu kommen und dann in die Berge zu reisen, wo sie die ganze Zeit über mit ihm zusammen sein würde!

Carlisle war erleichtert, als die Pferde langsamer wurden. Sie sehnte sich danach, der langweiligen Gesellschaft in der Kutsche zu entkommen. Der Ball war eine diplomatische Angelegenheit und wurde vom Gouverneur veranstaltet. Arantxa und Javier waren wahrscheinlich bereits da. Die *Mayan* würde morgen nach Matamoros segeln, und obwohl die Perez-Geschwister ebenfalls an Bord gingen, würden sie wohl wenig Gelegenheit haben, sich zu unterhalten, solange Chase Lancaster wie eine Klette an ihr hing.

Draußen tauchte das berühmte St. Charles Hotel auf. Viele Lichter strahlten, und überall herrschte eine geschäftige Betriebsamkeit. Plaudernde Männer und Frauen stiegen aus ihren eleganten Gefährten und trafen auf der Treppe zusammen, die zur großen Eingangshalle führte. Eifrig darauf bedacht, sich der Menge anzuschließen, raffte Carlisle die scharlachroten Röcke ihres voluminösen Ballkleides mit der einen Hand zusammen und streckte die andere nach dem Türgriff aus. Chase Lancaster blockierte prompt den Ausgang.

»Erlauben Sie, *por favor,* Senorita Kincaid.«

Eigentlich sprach er ein tadelloses Englisch, aber wenn er sie ärgern wollte, imitierte er einen starken spanischen Akzent. Carlisle biß die Zähne zusammen, als Chase seinen kräftigen Körper anmutig aus der Tür schwang. Sie blickte zu Gray und Tyler hinüber, aber das frischvermählte Paar schien seinen spöttischen Tonfall nicht bemerkt zu haben.

Gray stieg als nächster aus und hob seine Frau, die ein mürrisches Gesicht zog, auf den Boden. Er führte sie zum Eingang und schien Carlisle völlig vergessen zu haben. Carlisle blieb verärgert auf den roten Samtsitzen zurück.

Chase Lancaster blickte zu ihr auf, und sie mußte zugeben, daß er das charmanteste Lächeln der Welt hatte. Es breitete sich langsam über sein Gesicht aus, bis es schließlich zu einem kecken Grinsen wurde und sich zwei tiefe Grübchen in seine schmalen Wangen gruben. Sie war außer sich darüber, daß sie mit seiner Begleitung vorliebnehmen mußte. Dennoch beschloß sie, nicht zuzulassen, daß er sie wütend machte, denn sie war sich sicher, daß er es genießen würde, wenn sie ihm grollte. Sie setzte also ein entzückendes Lächeln auf und streckte anmutig ihren Arm aus, damit er ihr aus der Kutsche helfen konnte. Er packte sie jedoch um die Taille und hob sie mit Schwung neben sich auf den Boden. Dabei hielt er sie so lange fest, daß sie vor Wut rot anlief.

»Sie dürfen mich jetzt gerne wieder loslassen«, sagte sie ruhig, aber ihre grünen Augen blitzten ihn ärgerlich an, und wieder erschien dieser amüsierte Ausdruck auf seinem tiefgebräunten Gesicht.

»Nur, wenn Sie mir heute abend einen Tanz versprechen, *querida.*«

Sie runzelte die Stirn. *Querida* bedeutete »Liebste«, und das war sie ganz bestimmt nicht!

»Es tut mir ausgesprochen leid, Mr. Lancaster, aber meine Tanzkarte ist bereits voll.«

»Voll? Schon vor Ihrer Ankunft? Sie müssen bei den jungen Caballeros von New Orleans sehr beliebt sein. Aber einen kleinen Walzer werden Sie mir doch sicherlich nicht abschlagen, oder?« Wenn er lächelte, verengten sich seine Mandelaugen an den Ecken.

»Ich würde lieber mit einem Orang-Utan Walzer tanzen als mit Ihnen, Mr. Lancaster«, erwiderte sie und senkte ihre Stimme, damit Gray sie nicht hören konnte. Zudem setzte sie ihr höflichstes Lächeln auf. »Das sollten Sie inzwischen aber schon bemerkt haben.«

Er neigte kaum merklich den Kopf. Aber zu ihrem Ärger mußte sie sich eingestehen, daß die Versuchung doch groß war, ihn seinen Namen in ihr weißes, seidenes Tanzbuch eintragen zu lassen, um festzustellen, ob er sich mit derselben leichten, maskulinen Anmut auch auf der Tanzfläche bewegte.

Halte dich fern von ihm, befahl sie sich. Dann jedoch stöhnte sie innerlich auf, denn ihr fiel ein, daß sie Chase nicht nur auf der kurzen Reise nach Matamoros würde ertragen müssen, sondern auch noch die folgenden Monate in Mexiko. Es blieb ihr keine andere Wahl, als zuzusehen, daß sie so bald wie möglich zum Lager ihrer Freunde in den Bergen stoßen würde, entschied sie, selbst dann, wenn sie sich in der Nacht davonstehlen mußte.

Die großzügige Eingangshalle des St. Charles war prächtig anzuschauen. Der Boden war mit weichen Teppichen in Karmesinrot und Schwarz ausgelegt und die Wände mit kostbarem Goldbrokat behangen. Eine große Menschenmenge hielt sich dort auf, Freunde wurden begrüßt, es wurde gelacht, und das alles verlieh dem Ganzen eine festliche Atmosphäre. Am Tisch der Garderobenfrau in der Nähe der riesigen Marmortreppe zum ersten Stock traf sie Gray und Tyler wieder. Als sie der Frau ihr schwarzes Seidencape reichte, stellte sie vergnügt fest, daß Arantxa auf sie zugeeilt kam. Ihr Zwillingsbruder folgte ihr in kurzer Entfernung.

Arantxa war erst achtzehn, also in Carlisles Alter. Sie hatte einen dunklen, olivfarbenen Teint und leuchtende braune Augen, die fast immer vor Aufregung strahlten. Heute abend sah sie in ihrem gelben Seidentaftkleid, das mit königsblauen Bändern und vorne mit passenden Samtstreifen geschmückt war, ausgesprochen hübsch aus. Carlisle war sich bewußt, daß sie beide Aufsehen erregten, denn Arantxas Aussehen bildete einen wunderbaren Kontrast zu Carlisles goldrotem Haar und ihren meeresgrünen Augen. Arantxa ergriff Carlisles Hände und umarmte sie.

»Carlita! Du kommst sehr spät!« rief sie. »Javier hatte

schon Angst, daß du überhaupt nicht mehr kommen würdest!«

Als Javier auf sie zutrat, sah Carlisle, daß seine dunklen Augen vor Freude aufleuchteten. Er war so gutaussehend und galant, daß es ihr nicht schwergefallen war, sich in ihn zu verlieben. Ihr Lächeln erstarb allerdings, als sie spürte, wie sich Chase Lancasters lange Finger um ihren Oberarm schlossen. Seine besitzergreifende Geste überraschte sie, und sie wandte sich zur Seite und starrte ihn an. Aber er sah forschend in Arantxas Gesicht und wandte den Blick auch nicht ab, als er seine Worte an Carlisle richtete.

»Mr. Perez habe ich ja bereits getroffen, aber ich hatte bisher noch nicht das Vergnügen, seiner reizenden Schwester vorgestellt zu werden«, sagte er.

Tadellose Manieren, um Freunde und Familienmitglieder zu beeindrucken, dachte Carlisle. War sie denn die einzige, die seine gespielte Kultiviertheit durchschaute? Tief verborgen unter seinem Charme verbarg sich eine dunkle, wilde Natur, da war sie sich sicher! So unauffällig wie nur eben möglich zog sie ihren Arm aus seinem Griff, da Gray und Tyler sich in diesem Moment zu ihnen gesellten. Sie stellte die beiden Arantxa vor, wobei sie Chase einfach ignorierte.

»Guten Abend, Miss Perez«, sagte Gray höflich. »Ich freue mich sehr, Carlisles beste Freundin kennenzulernen.«

»*Gracias,* Senor Kincaid, und ich bin sehr glücklich, daß Sie ihr erlaubt haben, mein Heimatland zu besuchen. Wir haben bereits viele Pläne für ihren Aufenthalt gemacht.«

»Wenn Carly im August nach Chicago zurückkehrt, müssen Sie sie unbedingt begleiten. Meine Frau und ich würde uns sehr freuen.«

Carlisle sah, daß einen Augenblick lang ein verwirrter Ausdruck auf Tylers Gesicht erschien, ganz so, als sei sie bestürzt, an ihre Heirat mit Gray erinnert zu werden.

»Arantxa, dies hier ist Chase Lancaster«, sagte Carlisle dann. »Javier, ich glaube, du hast bereits alle kennengelernt, nicht wahr?«

»*Sí*, ich hatte bereits das Vergnügen«, antwortete Javier, und seine weißen Zähne blitzten unter dem dünnen, schwarzen Schnauzer.

Arantxa machte einen Knicks vor Chase und lächelte zu ihm auf.

»Sehr erfreut, Senorita Perez«, sagte er und hob ihre Hand an seine Lippen.

Arantxa errötete, und Carlisle entdeckte außerdem ein gewisses zögerliches Verhalten bei ihrer Freundin, das sie vermuten ließ, daß Arantxa sich in Chase Lancasters Gegenwart unwohl fühlte.

»*Gracias*. Ich fühle mich sehr geehrt, Senor Lancaster, den Auslandsberater von El Presidente kennenzulernen. Viele unserer Landsleute, die hier in der Stadt leben, würden sehr gerne ihre Bekanntschaft machen.«

»Wirklich?« erwiderte Chase.

Javier spürte offensichtlich auch Arantxas Unbehagen, denn er antwortete für seine Schwester. »Senor Gonzalez repräsentiert die Mexikaner, die hier in New Orleans leben, Senor Lancaster. Er erwartet sie in der Empfangslounge. Er hat mich gebeten, Sie einzuladen, ihn dort zu treffen.«

Chase stimmte mit einem kurzen Nicken zu und wandte sich dann noch einmal an Arantxa. »Ich hoffe, Sie werden mir heute abend die Ehre eines Tanzes erweisen, Senorita Perez?«

Arantxa hielt ihm ihr Tanzbuch hin und machte angesichts von Chase Lancasters Bitte einen leicht nervösen Eindruck. Carlisle runzelte die Stirn. Arantxa würde es ebensowenig wie sie selbst genießen, mit einem Juarista zu tanzen. Während Chase den Stift ergriff, der von dem kleinen, in Spitze eingebundenen Buch herabhing, und seine Initialen in mehrere Zeilen schrieb, verbarg Carlisle ihre eigene Tanzkarte in den Falten ihres roten Rockes. Sie hoffte, daß Chase sie nicht noch einmal in Grays Gegenwart fragen würde, denn dann hätte sie ihm seine Bitte nicht abschlagen können.

Als sich Chase schließlich mit Javier entfernte, führte Gray Tyler an einen kleinen, abseits stehenden Tisch. Arantxas Blick wich keinen Moment von Chase Lancasters breiten Schultern.

»Selbst wenn er ein Juarista ist, so muß ich doch zugeben, daß Senor Lancaster ein ausgesprochen gutaussehender Mann ist, *muy macho.* Und dann noch diese dunkelblauen Augen!«

»Und das weiß er auch sehr genau«, erwiderte Carlisle kühl.

»*Sí*, er hat einen ziemlichen Ruf in Mexico City. Man nennt ihn El Gato Grande, weißt du.«

Carlisle hatte sich in den letzten Monaten viel Mühe gegeben, Spanisch zu lernen, und wenn es langsam gesprochen wurde, konnte sie es recht gut verstehen.

»Die große Katze? Was hat das denn zu bedeuten?« erkundigte sie sich neugierig. Sie war gespannt darauf, etwas über Chase Lancasters Vergangenheit zu erfahren, und bereit, alles Schlechte, was Arantxa jemals über ihn erfahren hatte, für bare Münze zu nehmen. Er erinnerte in gewisser Weise tatsächlich an eine große, geschmeidige Katze, dachte sie.

»Es wird gemunkelt, daß er sich an die Damen heranpirscht und sie dann wie hilflose, kleine Spatzen verschlingt.«

Carlisle starrte Arantxa an und dachte, was für einen albernen Spitznamen man ihm da gegeben hatte. Aber dann fiel ihr ein, wie unsicher sie sich in der Kutsche gefühlt hatte. Sie fragte sich, wie viele Spatzen er bereits verspeist haben mochte und wie viele weitere es kaum erwarten konnten, ihm für seine nächste Mahlzeit in die Falle zu gehen. Ob er *sie* etwa als mögliche Zwischenmahlzeit in Betracht zog? Er hatte ihr mehr als einmal gesagt, daß er sie attraktiv fand, aber er hatte dabei immer derart sarkastisch geklungen, daß sie nicht sicher war, ob er es wirklich so meinte.

Sie ärgerte sich, daß ihre Gedanken schon wieder um Chase kreisten, und war froh, als Javier zurückkam und ihre Hand ergriff.

»Es ist nur ein Tag gewesen, Carlita, aber ich habe dich vermißt«, flüsterte er.

Ein warmer, verlangender Schauer ergoß sich über Carlisle, als der junge Mexikaner jeden einzelnen ihrer Finger küßte. Er war so romantisch und wohlerzogen und opferte sich für die Sache auf! Wenn er über Santa Anna sprach — den Mann, den die Rebellen aus seinem Exil in Kuba holen wollten, nachdem sie Benito Juarez und seine anti-kirchlichen Anhänger erst einmal vertrieben hatten —, dann war er von einem Feuer und einer immensen Loyalität erfüllt. Javier und Arantxa hatten ihr erzählt, daß Santa Anna früher einmal ein großer mexikanischer Anführer gewesen war, den die Mehrheit der Einwohner sich wieder als Präsidenten wünschte.

»Komm, tanz mit mir, Carlita«, flüsterte er. »Ich mußte so lange darauf warten, dich ganz für mich allein zu haben.«

Carlisle fühlte sich wie eine Märchenprinzessin, als er sie mit sich unter die Paare auf der Tanzfläche zog. Im letzten Jahr, kurz bevor sie ins Kloster geschickt worden war, hatte sie ihren Debütantinnenball gehabt. Seither war sie bei keiner Tanzveranstaltung mehr gewesen. Sie war ausgelassen und glücklich und froh darüber, jung und lebendig zu sein und von den Armen eines gutaussehenden Mannes gehalten zu werden, der ihr ein aufregendes Leben voller Freiheit und Abenteuer versprochen hatte.

»*Dios,* du bist wunderschön in diesem Kleid«, bemerkte Javier und lehnte sich näher an sie, als eigentlich nötig war, wobei seine Augen nicht von ihren weichen, weißen Brüsten wichen.

Vorhin, während sie zu Hause auf Gray und Tyler gewartet hatte, die sich für den Ball umzogen, war Chase Lancaster ins Eßzimmer gekommen, um sie aufzuziehen. Er hatte sie mit der gleichen, unverhüllten Anerkennung betrachtet, die sie nun bei Javier beobachtete, aber Chase hatte zudem die Unverfrorenheit besessen, die weiße Rose, die sie der neuesten Pariser Mode entsprechend zwischen ihren Brüsten trug, herauszuziehen. Anschließend hatte er sie hinter ihr Ohr gesteckt und ihr den Rat gegeben, doch ihre Reize nicht zu verstecken. Allein die Erinnerung an seine ungeheure Dreistigkeit ließ ihr die Zornesröte ins Gesicht steigen.

Das Orchester spielte weiter, und Carlisle ließ es zu, daß Javier jeden Tanz für sich beanspruchte. Sie verspürte überhaupt keine Müdigkeit und fühlte sich so sorgenfrei wie schon seit Monaten nicht mehr. Im Kloster war sie gezwungen gewesen, sich an Gebete und Glocken und triste weiße Uniformen zu gewöhnen. Am meisten hatte sie Musik und ausgelassenes Lachen vermißt.

Trotz ihrer überschäumend guten Laune warf sie ab und zu einen Blick zu Gray und Tyler hinüber. Die beiden saßen an einem Tisch und machten einen unglücklichen Eindruck. Sie hatte sie nicht ein einziges Mal tanzen sehen. Carlisle wußte, daß einer der Gründe für Tylers Unwohlsein ihre Angst vor der Hochzeitsnacht war, eine Tortur, die ihr nun bald bevorstand. Tyler hatte ihr anvertraut, daß sie keine Ahnung habe, was zwischen einem Mann und seiner Frau im Bett vor sich ging. Unglücklicherweise war Carlisle nicht in der Lage gewesen, sie aufzuklären. Sie selbst hatte natürlich auch keinerlei Erfahrung mit Männern. Dazu waren Gray und Stone viel zu streng gewesen.

Selbstverständlich war Carlisle neugierig. All ihre Freundinnen sprachen davon als »die Sache, die Männer mit Frauen tun«, und für die Nonnen war es »eine Sünde, außer, wenn man sich dem eigenen Ehemann fügt«. Tyler schien zu befürchten, daß es schmerzhaft war.

Morgen würde sie sich bei Tyler erkundigen, was wirklich passiert war! Sie warf einen Blick auf Chase Lancaster, der mit Arantxa tanzte und dabei in seinem vorzüglich geschneiderten Abendanzug trügerischerweise wie ein Gentleman aussah. Sofort fiel ihr wieder Arantxas Geschichte über die Spatzen und die große, räuberische Katze ein.

Später am Abend stand Chase Lancaster allein in der Nähe zweier Türen, die zum Hotelgarten hinausführten. Er beobachtete die Tänzer, die im Uhrzeigersinn über die Tanzfläche glitten, und bemerkte dann, wie Gray Kincaid seine Cousine Tyler zum Ausgang führte. Die Tatsache, daß sie so früh gingen, sprach dafür, daß Gray es kaum erwarten konnte, mit seiner jungen Frau allein zu sein, obwohl Tylers Gesichtsausdruck deutlich machte, daß sie es vorziehen würde, den Zeitpunkt noch hinauszuzögern.

Einen Augenblick lang befielen ihn Gewissensbisse, und er fragte sich, ob es wirklich eine so weise Entscheidung gewesen war, Tylers Heirat derart übereilt und ohne ihre Zustimmung zu arrangieren. Aber tief in seinem Innern wußte er, daß er das Richtige getan hatte. Gray würde heute nacht bestimmt sanft mit ihr umgehen, und Chase war sich sicher, daß Gray sie beschützen und zusehen würde, daß sie gut versorgt war. Gray war ein ehrenwerter, reicher Mann, und er liebte Tyler.

Genau in diesem Moment wirbelte Carlisle Kincaid in einem atemberaubenden Wirbel aus rotem Satin und kupferfarbenem Haar an ihm vorbei. Sie lächelte ihren Tanzpartner an, einen amerikanischen Offizier, und der arme Mann schien hingerissen zu sein. Chase konnte ihm das gut nachfühlen.

Sie war nicht nur schön, sondern besaß Temperament und Geist und wunderbar duftende, weiße Haut — verführerisch in ihrem unschuldigen Zauber. Sie war die Art Frau, die einen Mann zu einem verwirrten, dummen, stammelnden Narren machen konnte.

Chase war kein Narr, aber er befand sich in der gefährlichen Lage, die Schwester seines guten Freundes mehr als jede andere Frau zu begehren, die ihm bisher begegnet war. Carlisle und er waren vom ersten Augenblick ihrer Bekanntschaft an aneinandergeraten, und ihre Bereitschaft, sich mit ihm zu streiten, amüsierte ihn. Sie war verzogen und verwöhnt, aber auch unbeschreiblich schön — und wahrscheinlich wesentlich gescheiter, als ihre Brüder sich eingestehen wollten. In jedem Fall war er von ihr und der abweisenden Reserviertheit, die sie ihm gegenüber an den Tag legte, fasziniert. Er mochte Frauen, und viele Frauen mochten ihn, insbesondere, wenn er sich die Mühe machte, sie zu bezaubern. Aber von Carlisle mußte er die Finger lassen, und er täte gut daran, sich das ein für allemal klar zu machen. Im übrigen hatte sie ganz offensichtlich ein Auge auf Javier Perez geworfen. Chase ließ seinen Blick über den Ballsaal wandern und erblickte den jungen Mexikaner unter den Zuschauern, die entlang der Wand standen. Seine dunklen Augen ließen Carlisle keine Sekunde aus den Augen. Als Javier plötzlich die Stirn runzelte, schaute Chase zu Carlisle hinüber und sah, daß sie gerade ihren Kopf in den Nacken legte und ihren Tanzpartner anlächelte. Er ertappte sich dabei, daß er den Mann ganz so wie Javier Perez beneidete. Der einzige Unterschied lag darin, daß der Mexikaner sie wahrscheinlich haben konnte, wenn er nur wollte.

Chase schalt sich einen Narren, daß er Gray überhaupt den Vorschlag gemacht hatte, Carlisle während ihres Aufenthaltes in Mexiko unter seine Obhut zu nehmen. Nun würde er den Aufpasser für eine rothaarige, grünäugige

Schönheit spielen müssen, die es offensichtlich kaum erwarten konnte, ihre Jungfräulichkeit zu verlieren — und zudem für eine Frau, die er nicht zu berühren wagte, aus Angst, seine Ehre zu verlieren.

Aber trotz all dieser Einwände begehrte er sie. Die meisten Frauen in seinem Land — zumindest solche, die seiner sozialen Schicht angehörten — waren höflich, scheu und langweilig. Amerikanische Frauen dagegen waren nicht ganz so fügsam, obwohl Carlisle Kincaids Erziehung von ihren beiden Brüdern streng beaufsichtigt worden war. Darin lag vielleicht auch der Grund, warum Carlisle so eigensinnig war. Man hatte sie zu lange eingesperrt, und nun war sie ganz offensichtlich begierig, in die Freiheit davonzufliegen. Gray wäre besser beraten, eine schnelle, vernünftige Heirat für sie zu arrangieren, statt ihr zu erlauben, nach Mexiko zu reisen.

Soweit es Chase betraf, war Javier nicht der richtige Mann für Gray Kincaids kleine Schwester. Er war ein bekannter Lebemann, und, schlimmer noch, die Mitglieder der Familie Perez waren standhafte Gegner von Präsident Juarez. Sie hatten den österreichischen Erzherzog Maximilian mit offenen Armen empfangen und bis zu jenem Tag vor vier Jahren unterstützt, als ein Exekutionskommando den Kaiser erschossen hatte und seine französischen Anhänger nach Europa zurückgesegelt waren. Da hatten die Perez' die siegreichen Juaristas in der Hauptstadt plötzlich wie lange verloren geglaubte Brüder empfangen. Für Chase gab es keinen Grund, ihnen zu trauen.

Gerüchte über Rebellenaktivitäten hingen wie naßkalter, klammer Nebel in den Korridoren des Palacio Nacional, und Benito Juarez hatte Chase persönlich gebeten, Nachforschungen über umstürzlerische Aktivitäten anzustellen. Die Reise, die er unternommen hatte, um Tyler abzuholen, war für Chase eine günstige Gelegenheit gewesen, sich unauffällig unter den Exilanten in New Orleans umzuhören. Er hatte jedoch nur wenig in Erfahrung gebracht. Alle wußten über sein enges Verhältnis zu Benito Juarez Bescheid, was bedeutete, daß jeder Verräter in seiner Gegenwart den Mund hielt.

Der Walzer endete mit einem höflichen Applaus, und sofort versammelte sich eine Traube von Bewunderern um Carlisle. Zu Beginn des Balls hatte sie sich eng an Arantxa und Javier gehalten, aber im Laufe des Abends hatte sie mit vielen verschiedenen Partnern getanzt und schien sich ausgesprochen gut zu amüsieren.

Er ließ ihren roten Schopf nicht aus den Augen und wußte, daß auch Javier Perez nicht weit sein konnte. Plötzlich verspürte er das unsägliche Verlangen, sie aus dem Hotel zu bringen und sicher nach Hause zu begleiten, wie er es ihrem älteren Bruder versprochen hatte. Er bahnte sich einen Weg durch die Menge, wobei er sich durchaus bewußt war, daß sie das Fest nur höchst ungern verlassen würde — besonders, wenn sie es an dem Arm eines Mannes tun sollte, den sie verabscheute.

2

»Draußen auf der Terrasse ist es wunderschön«, sagte Javier Perez, als Carlisle nach ihrem Tanz mit dem jungen amerikanischen Offizier auf ihn zutrat. »Hast du Lust, ein wenig Luft zu schnappen?«

Carlisle, die sich danach sehnte, mit ihm allein zu sein, und darauf hoffte, daß er die Kühnheit besitzen würde, sie zu küssen, begleitete ihn ohne weiteres hinaus. Nach dem überfüllten Ballsaal war die Nachtluft kühl und belebend, und als sie vom Balkon hinabsah, berührte ein leichter Wind ihr Gesicht und hob die winzigen Haarsträhnen an ihren Schläfen in die Höhe. Sie erinnerte sich plötzlich und ohne Vorwarnung an das Gefühl von Chases Fingern, als sie bei dem Versuch, die Rose aus ihrem Mieder zu ziehen, ihre Brüste berührt hatten. Wieder einmal spürte sie, wie sich eine leichte Gänsehaut über ihren ganzen Körper ausbreitete.

»Ich bin verrückt nach dir«, murmelte Javier dicht an ihrem Ohr.

Noch niemals hatte ein Mann so etwas zu Carlisle gesagt — wahrscheinlich, weil entweder Gray oder Stone sie immer wie feuerspeiende Drachen bewachten. Sie genoß das Kompliment und kam sich ausgesprochen verrucht und herrlich erwachsen vor, wie sie da in der Dunkelheit mit einem Beau stand. Zu jeder anderen Gelegenheit hätte Gray sie bereits abgefangen, bevor sie überhaupt zur Balkontür gekommen wäre, aber am heutigen Abend war er viel zu sehr von Tyler abgelenkt gewesen, um sich darüber Gedanken zu machen. Würde Javier sie wohl küssen, fragte sie sich hoffnungsvoll, und im selben Moment wurde ihre Frage auch schon beantwortet.

»Carlita, ich halte es nicht aus, noch einen Augenblick

länger neben dir zu stehen, ohne dich zu berühren.« Carlisle hob ihr Gesicht und schloß erwartungsvoll die Augen. Sie war noch nie zuvor geküßt worden, und ihr Herz klopfte wie eine Trommel, als er sie sanft an sich zog. Dann berührte sein Mund den ihren. Zu ihrer Bestürzung war der langersehnte Moment im Nu vorbei, und obwohl Javier ganz offenbar von dem Ausgang ausgesprochen zufrieden war, verspürte Carlisle eine vage Unzufriedenheit.

»*Dios,* Carlita, hast du eine Ahnung, was du einem Mann antust?«

Javier atmete schwer, und Carlisle fragte sich, warum um Himmels willen er so ergriffen war.

»Der Gedanke daran, daß du mit Chase Lancaster auf die Reise gehst, macht mich wütend«, fuhr Javier fort und sicherte sich damit ihre volle Aufmerksamkeit. »Er ist bekannt dafür, wie er Frauen behandelt. Jede Familie in Mexico City versteckt ihre Töchter vor ihm. Wie konnte dich dein Bruder ihm nur anvertrauen?«

Insgeheim hatte sich Carlisle schon die gleiche Frage gestellt. Sie zuckte jedoch leicht mit der Schulter. »Ich nehme an, daß Gray ihm vertraut. Sie wurden Freunde, als mein Bruder im letzten Jahr in Mexiko war, und aus irgendwelchen Gründen scheint Gray der Ansicht zu sein, daß Chase ein Gentleman ist. Natürlich ist er im Unrecht, aber Chase spielt in Anwesenheit anderer seine Rolle einfach perfekt. Sogar Tyler hat sie ihm abgenommen, bis er sie hintergangen hat, indem er sie zwang, Gray zu heiraten.« Sie blickte sich um und senkte ihre Stimme. »Wirst du mich bald holen, nachdem wir in Mexiko an Land gegangen sind?«

Javier legte ihr besänftigend den Finger auf die Lippen. »*Silencio,* Carlita. Es gibt zu viele hier, die uns belauschen könnten.«

»Sprichst du von Chase?«

»*Sí*. Er ist ein enger Freund von El Presidente. Du mußt

vorsichtig sein, wenn du in seiner Gegenwart etwas sagst. Er ist ein gefährlicher Mann. Weißt du, daß er heimlich immer eine Pistole bei sich trägt und damit schon viele Männer getötet hat?«

Carlisle, die fasziniert und zugleich entsetzt war, ließ sich nur allzu gerne davon überzeugen, daß Chase Lancaster zu allen Schandtaten bereit war. »Wen hat er denn getötet?«

»Er hat in unserem Krieg auf seiten der Juaristas gekämpft. Es gab da ein kleines Dorf in den Bergen, San Miguel, und er war bei den Juaristas, die es eingenommen haben. Sie haben alle Einwohner getötet, selbst die Frauen und die kleinen Kinder. Auch mein Bruder starb in diesem Kampf. Sie haben seine Hände an die Wände der Kirche genagelt.« Carlisle schnappte keuchend nach Luft. Javiers Stimme änderte sich, sie begann vor Wut und Trauer zu zittern. »Was in San Miguel geschehen ist, war eine Greueltat, die wir nie vergessen werden. Wir werden dieses Massaker rächen und sie für ihre Verbrechen bezahlen lassen.«

»Aber wie ist das möglich, Javier? Ich kann mir wohl vorstellen, daß Chase skrupellos ist, aber ich hätte mir nie träumen lassen, daß er imstande ist, Kinder zu ermorden!«

»Der Krieg war unvorstellbar schrecklich. Die Juaristas haben viele Greueltaten an denen begangen, die mit den Franzosen für die Heilige Kirche kämpften. Deshalb bekämpfen wir sie immer noch. Und du kannst uns nun dabei helfen, mehr, als du glaubst.«

Carlisles feingeschwungene Augenbrauen verzogen sich zu einem leichten Runzeln. »Ich? Aber wie?«

»Senor Lancaster ist *muy importante* in Mexiko. Er steht Benito Juarez sehr nahe, und als Auslandsberater ist er an allem maßgeblich beteiligt, was in der Hauptstadt vor sich geht. Wir haben gehört, daß er Bemühungen unternimmt, Mexikos Freundschaft mit den Vereinigten Staaten zu stärken, aber wir müssen jegliches Bündnis zwischen Juarez und Präsident Grant verhindern. Verstehst du nun, wie du uns nützen kannst? Lancaster würde niemals auf die Idee kommen, daß du unsere Informantin bist.«

Carlisle starrte zu seinem Gesicht hinauf und sah, daß seine Augen vor Begeisterung glänzten.

»Du möchtest also, daß ich ihm nachspioniere?« fragte sie ungläubig. Ihre Stimme war kaum mehr als ein Flüstern. Die Vorstellung an sich war aufregend, aber dann dachte sie an den großen, gefährlichen Mann, der ihr Opfer sein sollte.

Javier schien ihren plötzlichen Widerwillen zu spüren. »Carlita, du solltest wissen, daß ich niemals auf die Idee kommen würde, dich einer Gefahr auszusetzen. Du liegst mir und auch Arantxa viel zu sehr am Herzen. Ich würde es nicht einmal in Erwägung ziehen, wenn ich nicht sicher wäre, daß dir nichts zustoßen kann. Selbst ein Chase Lancaster, der das Blut von San Miguel und anderen Dörfern an seinen Händen kleben hat, würde es nicht fertigbringen, der Schwester seines Freundes etwas anzutun.«

Carlisle war im Grunde auch der Ansicht, daß Chase ihr keinen Schaden zufügen würde, selbst dann nicht, wenn er hinter ihre wahren Gefühle kommen sollte, die sie den Juaristas gegenüber empfand. Aber andererseits kannte sie ihn noch nicht besonders gut. Er war unberechenbar, soviel wußte sie. Aber falls er wirklich diese schrecklichen Dinge getan hatte, wie Javier behauptete, dann war er nichts weiter als ein Tier. Wie kam es dann nur, daß sie sich auf eine so starke, unerklärliche Weise zu ihm hingezogen fühlte?

»Carlita? Ich habe dich erschreckt, nicht wahr?«

Carlisle schüttelte den Kopf. Es war nicht Javier, der sie erschreckte. Es war ihr eigenes Empfinden Chase Lancaster gegenüber.

»Während ich auf seiner Ranch bin, werde ich versuchen, alles über seine Aktivitäten herauszubekommen. Aber du mußt mir versprechen, daß du und Arantxa mich sobald wie möglich holt, damit ich mich den Guerilleros anschließen kann.«

»*Sí*, es wird mir schwerfallen, dich in seiner Obhut zurückzulassen. Wenn diese Sache hier nicht so wichtig für uns wäre, dann würde ich dich ihm entreißen, sobald deine Füße mexikanischen Boden berühren.«

Er war ihr nun ganz nahe. Sie konnte seinen Atem auf ihrer Wange spüren, als er fortfuhr.

»Aber eins solltest du nicht vergessen, Carlita. Du darfst auf keinen Fall preisgeben, daß Arantxa und ich uns den Guerilleros in Saltillo angeschlossen haben. Laß Lancaster ruhig in dem Glauben, daß wir in der Hauptstadt auf deinen Besuch warten.«

»Carlita? Wo bist du?«

Sie wandten sich um, als Arantxas leises Flüstern von der Terrasse zu ihnen herüberdrang. Einen Augenblick später war sie bei ihnen, und ihre Stimme hatte einen drängenden Ton.

»Senor Lancaster sucht überall nach dir, Carlita! Ich bin mir nicht ganz sicher, aber ich glaube, er ist verärgert. Du solltest vermeiden, daß er dich hier draußen mit Javier findet. Wenn er es deinem Bruder erzählt, wird Gray dich nicht mit nach Mexiko fahren lassen! Beeil dich!«

Die beiden Mädchen entfernten sich schnell von Javier und kehrten durch eine andere Tür in den Ballsaal zurück.

Sie mischten sich unter eine ausgelassene Gruppe von jungen Leuten am Rande der Tanzfläche. Nur einen Moment nachdem sie den Saal betreten hatten, tauchte Chase vor Carlisle auf. Er trug sein gewohntes, charmantes Lächeln, aber als Carlisle den Ausdruck in seinen Augen sah, wußte sie instinktiv, daß sich hinter seinem Lächeln etwas Dunkles verbarg.

»Senorita Kincaid, vergeben Sie mir meine Aufdringlichkeit, aber Gray hat mich gebeten, Sie sicher nach Hause zu geleiten.«

Aus irgendeinem Grund konnte Carlisle nur daran denken, wie stolz er so vor ihr stand und sie überragte. Plötzlich wehrte sich in ihr etwas dagegen, mit ihm allein zu sein, und wenn es auch nur für die kurze Rückfahrt in der Kutsche war.

»Es ist eigentlich noch viel zu früh, um zu gehen. Vielleicht können mich Arantxa und Javier zu Hause absetzen.«

Chase unterbrach sie. »Es tut mir leid, aber ich habe Chase mein Wort gegeben, daß ich Sie sicher nach Hause begleiten werde. Und ich fürchte, daß ich jetzt soweit bin, zu gehen.«

Carlisles Wut flammte auf, als er mit festem Griff ihren Arm umfaßte und sich höflich vor Arantxa verbeugte.

»*Buenas noches,* Senorita Perez. Ich freue mich darauf, Sie morgen an Bord der *Mayan* zu sehen. Ich hoffe, daß wir uns während der Reise ein bißchen besser kennenlernen werden. *Adios.*«

Chase Lancaster gab Carlisle kaum die Gelegenheit, sich angemessen von Arantxa zu verabschieden. Er zog sie schnell mit sich fort und hielt dabei ihren Arm fest umklammert, als habe er es mit einem widerspenstigen Kind zu tun. Carlisle wäre ob dieser Demütigung am liebsten vor Zorn explodiert, aber sie sagte nichts, als er ihr Cape holte und ihr in die wartende Kutsche half. Er gab dem Kutscher einige Anweisungen, stieg dann ein und machte es sich auf ungehörig lässige Art und Weise neben ihr bequem, obwohl es angemessener gewesen wäre, wenn er auf dem Sitz gegenüber Platz genommen hätte. Sie starrte trotzig aus dem Fenster, entschlossen, ihm den ganzen Nachhauseweg über die kalte Schulter zu zeigen.

»Sagen Sie mir, Senorita Kincaid«, sagte Chase, als die Kutsche anfuhr, »hat Ihr Kleid genug enthüllt, um Javier vor Verlangen verrückt zu machen? Und war das nicht Ihre ursprüngliche Absicht, als Sie es kauften?«

Sein plötzlicher, sarkastischer Angriff kam völlig überraschend, und wie gewöhnlich verspürte sie eine gefährliche Wut in sich aufsteigen. Sie hätte ihm am liebsten gesagt, wie wenig ihn das zu interessieren hatte, aber dann kam ihr in den Sinn, daß dies wahrscheinlich genau die Antwort war, die er hören wollte. Vielleicht sollte sie sich schon jetzt daran machen, ihm einige Informationen zu entlocken, ihn dazu zu bringen, über sich selbst zu reden! Möglicherweise würde ihm etwas entschlüpfen, was sich als hilfreich für Javier erweisen könnte.

»Warum fragen Sie, Mr. Lancaster? Hat mein Kleid etwa Sie vor Verlangen verrückt werden lassen?«

Bevor er antwortete, ließ er ein tiefes Lachen ertönen. »Es ist ziemlich selten, daß ich vor Verlangen verrückt werde.«

»Das hätte ich in Anbetracht Ihres Rufes aber gar nicht vermutet! Arantxa hat mir viel über Sie erzählt.«

Chase erwiderte nichts darauf, aber seine Lippen verzogen sich leicht, ganz so, als amüsiere er sich über irgend etwas. Sein Schweigen machte es für Carlisle ein wenig schwieriger, die Unterhaltung in die Richtung zu lenken, die sie einschlagen wollte.

»Sind Sie nicht neugierig zu hören, was sie über Sie gesagt hat?«

»Eigentlich nicht. Waren Sie es?«

»Ich fand es sehr interessant, aber für gewöhnlich gebe ich nichts auf Klatsch, bevor ich mich nicht von der Wahrheit überzeugt habe.«

»Das ist aber sehr großzügig von Ihnen, Senorita Kincaid.«

Carlisle biß sich auf die Lippen, als sie den boshaften Unterton in seiner Stimme bemerkte. Er machte sie immer wieder unglaublich wütend!

»Sie mögen mich wohl nicht, Senor Lancaster. Sie halten mich für unreif und flatterhaft, stimmt's?«

»Spielt es eine Rolle, was ich denke?«

»Warum beantworten Sie meine Fragen immer mit Gegenfragen?«

»Tue ich das?«

In Chases Augen spiegelten sich die flackernden Lichtstrahlen der Kutschenlampe, die draußen vor dem Fenster in ihrer Halterung hin- und herschwang, und sein Lächeln war entwaffnend. Aber Carlisle ließ sich nicht ablenken.

»Sie hat mir erzählt, daß man Sie in Mexico City El Gato Grande nennt, weil Sie Jagd auf Frauen machen.«

»Tatsächlich?«

»Macht es Ihnen denn nichts aus, wenn man Sie so nennt?«

»Man gewöhnt sich daran.«

»Ich habe auch gehört, daß Sie ständig eine Waffe tragen und keine Skrupel haben, sie zu benutzen.«

»Was wollen Sie denn wirklich herausfinden, Carlisle?« erkundigte sich Chase, der sich immer noch auf dem Sitz neben ihr herumflegelte.

»Ich möchte Sie einfach ein bißchen besser kennenlernen.«

»Indem Sie sich belanglosen Klatsch anhören?«

»Ich frage Sie danach, weil ich nicht weiß, ob ich es glauben soll oder nicht. Warum sind Sie so wütend? Merken Sie denn nicht, daß ich mich zur Abwechslung einmal bemühe, freundlich zu sein?«

»Schauen Sie, Carlisle, es macht mir keinen besonderen Spaß, alberne Wortspiele mit vernarrten jungen Damen zu betreiben. Heben Sie sich das für Ihren Dandy Javier auf. Er ist mehr Ihr Typ.«

»Und was für ein Typ bin ich?«

»Jung, neugierig und naiv.«

»Sie sind *wirklich* verachtenswert. Sie ertragen es ja nicht einmal, wenn jemand höflich zu Ihnen ist.«

»Warum dieser plötzliche Sinneswandel? Sie hielten es doch bisher nicht für nötig, höflich zu mir zu sein.«

Hatte er ihre Fragen bereits durchschaut? Bestürzt bemühte sie sich um eine vernünftig klingende Erklärung. »Mir hat die Art und Weise, wie Sie sich meine Begleitung nach Mexiko und meinen Aufenthalt auf Ihrer Hazienda erschlichen haben, nicht gefallen. Ich kann mir einfach nicht vorstellen, warum Sie mich dort überhaupt haben wollen.«

»Ich tue Ihrem Bruder lediglich einen Gefallen. Er ist der Ansicht, daß Sie beaufsichtigt werden müssen.«

»Nun, da liegt er falsch. Ich bin durchaus fähig, auf mich selbst achtzugeben.« Sie verstummte, als sie bemerkte, daß die Kutsche an der Straße vorbeigefahren war, die sie zu Grays Haus geführt hätte. Überrascht blickte sie Chase an.

»Da hätten wir abbiegen müssen! Wo fährt der Kutscher hin?«

»Ich habe ihn angewiesen, eine Weile in der Stadt herumzufahren.«

»Warum? Ich dachte, Sie wollten dringend nach Hause!«

»Nein. Ich sagte lediglich, daß ich das Hotel verlassen wollte. Gray und Tyler verdienen ein wenig Privatsphäre in ihrer Hochzeitsnacht, meinen Sie nicht auch?«

»Dann würde ich die Zeit aber lieber mit Javier auf dem Ball verbringen, statt hier mit Ihnen in diese Kutsche eingepfercht zu sein — ganz besonders, da Sie in einer solch unangenehmen Stimmung sind.«

»Man nennt mich in der Tat El Gato Grande, was lächerlich ist, aber ich kann nicht behaupten, daß mir das jemals etwas ausgemacht hätte. Und ich trage wirklich eine Waffe, die ich durchaus benutze, falls es die Situation verlangt. Gibt es sonst noch etwas, was Sie über mich wissen möchten?«

»Warum haben Sie das Bedürfnis, eine Waffe zu tragen?«

»Ich habe das Bedürfnis, weil es eine Menge Leute gibt, die ihrerseits das Bedürfnis haben, mich tot zu sehen.«

Carlisle erwiderte in dem gleichen höflichen, gelangweilten Tonfall, den er benutzte: »Wie kommt es wohl, Mr. Lancaster, daß mich dies in keiner Weise überrascht?«

Als er sich zurücklehnte und laut herauslachte, nutzte Carlisle die gelöstere Stimmung, in der er sich jetzt befand.

»Darf ich Ihre Waffe einmal sehen?« fragte sie und streckte ihre Hand nach vorne. Sofort schlossen sich seine Finger fest um ihr Handgelenk.

»Nein, das dürfen Sie nicht.«

Sie lehnte sich verblüfft zurück und starrte ihn an. »Warum sollte irgend jemand versuchen, Sie zu töten?«

»Ich habe mir während des Krieges einige Feinde gemacht. Feinde, die ein gutes Gedächtnis haben.«

»Aber ist Benito Juarez inzwischen nicht schon seit vier Jahren an der Macht?«

»*Sí*, aber unsere Regierung ist nicht so stabil wie die Ihre. Es wird einige Zeit in Anspruch nehmen, um die Wunden, die Maximilian und Carlota geschlagen haben, zu heilen. Ich bin überrascht, daß Ihnen Arantxa und Javier all das nicht erklärt haben.«

Carlisle zögerte. Sie mußte vorsichtig sein. »Arantxa und Javier haben mir erzählt, daß ihre Familie den Kaiser unterstützt hat, aber sie und Javier waren damals noch Kinder.«

»In Mexiko starben selbst die Kinder durch die Hände der Franzosen, Senorita Kincaid«, erwiderte er mit leiser, ernster Stimme. »Genau so, wie dies in Ihrem Bürgerkrieg geschah.«

»Meine Brüder sorgten dafür, daß ich in Chicago bleiben konnte, weit weg von den Kämpfen. Manchmal habe ich das Gefühl, als hätte ich all die Jahre in einem Käfig zugebracht. Natürlich in einem goldenen Käfig, mit Samtstühlen und teuren Kleidern. Aber ich habe keine Ahnung, wie es ist, in der richtigen Welt zu leben«, sagte Carlisle, überrascht über ihre eigene Offenheit.

»Ist das denn nicht der eigentliche Grund für Ihre Reise

nach Mexiko?« erkundigte sich Chase. »Wollen Sie nicht ein wenig Ihre Flügel ausprobieren, ohne daß Ihre Brüder Sie direkt wieder auf den Boden holen können?«

»Möglicherweise. Wäre das so falsch?«

»Nicht, wenn Sie sich verantwortungsvoll benehmen und sich nicht von den falschen Leuten beeinflussen lassen.«

»Sprechen Sie von Arantxa und Javier?«

»Ich will damit lediglich folgendes sagen: Wenn Sie alles über die Liebe lernen wollen, dann sollten Sie heiraten und Ihren Mann den Lehrer sein lassen — nicht so einen unerfahrenen Jungen wie Javier Perez.«

Carlisle starrte ihn schockiert an. »Manchmal versetzen Sie mich wirklich in Erstaunen! Wie können Sie es wagen, so mit mir zu reden?«

»Wollen Sie etwa behaupten, daß Sie solche Dinge nicht interessieren?«

Carlisle schoß vor Wut das Blut ins Gesicht, denn sie konnte die Frage nicht verneinen. »Sie sind wirklich ein unglaublich unverschämter, eingebildeter Kerl!«

Er ließ ein leises, spöttisches Lachen hören. »Also stimmt es oder nicht?«

Sein Lächeln war faszinierend, und Carlisle war sich seiner Nähe so bewußt, daß ihr Puls immer schneller schlug. Sie befeuchtete nervös ihre Lippen. Wenn er tatsächlich ein solcher Schürzenjäger war, würde er wohl auch versuchen, *sie* zu verführen? Das düstere, intime Innere der Kutsche würde ihm sicherlich entgegenkommen, und die Vorstellung war sowohl aufregend als auch schrecklich.

»Ich habe beschlossen, eine *duenna* für Sie zu suchen, die Sie auf der Reise begleiten wird«, unterbrach er ihre Gedanken.

»Eine was?« erkundigte sich Carlisle ziemlich enttäuscht, weil er ganz offensichtlich nicht daran dachte, sich in irgendeiner Weise ungehörig zu benehmen.

»In meinem Land ist es Sitte, daß junge, heiratsfähige Mädchen eine Anstandsdame haben, die sie überall hin begleitet. Zumindest so lange, bis sie verheiratet sind und einen Mann haben, der sie beschützt.« Er verzog die Mundwinkel zu einem Lächeln. »Dieser Brauch verhindert unappetitliche Skandale und gibt einem Mann die Gewißheit, daß seine Braut als Jungfrau in die Ehe geht.«

Carlisle war außer sich vor Zorn. »Wollen Sie damit etwa andeuten, daß ich ... daß ich fähig wäre ...«

»Kein Grund, beleidigt zu sein, Senorita Kincaid. Aber ich habe gesehen, wie Sie der junge Perez draußen auf dem Balkon geküßt hat. Ich fürchte, daß ich so etwas nicht noch einmal zulassen kann. Ich hätte auf klägliche Weise meine Pflicht vernachlässigt, wenn ich Gray eines Tages telegrafieren und zu Ihrer hastig arrangierten Heirat einladen müßte. Daher werden Sie sich, solange Sie in meiner Obhut sind, mit einer *duenna* abfinden müssen.«

Carlisle starrte ihn ungläubig an. »Sie haben uns nachspioniert!«

»Gray hat mich gebeten, ein Auge auf Sie zu haben. Sonst hätte ich mir gar nicht erst die Mühe gemacht.« Sein Lächeln verschwand wieder. »Der Anblick von Javiers Kuß läßt mich übrigens zweifeln, daß Sie auf die eine oder andere Weise beeindruckt waren.«

Carlisles Finger ballten sich zu Fäusten. »Und was für eine Wirkung hat El Gato Grandes Kuß auf Frauen? Bekommen sie etwa weiche Knie?«

Er lachte. »Manchmal.«

Carlisle blickte in sein hübsches Gesicht und fragte sich, ob es wirklich einen Unterschied in der Art und Weise gab, wie Männer küßten. Vielleicht sollte sie es herausfinden. Warum nicht ein wenig flirten und sich einmal von einem Mann küssen lassen, der einen Ruf als Schürzenjäger genoß? Es wäre sicherlich ein äußerst interessantes Experiment.

»Ich wette, ein Kuß von Ihnen würde auf mich keinerlei Wirkung haben. Schließlich muß man einen Mann zumindest ein kleines bißchen mögen, damit man es genießen kann, von ihm geküßt zu werden.«

»Möchten Sie es herausfinden, Senorita Kincaid?«

Seine auffordernden Worte hingen für einen Augenblick in der Luft.

»Machen Sie sich nur keine allzu großen Hoffnungen, Senor Lancaster«, warnte sie ihn, aber ihr Herz schien einen Moment lang auszusetzen, als er sich ihr näherte und seine Hand sich sanft um ihr Kinn legte. Er hielt sie fest und blickte ihr tief in die Augen, ehe sich sein Mund weich, warm und in keiner Weise fordernd auf den ihren legte. Er begann ihre Lippen zu kosten, formte sie mit seinem Mund, und Carlisle verspürte schon bald ein seltsames, schwaches, flatterndes Gefühl im Bauch, als ob dort Dutzende von Kanarienvögeln gefangen seien. Dann wurde er leidenschaftlicher. Hart und unnachgiebig zwang er sie, seinen Kuß zu erwidern. Als seine Zunge die ihre berührte, begann sie zu stöhnen und klammerte sich an seine Schultern. Im selben Augenblick ließ er sie jedoch los und lehnte sich in die Polster zurück.

Carlisle starrte ihn an und legte die Finger auf ihre pochenden Lippen.

»Nennen Sie das einen Kuß?« brachte sie schließlich hervor, entschlossen, genau so gleichgültig auf dieses Experiment zu reagieren, wie er es tat.

»Wollen Sie damit sagen, daß Sie keine weichen Knie bekommen haben?«

Das Gegenteil war der Fall, aber Carlisle schwieg, verzweifelt bemüht, ihre Fassung wiederzuerlangen.

»Sie sind wirklich ein schrecklicher Mensch«, stieß sie schließlich mit rauher Stimme hervor. »Gray würde es niemals zulassen, daß Sie mich nach Mexiko begleiten, wenn er wüßte, daß Sie mich auf diese Weise geküßt haben.«

»Richtig, das würde er wohl nicht. Aber wir müssen uns ja keine Sorgen machen, daß er es herausfindet, nicht wahr? Denn Sie werden es ihm nicht erzählen, weil er Ihnen sonst Ihre kleine Reise verbieten würde, und dann könnten Sie Ihren kostbaren, kleinen Javier noch seltener sehen als mit einer *duenna*, die Ihnen auf Schritt und Tritt folgt.«

Sein Tonfall war so von Verachtung erfüllt, daß Carlisle ihn nur entsetzt anblicken konnte.

»Sie sind wirklich genau so schlecht, wie man Ihnen nachsagt, nicht wahr? Nein, sogar schlimmer!«

»Man?« fragte er beiläufig, aber ein gefährlicher Unterton hatte sich in seine Stimme geschlichen. »Wer ist man?«

Carlisle wurde sofort klar, daß sie einen Fehler begangen hatte. Javier und Arantxa würden nicht wollen, daß er erführe, wie sehr sie ihn verachteten.

»Nun, alle natürlich«, erwiderte sie deshalb leichthin. »Sogar Tyler. Sie hielt Sie für einen wunderbaren Mann, bis Sie hier auftauchten und sie gegen ihren Willen zwangen, Gray zu heiraten. Ich finde die Art und Weise, wie Sie sie behandelt haben, verabscheuungswürdig. Sie gehört schließlich zu Ihrer Familie.«

»Sie scheinen davon auszugehen, daß Ihr Bruder ein widerwärtiger Ehemann sein wird, Carlisle. Wird er Tyler Ihrer Meinung nach denn grausam behandeln?«

»Nein, natürlich nicht! Gray wird gut zu ihr sein, aber darum geht es überhaupt nicht. Tatsache ist . . .«

»Tatsache ist«, unterbrach er sie, »daß Gray wahrscheinlich das Beste ist, was meiner Cousine jemals passieren konnte. Sie hat Glück, daß er sie noch heiraten wollte, obwohl sie versucht hat, ihn zu bestehlen. Durch die Schuld meines eigenen Vaters, der ein Dieb war, hat sie sich ihr Leben lang wie eine gewöhnliche Kriminelle verhalten. Er war nichts weiter als ein Spieler und Hochstapler, der ihr all seine krummen Tricks beigebracht hat. Ich wäre wahrscheinlich genauso unredlich geworden wie Tyler, wenn meine Mutter ihn nicht verlassen hätte, als ich noch klein war. Ich bin dankbar, daß Gray bereit war, sie zur Frau zu nehmen.«

Chase verstummte und durchbohrte sie mit seinem Blick. »Aber Sie sind das genaue Gegenteil, nicht wahr, Carlisle. Sie sind behütet aufgewachsen und wurden von ihren Brüdern immer wie eine kleine Prinzessin verwöhnt. Sie haben die besten Schulen besucht, die Bekanntschaft der richtigen Leute gemacht, was Ihnen vor Langeweile wahrscheinlich die Tränen in die Augen getrieben haben dürfte. Und nun ist die Zeit reif, auszubrechen und jeden Mann, der Ihnen unter die Augen kommt, mit diesen unglaublich großen, grünen Augen zu verführen.«

Plötzlich erhielt seine Stimme einen schneidenden Unterton. »Unglücklicherweise habe ich mich in einem schwachen Moment dazu hinreißen lassen, Ihnen die Gastfreundschaft meiner Ranch anzubieten, eine wahrlich unbesonnene Einladung, die ich inzwischen aufrichtig bedauere, aber kaum mehr zurücknehmen kann. Es läuft also demnach auf folgendes hinaus: ob es Ihnen gefällt oder nicht, Sie werden, solange ich in Mexiko für Sie verantwortlich bin, eine *duenna* erhalten, die darauf achtgibt, daß Sie nicht aus der Reihe tanzen. Denn ich bin diese Launen, die sich nur ein so verwöhntes Dämchen, wie Sie es sind, erlauben kann, schon jetzt furchtbar leid.«

Carlisle war wie vor den Kopf gestoßen. Dies war nicht das erste Mal, daß sie sich stritten, aber bisher hatte er dabei außer amüsierter Gleichgültigkeit nie irgendwelche Emotionen gezeigt. Was hatte ihn nur plötzlich so wütend gemacht?

»Es ist mir sogar ganz recht, mit einer *duenna* zu reisen«, sagte sie leise, da sein Angriff ihr einen Dämpfer versetzt hatte. »Und sei es nur, um mich vor weiteren Annäherungsversuchen Ihrerseits zu schützen, die mir wahrlich nicht willkommen sind.«

Sein Blick wurde undurchdringlich, und sie wußte, bevor er überhaupt ein Wort gesprochen hatte, daß seine Wut verraucht oder gut versteckt war.

»Kein Grund, sich wegen mir zu sorgen, Senorita Kincaid. Ich habe Sie lediglich geküßt, um etwas zu beweisen. Vielleicht werden Sie es sich von nun an zweimal überlegen, ob Sie einen Mann aufziehen, den Sie kaum kennen. Falls nicht, werden Sie sich eines Tages in ziemliche Schwierigkeiten bringen. Nicht alle Männer verhalten sich wie ein Gentleman, wie ich es getan habe.«

»Das ist wieder typisch für Sie«, erwiderte sie wütend, »die ganze Schuld für Ihr ungehobeltes Verhalten einfach auf mich zu schieben!«

Die Kutsche hielt in der Einfahrt vor dem Haus ihres Bruders in der Third Street, und Chase kletterte hinaus, ohne auf ihre Beschuldigung einzugehen, und hob sie höflich auf den Boden hinunter.

»Schlafen Sie gut, Senorita Kincaid. Unser Schiff läuft mittags aus.«

Carlisle biß die Zähne aufeinander, hob trotzig ihr Kinn und ließ ihn einfach stehen. Sie stolzierte zur Haustür, ihre bauschigen Röcke in beiden Händen zusammengerafft. Der ganze Abend war ruiniert durch sein flegelhaftes Verhalten und seine rücksichtslosen Anschuldigungen auf der Heimfahrt. Wie um Himmels willen sollte sie nur seine lästige, unangenehme, widerliche Gegenwart lange genug aushalten, um an die Informationen gelangen zu können, die Javier Perez für seine Revolution benötigte?

3

Carlisle hatte keine erholsame Nachtruhe genossen. Sie hatte nur wenige Stunden geschlafen, und als sie erwachte, bemerkte sie, daß sie sich immer noch über Chase Lancaster ärgerte und ihre Gedanken ständig darum kreisten, wie sie ihn ausspionieren könnte. Auch ihre atemlose Reaktion auf seinen Kuß ging ihr nicht aus dem Kopf.

Beim Frühstück war ihre Laune nur noch schlimmer geworden. Tyler hatte am Tisch gesessen, als Carlisle in das Eßzimmer gestürmt war, um alles über ihre Hochzeitsnacht zu erfahren und ohne dabei Chase Lancaster zu bemerken, der am anderen Ende des Raumes im Halbdunkel saß.

Chase hatte sie ausgelacht, und Tyler, die ganz offenbar keine Lust hatte, das Thema überhaupt zu diskutieren, war schnell aus dem Zimmer verschwunden. Dann hatte er sich angeboten, ihr die Geheimnisse des Ehebettes zu enthüllen — als ob sie so sehr darauf versessen wäre, sie zu erfahren!

Noch jetzt, da sie einige Stunden später an der Reling der *Mayan* stand, lief ihr Gesicht bei dem Gedanken daran scharlachrot an. Ihre Finger klammerten sich fester um das glatte Holz, und sie war dankbar für den Wind, der über die Oberfläche des wirbelnden, schlammigen Wassers den Mississippi hinwegfegte und ihre glühenden Wangen kühlte. Chase Lancaster brachte es immer wieder fertig, daß sie sich schrecklich jung und töricht vorkam. Langsam begann sie sich darauf zu freuen, ihm nachzuspionieren.

Vor einer halben Stunde noch hatte sie auf den Docks gestanden und sich von Gray und Tyler verabschiedet. Wider Erwarten war es ihr doch sehr schwergefallen, sie dort zurückzulassen. Seit Monaten immerhin hatten sie und Arantxa nach Wegen gesucht, Gray überreden zu können, sie nach Mexiko reisen zu lassen. Aber als er sie umarmt und sich von ihr verabschiedet hatte, wäre sie beinahe in Tränen ausgebrochen.

Und Tyler hatte sich nach ihrer Hochzeitsnacht mit Gray seltsam verhalten — müde, aber irgendwie zufrieden. Offenbar hatte Gray in ihrem Schlafzimmer etwas gesagt oder getan, das einen nachhaltigen Eindruck bei seiner Braut wider Willen hinterlassen hatte, und dies machte Carlisle nur noch neugieriger. Sie hätte Tyler gerne genauer befragt, aber da sich Gray und Chase ständig in der Nähe aufgehalten hatten, war ein Gespräch unter vier Augen unmöglich gewesen.

Chase stand nur wenige Meter von Carlisle entfernt und war in eine Unterhaltung mit der langweiligen *duenna* vertieft, die er ihr aufhalsen wollte. Zweifellos gab er der armen Frau alle möglichen, genauen Anweisungen, die nur dazu dienen würden, Carlisles Reise so unangenehm wie möglich zu machen.

Senora Alvarez selbst schien allerdings gar nicht so schrecklich zu sein. Die ältliche Frau war beleibt und machte einen robusten Eindruck. Sie mußte ungefähr sechzig Jahre alt sein.

Als Chase sie ihr vorgestellt hatte, war sie sehr höflich gewesen. Sie war Witwe und offensichtlich eine fromme Katholikin, denn ein schweres Silberkreuz hing um ihren Hals. Das glänzende Metall glitzerte hell in der Morgensonne. Carlisle seufzte und lehnte sich gegen die Reling.

Eine *duenna* zu haben würde zwar totlangweilig sein, aber zumindest hatte Carlisle jemanden, mit dem sie sich unterhalten konnte. Senora Alvarez sprach das reine kastilische Spanisch, das sowohl Chase als auch die Perez-Zwillinge benutzten, aber sie beherrschte auch genug Englisch, um eine Unterhaltung mit Carlisle führen zu können. Carlisle brannte darauf, ihre Sprachkenntnisse zu verbessern.

Sie warf erneut einen Blick zu Chase und Senora Alvarez hinüber und sah, wie die *duenna* auf irgendeine Bemerkung von Chase hin nachdrücklich nickte, als stimme sie völlig mit dem überein, was er ihr zu sagen hatte. Wahrscheinlich hatte er gerade vorgeschlagen, sie die ganze Reise über in ihre Kabine einzusperren, dachte Carlisle säuerlich. Zum Glück würde die Fahrt nur zwei Tage dauern. Chase bemerkte, daß sie zu ihnen hinüberblickte, und neigte höflich den Kopf. Seit dem Frühstück war er die Schicklichkeit in Person gewesen, und er entsprach in seinem dunkelblauen Jackett und den grauen Hosen ganz dem Bild eines eleganten, aristokratischen Diplomaten.

Als sie sich abwandte, spürte Carlisle erneut seinen Kuß auf ihren Lippen, fühlte, wie sie erschauerte, wie das flatternde Gefühl im Bauch einsetzte und ihr Körper zu zittern begann. Ihre atemlose Reaktion auf das, was er getan hatte, kam ihr albern vor, und sie hatte sich seither mindestens einhundert Mal gefragt, warum sie es zugelassen hatte. Und wie kam es, daß Javiers Kuß nicht die gleiche Wirkung auf sie gehabt hatte?

Verärgert blickte sie über das Wasser. Wo waren Arantxa und Javier überhaupt? Warum waren sie nicht gekommen? Erst hatten sie darauf bestanden, daß sie pünktlich sein sollte, und nun kamen sie selbst zu spät! Plötzlich überfiel sie ein schrecklicher Gedanke. Wenn sie nun überhaupt nicht kommen würden? Es war schon schlimm genug, daß sie gemeinsam mit Senora Alvarez und ihrem riesigen Kruzifix in einer winzigen Kabine zusammengepfercht war, aber wenn die Perez-Geschwister nicht kamen, würde Chase Lancaster die ganze Zeit über ihr einziger Reisegefährte sein — Gott möge das verhüten!

Seit dem Abschied von Gray und Tyler hatte Chase ihr nur wenig Aufmerksamkeit geschenkt. Statt dessen hatte er sie sich selbst überlassen, während er sich mit Jose Martinez unterhielt, dem Kapitän des Dampfschiffes, einem kleinen, sanftmütig dreinblickenden Mexikaner mit einem mächtigen, grauen Haarschopf und einem buschigen Schnauzer.

Chase schien auch mit einigen anderen Passagieren an Bord gut bekannt zu sein, die ihn alle mit ausgesprochen großem Respekt behandelten. Irgendwie wollte es Carlisle nicht gelingen, sich ihn als einflußreiche, politische Persönlichkeit vorzustellen. Er war einfach zu jung und eingebildet, um der erfolgreiche Auslandsberater des Präsidenten von Mexiko zu sein!

Sie blickte sich prüfend unter den Passagieren um und fragte sich, was sie wohl tun würden, wenn sie erführen, daß sie die Absicht hatte, sich der neuen Revolution anzuschließen. Sie fragte sich auch, was Chase wohl tun würde. Trotz der heißen Mittagssonne begann sie zu frösteln. Sie war sich nicht sicher, ob aus Angst, entdeckt zu werden, oder eher wegen der prickelnden Aufregung, in eine so gefährliche Sache verwickelt zu sein. Sie hatte in ihrem Leben bisher wenige Risiken eingehen können. Bisher hatte immer Gray alle Entscheidungen für sie getroffen.

Nun würde Chase Lancaster an Grays Stelle treten, und letzte Nacht hatte er deutlich gemacht, daß er diese Aufgabe mit dem gleichen Enthusiasmus zu erfüllen beabsichtigte wie ihr Bruder. Seine Stimme war so voller Verachtung gewesen, als er ihr mitteilte, was er von ihr hielt, daß sie sich nun beinahe darauf freute, Informationen über ihn weiterzugeben. Er hatte keine Loyalität verdient. Er war arrogant und beleidigend — und zudem auch ein kaltblütiger Mörder, falls Javier mit der Geschichte von San Miguel recht haben sollte.

Carlisle blickte angestrengt zur Barkasse der *Mayan* hinüber, die gerade von dem belebten Dock ablegte. Sie schützte ihre Augen gegen die reflektierende Wasseroberfläche und beobachtete, wie das Beiboot auf das Schiff zugerudert wurde.

Sie begann zu winken, als sie Arantxas Strohhut erkannte, dessen gelbe Ränder im Wind flatterten. Javier stand am Heck und winkte ebenfalls zu ihr hinüber. Sein Ruf hallte über den Fluß. Carlisle hob entzückt ihre Hand, die in einem Spitzenhandschuh steckte, und erwiderte seinen Gruß.

Sie schritt an der Reling auf der Steuerbordseite entlang bis zum Landungssteg und wartete, bis das kleine Schiff unten anlegte. Javier griff nach der Seilleiter und begann, schnell daran hochzuklettern, während mehrere der Ruderer Arantxa dabei behilflich waren, in den Schiffskorb zu steigen, der für die weiblichen Passagiere bestimmt war. Carlisle lachte, als Javier neben ihr auf das Deck sprang, ihre Hände ergriff und ihr ins Gesicht lächelte.

»Endlich ist es soweit, Carlita. Unsere Reise beginnt ...«

Eine beleibte, schwarz gekleidete Person drängte sich zwischen sie, und Carlisle spürte, wie ihre Hände schnell aus Javiers Griff gerissen wurden. Senora Alvarez' freundlicher Gesichtsausdruck war verschwunden, und an seine Stelle war ein strenger, wütender Blick getreten, den sie ausschließlich auf Javier richtete.

»Javier, dies ist Senora Alvarez«, sagte Carlisle, ein wenig erschrocken über die feindselige Art, mit der die Witwe ihn anblickte. »Sie wird meine *duenna* sein. Mr. Lancaster hat darauf bestanden. Senora Alvarez, dies ist Senor Javier Perez. Ich werde seine Familie in Mexico City besuchen.«

»Ich fühle mich geehrt, Senora Alvarez«, sagte Javier und verbeugte sich mit äußerster Höflichkeit. Er sagte einige schnelle Sätze auf kastilisch, die Carlisle nicht verstand. Schließlich endete er auf Englisch: »Also vergeben Sie mir, *por favor*. Es war nicht meine Absicht, Senorita Kincaid respektlos zu behandeln. Vielleicht sind Sie ja so freundlich und helfen mir, meine Schwester, Arantxa, während unserer Reise nach Matamoros ebenfalls zu beaufsichtigen. Ich habe *mi padre* versprochen, mich um sie zu kümmern, aber ich habe keine geeignete *duenna* finden können.«

Bei diesen Worten entspannten sich Senora Alvarez' Gesichtszüge sichtlich. »*Sí*, Senor Perez, ich werde Ihnen gerne dabei helfen, Ihre Schwester zu beaufsichtigen. Es ist sehr erfreulich, einen jungen *caballero* zu treffen, der die alten Traditionen respektiert, wenn ich das sagen darf.«

Sie trat danach zwei Schritte zur Seite, aber Carlisle bemerkte, daß sie sie sehr genau beobachtete.

»Es tut mir leid, Javier. Diese ganze Sache ist so lächerlich. Ich bin eine erwachsene Frau, kein Kind mehr.«

»Ich bin an *duennas* gewöhnt, Carlisle. Arantxa hat immer eine gehabt, seit sie ein kleines Mädchen war. Und vielleicht wird es sicherer für dich sein«, fügte er hinzu, als sein Blick auf Chase Lancaster fiel. Die beiden Männer nickten sich zur Begrüßung zu. »Ich möchte nicht, daß du alleine in Senor Lancasters Haus bist. Er schaut dich auf eine Weise an, die mich in Rage bringt.«

Bis zu diesem Augenblick war es Carlisles Absicht gewesen, Javier von Chases Kuß zu erzählen, aber nun hörte sie die Bitterkeit in seiner Stimme, wenn er nur Chases Namen aussprach. Insgeheim gefiel es ihr, daß er eifersüchtig war.

Einen Augenblick später wurde Arantxa langsam auf das Deck gehoben. Als sie sich zu ihnen gesellte, akzeptierte sie die Anwesenheit von Senora Alvarez mit der gleichen heiteren Resignation, die auch ihr Bruder gezeigt hatte.

»Wir werden Möglichkeiten finden, ihrem wachsamen Blick zu entkommen«, flüsterte sie Carlisle verschwörerisch zu. »Das habe ich schon unzählige Male bei meiner armen Dona Consuela fertiggebracht!«

Carlisle lachte. Sie war erleichtert, daß ihre Freunde an Bord waren und die Abfahrt kurz bevor stand. Aufgeregt und glücklich stand sie mit Javier und Arantxa auf dem oberen Promenadendeck, die *duenna* ganz in ihrer Nähe, als der Anker gelichtet wurde und das Schiff langsam seine Reise stromabwärts auf dem weiten, braunen Mississippi begann.

Am Abend zogen sie sich nach einem ausgezeichneten Essen im großen Speisesaal, das aus Kornischem Hühnchen und Reis bestanden hatte, in den angrenzenden Gesellschaftsraum zurück. Dort befanden sich kleine, fest am Boden verschraubte Holztische, die zum Kartenspielen und Briefeschreiben dienten.

Senora Alvarez zog ein Stück weiße Spitze aus ihrem Nähkorb hervor, an der sie zur Zeit häkelte, und nahm in einem tiefen Sessel mit hoher Lehne ganz in der Nähe von dem Kartentisch Platz, an dem Carlisle mit den Perez-Zwillingen saß. Sie gaben vor, sich bei einer Partie Monte zu amüsieren, einem mexikanischen Glücksspiel, das Arantxa Carlisle einmal im Kloster beigebracht hatte, nachdem die Nonnen bereits zu Bett gegangen waren.

»Wie bald kann ich wohl in den Bergen zu euch stoßen?« flüsterte Carlisle und schaute verstohlen zu Chase hinüber, der auf einen Ellenbogen gestützt an der langen Mahagoni-Bar lehnte. Er rauchte eine Zigarre und hörte einer Gruppe von mexikanischen Geschäftsleuten zu, die ihn umringten. Carlisle hatte beim Abendessen mehr als einmal gespürt, daß er sie anschaute.

»Wir freuen uns, daß du uns helfen willst, Carlita.« Javier senkte seine Stimme und fuhr fort, die Karten auszuteilen, als sei er vollkommen in das Spiel vertieft. »Wir bemühen uns schon seit mehreren Jahren, einen Spion in die Nähe von einem der Berater von Juarez zu bringen, aber er sucht sich seine Gefolgsleute sehr sorgfältig aus — alle sind ihm treu ergeben, besonders Lancaster. Ich kann das nicht verstehen. Chase Lancasters Großvater war ein hervorragender *hacendado.* Sein Name war Senor Juan Morelos, er war ein Aristokrat und ein *gachupin,* ein Mann von reinem spanischem Blut. Und trotzdem ist Senor Lancaster Juarez, einem einfachen indianischen Rechtsanwalt aus Oaxaca, blind ergeben.«

Carlisle beobachtete ihn, während er sprach. Sie hörte die heftige Ablehnung, die hinter jedem seiner Worte stand, und bemerkte den haßerfüllten Blick, den Javier in Chases Richtung warf. Einen Augenblick lang verspürte sie eine böse Vorahnung. Dann erinnerte sie sich an San Miguel und wie Javiers Bruder dort den Tod gefunden hatte. Kein Wunder also, daß Javier so verbittert war.

»Du mußt sehr vorsichtig sein, Carlita. Er darf dich nicht verdächtigen«, warnte sie Arantxa mit leiser Stimme, während sie ihre Karten aufnahm. »Er ist ein äußerst brutaler Mann.«

»Ich hatte bereits das Gefühl, daß er gefährlich sein könnte«, erwiderte Carlisle. »Er hat manchmal einen grausamen Ausdruck in seinen Augen.«

»Ich möchte nicht, daß dir irgend etwas zustößt«, beharrte Javier. »Du solltest nicht zu übertrieben seine Freundschaft suchen. Versuche statt dessen lieber, sein Vertrauen in kleinen Dingen zu erringen, *comprendes?*«

»Ja«, erwiderte Carlisle ungeduldig. »Aber wann werde ich denn nun zu euch stoßen können?«

»Bald, das verspreche ich dir. Aber du solltest ihn unbedingt zu seiner Hazienda begleiten und so tun, als habest du es keineswegs eilig, uns zu treffen. Du mußt geduldig sein und so viel, wie du nur kannst, über ihn herausfinden. Wir werden eines Nachts zu dir kommen, und dann kannst du an unserer Seite für den Triumph von Santa Anna kämpfen.«

»Glaubst du, daß es noch einmal zu einem Krieg kommen wird?« erkundigte sich Carlisle, die sich lebhaft daran erinnerte, wie Atlanta niedergebrannt worden war und zahllose Menschen in dem Krieg zwischen den Staaten ihr Leben verloren. Ihre beiden Brüder hatten für den Erhalt der Union gekämpft, und obwohl der Norden als Sieger hervorgegangen war, hatten auch sie Leid erfahren müssen. Ihr Bruder Stone war in einem schrecklichen Gefängnis der Konföderierten in Andersonville, Georgia, gefangengehalten worden. Seit seiner Rückkehr war er nicht mehr derselbe und immer noch von dem schrecklichen Drang nach Vergeltung besessen, sich an Emerson Clan, dem Mann, der ihn verraten hatte, zu rächen.

Carlisle beabsichtigte übrigens, ihm bei der Suche nach Clan behilflich zu sein. Tyler hatte sie auf eine wunderbare Idee gebracht. Ihr Onkel Burl hatte einmal einen Mann beschwindelt, indem er ihm eine Nachricht sandte, in der behauptet wurde, daß er eine große Geldsumme geerbt habe. Carlisle war sich sicher, daß diese List auch bei Emerson Clan funktionieren würde. Wenn sie ihn dazu bringen könnte, nach Chicago zu reisen, könnte Stone ihn dort gefangennehmen lassen und hinter Gitter bringen. Sie mußte nur noch die Details ausarbeiten und dann einen Brief an Emerson Clan schicken, der wie ein juristisches Dokument aussah. Das könnte sie bereits tun, solange sie noch an Bord der *Mayan* war. Und sie mußte Tyler darüber benachrichtigen. Vielleicht würde ihr Javier ja behilflich sein. Er hatte schließlich in New Orleans Jura studiert.

»*Sí*, es wird einen Krieg geben«, sagte Javier gerade, »aber viele Mexikaner wollen Santa Anna als *presidente*. Wenn wir erst einmal zum Schlag gegen die Regierung Juarez ausholen, werden sie sich uns zu Tausenden anschließen, um für die Heilige Kirche zu kämpfen.«

Carlisle warf erneut einen Blick zu Chase Lancaster hinüber. Sie konnte ihn nicht leiden, aber es war auch nicht ihr Wunsch, ihm großen Schaden zuzufügen. Immerhin war er ein guter Freund ihres Bruders und Tylers Cousin.

»Chase wird doch nicht zu Schaden kommen, oder?« erkundigte sie sich deshalb schüchtern.

»Verschwende dein Mitleid nicht an einen solchen Mann, *amiga*«, sagte Arantxa kalt. »Er hatte auch kein Mitleid mit den Leuten von San Miguel.«

»Was meinst du damit?«

»Du erinnerst dich doch noch an das, was ich dir über das Massaker erzählt habe, nicht wahr?« erwiderte Javier. »Über die Frauen und Kinder, die umgebracht wurden?«

»Ja, natürlich.«

»Chase Lancaster war derjenige, der den Befehl dazu gab.«

Carlisle blickte noch einmal zu Chase hinüber. Dieses Mal spiegelte sich Entsetzen in ihrem Blick. Krieg war an sich schon eine schreckliche, sinnlose Sache, dachte sie. Aber wie konnte er nur den Mord an Kindern befohlen haben? Ganz sicher gehörten die Juaristas in Mexiko nicht an die Macht, wenn sie die Bauern umbrachten und die Priester vertrieben. Bestimmt war Gott auf der Seite von Javier und Santa Anna, denn selbst Mutter Andrea Mary hatte sich im Kloster des Heiligen Herzens gegen die üblen Reformgesetze von Benito Juarez ausgesprochen und ihnen davon erzählt, wie die Juaristas ganze Nonnen- und Priesterorden vertrieben hatten. Carlisle hatte plötzlich das Gefühl, das Richtige zu tun, wenn sie Chase Lancaster nachspionierte. Wann immer sie irgendwelche Zweifel haben sollte, würde sie sich an die Verbrechen erinnern, die an den Menschen von San Miguel verübt worden waren.

Für Chase Lancaster verlief die kurze Reise durch den Golf zum Hafen von Matamoros ereignislos. Er hatte den überwiegenden Teil der Zeit allein verbracht und sich, so weit es eben möglich war, von Carlisle Kincaid ferngehalten. Es schien ihr nicht viel ausgemacht zu haben, dachte er, als er in der Nähe der Gangway stand und ungeduldig darauf wartete, daß sie endlich mit ihrer Verabschiedung von den Geschwistern Perez fertig wurde. Die beiden blieben an Bord der *Mayan,* um weiter nach Vera Cruz zu fahren. Er wandte sich ein wenig um, damit er einen besseren Blick auf Carlisle hatte. Ihr goldrotes Haar leuchtete wie poliertes Kupfer in der Sonne, und sie trug ein aufwendig gearbeitetes weißes Kleid, das für die Reise völlig untauglich war. Er hatte sie darauf aufmerksam gemacht, aber sie hatte seine Bemerkung ignoriert. Er murmelte einen leisen Fluch vor sich hin, als Carlisle ihre Hand auf Javier Perez' Arm legte und ihm ihr Gesicht auf eine Weise entgegenreckte, als warte sie auf einen Abschiedskuß, aber Senora Alvarez verlor keine Zeit und drängte sich zwischen die beiden.

Chase lachte in sich hinein. Er war überrascht gewesen, wie schnell sich Carlisle mit der Anwesenheit von Señora Alvarez, die wahre Adleraugen besaß, abgefunden hatte. Er hatte lautstarke Proteste erwartet, aber statt dessen hatte sie ihre Kabine mit der ältlichen Begleiterin geteilt und ohne zu murren die Mahlzeiten mit ihr eingenommen. Möglicherweise lag es daran, daß es Carlisle trotz der Anwesenheit der alten Dame gelungen war, mit jedem einzelnen männlichen Passagier an Bord der *Mayan* zu flirten.

Chase spürte, wie Wut in ihm aufstieg. Zum Teufel mit ihren grünen Augen! Er hätte sich von Anfang an von ihr fernhalten sollen. Sie würde ihm nur Scherereien einbringen. Sie war eine Versuchung des Teufels, mit dem Gesicht eines Engels und dem weichen, sinnlichen Körper einer *cortesana,* noch jungfräulich und unberührt. Er fragte sich, ob sie sich bewußt war, welche Macht sie über die Männer hatte und wie viele sich danach sehnten, sie zitternd und stöhnend vor Leidenschaft in ihren Armen zu halten.

Chase warf einen weiteren finsteren Blick auf Carlisle,

die immer noch um Javier Perez herumstrich. Er dachte an die Nacht in der Kutsche, als sie ihn mehr oder weniger dazu aufgefordert hatte, sie zu küssen. An diesem Abend war ihm schmerzhaft bewußt geworden, wie sehr er sie begehrte. *Dios,* er hätte es nie für möglich gehalten, daß er zu solch einem kindischen Verhalten überhaupt fähig war. Aber dieser Kuß hatte ihn ebensosehr berührt wie sie. Er mußte also versuchen, die Haßgefühle, die sie ihm gegenüber hegte, noch weiter zu schüren. Ihre Verachtung würde ihr Verhältnis für beide Seiten sicherer gestalten.

Chase hatte zum Teufel noch mal wichtigere Probleme als Carlisle Kincaid. Er seufzte und fuhr sich mit den Fingern durchs Haar. *Dios,* würde es Mexiko denn niemals gelingen, so stark und geeint zu sein, wie es die Vereinigten Staaten nun sechs Jahre nach dem Krieg waren? Er hatte gekämpft und getötet, um Juarez als den rechtmäßigen, gewählten Präsidenten Mexikos wiedereinzusetzen, und hatte gedacht, daß die ganzen Unruhen endlich aufhören würden, nachdem die Franzosen verjagt und der Usurpator Maximilian exekutiert worden waren. Warum nur waren die Menschen nicht in der Lage zu verstehen, was Benito vorhatte? Warum konnten sie nicht einsehen, daß die katholische Kirche schon viel zu lange Zeit das Land und den Reichtum Mexikos in ihrem Würgegriff gehalten hatte?

Er hatte keine Lust mehr zu kämpfen, nicht gegen seine eigenen Leute. Er wollte kein Blutvergießen mehr. Er hatte in seinem Leben bereits genug Tote gesehen.

Carlisle und ihre Freunde unterhielten sich immer noch angeregt an der Reling. Verärgert rief er ihr zu, daß sie sich beeilen möge. Sie blickte auf, scheinbar ein wenig überrascht von seiner Reaktion, umarmte dann aber zuerst Arantxa und anschließend auch Javier sehr herzlich, trotz der düsteren Blicke von Senora Alvarez.

Chase blickte zu den Docks zurück. Er konnte die Ankunft von Esteban kaum erwarten. Er hatte seinen *compadre* mehrere Monate lang nicht gesehen und vermißte ihn sehr. Sie waren schon seit Kindertagen miteinander befreundet, und Chase fühlte sich mit Esteban enger verbunden als mit irgendeinem Mitglied seiner eigenen Familie. Esteban war wie ein Bruder für ihn. Er würde ihm dabei helfen, Carlisle sicher zur Hacienda de los Toros zu begleiten, und würde dafür sorgen, daß sie Chase nicht länger auf die Nerven fiel.

Sobald Carlisle erst einmal auf der Ranch war, konnte sich Chases Mutter um sie kümmern, während Chase nach Mexico City weiterreisen würde, um Benito zu berichten, was er herausgefunden hatte. El Presidente würden die Gerüchte über die zunehmende Unterstützung für die Rebellen, die Santa Anna folgten, nicht gefallen. Santa Anna war derjenige gewesen, der Benito ins Exil geschickt hatte, bevor die Franzosen über das Land hergefallen waren.

»Es gab überhaupt keinen Grund, so unhöflich zu sein.« Carlisles Stimme zitterte vor Wut, aber sie hielt sie dennoch gesenkt. »Es ist mein gutes Recht, mich von meinen Freunden zu verabschieden.«

»Jawohl, Ma'am.«

Der Spott in seiner Stimme war nicht zu überhören, und Carlisles grüne Augen verengten sich vor Wut zu schmalen Schlitzen. Wenn sie wütend war, ihre Wangen sich rosig färbten und ihre Augen blitzten, war sie herrlich anzusehen. Im Moment hatte sie ihr kleines Kinn trotzig in die Höhe gereckt.

»Mr. Lancaster, ich habe beschlossen, mich von Ihnen nicht mehr ärgern zu lassen, denn ich habe den Verdacht, daß Sie es genießen, mich wütend zu sehen«, sagte sie und sprach unheimlicherweise genau die Gedanken aus, die ihm gerade durch den Kopf gegangen waren.

»Jawohl, Ma'am, es freut mich, das zu hören, Ma'am. Aber ich glaube, wir würden besser miteinander auskommen, wenn Sie Ihr hitziges Temperament im Zaum halten könnten.«

»Oh, lassen Sie doch endlich das alberne ›Ma'am‹. Ich kann es nämlich überhaupt nicht leiden, wenn man mich so nennt. Sie sind wirklich der streitlustigste Mann, der mir jemals begegnet ist.«

»Bitte erlauben Sie mir, Ihren Arm zu nehmen. Die Gangway ist sehr steil.«

»Ich bin durchaus in der Lage, ohne Hilfe von Bord zu gehen«, entgegnete Carlisle verärgert, trotz ihres Vorsatzes, sich nicht mehr über ihn aufzuregen.

Sie winkte noch einmal zu Arantxa und Javier hinüber und ignorierte Chase, der sie unhöflicherweise hatte stehenlassen, um mit Senora Alvarez zu reden. Sie hob den bauschigen Rock ihres weißen Baumwollkleides in die Höhe und stieg vorsichtig zum Dock hinunter, wo sich bereits ihre Koffer und Taschen befanden.

Dort stand sie eine halbe Stunde lang. Die Mittagssonne brannte auf ihren Kopf, bis sie gezwungen war, ihren weißen Rüschenschirm aufzuspannen. Innerlich begann sie zu kochen, und sie verfluchte den Tag, an dem Chase Lancaster geboren worden war. Er war unerträglich. Zuerst blamierte er sie, indem er sie vor dem Kapitän und den anderen Passagieren anschrie, sich zu beeilen, und nun ließ er sie allein auf dem Dock herumstehen wie irgendeine Matrosenkokotte.

Oh, warum hatte Gray nur darauf bestanden, daß sie mit diesem Rüpel reiste? Warum hatte er nicht erkannt, was für ein gemeiner Kerl Chase in Wahrheit war? Sie war sich nicht sicher, ob sie seinen Spott und seinen Haß lang genug ertragen konnte, um die Dinge herauszuzufinden, die Javier wissen wollte. Außerdem wurmte es sie, daß er sich allen anderen gegenüber wie ein Gentleman benahm, nur nicht bei ihr. Er war sogar freundlich zu Arantxa gewesen!

Zum Glück war er ihr auf See nicht zu nahe gekommen. Aber er hatte sie immer im Auge behalten. Und sie kannte auch den Grund. Er war davon ausgegangen, daß sie sich davonstehlen würde, um irgend etwas Verbotenes mit Javier anzustellen, ganz so, als sei sie nichts weiter als eine dahergelaufene Dirne. Seine Furcht machte deutlich, was für eine Art von Mann er war. Immer erwartete er das Schlimmste von ihr — der Grund war wohl, daß sein eigenes Verhalten so viel zu wünschen übrig ließ.

Sie verspürte das unangenehme Gefühl von Schweiß, der ihr unter dem feinen, weißen Stoff des Kleides den Rücken hinunterrann. Sie holte ein zierliches Spitzentuch hervor und tupfte sich damit die Schweißperlen ab, die sich auf ihren Schläfen gesammelt hatten. Vom Schiff aus hatte Matamoros mit seinen flachen, weißen Häusern und den Kirchturmspitzen, die sich vor dem blauen Himmel in die Höhe reckten, einen einladenden Eindruck gemacht. Aber nun, da sie sich auf dem belebten Dock umsah, kam ihr die mexikanische Stadt gar nicht mehr so freundlich vor. Mehrere Hafenarbeiter mit dunkelgebräunter Haut und dreckigen Kleidern teilten sich eine Flasche Tequila und beantworteten ihren Blick mit lüsternem Grinsen.

Einer von ihnen deutete auf sie und machte dann eine Bemerkung in einem unbekannten spanischen Dialekt. Sie konnte zwar die Worte nicht verstehen, aber als seine Kameraden in schallendes Gelächter ausbrachen, war es offensichtlich, daß seine Bemerkung beleidigend gewesen sein mußte. Man hatte sie noch niemals zuvor allein auf einem öffentlichen Platz stehen lassen, der von Rüpeln bevölkert wurde! Ihre Brüder hatten immer darauf bestanden, daß sie ihr Mädchen mitnahm, wenn sie einkaufen ging oder im Lincoln Park spazierenfuhr. Sie atmete erleichtert auf, als sie Chase auf sich zukommen sah. Ganz offensichtlich hatte er sich um ihre Sicherheit überhaupt keine Gedanken gemacht.

»Wo sind Sie gewesen?« fuhr sie ihn an. »Ich gehe hier

vor Hitze ein! Und diese Männer dort drüben haben mir unverschämte Dinge zugerufen!«

Chase warf einen Blick auf das Trio und zuckte dann mit den Schultern. »Ich dachte, es gefällt Ihnen, wenn Sie die Aufmerksamkeit von Männern erregen.«

»Aber doch nicht von solchen Männern!«

Er beachtete sie nicht weiter und blickte lächelnd zum Ende der gepflasterten Straße, die parallel zum Wasser verlief. Sie folgte seinem Blick und sah eine Gruppe von Reitern und eine geschlossene Kutsche auf sie zukommen.

»Esteban ist pünktlich«, sagte er und griff nach ihrem Arm.

»Wer ist Esteban?« erkundigte sie sich und mußte fast laufen, um mit seinen eiligen Schritten mithalten zu können. Er machte sich erst gar nicht die Mühe, ihr zu antworten, und Carlisle hatte endgültig genug von seinen Unverschämtheiten. Sie riß ihren Arm aus seinem Griff und blieb abrupt stehen.

Chase blickte stirnrunzelnd auf sie hinab. »Was ist denn nun schon wieder?«

»Ich lasse mich von Ihnen nicht durch die Gegend schleifen und wie jemand behandeln, den Sie ins Gefängnis abtransportieren! Ich weigere mich, auch nur einen einzigen weiteren Schritt zu tun, bis Sie mir gesagt haben, wer dieser Mann ist.«

Sie verstummte plötzlich und bemerkte erst jetzt, daß ihre *duenna* nirgendwo zu entdecken war. Sie schaute zum Schiff zurück. »Und wo ist im übrigen Senora Alvarez?«

Chases leuchtendblaue Augen blickten forschend in ihr gerötetes Gesicht. »Esteban ist ein alter Freund von mir und der Aufseher meiner Ranch. Er holt uns hier ab. Und was die Senora angeht — sie hat sich entschlossen, weiter nach Tampico zu reisen, um dort die Familie ihres Sohnes zu besuchen.«

Carlisle war einen Augenblick lang wie betäubt. »Aber Sie haben doch selbst gesagt, daß es wichtig für mich sei, während meines Aufenthalts in Mexiko eine *duenna* zu haben!«

»Nein, so habe ich es nicht gesagt«, erwiderte er, und ein triumphierendes Lächeln umspielte seine Lippen. »Ich sagte lediglich, daß Sie eine *duenna* benötigen würden, solange Javier Perez in der Nähe ist. Nun, da Sie mit mir und meinen Freunden reisen, gibt es keinen Grund mehr dazu.«

»Da bin ich aber ganz anderer Ansicht«, erwiderte sie wütend. »Sie sind wesentlich gefährlicher und haben weitaus schlechtere Manieren als Javier. Zumindest hat *er* noch nie eine Situation ausgenutzt.«

»Das freut mich zu hören, Senorita Kincaid. Aber es gibt wirklich keinen Grund, sich vor mir zu fürchten. Wenn wir erst einmal auf der Ranch angekommen sind, wird sich meine Mutter um Sie kümmern. Sie beide werden sich gut verstehen, denn sie mißbilligt meine Manieren ebenso wie Sie.«

Als er erneut nach ihrem Ellenbogen griff, blieb Carlisle keine andere Möglichkeit, als sich von ihm mitziehen zu lassen. Sie preßte ihre Lippen zu einer schmalen Linie zusammen und kam zu dem Schluß, daß es noch viel schlimmer war, mit ihm allein zu sein, als sie es sich vorgestellt hatte.

Als sie den gepflasterten Kai überquerten, reckte der Mann, der die bewaffneten Reiter anführte, seinen rechten Arm in die Höhe und brachte so die Truppe zum Stehen. Dann schwang er sich von seinem Pferd und spazierte mit einem breiten Grinsen auf sie zu.

»Esteban!« rief Chase, der offensichtlich überglücklich war, seinen Freund zu sehen. Er ließ Carlisle los und begrüßte den anderen Mann mit einem warmen *abrazo.*

»Viel Zeit ist vergangen, *amigo!*« erwiderte Esteban.

»*Sí, compadre.* Ich habe mich schon gefragt, ob du dich

lange genug von deiner hübschen Frau losreißen kannst, um mich abzuholen!«

»*Caramba,* dein häßliches Gesicht ist kaum Trost genug nach drei Nächten ohne meine heißblütige Conchita. Sie besucht Verwandte in der Nähe des Flusses, während ich fort bin. Sie kampieren an der üblichen Stelle. Hier, ich habe dir Reitkleidung mitgebracht.«

»*Gracias.*« Chase nahm die abgenutzte Satteltasche entgegen, die ihm Esteban hinhielt, lachte und klopfte seinem mexikanischen Freund auf den Rücken.

»Wie geht es Mutter und Tomas? Sind sie auch hergekommen?«

»Deine Mutter ist nach Mexico City zurückgefahren. Dein Bruder Tomas dachte nur noch an die *toros,* und sie hat ihn dort untergebracht, wo er Schulbücher statt ein *capa* mit sich herumschleppt. Er ist genauso wild darauf, gegen die Stiere zu kämpfen, wie wir es früher einmal waren, nicht wahr, *amigo?*«

Chase lachte erneut und schlug seinem Freund auf die Schulter. »*Sí,* aber er ist jetzt schon viel besser, als wir es jemals waren. Meine Narben beweisen das!«

Während die beiden Männer damit fortfuhren, miteinander zu scherzen und Erinnerungen auszutauschen, wuchs in Carlisle die Wut über Chase Lancasters unglaublich unhöfliches Verhalten. Sie kam sich wie eine Närrin vor, während sie wie ein Waisenkind, das niemand haben wollte, an seiner Seite stand. Vor Hitze und Wut lief sie rot an. Wahrscheinlich hätte er sie niemals seinem Freund vorgestellt, wenn dieser sie nicht neugierig angeschaut hätte.

»Ach, ja«, sagte Chase und warf ihr einen Blick zu. Er hatte sie doch tatsächlich vergessen, dieser Idiot! »Dies ist die *muchacha,* wegen der ich dir telegrafiert habe. Senorita Carlisle Kincaid. Sie wird eine Weile unser Gast sein. Carlisle, ich möchte Ihnen gerne Senor Esteban Rivera vorstellen.«

Esteban riß seinen braunen Sombrero vom Kopf und verneigte sich tief. Er war ungewöhnlich groß für einen Mexikaner und mit einem weiten, weißen Hemd und Reithosen bekleidet, die von dem Ritt schmutzig geworden waren. Um den Hals hatte er ein rotes Tuch gebunden, und er trug sowohl eine Pistole als auch ein langes Jagdmesser, das von seinem Gürtel herabbaumelte.

»Sehr erfreut, Senorita«, sagte er mit einem starken spanischen Akzent auf Englisch. »Ich freue mich, daß Sie uns mit Ihrer entzückenden Gesellschaft beehren. Meine Frau Conchita wird Ihr Mädchen sein. Sie ist so allein auf der Rancho.«

Gott sei Dank, ein Gentleman! dachte Carlisle dankbar. Und es würde noch eine Frau anwesend sein, mit der sie reden konnte! Ihre Laune besserte sich schlagartig, und sie warf Esteban Rivera ihr strahlendstes Lächeln zu.

»Senor Rivera, ich freue mich sehr, Ihre Bekanntschaft zu machen. Wie schön, daß ich zu guter Letzt doch noch mit einem Gentleman reisen werde.«

Esteban schaute zuerst voller Überraschung auf sie und dann auf Chase, dessen Gesicht wie gewöhnlich keine Emotionen widerspiegelte. Carlisle gab wirklich nichts drum, was er dachte. Sie hatte genug von Chase Lancaster. Sie würde sich bemühen, mit Esteban Rivera und seiner Frau Freundschaft zu schließen, und Chase konnte sich zum Teufel scheren.

4

Gegenüber den Docks lag eine kleine, weißgekälkte *Cantina* ruhig in der Morgensonne. Während Esteban Carlisle höflich an einen Tisch geleitete, verschwand Chase ohne weitere Erklärung eine Treppe hinauf. Er hatte die abgenutzte braune Ledersatteltasche bei sich, die ihm Esteban auf der Straße gereicht hatte.

»Chaso hat Sie wütend gemacht, nicht wahr?« erkundigte sich Esteban mit sanfter Stimme. Carlisle wandte ihren Blick von dem oberen Balkon ab und betrachtete überrascht ihren Begleiter.

Trotz der Unregelmäßigkeit seiner Gesichtszüge spiegelte sich in ihnen ein Ausdruck vollkommener Ruhe. Die dunklen Augen waren so intelligent und sein Lächeln so sanft, daß sich Carlisle in Estebans Gegenwart ausgesprochen wohl fühlte. Er schien ein Mensch zu sein, der eine Antwort auf alle Fragen hatte und kluge Ratschläge bei Problemen geben konnte. Er hatte beide Hände auf den Tisch gelegt. Seine Finger waren lang und schlank, beinahe zierlich. Irgendwie wußte sie, daß sie und Esteban gute Freunde werden würden.

»*Sí*«, stimmte sie zu. »Wir können uns nicht besonders gut leiden.«

»Das überrascht mich aber. Chaso mag Frauen und ganz besonders die hübschen. Sie sind die schönste Senorita, die ich jemals gesehen habe. Ich muß Sie unbedingt malen, während Sie auf der Hazienda sind.«

»Sie sind Künstler?« Carlisle lächelte, während seine dunklen Augen über ihr Gesicht hinwegglitten.

»*Sí*. Das ist mein Schicksal. Und Sie haben ein Gesicht eines Engels und Haare wie Feuer.«

Carlisle war an Komplimente gewöhnt. Aber Esteban

wollte nicht mit ihr flirten. Seine forschenden Blicke, mit denen er ihr Gesicht betrachtete, waren von einer ernsthaften Objektivität, als sei sie ein einzigartiger Sonnenuntergang, den er unbedingt auf seiner Leinwand festhalten mußte.

»Ich bin sehr geschmeichelt, Senor Rivera. Aber ich fühle mich augenblicklich nicht gerade so, als sei ich Ihre Aufmerksamkeit wert. Ich habe mich noch nicht an die heiße mexikanische Sonne gewöhnt, fürchte ich.«

Estebans Blick glitt an ihrem teuren, weißen Baumwollkleid hinab. Seine Augen ruhten einen Moment lang auf den langen, engen Ärmeln und dem hochgeschlossenen, mit Spitze eingefaßten Kragen. »Unsere *muchachas* tragen nicht so viele Kleidungsstücke, besonders nicht die *gitanos* wie meine Frau, Conchita. Wir werden uns schon bald mit ihren Leuten treffen, und dann wird sie Ihnen bequemere Kleidung geben.« Ein sanftes Lächeln breitete sich über sein Gesicht aus und brachte seine schönen Augen zum Leuchten. »Conchita ist wild und hat ein hitziges Temperament, aber sie behandelt mich wie einen König.«

Carlisle nickte und wünschte sich, sie würde bereits Conchitas Kleid tragen. Selbst im tiefen Schatten der Veranda fühlte sie sich in dem klebrigen, weißen Kleid eingezwängt und erhitzt. Nun war ihr klar, daß Chase recht gehabt hatte, als er sie von der Unbrauchbarkeit des Kleides für die Reise überzeugen wollte. Aber sie hatte beim Abschied von Javier noch einmal besonders gut aussehen wollen.

Außerdem war sie nicht darauf vorbereitet gewesen, daß sie sich unverzüglich auf den Weg zur Hazienda machen würden. Sie hatte zumindest auf eine Übernachtung in einem Hotel gehofft, wo sie sich nach der Seereise hätte baden und frischmachen können. Sie war durchgeschwitzt und mürrisch, aber sie beschloß, ihr Unbehagen und ihren Ärger für sich zu behalten, denn sie mochte Esteban.

Ein Indianermädchen in einem bedruckten Baumwollrock und einer ausgeschnittenen, weißen Bluse trat an ihren Tisch. Sie trug ein Holztablett, auf dem sich ein Krug mit kühler Orangenlimonade befand, die Esteban *naranjada* nannte, und ein Teller mit Maisfladen, die *tortillas* hießen. Carlisle nippte an dem süßen Saft, stellte aber ihren Becher ab, als Chase wieder auf der Treppe auftauchte. Er hatte sich umgezogen und trug nun Reitkleidung wie Esteban und die anderen — dunkelbraune Wildlederhosen mit Fransen an den Seiten und an den Knöcheln ausgestellt, damit sie über die Stiefel paßten. Dazu hatte er ein weites, weißes Hemd übergezogen.

Carlisle starrte auf die Pistolenhalfter aus schwarzem Leder, die er tief um seine breiten Hüften gebunden hatte. Er machte jetzt einen bedrohlichen Eindruck. Als er sie anblickte, fühlte sie, wie es ihr kalt den Rücken hinunterlief.

»Bist du bereit, Esteban? Wir haben einen langen Weg vor uns.«

Er wandte seine Aufmerksamkeit Carlisle zu, und instinktiv wußte sie, daß seine nächsten Worte voller Spott stecken würden.

»Das heißt, natürlich nur, wenn Sie auch bereit sind, Ma'am.«

Selbst Esteban schien den sarkastischen Unterton zu bemerken, und er blickte Chase fragend an. Carlisle, die verschwitzt und wütend war, erwiderte scharf:

»Vielleicht hätte ich mich auch gerne ein wenig frischgemacht und mir etwas Bequemeres angezogen, Mr. Lancaster.«

»Nun, Senorita Kincaid, Sie haben sich Ihre Reisekleidung doch selbst ausgesucht, obwohl ich Sie darauf hingewiesen habe, daß dieses Kleid ungeeignet ist. Ich fürchte, daß wir nun leider keine Zeit mehr haben, um in Ihren Koffern herumzukramen. Wir reisen nicht durch die Stadtmitte von Chicago, wissen Sie. Hier in der Wildnis von Mexiko müssen wir das Tageslicht nutzen, denn in der Nacht sind die Komanchen unterwegs.«

»Komanchen!« rief Carlisle und vergaß vollkommen, daß sie zornig war. Aus irgendeinem Grund war ihr nie der Gedanke gekommen, bei ihrem Aufenthalt in Mexiko auf Komanchen zu treffen. Stone hatte ihr erzählt, daß die wilden Rothäute in plündernden Banden durch die Prärien im Westen zogen. Aber doch sicherlich nicht hier in Mexiko, einem zivilisierten Land!

»Ja, Ma'am«, erwiderte Chase mit übertriebener Geduld. »Wilde Indianer. Mit roter Haut und Skalpmessern und allem, was dazugehört. Wahrscheinlich bekommen Sie zu Hause in Illinois nicht allzu viele zu Gesicht, nicht wahr?«

Sie war dankbar, als sich Esteban einmischte, obwohl er wegen seiner Bemühungen ein Stirnrunzeln von Chase erntete. »Machen Sie sich bitte keine Sorgen, Senorita. Die Komanchen greifen keine Kutschen an, die von so vielen bewaffneten *vaqueros* umgeben sind. Und die Guerilleros verstecken sich wie feige Schweine in ihren Rebellenlöchern in den Bergen. Sie sind bei uns in Sicherheit.«

Bei der Erwähnung der Rebellen wuchs Carlisles Interesse schlagartig. Chase ging es genauso, denn er zog sich einen Stuhl heran und sprach mit leiser Stimme.

»Hat es, während ich fort war, irgendwo hier im Norden Schwierigkeiten gegeben?«

Carlisle tat so, als interessiere sie das alles nicht, und nippte an ihrer Orangenlimonade. In Wahrheit aber lauschte sie auf jedes Wort, überrascht, wie frei die beiden Männer vor ihr miteinander sprachen. Javier hatte recht. Sie verdächtigten sie nicht.

»*Sí, amigo,* und viele Gerüchte über eine *revolucion*«, sagte Esteban. »Es wird wohl bald wieder Ärger geben. Zahlreiche Guerilleros versammeln sich in der Sierra, und es hat bereits einige Angriffe gegeben. Sie haben eine

Brücke nahe El Paso del Norte und eine Bank in Chihuahua in die Luft gejagt.«

»Verdammt«, murmelte Chase, und sein Gesichtsausdruck verhärtete sich. »In New Orleans habe ich Gerüchte gehört, daß es eine Verschwörung geben soll, um Santa Anna wieder an die Macht zu bringen.«

Jeder einzelne Muskel in Carlisles Körper versteifte sich, und ihre Handflächen wurden feucht. Sie stellte den Becher auf den Tisch zurück. Ihre Nerven waren zum Zerreißen gespannt, und sie befeuchtete ihre Lippen. Plötzlich war sie nicht mehr so sicher, ob sie sich wirklich so gut zum Spionieren eignete. Eigenartigerweise hämmerte ihr Herz vor freudiger Erregung.

»Was ist los mit Ihnen?« erkundigte sich Chase plötzlich.

Carlisle zuckte schuldbewußt zusammen. Großer Gott, bin ich so leicht zu durchschauen? dachte sie, als Chases Augen sie mißtrauisch anblickten.

»Nichts ist mit mir los«, entgegnete sie. »Außer, daß Sie mich erst anherrschen, mich zu beeilen, und sich dann zu einem gemütlichen Plausch niederlassen, als hätten wir den ganzen Tag Zeit.«

»Entschuldigen Sie, Ma'am, ich weiß wirklich nicht, wie ich mir so etwas herausnehmen konnte«, erwiderte Chase und schob mit einem amüsierten Glitzern in den Augen seinen Stuhl zurück.

Carlisle ignorierte ihn und stand auf. Sie war froh, daß er vorausging. Sie lächelte Esteban an, der sich leicht verbeugte, ergriff dann seinen Arm und erlaubte ihm, sie nach draußen zu geleiten, wo die Kutsche vor der *Cantina* auf sie wartete.

Am frühen Nachmittag desselben Tages wünschte sich Carlisle bereits sehnlichst, wieder in der ruhigen, schattigen *Cantina* zu sein und an ihrem kalten *naranjada* zu nippen.

Die Kutsche, in der sie fuhr, war gut gepolstert und so komfortabel, wie es ein Gefährt unter der gleißenden, heißen Sonne eben sein konnte. Die ersten Stunden waren sie entlang des Rio Grande gereist, hatten dann in Richtung Südwesten eine trockene, verlassene Prärie überquert und bewegten sich nun auf die in der Ferne liegenden Ausläufer der Sierra Madre zu.

Sie saß allein in der Kutsche, wo sie unter der unerträglichen Hitze litt und beinah an dem Staub erstickte, der von den Rädern aufgewirbelt wurde. Er wehte durch die geöffneten Fenster hinein und überzog die schwarzen Ledersitze wie mit Talkumpuder. Ihr hübsches weißes Kleid war natürlich restlos von dem roten Staub verschmutzt und klebte an ihr wie ein nasses Bettlaken. Sie sehnte sich danach, all die Schichten von Unterwäsche auszuziehen, aber sie wußte, daß ein solches Verhalten unanständig und unmöglich war, solange sie in der Begleitung von Männern reiste. Sie beschloß aber, wenigstens ihr Mieder so weit aufzuknöpfen, wie es der Anstand erlaubte. Sie hob ihren klebrigen Rock in die Höhe und bewegte ihn auf und ab, um ihre Beine, die in Strümpfen steckten, ein wenig abzukühlen.

Sie dachte an die kühlen Ozeanwinde, die mit ihrem Haar gespielt hatten, als sie noch mit Javier und Arantxa auf dem Promenadendeck stand. Sie hatten gemeinsam einen Schwarm Delphine beobachtet, der am Bug der Steuerbordseite im Wasser aufgetaucht war, und sich über die Spiele der Tiere amüsiert. Carlisle könnte noch bei ihnen sein, wenn es Chase Lancaster nicht gäbe. Die Wut auf ihren hassenswerten Gastgeber stieg erneut in ihr hoch. Warum hatten sie es nur so eilig? Sie waren doch nicht auf der Flucht vor einem Feuer, um Himmels willen noch einmal!

Als Chase schließlich auf seinem schwarzen Hengst neben ihrem Fenster auftauchte, kochte sie vor Wut.

»Wie geht es Ihnen?« Er spähte ins Innere der Kutsche

und beäugte auf unverschämte Art und Weise ihre unbedeckten Beine, die sie auf sehr undamenhafte Weise auf den gegenüberliegenden Sitz gelegt hatte.

»Wie soll es mir schon gehen?« schnappte sie zurück und zerrte hastig ihren Rock hinunter. »Es ist so, als würde man langsam in einem Ofen geröstet, und ich bin von oben bis unten voll Staub! Schauen Sie sich nur mein Kleid an! Es ist ruiniert!«

Chase grinste angesichts dieses Wutausbruches und ließ seinen Blick über ihr gerötetes Gesicht und das zerzauste Haar gleiten. Carlisle verschränkte ihre Arme vor der Brust, preßte die Lippen aufeinander und wünschte, sie könnte ihn auch in dieses heiße, staubige Gefängnis sperren, das er ihr zumutete. Sie sah zu, wie er eine Metallflasche löste, die an seinem Sattelknauf hing, und sie ihr durchs Fenster reichte. Carlisle nahm sie und ignorierte ihn, während sie sie entkorkte und durstig daraus trank. Das Wasser war lauwarm, aber im Augenblick fand sie es köstlicher als Champagner.

»Können Sie reiten?« fragte Chase einen Moment später, nachdem sie die Flasche zurückgegeben hatte.

»Nein.«

Chase runzelte angesichts der mürrischen Antwort die Stirn und blickte auf die Mengen von verschmutztem weißen Baumwollstoff, die sich auf dem Sitz der Kutsche bauschten.

»Oh, sehen Sie zu, daß Sie aus einigen dieser sperrigen Petticoats herauskommen, zum Teufel noch mal, dann werde ich Sie mit auf mein Pferd nehmen. Ich reite voraus, um einen Wasserlauf zu finden, wo wir unsere Wasservorräte auffüllen können. Aber machen Sie schnell. Ich habe nicht mehr viel Zeit.«

»Reiten? Mit Ihnen? Wie kommen Sie darauf, daß ich so etwas jemals in Betracht ziehen würde?«

»Dann eben nicht.« Chase zuckte mit den Schultern. Er zog an den Zügeln und lenkte sein Pferd von der Kutsche weg. Carlisle bedauerte ihre impulsive Ablehnung augenblicklich.

»Warten Sie!« rief sie aus dem Fenster, als sein Hengst langsam zurückblieb. »Es tut mir leid! Ich möchte doch gerne mitkommen!«

Er gab dem Pferd die Sporen, preschte nach vorne und grinste sie an. »Zu Ihren Diensten, Ma'am. Aber wie ich schon sagte, Sie müssen zuerst Ihre Unterkleider loswerden. Das Kleid alleine wiegt wahrscheinlich bereits eine Tonne.«

»In Ordnung«, stimmte sie zu, da sie selbst nicht besonders erpicht darauf war, mit mehreren Schichten Seide und Baumwolle zu reiten. Sie wartete darauf, daß er wegsehen würde, aber er ritt weiter neben der Kutsche her und beobachtete sie durch das Fenster.

»Ich würde dazu gerne einen Augenblick alleine sein«, sagte sie schließlich mit scharfer Stimme.

»Ich werde nicht hinschauen, das verspreche ich Ihnen«, erwiderte er mit gerade genug Hohn in der Stimme, daß Carlisle errötete.

Sie riß das mit Quasten geschmückte Rouleau vor dem Fenster hinunter und begann, sich aus ihren schweren Petticoats herauszuwinden.

»Warum zum Teufel brauchen Sie so lange?« ertönte Chases brummige Stimme von der anderen Seite des Rouleaus. »Ich schlucke viel Staub hier draußen!«

Gut, dachte sie, als sie das Rouleau wieder nach oben schnellen ließ. »Sind Sie sicher, daß es sich schickt, wenn ich mit Ihnen reite? Obwohl ich nicht vollständig angezogen bin?«

Chase schüttelte fassungslos den Kopf, und als Carlisle seinen erbosten Gesichtsausdruck sah, kam sie sich albern vor.

Carlisle zögerte ein letztes Mal, aber ein einziger Blick auf das Innere der engen, heißen Kutsche überzeugte sie endgültig. »Wie komme ich auf das Pferd?«

»Stehen Sie auf und legen Sie die Arme um meinen Hals«, befahl er, während er die Tür aufklinkte.

Carlisle tat, wie ihr geheißen wurde, und schnappte überrascht nach Luft, als sich sein Arm um ihre Taille legte, er sie seitwärts in die Höhe hob und vor sich auf das Pferd setzte, als sei sie leicht wie eine Feder.

»Setzen Sie sich mit gespreizten Beinen auf den Sattel. Das ist bequemer.«

Carlisle war schockiert. Obwohl sie niemals selbst das Reiten erlernt hatte, wußte sie doch, daß vornehme Damen keinesfalls rittlings auf einem Pferd saßen. Die Tatsache, daß Chase dies vorgeschlagen hatte, gab ihr das Gefühl, wild und verrucht zu sein. Sie schwang ihr Bein über den Hals des Pferdes und umklammerte dann mit beiden Händen den Sattelknauf.

Sie hielt den Atem an, als Chase sie sofort gegen seine Brust zog und seine linke Hand auf ihren Bauch legte, während er mit der rechten den feurigen Hengst im Zaum hielt. Dies war ganz zweifellos die intimste Art und Weise, auf die sie jemals einem Mann nahe gekommen war, und als sich auch noch seine muskulösen Oberschenkel an sie preßten, lief ihr Gesicht vor Scham rot an.

»Müssen Sie mich so fest halten?«

»Das muß ich in der Tat, wenn Sie nicht im Staub landen wollen.«

Er verstärkte seinen Griff und drückte dem Pferd die Absätze in die Seiten, so daß es vorwärts preschte. Carlisle klammerte sich verzweifelt an den Sattelknauf, während sie die anderen Reiter hinter sich zurückließen. Sie galoppierten auf ein entfernt gelegenes Gehölz zu. Carlisle blickte über die unfruchtbare Prärie, die sich bis zu den Bergen erstreckte. Die flache, ockerfarbene Weite wurde von seltsam geformten Kakteen und niedrigen, kümmerlichen Büschen unterbrochen, wie sie sie noch niemals zuvor gesehen hatte. Sie ritten sehr schnell. Hinter ihnen wirbelte eine Staubwolke hoch, und der Wind riß einige Nadeln aus Carlisles Haar, bis sich die zusammengerollten, goldroten Flechten lösten und sich über ihren Rücken und Chases Arme ergossen. Carlisle mußte laut lachen, weil sie sich plötzlich so gut fühlte!

»Das Reiten scheint Ihnen Spaß zu machen!«

Chases Mund war nahe an ihrer Schläfe. Seine Lippen berührten ihre Haut, und zu Carlisles Kummer überlief sie von Kopf bis Fuß eine Gänsehaut. Was hatte sie sich nur dabei gedacht, fragte sie sich bestürzt, ihre Zustimmung zu geben, allein mit ihm loszureiten? Hatten ihr Arantxa und Javier nicht erzählt, wie gefährlich und gewissenlos er war? Hatte sie es nicht selbst von Anfang an so empfunden?

Nach einer Weile erreichten sie einen kleinen Bach, der von Weiden gesäumt war, und Chase zügelte sein Pferd, während sie durch den erfrischend kühlen Schatten ritten. Am Bach ließ er Carlisle auf den Boden hinab und schwang sich dann selbst von dem Hengst hinunter. Carlisle trat zur Seite, als er das schweißgebadete Tier zum Wasser führte. Sie blickte sich mit einem unbehaglichen Gefühl um.

»Besteht die Möglichkeit, daß Indianer in der Nähe sind?« fragte sie zögernd.

»Nein, nicht hier.«

Er hatte sie keines Blickes mehr gewürdigt, und daher kniete sie sich ans Ufer des Baches. Sie tauchte ihr Taschentuch ins Wasser und strich sich damit über Gesicht und Hals.

»Warum ziehen Sie nicht Ihre Schuhe aus und waten ein wenig durch das Wasser? Sie können auch ein Bad nehmen, wenn Sie wollen. Ich werde Wache stehen.«

Carlisle drehte sich überrascht um. Aber es war nichts von dem spöttischen Gesichtsausdruck zu sehen, den sie erwartet hatte. Statt dessen sah sie mit Erstaunen, daß er sie ausnahmsweise einmal ohne ein höhnisches Blitzen in den Augen anlächelte. So wie er dort stand, die eine

Hand in die Hüfte gestemmt, die andere am Zügel des Pferdes, sah er unglaublich gut aus.

»Sie wissen doch genau, daß ich das nicht kann.« Sie blickte sehnsüchtig zum kalten Wasser hinüber.

»Können Sie denn nicht schwimmen?«

»Natürlich kann ich schwimmen. Meine Brüder haben es mir beigebracht, als ich klein war.«

»Warum zögern Sie dann noch? Ich verspreche, daß ich es keiner Menschenseele verraten werde.«

Nun zog er sie wieder auf, und Carlisle mußte lächeln.

»Nun, vielleicht werde ich für eine Minute im Wasser waten, aber ich werde kein einziges Kleidungsstück mehr ausziehen.«

Chase zog sein Gewehr aus dem mit Fransen besetzten Lederschaft am Sattel, hockte sich dann in den Sand und legte seine Waffe mit einer lässigen Bewegung in die rechte Armbeuge.

Carlisle setzte sich, zog ihre weißen Schuhe aus und drehte sich nach ihm um. Er lächelte sie herausfordernd an.

Sie zog eine feingeschwungene Augenbraue in die Höhe und löste ihren schwarzen Strumpfhalter. Ohne ihn noch einmal anzusehen, rollte sie schnell ihre weißen Strümpfe hinab und zog sie von den Zehen. Sie richtete sich auf, raffte ihre Röcke zusammen und watete bis zu den Knien in das klare Wasser hinein.

Schließlich gab sie doch ihrem Verlangen nach, rollte die Ärmel in die Höhe und stopfte ihr massiges Baumwollkleid in den Rockbund. Sie wusch sich den Staub von Gesicht und Armen, wobei sie sich der Gegenwart von Chase, der jede ihrer Bewegungen aufmerksam verfolgte, sehr bewußt war. Sie konnte sich nicht gegen das Verlangen wehren, ihn anzusehen. Das Lächeln auf seinem Gesicht war verschwunden! Sein Blick ruhte mit einer bedrückenden Intensität auf ihr, bei der sich Carlisles Kehle zusammenzog — in seinem Blick spiegelte sich Verlangen.

Ihr Herz begann zu rasen. Sie waren ganz allein. Esteban und die anderen waren weit zurück. Ob Chase die Situation ausnützen würde? Wie wäre es wohl, sich von seinen Händen und Lippen berühren zu lassen? Sie starrte ihn jetzt ebenfalls an, und ihre Blicke verschmolzen miteinander. Wie gebannt und unfähig, sich zu bewegen, spürte sie, daß eine ungeheure Kraft sie zueinanderzog. Plötzlich stand er jedoch auf und wandte sich ab, um das Zaumzeug zu richten.

»Wir sollten uns wieder auf den Weg machen, Carly. Ich weiß nicht, warum zum Teufel ich Sie eigentlich hierhergebracht habe.«

Er hatte sie noch niemals zuvor mit dem Kosenamen angesprochen, den ihre Brüder manchmal benutzten. Sie war jetzt froh, daß er es getan hatte. Carlisle befeuchtete ihre trockenen Lippen.

»Wissen Sie das wirklich nicht?« hörte sie sich selbst sagen.

Chase hielt inne, aber er drehte sich nicht um. Sie verspürte plötzlich eine unerklärliche Macht über ihn.

»Warum leisten Sie mir nicht Gesellschaft?« schlug sie ihm kühn vor. »Das Wasser fühlt sich wunderbar an auf der Haut.«

Chase blieb einen Moment lang regungslos stehen. Schließlich schaute er zu ihr hinüber, und sie entdeckte etwas in seinen blauen Augen, das sie nicht einordnen konnte.

»Ich kann Sie nur warnen, Senorita Kincaid. Ich habe häufig Einladungen von willigen Frauen erhalten, das dürfen Sie mir glauben. Aber es war bisher noch keine darunter, die so aufdringlich war wie die, die mir aus Ihren großen, grünen Augen entgegenleuchtete. Ich sage es Ihnen noch einmal: eines Tages werden Sie an den falschen Mann geraten und sich in ernsthafte Schwierigkeiten bringen. Ob Sie es glauben oder nicht, ich habe noch genug Ehre in mir, um nicht auf die Idee zu kommen, die

Schwester meines Freundes zu verführen. Sosehr sie es sich auch wünschen mag.« Carlisle spürte, wie ihr Gesicht heißer wurde, aber er fuhr mit berechnender Grausamkeit fort: »Also verschonen Sie mich in Zukunft mit Ihren Belästigungen.«

Er lenkte das Pferd mit einer abrupten Bewegung zu ihr hinüber. Ohne ein weiteres Wort zu verlieren, hob er sie in den Sattel und stieg hinter ihr auf. Den ganzen Weg zurück sprachen sie kein Wort. Carlisle hielt sich kerzengerade und hochmütig, kam sich aber innerlich sehr naiv vor und schalt sich eine Närrin. Vor allem aber war sie wütend, denn jedes Wort, das er gesagt hatte, entsprach der Wahrheit. Wie sehr hatte sie sich gewünscht, daß er ins Wasser waten und sie einfach in seine Arme reißen würde! Wie sehr hatte sie sich gewünscht, noch einmal von ihm geküßt zu werden, ganz so wie es damals in der Kutsche geschehen war! Sie sehnte sich nach dieser atemberaubenden, prickelnden Erregung, die sie verspürt hatte, als sein Mund sich auf den ihren preßte und sie zum Stöhnen brachte. Was war nur mit ihr los? Was hatte er mit ihr angestellt?

Nachdem Chase sie, feucht und zerzaust wie sie war, wieder in die Kutsche gesetzt hatte, kauerte sich Carlisle unvorstellbar gedemütigt auf dem Sitz zusammen. Trotz seiner unhöflichen, gefühllosen Art und trotz all der schlimmen Dinge, die Javier und Arantxa ihr über ihn erzählt hatten, war sie so verrückt gewesen und hatte versucht, ihn zu verführen. Sie lehnte sich zurück, stellte sich auf eine lange, unbequeme Reise ein und schwor sich, daß dies niemals wieder geschehen würde.

5

Während sie die nächsten drei Tage weiter in Richtung auf die Berge zogen, gab sich Carlisle Mühe, Chase zu meiden. Sie verbrachten die Nächte in staubigen *Cantinas* oder nahmen die Gastfreundschaft kleiner Haziendabesitzer entlang des Weges in Anspruch. Am vierten Tag, als die Dämmerung am Horizont über die Bergspitzen kroch, erreichten sie endlich das Ufer des Santa-Catarina-Flusses, wo sie sich mit Estebans Frau und Mitgliedern ihres Stammes treffen wollten.

Carlisle blickte sich neugierig um, während ihr Esteban aus der Kutsche half. Chase war seit der Rückkehr vom Bach nicht mehr in ihre Nähe gekommen, und er warf ihr auch nun, als sie ausstieg, nur einen flüchtigen Blick zu. Seine ganze Aufmerksamkeit galt dem Lager, wo sich die Nachricht von ihrer Ankunft zu verbreiten begann.

Eine Gruppe dunkelhaariger und dunkeläugiger Leute sammelte sich um Esteban. Er lachte, zog Männer wie Frauen gleichsam an seine Brust und begrüßte jeden mit Namen. Die meisten von ihnen umarmten Chase mit der gleichen, ungezügelten Begeisterung, besonders die Frauen, wie Carlisle bemerkte. Sie rümpfte die Nase und wandte erschrocken den Kopf, als ein schriller Schrei die Luft zerriß.

»Esteban!«

Eine winzige Frau, nicht einmal ein Meter fünfzig groß, flog auf Esteban zu, und ihre scharlachroten Röcke flatterten ihr um die Beine.

»Conchita!« rief Esteban, lachte vergnügt und öffnete seine Arme.

Zu Carlisles Entsetzen sprang Conchita an ihm hoch,

legte ihre Arme um seinen Hals und schlang ihre nackten Beine in einer unvorstellbar skandalösen Weise um seine Taille.

»Es war böse von dir, mich so lange allein zu lassen!« rief sie. »*Mi madre* hat gesagt, daß du dir bestimmt eine andere Frau suchen würdest!«

»So sehr hast du mich also vermißt, hm?« Esteban wirbelte sie herum, bis sie zu kreischen begann. »Ich werde dir einmal zeigen, wie sehr ich meine scharfzüngige kleine Conchita vermißt habe!« sagte Esteban, bog ihren Kopf zurück und küßte sie leidenschaftlich auf den Mund, während seine Hände forschend über ihre Hüften und ihre Taille hinwegglitten. Conchitas Leute begannen zu klatschen und zu pfeifen, und Conchita rieb ihren Körper provozierend an Estebans.

Als Estebans Hände unter dem Rock seiner Frau verschwanden, begann Carlisle zu erröten, und sie wandte ihren Blick ab. Aber sie hörte Chase lachen. Das sah ihm wieder ähnlich, dachte sie und verzog mürrisch den Mund, aber sie konnte nicht widerstehen und warf erneut einen Blick auf das engumschlungene Paar, denn möglicherweise war dies eine Gelegenheit, mehr über die Geheimnisse zwischen Mann und Frau zu erfahren. Doch Esteban hatte seine Frau bereits auf dem Boden abgesetzt, und Conchita drohte Chase mit ihrem Zeigefinger.

»Don Chaso! Du bist böse auf mich, nicht wahr? Du hast mich überhaupt nicht begrüßt!«

Chase begann zu grinsen, und Carlisle sah mit Erstaunen, wie er Estebans Frau ebenso herzlich auf die Lippen küßte, wie das ihr Mann getan hatte. Carlisle blickte schnell zu Esteban hinüber, der lediglich seinen Kopf zurückwarf und lachte. Er schien seinem Freund das vertrauliche Verhalten, das dieser seiner Frau gegenüber pflegte, nicht übelzunehmen. Und Chase Lancaster genoß dies alles natürlich, dachte sie verärgert. Conchita war nur ein weiterer Spatz, den er verspeisen konnte!

Angewidert sah sie zu, wie er Conchita losließ, die sofort auf Carlisle zugeeilt kam.

»Ah, Sie sind also die *gringa,* von der uns Don Chaso erzählt hat! Und so großgewachsen und *bonita,* mit all dem lodernden Haar!«

Conchita hängte sich bei Carlisle ein und zog sie zu einem Kreis von Wohnwagen hinüber, wobei sie ohne Unterlaß weiterplauderte. »Heute abend wird eine Fiesta *grande* stattfinden! Für Sie und Don Chaso! Wir werden die ganze Nacht trinken und tanzen, *sí?* Ich werde Ihnen den *jarabe* beibringen. Ich bin die beste Tänzerin von allen.«

»*Gracias*«, entgegnete Carlisle und fragte sich, was der *jarabe* wohl sein mochte. Aber Conchita hatte bereits begonnen, ihr eine Reihe von Männern vorzustellen.

»Dieser *hombre* ist mein Cousin, Emilio, dieser hier Paco. Sie sind wild vor *el diabolo,* da werden Sie sie gewiß sehr mögen, nicht wahr?«

Conchita lachte wissend, und Carlisle nickte und lächelte, als sich weitere Männer um sie versammelten, alle schwarzhaarig und schlank, bekleidet mit engen, schwarzen Hosen und langärmeligen weißen Hemden, die *camisas* genannt wurden. Brüder, Schwestern, Tanten und Onkel wurden alle der Reihenfolge nach und mit einer solchen Geschwindigkeit vorgestellt, daß Carlisle das Gefühl hatte, in spanischen Namen zu ertrinken. Sie konnte sich nicht vorstellen, daß sie jemals in der Lage sein würde, sie den richtigen Gesichtern zuzuordnen. Eine Ausnahme bildete der große, bärtige junge Mann, der Emilio genannt wurde und der sie mit einem solch unverhohlenen, glühenden Hunger anblickte, daß er nur schwer zu vergessen war.

Carlisle entdeckte Chase, der nicht weit von ihr entfernt stand und seine Arme um zwei hübsche Mädchen gelegt hatte. Der Anblick ärgerte sie, aber warum sollte es sie interessieren, was er tat?

Schließlich führte sie Conchita an mehreren Wohnwagen vorbei, die mit Bildern von Bergtälern, Stierkampfarenen und Meeresansichten bemalt waren. Conchitas Wagen trug ein strahlendes Himmelblau mit kirschroten Leisten und dekorativen Verzierungen. Auf dem Bild an der Seite war eine tanzende Senorita in einer schwingenden Mantille zu erkennen.

»Sie schlafen in meinem Wagen, Dona Carlita, da werden Sie sich wohl fühlen.« Mit einem stolzen Lächeln hielt Conchita einen Seidenvorhang mit goldenen und schwarzen Streifen zur Seite.

»Es ist mir wirklich sehr unangenehm, Ihnen Ihr Bett wegzunehmen, Conchita. Ich ...«

Conchita runzelte die Stirn und stemmte ihre Fäuste auf die Hüften. »Aber ich will, daß Sie es tun! Sie sind Don Chasos ehrenwerter Gast, und er ist Estebans *patron.* Sie müssen es annehmen, oder wir werden beleidigt sein, *comprende?*« Ihre Lippen verzogen sich zu einem leichten Lächeln. »Und Esteban wird nichts dagegen haben. Es macht ihm Spaß, mich unter den Sternen zu lieben.«

Carlisle fiel auf diese intime Enthüllung keine passende Antwort ein, aber sie lächelte, als sie sich bückte, um ins Innere des Wagens zu gelangen. Sie begann, Conchita um ihre Hemmungslosigkeit zu beneiden. Sie lachte in sich hinein und fragte sich, was wohl Miss Martin, eine der strengsten Gouvernanten, von der sie in ihrer Kindheit unterrichtet worden war, von dieser heißblütigen Frau gehalten hätte. Wie frei Conchita und ihre Leute waren! Carlisle konnte es kaum erwarten, die endlosen, albernen Regeln der Etikette loszuwerden und mehr wie sie zu sein.

»*Gracias,* Conchita. Ich wollte niemanden beleidigen. Sie sind wirklich sehr freundlich. Esteban ist zu beneiden.«

Conchitas Lächeln vertiefte sich. »Mein Esteban ist

mein Leben, *mi vida.* Er ist ein guter Mann. Er schlägt mich nie, so wie das meine Cousins mit ihren Frauen tun.« Ihre dunklen Augen glitten an dem eng sitzenden Mieder von Carlisles Kleid hinab.

»Die Reise ist in diesem Kleid sicher beschwerlich und heiß, nicht wahr? Aber *esta noche,* heute nacht, sollten Sie sich wie eine von uns kleiden, damit Sie mit uns tanzen können!«

Conchita riß eine kleine Holzkiste auf und zog eine zitronengelbe Bluse hervor, die mit einer purpurroten Stickerei um den runden, tiefgezogenen Ausschnitt verziert war.

»*Sí*«, sagte Conchita und brachte noch einen passenden Baumwollrock mit einer breiten Rüsche am Saum zum Vorschein. Sie drückte Carlisle die beiden Teile in die Hand. »All meine Cousins und Brüder werden sich beim *fandango* um Sie reißen! Aber jetzt muß ich los, um meinen Esteban zu suchen. Mein Bett ist kalt und einsam gewesen, das verstehen Sie doch, nicht wahr? Ich werde Ihnen den kleinen Carlos mit Wasser für ein Bad vorbeischicken. Dann müssen Sie sich erst einmal ausruhen, denn unsere Fiesta wird bis zum *manana* dauern!«

Plötzlich war Conchita verschwunden, und der gestreifte Vorhang bewegte sich unruhig hin und her. Als Carlisle sich allein im düsteren Inneren des Wagens umschaute, überkam sie das seltsame Gefühl, daß dies alles nicht wahr sein konnte. Wie widersinnig, daß sie, Carlisle Kincaid, eine der reichsten Erbinnen von Chicago, sich irgendwo in Mexiko in einem bemalten Wohnwagen befand und ernsthaft darüber nachdachte, ein Kleid anzuziehen, das keine Petticoats, Panniers oder Corselettes erforderte. Und warum das? Um mit Fremden zu tanzen und Wein zu trinken!

Bei der Vorstellung, was Gray dazu sagen würde, mußte sie laut lachen. Er wäre furchtbar wütend auf sie und auch auf Chase Lancaster, der ihr so etwas erlaubte.

Nun, dachte Carlisle entschlossen, während sie sich die knappe gelbe Bluse vor die Brust hielt und in einen trüben Spiegel schaute, sie hatte vor, sich in dieser Nacht zu amüsieren, denn sie würde sicherlich nicht so bald wieder die Gelegenheit dazu finden.

Chase stand mit dem Rücken an ein hohes Wagenrad gelehnt und nahm einen tiefen Schluck aus einer Fellflasche, die mit *aguardiente* gefüllt war. Auf der Lichtung inmitten der Wohnwagen waren bereits Conchitas Leute zu hören, die lachten und sangen, während die *musicos* ihre Gitarren stimmten und die Frauen ihre Tamburine schüttelten. Die Tänzer, Männer wie Frauen, wirbelten umher, stampften mit nackten Füßen auf den Boden, die Arme über den Kopf erhoben. Die Kastagnetten klickten, und die rabenschwarzen Haare flogen umher, bis Chases Blut mit einer reinen, ursprünglichen Erregung durch seine Schläfen pulsierte. Ihm gefiel das leidenschaftliche Leben, das diese Leute führten. Er genoß es, bei ihnen zu sein. Conchitas Leute verstellten sich nicht. Sie lebten und liebten, wie es ihnen gefiel, und der Rest der Welt konnte zum Teufel gehen.

Es war ihnen offensichtlich gelungen, Carlisles naives Feingefühl zu verletzen, denn er hatte den Ausdruck in ihren smaragdfarbenen Augen gesehen, als Conchita ihn küßte. Er runzelte die Stirn und trank erneut von dem weißen Zuckerrohrrum. Sie war immer noch nicht wieder aus dem Wohnwagen herausgekommen. Er hatte nach ihr Ausschau gehalten, und das ärgerte ihn. Es machte ihr wohl wirklich Spaß, ihn zu necken. Das hatte sie wieder einmal am Bach bewiesen, als sie ihn aufgefordert hatte, zu ihr ins Wasser zu kommen. Aber es war sein Vorschlag gewesen, sie auf dem Pferd mitzunehmen, und er hätte es besser wissen sollen.

Seit ihre Lippen unter seinem Mund nachgegeben hatten und er ihr leises Stöhnen gehört hatte, sehnte er sich danach, sie wieder zu küssen. Er konnte nicht verleugnen, daß er sie begehrte, aber er durfte zum Teufel noch mal seinem Verlangen nicht nachgeben. Und er hatte bereits beschlossen, daß, wenn sie erst auf der Hazienda angekommen waren, er sich von ihr fernhalten und es Esteban und Conchita überlassen würde, sie zu unterhalten.

Chase hätte Senora Alvarez niemals entlassen, wenn er gewußt hätte, daß seine Mutter seinen Bruder nach Mexico City begleitet hatte. Nun würde es schwierig werden, Carlisle auf der Ranch zurückzulassen, während er in die Stadt weiterreiste, ganz besonders, da sie selbst so wild darauf war, dorthin zu kommen. Aber es war undenkbar, den ganzen Weg zur Hauptstadt allein mit ihr zurückzulegen — nicht in dem Zustand, in dem er sich zur Zeit befand.

In der Mitte der Lichtung war ein loderndes Feuer entzündet worden, und Chase sah, wie drüben einer von Conchitas Cousins, ein junger *hombre* namens Emilio, auf die Füße sprang. Sein Blick war auf Carlisles Wagen geheftet. Ohne hinüberzuschauen wußte Chase, daß Emilio Carlisle beobachtete, und er wandte sich schließlich um, um zu sehen, warum der Mann so hingerissen war.

Aber er war in keiner Weise auf das vorbereitet, was er jetzt sah. Ihre tief ausgeschnittene, gelbe Bluse entblößte weiche, weiße Schultern. Sie hatte ihr Haar gelöst — verdammt sollte sie sein! —, und eine feurige, schimmernde Lockenpracht ergoß sich über ihren Rücken. Jedesmal, wenn sie sich bewegte, glitzerten die zuckenden Flammen des Feuers durch das kupferfarbene Haar. Als sie einen Moment lang auf der hinteren Plattform des Wohnwagens stehenblieb, um die Tänzer zu beobachten, war sich Chase ohne jeden Zweifel darüber im klaren, daß jeder Mann hier sie begehren würde.

Einen leisen Fluch vor sich hinmurmelnd, runzelte er übellaunig die Stirn. War sie völlig übergeschnappt, in einem solchen Aufzug inmitten so vieler heißblütiger Männer aufzutauchen? War sie etwa so blind ihrer eigenen Schönheit gegenüber, daß sie nicht bemerkte, welche Wirkung sie auf das andere Geschlecht hatte? Oder, was wahrscheinlicher war, dachte er erbost, hatte sie es mit Absicht getan? Kein Wunder, daß Gray die Notwendigkeit gesehen hatte, sie in ein Kloster zu schicken. Chase konnte sich des Gedankens nicht erwehren, daß das genau der Ort war, an den sie gehörte.

Von ihrem Platz auf der kleinen Plattform des Wagens aus sah Carlisle erleichtert, daß Conchita auf sie zugeeilt kam. Die junge Frau zog Carlisle an der Hand zu Esteban hinüber. Mehrere Frauen tanzten in der Nähe des Feuers, und Carlisle beobachtete sie, wobei sie sich vergeblich bemühte, ihre Befangenheit, die sie in dieser losen, ungewohnten, aber unglaublich bequemen Kleidung empfand, abzuschütteln. Die Nacht hatte die Luft abgekühlt, und alle schienen sich zu freuen, sie zu sehen. Sie scherzten mit ihr und lächelten sie an und füllten ständig ihren kleinen Becher mit einer Art süßem Weißwein.

Nach und nach begann sie sich zu entspannen, und das schnelle, fesselnde Klimpern der Gitarren erfüllte sie und brachte auch ihren Puls zum Rasen. Die Frauen tanzten wie besessen und hoben ihre weitschwingenden Röcke, so daß das nackte Fleisch ihrer Beine im Licht des Feuers aufblitzte. Ihre Gesichter waren vor Anstrengung und Aufregung gerötet. Sie sehnte sich danach, sich ihnen anzuschließen, Schicklichkeit und Anstand zu vergessen, zu lachen und mit den bloßen Füßen auf die harte Erde zu stampfen.

»Trinken Sie nicht zuviel davon. *Aguardiente* hat eine viel stärkere Wirkung, als sein Geschmack vermuten läßt.«

Chase stand neben ihr, die Hände in die Hüften gestemmt. Er trug ein weißes, weitärmeliges Hemd und schwarze Hosen, wie die anderen Männer, und er machte einen furchtbar wütenden Eindruck: seine blonden Augenbrauen waren gerunzelt und sein Mund eine einzige schmale Linie.

»Sie fordern Schwierigkeiten ja geradezu heraus, wenn Sie hier draußen solche Kleidung tragen«, sagte er ärgerlich. »Haben Sie denn überhaupt keinen Verstand?«

Carlisles Wut flammte auf. Sie war es leid, sich ständig von ihm anhören zu müssen, was sie tun und was sie lassen sollte.

»Warum lassen Sie mich nicht einfach in Ruhe? Sie sind doch derjenige, der mich hierhergebracht hat! Ich habe das hier angezogen, weil mir Conchita den *jarabe* beibringen will, oder irgendeinen anderen Tanz . . .«

»Sie werden den *jarabe* nicht tanzen, ist das klar, Carlisle? Sie werden ohnehin schon genug Scherereien unter den Männern anrichten. Ich werde nicht mitansehen, wie jemand ihretwegen eine Messerstecherei anfängt!«

»Eine Messerstecherei? Wovon reden Sie überhaupt?«

»Die Männer hier kämpfen untereinander um die Frau, die ihnen gefällt. Und so, wie Sie im Moment beäugt werden, haben Sie sicher schon einen ganzen Schwarm von Verehrern.«

»Machen Sie sich nicht lächerlich. Alle hier benehmen sich ausgesprochen nett. Sie haben ja bloß Angst, daß ich mich zur Abwechslung einmal amüsieren könnte!« Wahrscheinlich wäre es ihm lieber, wenn sie den ganzen Abend im Wohnwagen sitzen bliebe! Aber sie würde nicht zulassen, daß er ihr den Spaß verdarb, und sie würde anziehen, was sie wollte, und tanzen, wie es ihr gefiel.

»Ah, Senorita, ich habe noch niemals zuvor solches Haar wie das Ihre gesehen, wie das Feuer der untergehenden Sonne«, sagte eine Stimme nicht weit von ihrem Ohr entfernt. Sie war so weich und zärtlich, daß es ihr wohlig den Rücken hinunterlief.

Sie wandte sich schnell um und erblickte Emilio, der sie

anlächelte. Seine strahlenden, dunklen Augen wanderten über ihr Gesicht und ihre Haare. Er griff nach einer duftenden Locke, die ihr auf den Rücken hinabhing.

»Es ist wie feine Seide, *querida*«, murmelte er.

Als Carlisle in sein gutaussehendes Gesicht sah, zeigten sich unter seinem dichten Schnauzer strahlendweiße Zähne. Sie hatte noch nie zuvor Augen gesehen, die so leuchtend funkelten.

»*Gracias*«, murmelte sie unbehaglich, nippte an ihrem *aguardiente* und wagte es, einen Seitenblick auf Chase zu werfen, der sich neben sie auf den Boden gesetzt hatte. Er schaute düster vor sich hin, sagte aber nichts, sondern nahm einen Schluck aus einer Fellflasche.

Mit der Zeit zeigte der Wein bei den Tänzern seine Wirkung, und die Gitarren erklangen mit neuem Schwung, schwangen sich auf in pochende, wogende, fiebrige Höhen. Carlisle, die sich Chases Warnung doch zu Herzen genommen hatte, trank nun etwas vorsichtiger, während sie Emilios blumigen Komplimenten lauschte, die er ihr ohne Unterbrechung ins Ohr flüsterte.

»Sie mögen doch unseren *fandango,* oder?« erkundigte sich Emilio, und Carlisle fühlte den leichten Druck seines Armes, den er ihr um die Schultern gelegt hatte.

»*Sí*. Tanzen ist wundervoll.«

Aus den Augenwinkeln heraus sah sie, wie Chase ein hübsches Mädchen an sich zog und küßte. Die Frau war mehr als willig, denn sie vergrub ihre Finger in Chases blondem Haar, zog seinen Kopf herunter und verlangte nach mehr. Unglücklicherweise wußte Carlisle genau, wie sich das Mädchen fühlte — atemlos und schwach. Ob sie ihn mochte oder nicht, sie würde sich wünschen, daß er sie weiterküßte. Carlisle runzelte die Stirn. Chase war derjenige, der wahrscheinlich ein Messer abbekommen würde, dachte sie verächtlich.

»Und jetzt ist es soweit, Dona Carlita!« rief Conchita plötzlich und sprang auf die Beine. »Ich werde Ihnen unseren *jarabe* beibringen, wie ich es versprochen habe! Und ich bin die Beste, das stimmt, oder etwa nicht, mein Esteban?«

»*Sí,* du bist die einzige«, antwortete Esteban, dessen Augen nicht von seiner Frau wichen. Die Musik erstarb. Dann trat ein *músico* vor und begann, langsame, betörende Akkorde auf seiner Gitarre zu zupfen. Conchita wiegte sich anfangs nur leicht hin und her wie ein schlanker Schilfhalm im Wind. Aber als sie plötzlich aus ihrer scheinbaren Lethargie erwachte, mit den Füßen aufstampfte und auf selbstbewußte Weise ihren Kopf zurückwarf, lief es Carlisle kalt den Rücken hinunter.

Fasziniert beobachtete sie, wie Esteban in den Kreis trat. Die Arme hielt er hinter dem Rücken, und seine Augen waren auf seine Frau gerichtet, die langsam auf ihn zukam und ihren Rock aufraffte, um ihre Füße zu entblößen. Ganz langsam und mit einer ausgesprochen sinnlichen Bewegung lehnte sie sich gegen ihn, bis sie so nah war, daß ihre Brüste sein Hemd berührten. Als Esteban versuchte, nach ihr zu greifen, wirbelte Conchita schnell aus seiner Reichweite und wandte ihm hochmütig, in verächtlicher Ablehnung und mit einem geringschätzigen Gesichtsausdruck den Rücken zu.

Carlisle verschlug es den Atem, aber die Zuschauer jubelten ihnen zu und klatschten zum Staccato-Rhythmus, in den mehr und mehr Gitarrenspieler einstimmten. Carlisles Herz pochte im Einklang mit dem fesselnden Rhythmus, und ihre Augen wurden immer größer, als Conchita sich hin- und herwand und drehte, sich immer weiter auf Estebans Hüften zubewegte und mit halbgeschlossenen Augen und feuchten, geöffneten Lippen ihre Hüften auf die unanständigste Art und Weise zur Musik gegen die seinen preßte.

Carlisle befeuchtete ihre eigenen Lippen mit der Zungenspitze. Ein noch niemals zuvor empfundenes Gefühl begann sich tief in ihrem Inneren zu regen. Sie legte ihre

Hand gegen ihre Kehle, außerstande, den Blick abzuwenden. Während sie das Paar weiter beobachtete, wirbelte Conchita noch einmal vor Esteban davon, bevor er sie packen konnte, aber dieses Mal folgte er ihr und riß sie herum. Er küßte sie hart, bog dabei ihren Kopf zurück. Dann bückte er sich zum Vergnügen der Zuschauer tief hinunter, legte Conchita über seine Schulter und trat schnell aus dem Licht des Feuers hinaus in die Dunkelheit.

»Conchita wärmt das Bett ihres Mannes sehr gut. Das ist *bueno, si?*«

Carlisle starrte Emilio nach dieser Bemerkung schokkiert an, aber der Wein, den sie getrunken hatte, brachte die Gedanken durcheinander und machte es schwierig, sich zu konzentrieren. Sie sah zu, wie Emilio noch mehr *aguardiente* in ihren Becher goß. Als er ihn ihr dann an die Lippen halten wollte, mußte sie aus irgendeinem Grund lachen. Es wurde ihr plötzlich bewußt, daß sie schon zuviel getrunken hatte und wahrscheinlich ein wenig beschwipst war. Bei Bällen oder Soireén hatte sie nie die Erlaubnis gehabt, mehr als ein oder zwei Gläser Champagner zu trinken, und es gefiel ihr recht gut, wie entspannt und glücklich sie sich nach dem Wein fühlte.

»Es gefällt mir hier, Emilio«, rief sie übermütig. Er kam sehr nahe mit seinem Gesicht an sie heran, und sie lehnte sich zu ihm hinüber und fragte sich, wie es wohl sein würde, von diesem gutaussehenden, schwarzäugigen Mann geküßt zu werden.

»Komm schon, meine Schöne«, rief er und zog sie auf die Füße.

Carlisle betrat gespannt den Kreis der Tänzer. Die ekstatisch anmutende Aufregung der anderen Paare übertrug sich auf sie. Sie lachte erneut, lüftete dann ihren gelben Rock und kickte die *huaraches* von den Füßen, die ihr Conchita gegeben hatte. Sie stampfte mit den bloßen Füßen auf den Boden, wirbelte herum, bewegte sich im

Rhythmus der Musik und raffte ihr Kleid auf die gleiche Weise hoch, wie Conchita es getan hatte. Emilio nahm seine Position ein. Er streckte den Kopf in die Höhe und blickte sie mit einem arroganten Gesichsausdruck an. Carlisle reckte ihr Kinn und schüttelte den Kopf, bis sich ihr Haar wie lebendig gewordenes Feuer über den Rücken kräuselte. Als Emilio die Hand ausstreckte, um nach ihr zu greifen, wich sie ihm aus und drehte ihm den Rücken zu. Sie lachte und bewegte sich aufs neue von ihm fort. Was für ein Spaß! Sie fühlte sich wundervoll! Sie ließ sich gehen, verlor sich im Rhythmus, und die Menge wurde leiser. Die Männer rückten näher heran, beobachteten sie aufmerksam. Alle beneideten Emilio.

Sie beugte sich noch einmal zur Seite, und die Bluse rutschte ihr von der Schulter und entblößte die obere Hälfte einer sanft gerundeten Brust. Ein anerkennendes Gemurmel setzte ein, und Carlisle lächelte Emilio zu und bewegte ihre Hüften auf die gleiche einladende, rhythmische Art, wie Conchita es getan hatte. Und während alle zuschauten, hob sie mit beiden Händen langsam und bedächtig ihre Haare im Nacken in die Höhe und fuhr fort, ihren Partner mit ihren sinnlichen Körperbewegungen zu verführen.

Als Emilio ein weiteres Mal auf sie zukam, zog sie sich wieder zurück und drehte ihm den Rücken zu. Sie hörte kaum die Schreie und das Klatschen der anderen, so verloren war sie in dem beständigen Rhythmus.

Sie fühlte sich ein wenig schwindelig, aber gleichzeitig auch so wundervoll, wie sie sich seit Tagen, nein in ihrem ganzen Leben noch nicht gefühlt hatte! Als sich mit einem Mal eine Hand um ihren nackten Arm schloß und sie herumschwang, benötigte sie einen Moment, um ihren Blick auf Chase zu konzentrieren, der kerzengerade und bedrohlich vor ihr stand, die Augen so glühend wie zwei heiße, blaue Flammen. Zu ihrem Entsetzen riß er sie zu sich herüber, und seine Lippen schlossen sich hart, unbarmherzig und so unerwartet um die ihren, daß ihr Verstand aussetzte. Er fuhr fort, sie zu küssen und bog ihren Körper nach hinten, während seine Finger sich schmerzhaft in ihren Arm gruben.

Benommen klammerte sie sich an ihn, vergaß Emilio, vergaß alle Menschen um sich herum und alles andere, preßte sich an ihn, verlangte nach seinem Kuß.

Dann, plötzlich, ließ er sie los und beugte sich nach unten. Was um Himmels willen hatte er nur vor? Sie stieß ein leichtes Keuchen aus, als er sie über seine starke Schulter warf.

»Halt ...«, brachte sie gerade noch atemlos hervor, während ihr das Blut in den Kopf schoß. Wie von Ferne hörte sie Jubel und Klatschen und Emilio, der irgend etwas rief. Dann waren sie von Dunkelheit umgeben. Sie vernahm das hohle Trampeln von Chases Stiefeln auf den Holzstufen, bevor sie ohne große Umstände auf das Bett in ihrem Wohnwagen geworfen wurde. Ein Streichholz blitzte auf, und sie strich sich die Haare aus dem Gesicht und blickte mit trüben Augen zu Chase auf, der über ihr stand, die Hände zu Fäusten geballt.

»Sie haben ja verdammt noch mal keine Zeit verloren, einen anderen Mann zu umgarnen, nicht wahr?« stieß er mit einer Stimme hervor, die so voller Wut war, daß Carlisle erstarrte.

»Wovon reden Sie überhaupt? Ich habe mit Emilio getanzt. Ich . . .«

»Halten Sie den Mund, Carly. Sie haben zuviel Wein getrunken und wissen nicht, was Sie sagen.«

»Ich bin nicht betrunken. Nur ein bißchen beschwipst«, begann sie und versuchte, aufzustehen. Er griff nach ihr und zerrte sie auf die Füße.

»Lassen Sie mich los!« schrie sie und kämpfte gegen seinen Griff an. »Sie tun mir weh!«

Er lockerte die Umklammerung ein wenig, aber seine Wut war unvermindert groß. »Sie sollten sich besser daran gewöhnen, denn ich beabsichtige, Ihre Jungfräulichkeit zu bewahren, ob Ihnen das gefällt oder nicht!«

Zuerst dachte Carlisle, sie habe sich verhört.

»Wie können Sie es wagen, so etwas zu mir zu sagen?« schrie sie wütend und drückte mit aller Macht gegen seine Brust, was sich aber als nutzlos erwies.

»Ich wage es, nachdem ich zusehen mußte, wie Sie sich da draußen zur Schau gestellt haben.« Er packte sie bei den Schultern. »Sie haben verdammt großes Glück gehabt, daß ich in der Nähe gewesen bin, sonst wäre Emilio derjenige gewesen, der Sie für sich in Anspruch genommen hätte!«

»Mich für sich in Anspruch genommen hätte? Wovon reden Sie überhaupt?«

Chases Mund verzog sich vor Verachtung über ihre Naivität. »Nun, Sie gehören jetzt mir, Carlisle! Dies ist die Art und Weise, wie die Männer hier Anspruch auf die Frauen erheben, die sie zu ihren Geliebten machen wollen. Emilio hätte sie davongetragen, wenn ich es nicht getan hätte, und Sie wären jetzt irgendwo da draußen in der Dunkelheit mit ihm, und er würde mit Ihnen machen, wonach ihm der Sinn steht.«

Carlisle bemühte sich, all das, was er gesagt hatte, zu verstehen, aber sie konnte nicht klar denken. In ihrem Kopf drehte sich alles.

»Gehen Sie weg, Chase! Gehen Sie weg und lassen Sie mich in Ruhe . . .«

Er schnitt ihr das Wort ab. »Was ist los, Carly? Jetzt, wo es Ihnen gelungen ist, einen Mann in Ihr Bett zu locken, da werden Sie es doch wohl nicht plötzlich mit der Angst zu tun bekommen, oder? Aber das ist ja für gewöhnlich so mit Jungfrauen wie Ihnen. Sie haben gesehen, wie Esteban Conchita wegtrug, und das hat Ihr Blut in Wallung gebracht. Also beschlossen Sie, sich jemanden zu suchen, der das gleiche mit Ihnen machen würde, und es hat Sie überhaupt nicht gekümmert, ob es Emilio sein würde oder Paco oder vielleicht sogar ich!« Er schüttelte sie erneut so kräftig, daß ihr ihr langes Haar ins Gesicht fiel.

»Nun, aber keiner hat es getan, nicht wahr?« schrie sie. »Keiner, außer Ihnen, und Sie haben mir ja bereits erzählt, daß Sie viel zu *ehrenhaft* seien, um mich anzurühren!« Sie gab dem Wort eine sarkastische Betonung, und ihre Brust bebte vor Wut.

Chase starrte sie an, während er gegen eine unglaublich mächtige Welle von Verlangen ankämpfte, die ihn gegen seinen Willen überkam. Carlisle war ebenso von ihr erfaßt worden, das konnte er in ihren brennenden Augen lesen. Sie befeuchtete ihre Lippen, und sein Griff an ihrem Oberarm verstärkte sich. Aber sie schrie nicht auf und versuchte auch nicht, sich loszumachen. Statt dessen starrte sie herausfordernd zu ihm hinauf, den Kopf in den Nacken geworfen, die Lippen feucht und leicht geöffnet. Er wollte sich nicht länger beherrschen. Er zog sie an sich, bis sich ihre Münder beinahe berührten.

»Zum Teufel mit dir, Carly«, murmelte er heiser. Dann gab er seinem kolossalen Verlangen nach, und ihre Lippen trafen sich brennend und hungrig zu einem Kuß, der hart und unglaublich erregend war. Als sie die Hände gegen seine Brust stemmte, ließ er sie los, und sie blieben ganz nahe beieinander stehen, ohne sich zu berühren. Beide zitterten vor Verlangen, und beide wußten, daß das, was nun geschehen würde, vom ersten Moment ihres Zusammentreffens an unvermeidlich gewesen war.

Chase strich über ihr Haar, griff mit beiden Händen in die seidige Fülle und starrte für einen langen, atemlosen Augenblick in ihre großen, grünen Augen. Ihm war bewußt, daß er eigentlich nicht hier sein durfte, nicht das tun sollte, wonach er sich so verzweifelt sehnte, und er gab sich noch eine letzte Chance, sie loszulassen und zu verschwinden. Aber Carlisle begann zu stöhnen, und alle

Starre und aller Widerstand wichen aus ihrem Körper. Als sich ihre Arme um seinen Hals legten, war er verloren. Sie fielen wie zwei lange getrennte Liebende übereinander her.

Carlisle fühlte, wie er sie gegen die Wand drückte, ihr die Bluse von einer Schulter herabzog, sie in die Höhe hob und seinen Mund über ihre zitternde, nackte Haut gleiten ließ. Als sich seine Lippen um die harte Spitze ihrer Brust schlossen, brachte das plötzlich in ihr aufsteigende, schreckliche, unbezwingbare Verlangen ihren ganzen Körper zum Beben, und sie schrie auf.

Sie keuchte, außerstande zu denken, ihr Kopf fiel zurück, und ihre Augen schlossen sich, als er ihren Rock bis zur Taille in die Höhe hob und ihre Hüften mit den Händen gegen seine Lenden zog.

Sie verloren beide die Kontrolle, fielen auf das Bett. Ihr Haar breitete sich über sie aus, umspielte seine Arme, bis er es zurückstrich und seine Lippen auf ihren Mund brannte. Dann war sie in einer seltsamen, dunklen Welt voller wirbelnder Leidenschaft und keuchendem, zitterndem Verlangen verloren.

Er zerrte ihre Bluse bis zur Taille hinab. Sein Mund fühlte sich an wie Brenneisen auf ihren Schultern und Brüsten.

Er küßte ihren nackten Bauch, und seine Hand glitt an der Innenseite ihrer Schenkel hinauf, wo sie noch niemals jemand berührt hatte. Dort streichelte er sie dann zärtlich, bis sie leise zu stöhnen begann. Ihre Finger klammerten sich in seinem dichten, blonden Haar fest, und ihre Augen waren geschlossen. Sie preßte sich an ihn, verlangte nach mehr, wartete auf etwas, bis ihr Körper zu zucken begann und sich anspannte und sie mit einem seltsamen, erstickten Wimmern tief in der Kehle aufschrie.

»Gott, oh Gott, Carly«, keuchte Chase und taumelte von ihr zurück. Sie streckte die Hände nach ihm aus, um ihn wieder zu sich zu ziehen, und sie spürte, wie sein Körper unter ihren Fingern zitterte.

»Was tust du mir an?« flüsterte er heiser. »Was willst du von mir? Möchtest du, daß ich dich völlig entehre? Und mich selbst?«

Carlisle lag auf dem Rücken und starrte ihn an. Ihr Mund war von seinen leidenschaftlichen Küssen gerötet, ihr Körper zitterte von seinen Berührungen. Sie schluchzte auf. »Ich weiß nicht, was ich will. Alles was ich weiß, ist, daß ich zu zittern beginne, sobald du mich berührst, und ich spüre etwas Wundervolles, etwas, das ich nicht verstehe.«

»*Dios*«, murmelte er, erhob sich unter größter Anstrengung und durchschritt den Wagen. Er verharrte noch einen kurzen Augenblick an der Tür und strich sich mit den Fingern durchs Haar. »Schlaf jetzt, Carly. Wenn wir Glück haben, wirst du dich morgen an nichts mehr erinnern.«

Dann war er plötzlich verschwunden, und Carlisle schloß ihre Augen. Ihr Kopf schien sich wie ein Kreisel zu drehen. Sie schluchzte noch einmal auf, sie wollte nicht, daß er ging, aber dann sank sie langsam und unerbittlich in ein dunkles Vergessen, das so tief und blau war wie Chases Augen.

6

Die Tatsache, daß sich Carlisle am nächsten Morgen an beinahe alles erinnerte, war nicht gerade dazu angetan, ihre Laune zu verbessern. Nur wenige Worte wurden zwischen ihr und einer schläfrig dreinblickenden Conchita, die ihr in der ruckelnden Kutsche gegenübersaß, gewechselt.

Da sie dem *aguardiente* recht kräftig zugesprochen hatte, war Carlisle fast im selben Moment, nachdem Chase sie alleingelassen hatte, eingeschlafen, aber nun, da sie sich an die Dinge erinnerte, die zwischen ihnen geschehen waren, stieg ihr die Schamesröte ins Gesicht. Sie haßte ihn für die Art und Weise, wie er sie behandelt hatte, und sie haßte sich selbst noch viel mehr, da sie es nicht nur zugelassen, sondern gestöhnt und sich an ihn geklammert hatte wie irgendeine billige Hure. Großer Gott, was war nur mit ihr los? War sie dabei, den Verstand zu verlieren?

Sie runzelte die Stirn und wandte ihre Aufmerksamkeit den in der Ferne liegenden Gipfeln der großartigen Sierra Madre zu, die sich majestätisch und zerklüftet vor dem geöffneten Kutschenfenster erhoben. Vor den blauen Bergen umarmten niedrige Hügel die sich windende, staubige Straße, auf der sie reisten. Bei der Vorstellung, Chase gegenübertreten zu müssen, wurde ihr übel. Allein der Gedanke daran ließ ihr das Blut erneut in die Wangen steigen. Gott sei Dank war er heute morgen in aller Frühe mit Esteban vorausgeritten, und so war es zu keiner Begegnung zwischen ihnen gekommen.

Sie lehnte sich nach vorn, um aus dem Fenster zu schauen, aber es war nichts von ihm zu sehen. Gut, dachte sie. Vielleicht würde er den ganzen Tag unterwegs sein. Wie sollte sie es nur ertragen, im selben Haus mit ihm zu wohnen?

Sie zog ihre Augenbrauen zu einem Stirnrunzeln zusammen. Sie und Chase kamen so schlecht miteinander aus, daß sie ihre Zweifel hatte, ob er ihr überhaupt jemals etwas Wichtiges anvertrauen würde. Wie schön wäre es, wenn Javier und Arantxa schon bald kommen würden! Sie vermißte sie, und sie wünschte sich nichts sehnlicher, als zu den Guerilleros in ihrem Versteck in den Bergen zu stoßen.

»Wissen Sie, was Emilio gesagt hat, *chica?*« fragte Conchita plötzlich und riß Carlisle aus ihren Gedanken. »Er hat mir gestanden, daß er Sie am liebsten die ganze Nacht hindurch geliebt hätte, aber Don Chaso hat Sie ja für sich beansprucht.«

Ein weiterer heißer, verräterischer Blutschwall brachte ihre Wangen zum Glühen. Wenn sie doch nur aufhören würde, so häufig zu erröten, dachte sie. Offenbar hatte Chase recht gehabt, was Emilios Absichten betraf.

Conchita lächelte sie an. »Aber ich kann es Ihnen nicht verdenken, daß Sie sich den Blauäugigen zum Liebhaber gewählt haben. Er ist *muy macho,* wie mein Esteban. Aber Don Chaso war auch wütend, nicht wahr? Er hatte ein finsteres Gesicht, als er seinen *caballo* sattelte.« Sie kicherte und zog ihre Beine, die ausgestreckt auf dem Sitz lagen, an sich. »Er ist auf meinen gutaussehenden Cousin Emilio eifersüchtig, richtig? Sie haben Glück, *amiga,* denn er ist für gewöhnlich nicht so besitzergreifend, wenn es um seine Freundinnen geht.«

»Ich bin nicht seine Freundin, und er ist nicht mein Liebhaber«, wandte Carlisle mit fester Stimme ein, nun peinlich berührt, wenn sie daran dachte, wie er sie zu ihrem Wohnwagen geschleppt hatte, als sei er irgendein Barbar, der seine eroberte Beute davontrug.

»Oh, wie schade, aber seien Sie nicht zu traurig darüber. Seine himmelblauen Augen sind für Sie entflammt.

Er wird Sie schon bald lieben. Gestern abend hat er Ihren Wagen wie ein Adler beobachtet, bis Sie schließlich herausgekomen sind.«

»Mir kam er eigentlich ziemlich beschäftigt vor«, erwiderte Carlisle verdrießlich. »Er hielt in jedem Arm eine Frau.«

»*Sí,* all meine *muchacha*-Cousinen möchten gerne, daß er sie zu seiner Geliebten wählt. Er ist der große *patron,* und sie sagen, daß seine Hände sie zum Zittern bringen.«

»Ich möchte wirklich nichts mehr davon hören«, warf Carlisle hastig ein, die sich sehr genau daran erinnern konnte, wozu seine Hände fähig waren.

Conchita zuckte unbekümmert mit den Schultern, aber in ihren dunklen, glitzernden Augen lag ein wissender Blick, den Carlisle beunruhigend fand. Sie bemühte sich, das Thema zu wechseln.

»Wie weit ist es noch bis zu Chases Ranch?«

»Heute abend, spät, werden wir die Hacienda de los Toros erreichen.«

»Ist die Hazienda groß?«

»Oh, *sí,* viele Cowboys treiben das Vieh und trainieren die Stiere. Don Chasos Stiere sind *toros bravos.* Sie sind in ganz Mexiko für ihre Wildheit bekannt«, fügte sie stolz hinzu. »Don Chaso macht meinen Esteban zum Boß, während er, der *patron,* in der Hauptstadt ist. Aber es ist sehr einsam dort, außer, wenn Dona Maria und Don Tomas zu Besuch sind.«

»Wer ist Dona Maria?«

»Sie ist Don Chasos Mutter, und Don Tomas ist ihr Sohn. Er ist *muy simpatico.* Sie werden ihn gewiß mögen, da bin ich sicher.«

»Bis vor wenigen Tagen wußte ich nicht einmal, daß Chase einen Bruder hat«, erwiderte Carlisle und dachte einen Moment lang darüber nach, wie wenig sie, außer dem, was ihr die Geschwister Perez erzählt hatten, eigentlich über Chase Lancaster wußte. Sie beschloß, Conchita ein wenig zu umschmeicheln, um mehr über ihn zu erfahren. »Meine Schwägerin, Tyler, ist Chases amerikanische Cousine, und sie hat niemals einen Tomas erwähnt.«

»Sie haben nicht denselben Papa. Don Chasos *padre* war ein *norteamericano,* aber Esteban sagte, daß er sehr schlecht gewesen sei, ein Bandit. Don Chasos Mama und sein Großpapa haben ihn großgezogen. Er war ein großartiger *hacendado,* und Esteban sagt, daß er der Heiligen Kirche viele, viele Goldbarren gespendet hat, damit Dona Maria sich von dem *norteamericano* scheiden lassen konnte, um Don Tomas' Vater, Don Hermando, heiraten zu können. Aber nun trägt sie wieder schwarz. Don Hermando ist im Krieg gefallen.«

Carlisle dachte einen Augenblick lang über das nach, was Conchita gesagt hatte, und kam zu dem Schluß, daß sie mit ihrer letzten Bemerkung ein Thema angeschnitten hatte, das sie nur zu gerne vertiefen wollte.

»Dieser Krieg muß sehr schlimm gewesen sein, nicht wahr, Conchita? Ich habe viele Geschichten über ganz schreckliche Greueltaten gehört, die von den Juaristas begangen worden sind.«

Conchita wurde blaß, und sie preßte ihre Lippen zu einer schmalen Linie zusammen. »Nein, solche Lügen dürfen Sie nicht weitererzählen! Die Juaristas haben unserem Land die Freiheit gebracht! Ich bin Juarista, und Esteban ebenso! Die französischen Schweine waren die Mörder, und ich verfluche sie.«

Carlisle, die über Conchitas gemeine Vorwürfe verblüfft war, zögerte einen Moment. »Aber ich habe gehört, daß die Juaristas unschuldige Menschen umgebracht haben sollen.« Sie blickte forschend in das wütende Gesicht der jungen Frau. »Man hat mir erzählt, daß sie sogar einmal die Bewohner eines ganzen Dorfes abgeschlachtet haben. Das Dorf nannte sich San Miguel.«

»Erwähnen Sie San Miguel nie wieder!« rief Conchita,

die den Eindruck machte, als habe ihr jemand einen Schlag versetzt. »Es ist ein gottloser Ort!«

»Aber warum denn?« beharrte Carlisle.

»Weil viele dort gelitten und den Tod gefunden haben. Niemand traut sich in Don Chasos Gegenwart über solche Dinge zu reden, nicht einmal seine *madre. Comprende?* Es ist verboten!«

Carlisle nickte und wandte sich ab, um wieder aus dem Fenster zu schauen. Vor kurzer Zeit hatten sie die seltsamen, baumlosen Ausläufer der Sierra Madre erreicht, und die Luft war langsam kühler geworden, während die Kutsche höhergelegene Gebiete erreichte. Aber im Augenblick hatte das Wetter wenig mit der Kälte zu tun, die sie verspürte.

Sie erinnerte sich noch lebhaft an die gräßliche Geschichte, die ihr Javier und Arantxa über San Miguel erzählt hatten. Conchitas Reaktion bestätigte, daß Chase darin verwickelt gewesen war. Warum sonst sollten seine Familie und seine Freunde Angst haben, die Mission in seiner Gegenwart zu erwähnen? Er war schuldig. Es war nur schwer zu begreifen, aber sie zweifelte keine Sekunde daran, daß er brutal und unbarmherzig sein konnte, wenn er es als notwendig erachtete. Aber wie kam es nur, daß er zu einem Befehl fähig war, der seinen Männern erlaubte, Frauen und Kinder umzubringen? Nur ein Monstrum war zu so etwas in der Lage.

Weiter vorne auf dem Weg, in einiger Entfernung von Carlisles Kutsche, ritt Chase auf seinem Pferd neben Esteban. Er umklammerte die Zügel mit festem Griff und starrte vor sich hin. Er zermarterte sich immer noch den Kopf über das, was er und Carlisle im Wohnwagen getan hatten. Großer Gott, seine Lust war so groß gewesen! Nur mit letzter Kraft hatte er sie loslassen können, und seine Hände hatten noch gezittert, als er schon längst aus dem Wagen herausgestolpert war.

Er biß die Zähne zusammen. Nun war er nicht nur auf sie, sondern auch auf sich selbst ärgerlich. Heute morgen hatte er sich zudem wie ein Feigling aufgeführt und war der Kutsche vorausgeritten, damit er ihr nicht begegnen mußte. Seine Schwäche für Carlisle machte ihm angst. Warum nur hatte sie eine solche Macht über ihn?

»Du siehst nicht besonders glücklich aus, *amigo.*«

Chase warf Esteban einen Blick zu und bemühte sich dann ganz bewußt, seine angespannten Muskeln ein wenig zu lockern.

»Tut mir leid. Es gibt so viele Dinge, die mir im Kopf herumgehen.«

Esteban lehnte sich nach vorne und stützte seinen Arm auf den Sattelknauf. Seine dunklen Augen schauten mit einem derart wissenden, forschenden Blick in Chases Gesicht, daß dieser zur Seite sah, aus Angst, der Freund könne womöglich seine geheimsten Gedanken erraten.

»*La gringa* ist wie ein Stachel in deinem Fleisch, nicht wahr? Einer, der sich nicht so leicht herausziehen läßt?«

Chases Stirnrunzeln vertiefte sich. »Ich bin nicht in der Stimmung, über Carlisle zu reden. Sie ist wirklich meine geringste Sorge.«

Als Esteban zu kichern begann, warf Chase ihm einen wütenden Blick zu. »Was zum Teufel ist denn daran so witzig?«

Esteban ließ Chases Wut völlig ungerührt. Er zuckte die Schultern. »Ich habe einfach nicht damit gerechnet, dich einmal so zu erleben, *compadre.* Nicht El Gato Grande.«

»Wie denn?« erkundigte sich Chase gereizt.

Estebans dunkle Augen funkelten. »Wie ein liebeskranker Stier, der unruhig auf und ab läuft und über den Zaun hinweg zur Kuhweide brüllt.«

»Verdammt, Esteban, das ist nicht komisch.«

»Sowenig wie die Art, in der du die *gringa* behandelst. Emilio hat mir erzählt, daß du sie für dich beansprucht hast.«

Chase fühlte, wie sein Gesicht vor Verlegenheit rot anlief, was ihn nur noch wütender machte.

»Zwischen uns ist nichts geschehen, falls es das ist, was du wissen willst.«

»Ich möchte gar nichts wissen. Es ist nur so, daß du nicht mehr derselbe bist, seit du mit Carlita aus New Orleans zurückgekehrt bist. Du sagt grausame Dinge zu ihr. Du behandelst sie anders als deine anderen Geliebten. Ich finde das sehr seltsam. Selbst jetzt machst du ganz den Eindruck, als würdest du am liebsten deine Pistole ziehen und mich erschießen.«

»Das werde ich vielleicht auch wirklich tun, wenn du nicht aufhörst, mich wegen der Sache mit Carlisle zu reizen!«

Sie ritten schweigend weiter, und Esteban blieb für einige Momente ruhig. Dann sprach er wieder, ohne Chases schlechte Laune zu beachten.

»Für mich ist es ganz offensichtlich, daß du die *gringa* liebst. Warum kämpfst du so sehr dagegen an? Warum stellst du dich der Sache nicht wie ein Mann?«

»Das ist ja lächerlich. Außerdem bin ich bereits mit einer anderen verlobt. Das weißt du doch.«

»*Sí*, aber deine Mutter hat diese Heirat arrangiert, als du noch ein kleiner Junge warst. Ich weiß, daß du nicht das Verlangen hast, Dona Marta zu heiraten. Du selbst hast mir erzählt, daß du es wahrscheinlich nicht tun wirst.«

»*Por dios,* Esteban, nun gib endlich Ruhe! Ich habe Carlisle doch erst vor einer Woche kennengelernt, und wir können uns wirklich nicht ausstehen. Ich bin weder in sie noch in irgendeine andere verliebt, *comprendes?*«

»Warum bist du dann derartig aufgebracht, wenn du über sie sprichst, *amigo?* Es ist keine Sünde, eine Frau zu lieben. Weißt du nicht mehr, wie eifersüchtig und unglücklich ich war, bevor sich Conchita entschlossen hat, meine Frau zu werden? Ich trug damals den gleichen düsteren Ausdruck in den Augen wie du, mein Freund, und ich habe jeden ihrer Schritte beobachtet, genau, wie du es bei Carlita tust. Und die *gringa* empfindet ebenso wie du.«

»Halt jetzt den Mund, Esteban. Ich möchte nicht mehr darüber reden«, sagte Chase warnend durch zusammengepreßte Zähne.

Esteban lachte nur. Das Lachen zerrte an Chases Nerven, aber als Esteban endlich Ruhe gab, war Chase klar, daß sein Freund recht hatte. Er empfand etwas für sie, und er wußte zum Teufel noch mal nicht, was er deswegen unternehmen sollte.

Wie Conchita es vorhergesagt hatte, fuhr die Kutsche, in der sie und Carlisle saßen, bei Einbruch der Nacht unter einem hohen, weißen Torbogen hindurch, der gespenstisch und blaß im Mondlicht leuchtete. Sie gelangten auf eine Allee.

Carlisle hielt erwartungsvoll nach dem Haus Ausschau, halb aus Neugierde und halb aus dem Verlangen, endlich diese holperige Reise beenden zu können. Außerdem wollte sie Conchitas ständigem Geplapper über Don Chasos Männlichkeit entfliehen. Eine halbe Stunde später lenkte der Kutscher die Pferde durch einen weiteren Torbogen, der sich über einem massiven Tor mit schwarzen Eisenspitzen wölbte. Riesige, achteckige Eisenlampen, die an Pfosten befestigt waren, hingen in regelmäßigen Abständen entlang der glattgepflasterten Straße, und Carlisle setzte sich beeindruckt aufrecht, als eine üppig berankte, zweistöckige spanische *estancia* auftauchte.

Die Kutsche kam mit einem Ruck vor einer säulengetragenen Arkade zum Stehen, die von vielen Laternen erleuchtet wurde. Chase war bereits am Fuße einer niedrigen Steintreppe von seinem Pferd gestiegen. Ein kleiner, indianischer Junge, der ganz in Weiß gekleidet war, führte es weg. Chase öffnete die Kutschentür und hielt Carlisle so höflich seine Hand hin, als sei in der vorherigen Nacht nichts zwischen ihnen vorgefallen. Carlisle beschloß, sein Spiel mitzumachen.

»*Bienvenidsa,* willkommen, Dona Carlita«, sagte er mit einem unbeschwerten Lächeln, und seine Augen leuchteten im Licht der Laternen wie Saphire. »*Aquí tiene usted su casa*«, fügte er hinzu. »Dies ist ein geschätztes Sprichwort in Mexiko. Es bedeutet: ›Mein Haus ihr Ihr Haus.‹«

Carlisle griff widerstrebend nach seiner ausgestreckten Hand und verspürte sofort eine Reaktion auf diese Berührung. Allerdings verleugnete sie, daß ihr Zittern irgend etwas mit Chase Lancaster zu tun hatte. Als Conchita sich erhob, um ebenfalls auszusteigen, hielt Chase sie davon ab.

»Nein, Conchita, es ist eine lange Reise gewesen. Geh nur mit Esteban nach Hause. Rosita wird sich heute abend um Carlisle kümmern.«

»*Gracias. Manana,* Dona Carlita, ich werde mich morgen um Sie kümmern«, rief Conchita, als der Fahrer die Zügel klatschen ließ und die Kutsche die Auffahrt hinabklapperte.

»Wohnen sie in der Nähe?« erkundigte sich Carlisle bei Chase.

»Nur die Straße hinunter, in einem Dorf namens La Mesilla. Viele meiner *vaqueros* leben dort.«

Carlisle, die sehr müde war, ließ sich von Chase die Treppe hinauf durch den Laubengang geleiten, der auf die Vorderseite des Hauses zuführte.

Die riesigen Mahagonitüren standen offen. Die hohe Decke im vorderen Salon wurde von massiven Balken getragen. Ein großer Kamin aus Lehmsteinen, in dem ein Holzfeuer knisterte, füllte eine Seite. Direkt davor erhob sich eine breite Steintreppe mit einem schwarzen, fein verzierten Eisengeländer in den ersten Stock. Dort warteten zwei junge indianische Hausmädchen in makellosen weißen Blusen und Röcken.

Während Chase sie mit Namen begrüßte und die beiden daraufhin einen Knicks machten und ihn zu Hause willkommen hießen, ließ Carlisle ihren Blick im Raum umherwandern. Neben der Tür stand ein schwerer, spanischer Tisch, aus feiner Eiche gearbeitet, auf dem ein wunderschöner weißer Spitzenläufer lag. Ein dicker, karmesinrot-goldfarbener arabischer Teppich bedeckte den größten Teil des Bodens, und Carlisle hatte das Gefühl, in den vornehmen Palast eines Wüstenscheiches geraten zu sein.

Statt dieses prächtigen, komfortabel eingerichteten, herrschaftlichen Hauses hatte sie eine staubige Rinderfarm erwartet, mit eingezäunten Weiden und Wasserlöchern, wie sie Gray nach einer seiner Reisen nach El Paso beschrieben hatte.

»Rosita, Dona Carlita ist mein Gast. Du wirst ihr Mädchen sein. Achte darauf, daß sie alles bekommt, was sie benötigt, *por favor.*« Als Chase sprach, schien seine tiefe Stimme bis in den letzten Winkel des großen Raumes zu hallen.

Rosita mochte ungefähr zwölf Jahre alt sein. Sie hatte die braune Haut und die flachen, ernsten Gesichtszüge, die Carlisle inzwischen als typisch indianisch erkannte. Das Mädchen knickste einmal schnell und betrachtete fasziniert Carlisles rotes Haar und ihr grünes Seidenkleid, als könne sie ihren Augen nicht trauen.

»Ich glaube, Rosita gefällt es, wie Sie aussehen, Senorita Kincaid. Rotschöpfe sind rar in Mexiko.«

Carlisle glaubte einen sarkastischen Unterton in Chases Stimme vernommen zu haben, aber er lächelte Rosita an, die schüchtern ihren Blick senkte.

»Sicherlich möchten Sie nun baden und sich zurückziehen«, sagte Chase. Sein höfliches Gebaren kam Carlisle verdächtig vor.

Warum war er so freundlich zu ihr? fragte sie sich. Aus welchem Grund gab er vor, ein Gentleman zu sein? Sie vermutete, daß er sich vor seinen Bediensteten nicht die Blöße geben wollte, als ungehobelter Kerl aufzutreten. Seine dunkelblauen Augen richteten sich wieder auf sie.

»Ich bedauere außerordentlich, was letzte Nacht zwischen uns vorgefallen ist, Carly. Es war mein Fehler, machen Sie sich also deswegen keine Vorwürfe. Ich verspreche Ihnen, daß so etwas nie wieder vorkommen wird.«

Carlisle, die vollkommen überrascht war, spürte, wie ihre Kinnlade hinabsank, aber Chase hatte sich bereits wieder zu den Mädchen umgedreht.

»Rosita«, fuhr er fort, »zeig Dona Carlita ihr Zimmer, und laß ihr ein Bad ein, *por favor.* Und du, Carmen, sag bitte Dolores Bescheid, daß sie eine leichte Mahlzeit für unseren Gast vorbereiten soll. *Buenas noches,* Senorita Kincaid.«

Immer noch verblüfft über seine Entschuldigung, folgte Carlisle Rosita die Stufen hinauf. Auf der obersten Stufe verharrte sie einen Moment. Plötzlich eilte unten ein grauhaariger Mann, der mit einem ordentlichen schwarzen Anzug bekleidet war, aus einer Tür hervor.

»*Bienvenida, patron!* Sie haben uns so lange Zeit alleingelassen! Selbst *su madre* hat aufgegeben und ist nach Hause nach Casa Amarilla zurückgekehrt!«

»Jorge, *amigo!* Ich habe dich vermißt!« begrüßte ihn Chase und tauschte einen warmen *abrazo* mit dem alten, indianischen Diener. »Aber ich muß euch schon bald wieder verlassen. El Presidente benötigt mich in der Hauptstadt.«

»*Sí, Don Chaso.* El Presidente hat viele Briefe für Sie geschickt. Heute kam erneut einer, sehr *urgente.* Ich habe ihn mit den anderen in den Safe geschlossen.«

Die Männer schritten auf einen Flur zu, und während Jorges Stimme immer schwächer wurde, fragte sich Carlisle, was wohl in der wichtigen Mitteilung stehen mochte. Ob es etwas mit den Guerilleros zu tun hatte? Als sie

Rosita zu ihrem Schlafzimmer folgte, beschloß sie, dies herauszufinden.

Nachdem er einige Minuten mit Jorge gesprochen hatte, ging Chase mit schnellen Schritten in seine Bibliothek. Er trat zum Safe, der sich hinter einem Bücherregal befand, und drehte den Zahlenknopf, bis die Kombination klickte. Dann zog er den Packen Briefe des Präsidenten hervor. Schließlich ließ er sich in den Sessel hinter dem Schreibtisch sinken. Seine Muskeln waren steif und wund von dem langen Ritt.

Er öffnete zuerst den Brief, der vor wenigen Stunden eingetroffen war, überflog rasch die Nachricht, nahm dann den Glasaufsatz von der Öllampe und hielt das steife, weiße Pergament in die Flamme. Das Feuer fraß schnell eine hungrige, schwarze Linie über das goldene Präsidentensiegel, und als sich das Papier zusammenrollte, ließ er die brennenden Überbleibsel in die Kupferschale auf seinem Schreibtisch fallen. Er seufzte und lehnte sich im Sessel zurück. Es schauderte ihn, wenn er an die Worte dachte, die Benito Juarez in seiner ordentlichen Anwaltshandschrift an ihn geschieben hatte.

Dios, dachte er, es schien alles wieder von vorne anzufangen — die Kämpfe, das Töten, Mexikaner gegen Mexikaner. Eine Art von Krankheit, wie er sie seit den schlimmsten Tagen des Krieges nicht mehr empfunden hatte, legte sich wie ein dunkler Schatten auf seine Seele. Warum wollten die Konservativen nur nicht einsehen, daß die Reformgesetze von Juarez es ihrem Land ermöglichen würden, zu überleben und zu erstarken?

Selbst sein eigener Großvater, den Chase mehr als jeden anderen Mann respektiert hatte, war gegenüber der Armut und Hoffnungslosigkeit der Bauern blind gewesen. Juan Morelos hatte zeit seines Lebens wie ein Feudalherr mit eisenharter Hand über seine Ländereien geherrscht. Ob die Gegner von Juarez wohl wieder auf einem Krieg bestehen und die Einmischung von Fremden begrüßen würden, die das Land lediglich plündern wollten?

Langsam und unerbittlich kämpfte sich aus den dunkelsten Verließen seiner Erinnerung ein Bild gegen das Vergessen an die Oberfläche. Er rieb sich die Augen, bemüht, die gräßlichen Bilder beiseite zu schieben, aber er sah sie trotzdem in ihrer ganzen Schrecklichkeit vor sich: überall Leichen, blutbedeckte Wände und Böden, von scharfen Macheten abgetrennte Körperteile, Fleisch, das zerfetzt und von Schußwunden geschwärzt war — alte Männer, Frauen, Babys, jeder einzelne Einwohner von San Miguel. Gott, es hatte sogar Kreuzigungen gegeben. Galle stieg in seiner Kehle auf, und sein Herz schrak bei der Erinnerung an die furchtbaren Gesichter der Toten zusammen.

Aufgewühlt öffnete er eine Schublade und zog eine Flasche *tequila* hervor. Er nahm einen tiefen Schluck und zwang sich, die quälenden Bilder zu verdrängen, wie er es nach dem Massaker schon so oft getan hatte. Seine gegenwärtigen Probleme bereiteten ihm genug Sorgen. Benitos Neuigkeiten würden Carlisle mehr als jeden anderen betreffen. Er hatte schon früher gehört, daß die Familie Perez in umstürzlerische Aktivitäten verwickelt war, hatte es sogar Gray Kincaid gegenüber in Chicago erwähnt. Aber nun war ihre Opposition gegen die Regierung Juarez eine bewiesene Tatsache.

Roberto Perez, Javiers und Arantxas Vater, war bei dem Versuch, einen Anschlag auf Juarez zu verüben, gefaßt worden. Das Attentat war Gott sei Dank fehlgeschlagen, hätte Benito aber beinahe das Leben gekostet. Einer von Benitos Beratern, ein Freund von Chase, war dabei getötet worden. Man hatte Perez gefaßt und ihn in das Gefängnis von Chapultepec gebracht, wo ihm wegen Verrats der Prozeß gemacht werden sollte. Aber die wichtigste Frage betraf seine Kinder. Waren Javier und

Arantxa in die Sache verwickelt? Und wenn ja, in welchem Maße?

Carlisle hatte natürlich mit all dem nichts zu tun. Aber Chase wußte, daß sie ihre Freunde hartnäckig gegen seine Anschuldigungen verteidigen würde. Sie wäre loyal bis zum Ende, genau, wie sie es bei Tyler gewesen war, als Gray und er entschieden hatten, daß seine Cousine heiraten sollte. Seltsamerweise war dies eine der Eigenschaften, die Chase am meisten an Carlisle bewunderte. Er war froh gewesen, daß sie zu einem Zeitpunkt mit Tyler Freundschaft geschlossen hatte, als diese so sehr eine Verbündete benötigte.

Aber unter diesen Umständen konnte es Chase nun nicht erlauben, Carlisle auch nur in die Nähe irgendeines Mitgliedes der Familie Perez zu lassen, ohne sie einer zu großen Gefahr auszusetzen. Und seine Einmischung würde sie erneut furchtbar wütend machen.

Vorhin, bei seiner Entschuldigung, schien sie erstaunt gewesen zu sein, aber er hatte jedes Wort ehrlich gemeint.

Er hatte den ganzen Tag lang Zeit gehabt, über sein eigenes Verhalten nachzudenken. Er erinnerte sich, daß Esteban ihm gesagt hatte, er sei in Carlisle verliebt und solle die Wahrheit wie ein Mann tragen. Und Chase hatte sich schließlich eingestanden, daß sein *compadre* im Recht war. Er mochte sie wirklich. Obwohl sie das Talent besaß, ihn immer wieder schrecklich wütend zu machen, verstand er sie nur allzu gut — wahrscheinlich sogar besser, als sie sich selbst verstand, denn er war in ihrem Alter ähnlich gewesen.

Chase konnte sich noch sehr gut daran erinnern, wie er sich benommen hatte, als er siebzehn gewesen war und seine Mutter ihn dazu überredet hatte, bei den Priestern zu studieren. Er hatte sich viel mehr für den Stierkampf interessiert, genau so, wie es sein Halbbruder Tomas heute auch tat. Während dieser Tage, in denen eine nüchterne

Mönchszelle sein Zuhause gewesen war, hatte er an die Arena gedacht und an Frauen — und wie es wohl sein mochte, sie zu berühren und zu küssen. Carly war da nicht anders. Sie war neugierig, sinnlich, ungeduldig. Aber sie war eine Frau, und deshalb konnte sie sich nicht dem Luxus hingeben, ihr Leben so zu leben, wie sie es wollte. Sie hatte ein ganzes Jahr in einem Kloster verbracht. Kein Wunder, daß sie sich derartig rebellisch aufführte.

Er seufzte einmal tief und starrte in die flackernde Flamme. Er war sich nicht sicher, wie er sich in dieser mißlichen Lage verhalten sollte. Er wollte sie besitzen, bei Gott, das wollte er wirklich — mehr als alles andere, woran er sich erinnern konnte. Als er sie zusammen mit Emilio gesehen hatte, war es um seine Beherrschung geschehen gewesen. So etwas war ihm wegen einer Frau noch niemals zuvor passiert. Er war wütend, frustriert und eifersüchtig gewesen.

Und dann hatte er erfahren müssen, daß auch sie ihn begehrte. Er vermutete, daß sie immer noch glaubte, in Javier Perez verliebt zu sein, aber das war sie nicht. Selbst wenn sie Perez lieben sollte, so würde Gray eine solche Heirat niemals erlauben, wenn er erst einmal von Javiers Kontakten zu einer Rebellengruppe erfahren hatte.

Wen würde sie wohl heiraten? fragte sich Chase. Und warum hinterließ der Gedanke an eine Heirat mit einem anderen Mann einen solch bitteren Nachgeschmack in seinem Mund? Großer Gott, es gab doch nun wirklich genug Frauen. Warum verzehrte er sich nach Carlisle? Jede Art von Beziehung zwischen ihnen würde äußerst kompliziert sein — schon allein wegen des Verlobungsvertrages, den seine Mutter vor Jahren für ihn und die Tochter einer ihrer Freundinnen arrangiert hatte, als das Mädchen kaum mehr als ein Kind gewesen war. Chase kannte Dona Marta kaum, aber sie war überaus geeignet für eine Ehe mit ihm. Und was Carlisle betraf, so würde Gray sie zweifellos irgendwann mit einem reichen, amerikanischen Geschäftsmann verheiraten.

Chase nahm einen weiteren Schluck. Im Augenblick war allerdings er selbst, trotz seiner wachsenden Zuneigung zu ihr, für Carlisle verantwortlich, und das würde sich auch für die Dauer ihres Besuches nicht ändern. Benito hatte ihn beauftragt, nach Saltillo zu gehen und alles über die Guerilleros herauszufinden, die sich angeblich dort oben in den Bergen versammelten. Dieser Befehl gab ihm einen guten Grund, ihrer Gesellschaft für eine Weile zu entfliehen. Wenn er erst einmal ihrer berauschenden Gegenwart entkommen war, konnte er vielleicht wieder klar denken und eine Entscheidung treffen, was er ihretwegen unternehmen sollte.

Esteban und Conchita würden bis zu seiner Rückkehr auf sie achtgeben. Wenn Carlisle mit ihnen hier auf der Hazienda eine schöne Zeit verlebte, dann wäre sie vielleicht nicht mehr so arg darauf versessen, sich so bald wie möglich mit Javier Perez zu treffen. Und wenn sie keine Ahnung davon hatte, daß sie sie mit Absicht von ihren Freunden fernhielten, wäre die Gefahr weitaus geringer, daß sie einen Wutanfall bekommen und den Versuch unternehmen würde, allein zu ihnen zu reisen.

Sollten Briefe von Arantxa und Javier eintreffen, so würde er sie zumindest so lange abfangen müssen, bis er über das Ausmaß ihrer Beteiligung an dem Attentat ausreichend informiert war.

Chase verschloß die Tequilaflasche wieder mit ihrem Pfropfen, stellte sie in den Schreibtisch zurück und begab sich nach oben, um seine wohlverdiente Nachtruhe zu genießen.

7

Am nächsten Morgen wurde Carlisle von Pferdehufen geweckt, die auf den Pflastersteinen widerhallten. Sie setzte sich auf und blickte sich in dem großen Schlafzimmer um. Vor den geschlossenen Fenstern hingen königsblaue Vorhänge, die den Raum sehr düster und kühl wirken ließen. Ihr gegenüber befand sich ein großer, runder Goldspiegel, der ihr Bild reflektierte. Umgeben von diesen immensen, geschnitzten Bettpfosten und dem großen Silberkruzifix, das an der Wand über ihrem Kopf hing, machte sie einen sehr kleinen und unbedeutenden Eindruck. Sie warf hastig die Bettdecke zurück, zog ihren Morgenrock über und lief auf nackten Füßen zum Fenster hinüber. Die Hufschläge klapperten immer noch auf den Steinen, und als sie die Vorhänge zurückzog und die Fensterläden aufstieß, hoffte sie, Chase zu erblicken.

Hitze schlug ihr entgegen, und sie blinzelte in die grelle Morgensonne. Während sie auf den kleinen, von einem Eisengitter umrandeten Balkon hinaustrat, hielt sie schützend die Hand über die Augen. Unten erblickte sie Esteban auf seinem Pferd und Conchita, die vor ihm im Sattel saß. Er hielt sie mit einem Arm fest, während er sie küßte, und schien gar nicht wahrzunehmen, daß sein Pferd tänzelte und zur Seite auswich.

»*Buenos días*«, rief Carlisle hinunter, lehnte sich gegen das Geländer und begann zu lachen, als das Paar auseinanderfuhr.

Esteban setzte Conchita unverzüglich auf dem Boden ab, und als sie unter den Säulen der Arkade verschwand, lüftete er seinen großen, weißen Sombrero.

»*Buenos días, el ángel!* Ich muß Ihnen heute unbedingt die *toros* zeigen! Es sind die tapfersten in ganz Mexiko!«

»Das würde mir gefallen! Gleich nach dem Frühstück?«

»*Sí.* Ich werde zurückkommen, um Sie zu holen!« Esteban schwang seinen Hut zu einem galanten Salut durch die Luft, gab seinem Pferd die Sporen und ritt dann durch die Allee davon. Carlisle sah ihm nach, bis er außer Sichtweite war, und blickte sich dann um, neugierig darauf, die Hazienda von Chase im Tageslicht zu sehen. Beeindruckt bemerkte sie ordentlich angelegte Blumenbeete, die mit weißgetünchten Steinen umgeben waren und in denen ein Flammenmeer aus scharlachroten Geranien blühte. Gelbe Rosen kletterten an der hohen Steinmauer hinauf, die das Haus umgab, und Körbe mit Gänseblümchen und Ringelblumen hingen an jedem Laternenpfahl und an jedem Balkongitter. Carlisle wandte sich um, als Conchita das Zimmer betrat und sie begrüßte.

»*Hola,* Dona Carlita! Ich habe Ihnen Ihr Frühstück mitgebracht!«

»Küßt Esteban Sie immer so, bevor er sich am Morgen auf den Weg macht?« erkundigte sich Carlisle und kam wieder in den Raum zurück, während Conchita ein silbernes Tablett auf einen Tisch in der Raummitte stellte.

»Oh, *sí.* Ich wäre auch sehr böse, wenn er es nicht täte«, erwiderte Conchita und eilte an Carlisle vorbei, um die Balkontüren wieder zu schließen. »Es wird schon bald sehr heiß sein. Sie müssen die Fensterläden geschlossen halten, damit Ihr Zimmer für die Siesta kühl ist.«

»Ich werde keine Siesta benötigen. Ich kann am Tag nicht schlafen.«

»Oh, *sí,* alle auf der Hazienda ruhen, wenn die Sonne hochsteigt. Sie werden schon sehen, Dona Carlita, das ist so Sitte hier in Mexiko. Aber Sie müssen natürlich nicht schlafen, wenn Sie es nicht möchten. Esteban und ich schlafen auch nicht.«

Conchitas verträumtes Lächeln ließ Carlisle ahnen, was Esteban und seine Frau während der Siesta taten. Ganz offenbar war das Ehebett für Conchita keine Folterkammer. Und die Gefühle, die Carlisle für so kurze Zeit auf dem Bett mit Chase empfunden hatte, waren sicherlich auch nicht von einer Art, über die sie sich beschweren konnte. Vielleicht würde ihr Conchita ja erklären, was passiert wäre, wenn Chase sie nicht so plötzlich verlassen hätte, dachte Carlisle, als sie vor einem Teller Platz nahm, auf dem sich Reis, Bohnen und hartgekochte Eier türmten. Sie schüttete sich aus einer schweren Kanne ein Glas Milch ein.

»Ist das Geheimnis zwischen Mann und Frau eigentlich schön, Conchita?« fragte sie und bemühte sich um einen beiläufigen Tonfall.

Conchita strich gerade das verknautschte Leinenbetttuch glatt, aber sie hörte sofort damit auf und blickte zu Carlisle hinüber. »Sie sind so *inocente, nina.* Kein Wunder, daß Don Chaso so gut auf Sie aufpaßt. Er ist wie eine *duenna,* nicht wahr? Aber *sí,* sie ist sehr *bueno,* diese Sache zwischen Mann und Frau. Mein Esteban, er ist ein *fantastico* Liebhaber. Seine Hände tun Dinge, die mich zum Stöhnen und Schreien bringen, aber eines Tages werden Sie das selbst erleben, wenn Sie erst einmal verheiratet sind und mit einem Mann das Bett teilen.«

Carlisle nippte an der kühlen Milch und bemerkte, daß sie errötete. Obwohl sie nur zu gerne gewisse Details erfahren hätte, brachte sie es nicht über sich, weitere Fragen zu stellen. Sie fand Conchitas Bezeichnung faszinierend, das mußte sie zugeben. Sie dachte an Chases große, braune, kräftige Hände und erinnerte sich, auf welch wilde Art und Weise sie ihr die Kleidung herabgerissen hatten und über ihren Körper hinweggeglitten waren. Allein der Gedanke daran, wie zärtlich sein Mund gewesen war, brachte ihren Herzschlag zum Rasen.

Verärgert schüttelte sie diese Gedanken ab. Warum fielen ihr nicht Javiers Hände ein, die ihren Körper liebkosten? Sie liebte ihn doch, oder etwa nicht? Chase hatte sie nur geküßt und umarmt, weil er wegen Emilio wütend gewesen war und sie bestrafen wollte. Das hatte er doch gesagt. Warum nur tauchte Chase so häufig in ihren Tagträumen auf? Während sie ihr Frühstück beendete, schwor sie sich, nicht mehr an ihn zu denken. Aber noch während ihr Conchita dabei half, ein Bad zu nehmen und ein leichtes Kleid aus hellblauer Baumwolle überzuziehen, fragte sie sich bereits, wo Chase wohl war und warum er sich bei ihr entschuldigt hatte.

Conchita verließ mit dem Frühstückstablett das Zimmer, und Carlisle bemerkte zu ihrem Kummer, daß ihr erster Gedanke, als sie selbst aus ihrem Schlafzimmer heraustrat, erneut Chase galt, denn sie hielt nach ihm Ausschau. Aber er war nirgendwo zu entdecken, und so spazierte sie auf der oberen Veranda entlang, überrascht, wie groß dieses Haus doch war. Die Architektur unterschied sich sehr von den Häusern, die sie gewöhnt war. Jedes Zimmer ging direkt auf die überdachte Galerie hinaus, und das Gebäude war rund um einen großen Garten mit Bäumen und gepflasterten Wegen errichtet.

Carlisle verharrte am Fuß der Treppe, um einen Springbrunnen zu bewundern. Wasserstrahlen neigten sich anmutig und tropften in das niedrige Steinbecken, das ihn umgab. Während eine leichte Brise die Blätter des Mimosenbaumes über ihrem Kopf zum Rauschen brachte, kam Carlisle zu dem Entschluß, daß es ihr hier sehr gut gefiel. Das leise Klirren von Sporen erregte ihre Aufmerksamkeit, und sie wandte sich um, denn sie erwartete, Chase zu sehen. Aber es war Esteban, der da auf sie zukam.

»*Hola,* Dona Carlita«, sagte er und nahm höflich seinen Hut ab.

»*Hola*«, erwiderte Carlisle lächelnd.

»Chaso hat mich gebeten, Ihnen die Ranch zu zeigen, wenn Sie möchten.«

»Wird Chase uns begleiten?«

Estebans dunkle Augen blickten sie aufmerksam an.

»Chaso ist bereits fortgeritten. Hat er Ihnen das denn nicht gesagt?«

»Fortgeritten? Wohin?« erkundigte sich Carlisle schnell. Sie war verstimmter über die Nachricht, als sie sich eingestehen wollte.

»Er hat dringende Geschäfte zu erledigen, aber er hat mich gebeten, alles zu tun, damit Sie sich wie zu Hause fühlen.«

»Er wird doch nicht etwa nach Mexico City weiterreisen, oder? Er hat versprochen, mich dorthin mitzunehmen!«

»Nein, ich glaube, sein Ziel ist Saltillo.«

Carlisle erstarrte. Wußte Chase etwa bereits über das Lager der Rebellen Bescheid? Das mußte sie bei seiner Rückkehr unbedingt herausfinden.

»Chaso hat gesagt, daß er hierher zurückkommen wird. Ich glaube nicht, daß er lange wegbleibt.«

»Ich verstehe.«

»Ich habe ein Pferd für Sie gesattelt«, sagte Esteban. »Können Sie reiten?«

Carlisle schüttelte den Kopf. »Können Sie es mir nicht beibringen, Esteban? Ich wollte es schon immer gerne lernen.«

»*Sí*, alle auf der *rancho* können reiten, und die Stute, die ich für Sie ausgewählt habe, ist sehr sanft.«

»Dann kann ich ja gleich meine erste Stunde nehmen«, schlug Carlisle eifrig vor.

Aber als sie an der vorderen Auffahrt angelangt waren, kam ihr das Pferd doch sehr groß und einschüchternd vor.

Sie verbarg jedoch ihre Angst, zog sich die ledernen Reithandschuhe über, setzte den flachen Hut auf, den Esteban ihr reichte, und lauschte sehr genau seinen Erklärungen, wie sie die Zügel zu halten hatte. Im Grunde klang alles sehr einfach. Sie mußte nur in die Richtung ziehen, in die sie wollte.

»Ich habe Dona Marias Damensattel für Sie auflegen lassen«, erläuterte Esteban. »Sind Sie bereit?«

»*Sí*«, erwiderte sie, aber als sie auf den Holzblock stieg und ihren Fuß in den kunstvoll verzierten Steigbügel setzte, dachte sie an das Gefühl, als Chase sie vor sich im Sattel festgehalten hatte. Sie legte ihr Knie um den Sattelknauf und griff nach den Zügeln. Diese Sitzhaltung schien ihr recht gefährlich zu sein, und sie wartete nervös, während sich Esteban anmutig auf sein eigenes Pferd schwang. Ihr Pferd wich zur Seite aus, als Esteban näher an sie heranritt, und Carlisle griff fester in die Zügel.

»*Bueno,* Dona Carlita«, lobte er. »Sie müssen ihr zeigen, wer das Sagen hat, sonst wird sie stur sein und versuchen, Sie herumzukommandieren. Sie müssen auch unbedingt diesen Hut tragen, Senorita, sonst wird Ihre Haut verbrennen. Hier ist die Sonne gefährlich.«

Carlisle griff gehorsam in den Nacken und setzte den Hut auf. Seite an Seite ritten sie die gepflasterte Allee entlang, die um die Rückseite des Hauses führte. Hohe, verästelte Zedern überschatteten den Weg, und Carlisle stellte fest, daß Reiten gar nicht so schwierig war, wie sie angenommen hatte — aber natürlich bewegten sich die Pferde in einem beschaulichen Tempo. Ein wilder Galopp, wie sie ihn gemeinsam mit Chase unternommen hatte, wäre eine ganz andere Geschichte. Aber genau darauf hatte sie nun Lust!

Auf der Rückseite der Hazienda befanden sich die Stallungen. Sie waren in einem niedrigen, weißgekälkten Gebäude untergebracht, das mit den gleichen roten, spanischen Ziegeln bedeckt war, die sich auch auf dem Dach des Haupthauses befanden. Hinter den Übungskoppeln führte die Straße zu einer Weide, auf der die Stiere gehalten wurden.

Die Übungsarena für die Stiere war recht groß und von einer ungefähr ein Meter achtzig hohen Lehmsteinmauer umgeben. Esteban führte sie zu einem strohbedeckten

Pavillon, wo sie einem jungen *vaquero* zuschauten, der einen wunderschönen weißen Araber dazu brachte, eine Serie von komplizierten Schritten und Manövern auszuführen.

»Was für ein prächtiges Pferd!« rief Carlisle und lehnte sich gegen das Geländer.

»Chaso wird besser als jeder andere mit ihm fertig, aber er betritt kaum noch die Arena.«

Carlisle blickte Esteban überrascht an. »Chase ist ein Stierkämpfer?«

»*Sí*, er war einmal sehr gut, aber er findet keinen Gefallen mehr daran. Chaso hat mir einmal genau an dieser Stelle dort drüben das Leben gerettet.« Esteban deutete auf einen Punkt nahe der hohen, weißen Mauer.

»Wirklich? Vor einem Stier?«

»*Sí*. Wir waren noch Kinder. Meine Eltern waren *campesinos* und arbeiteten für seinen Großvater, den großen *hacendado*. Chaso war erst zehn und ich zwölf, und wir wünschten uns nichts sehnlicher, als Matadore zu werden. Der Stier griff an, und ich war wie gelähmt vor Angst. Chaso lenkte *el toro* mit seinem *capa* ab, aber die Hörner erwischten ihn am Oberschenkel. Die Narben sind heute noch zu sehen, und ich werde niemals vergessen, daß ich allein seiner Tapferkeit zu verdanken habe, daß ich noch am Leben bin.«

»Sie und Chase sind sehr gute Freunde, nicht wahr?«

»*Sí*, wir stehen uns näher als Brüder. Ich würde mein Leben für ihn opfern.«

Sie sahen dem *vaquero* noch eine Weile zu, stiegen dann erneut auf ihre Pferde und ritten an riesigen, eingezäunten Weiden vorüber, auf denen sich Rinderherden und Pferde befanden. Carlisle war über die Größe der Ranch erstaunt. Nicht weit vom Haupthaus entfernt stießen sie hinter einer Anhöhe auf ein Dorf, dessen Lehmsteinhäuser von der Sonne gebleicht waren.

»Das ist La Mesilla«, erklärte ihr Esteban, zügelte sein

Pferd und lächelte sanft, wie es seine Art war. »Conchita und ich leben hier mit den anderen *vaqueros* und den *indios,* die auf den Feldern arbeiten. Kommen Sie, Conchita wird gekühlten *naranjada* für uns haben.«

Carlisle, die sich danach sehnte, von der heißen Sonne und dem harten Sattel auszuruhen, nickte. Der kleine Ort bestand aus mehreren Reihen gedrungen wirkender Gebäude mit flachen Dächern, die sich um einen sauberen Platz drängten. Den Platz dominierte eine Missionskirche mit zwei Türmen, Strebepfeilern und hohen, engen Fenstern. Rund herum befanden sich viele Marktstände, an denen Indianer und Mestizos ihre Waren verkauften.

Esteban führte sie zu einem hübschen Haus, das von einer niedrigen Steinmauer umgeben war. Er hob sie vom Pferd und band beide Tiere an einem Eisenring neben dem Gittertor fest. Conchita lief ihnen durch den kleinen, schattigen Garten entgegen.

»Da seid ihr ja!« rief sie. »Kommt herein, dort ist es schön kühl!«

Als sie die strohbedeckte Veranda erreicht hatten, nahm Carlisle ihren Hut ab und setzte sich in einen Holzschaukelstuhl. Conchita eilte davon, um ihnen Erfrischungen zu holen.

»Ihr Besuch in unserem Haus ehrt uns«, sagte Esteban, der auf einer niedrigen Mauer Platz genommen hatte.

»Ich freue mich, hier zu sein. Sie haben ein ganz entzückendes Zuhause.«

Carlisle mochte das kleine, weiße Haus wirklich. Es war zwar nicht sehr groß, aber ordentlich und kühl und duftete nach Gardenien und Rosen.

»Chaso hat uns angeboten, mit ihm auf der *estancia* zu wohnen, aber mir gefällt es hier im Dorf. Ich male die Leute gerne, wenn sie auf dem Markt sind oder sich für die Messe herausgeputzt haben.«

Carlisle hatte schon wieder vergessen, daß er Maler

war. »Darf ich einen Blick auf Ihre Arbeiten werfen, Esteban?«

Er schien ausgesprochen erfreut zu sein, und als er sie ins Haus führte, sah sie, daß die Wände mit seinen Bildern behängt waren. Die Gemälde waren in lebendigen Farben gehalten, mit einem scharfen Auge für die Realität, und Carlisle stieß einen entzückten Schrei aus.

»Sie sind sehr talentiert!« lobte sie Esteban und ging auf ein Bild zu, das ihr sofort ins Auge gefallen war.

Es zeigte Chase in der Stierkampfarena. Er trug eine kurze, reichhaltig bestickte blaue Jacke, die mit goldfarbener Borte besetzt war, und über eine Schulter hing ein rotes *capa* herab. Die Art, wie er den Kopf hielt, machte ihn unnahbar, und sein blondes Haar glänzte in der Sonne. Sie hatte ihn während ihrer Reise an Bord der *Mayan* oft so gesehen — immer, wenn er an der Reling gestanden hatte und aufs Meer hinausgeblickt hatte.

»Sie haben ihn so gut getroffen«, murmelte sie.

»*Gracias.* Werden Sie auch für mich Modell sitzen?«

»Natürlich, gerne. Wann immer Sie möchten.«

»Was halten Sie davon, schon morgen abend anzufangen? Ich arbeite immer abends.«

Einige Minuten später, als sie auf die überdachte Veranda zurückgekehrt waren, servierte ihnen Conchita Orangensaft und einen köstlichen Gemüseeintopf, den sie *puchero* nannte. Später, nachdem Conchita sie alleingelassen hatte, um sich mit einer Freundin zu treffen, holte Esteban Zeichenblock und Bleistift hervor und begann, einige Skizzen von Carlisle anzufertigen, die zufrieden im Schatten saß und in ihrem Stuhl vor und zurückschaukelte.

»Conchita hat mir erzählt, daß Sie sie über San Miguel befragt haben«, sagte er ganz unerwartet und riß Carlisle aus ihrer geruhsamen Stimmung.

»Ja, das hab' ich«, gab sie mit einem schlechten Gewissen zu.

»Es war sehr schlimm dort«, gestand er, und auf seinem sanften Gesicht spiegelte sich ein verstörter Ausdruck wider.

»Wenn es zu quälend für Sie ist, darüber zu reden, Esteban, dann müssen Sie nicht.«

»Nein, ich möchte darüber reden, denn ich will nicht, daß Sie Chaso und mich für Mörder halten.«

Carlisle fühlte sich schrecklich, denn sie hatte Esteban und Conchita bereits sehr gern, und es lag ganz bestimmt nicht in ihrer Absicht, sie zu beleidigen.

»Ich halte Sie nicht für einen Mörder.«

»Ich habe mehr Männer getötet, als ich zählen kann, aber das war im Krieg.« Er schwieg einen Moment und fuhr dann mit leiser Stimme fort: »Vor vier Jahren ist dieses Massaker geschehen, und ich bete jeden Tag zur Heiligen Jungfrau um Vergebung. Auch Chaso leidet sehr unter dem, was in San Miguel geschehen ist.«

»Hatte er an diesem Tag das Kommando über die Juaristas?«

»*Sí*, aber er hat dieses Massaker nicht angeordnet. Wir waren mit einigen Leuten unterwegs, um einen Weg zu finden, der uns von hinten an die Mission heranführen sollte. Dennoch gibt er sich die Schuld, denn seine eigenen Männer haben die Morde begangen.«

Estebans Kummer übertrug sich auf Carlisle.

»Der Krieg war schrecklich, und es wurden viele Greueltaten begangen. Die Franzosen waren Verbrecher, diejenigen, die in San Miguel umgekommen sind, üble Burschen. Sie ritten in Banden und plünderten und zerstörten Dörfer.« Traurige Furchen gruben sich in sein Gesicht. »Das waren die Männer, die meine arme Conchita vergewaltigt haben.«

»Oh, nein, Esteban!« rief Carlisle.

»*Sí*. Sie stießen auf die Wagen unten am Fluß und erschossen viele von den Männern. Dann nahmen sie die hübschesten Frauen als ihre *putas*. Conchita war hinterher noch lange Zeit verbittert, aber sie macht von Tag zu Tag Fortschritte.«

Carlisle gelang es nicht, ihr Entsetzen zu verbergen, und sie blickte zum Tor hinüber, wo Conchita lachend und plaudernd mit ihrer Freundin stand. Kein Wunder, daß die junge Frau derartig wütend reagiert hatte, als sie die Franzosen erwähnte.

»Viele Juaristas mußten leiden und fanden in San Miguel den Tod, bevor Chaso die Mission unter Belagerung nehmen konnte. Die Franzosen benutzten die alte Kirche als Gefängnis, wo sie unsere Männer folterten und töteten. Dorthin brachten sie auch meine Conchita und viele *muchachas* wie sie. Sie konnte fliehen, *gracias a Dios,* aber andere hatten nicht so viel Glück. Chaso wollte den schrecklichen Ort zerstören, aber wir hatten keine Kanone. Die Mission war gut befestigt, denn die Priester von San Miguel betrieben dort einmal eine Silbermine für die Kirche.«

Esteban zögerte, sein Blick war gehetzt. »Jeden Tag, den wir auf der Ebene vor dem Tor kampierten, töteten sie einen unserer *compadres* und warfen seine Leiche über die Mauer. Das Ganze dauerte viele Tage, bis die Verteidiger aus Hunger zur Aufgabe gezwungen waren. Als sie schließlich das Tor öffneten, drehten unsere Männer durch. Was sie den Franzosen und den Mexikanern, die mit ihnen ritten, angetan haben, war schrecklich. Körper wurden verstümmelt, die Straßen waren blutüberströmt . . .«

Estebans Stimme versagte, und seine dunklen Augen füllten sich mit Tränen. Er hatte wieder die Bilder des Blutbades vor Augen, die sich ihm dargeboten hatten, als er mit Chaso und ihren Männern aus dem Minenschacht herausgetreten war. Zu diesem Zeitpunkt war das Gemetzel beinahe vorüber gewesen, aber sie hatten die Schmerzensschreie aus der Kirche gehört. Er schluckte schwer und bemühte sich, die Erinnerung an das zu verdrängen, was sichtbar geworden war, nachdem er die Kirchentüren aufgestoßen hatte. Aber es wollte ihm nicht gelingen, und die Bilder überkamen ihn mit schrecklicher Macht. Französische Soldaten, mit an die Wand genagelten Händen, verstümmelte Leichen, die sich in den Gängen türmten, sogar Kinder hatte er gesehen — ein kleiner Junge lag ausgestreckt auf einer Kirchenbank, sein Schädel von einem Gewehrkolben zertrümmert. Ein unbezwingbares Gefühl von Übelkeit überkam ihn, und ohne ein weiteres Wort an Carlisle zu richten, stand er auf und verschwand ins Haus.

Carlisle blickte ihm nach, als er davonstolperte, ihre Gefühle in Aufruhr. Kein Wunder, daß San Miguel in Gegenwart von Chase und Esteban nicht erwähnt wurde. Esteban litt zweifellos an Gewissensbissen. Chase ging es wahrscheinlich nicht anders.

Carlisle war sich so sicher gewesen, daß Javier und Arantxa im Recht waren, aber nach Estebans schmerzhaften Enthüllungen wußte sie nicht mehr, was sie glauben sollte. Beide Seiten waren mit großer Brutalität vorgegangen, beide hatten getötet und verstümmelt, genau wie dies während des Bürgerkrieges in ihrem eigenen Land geschehen war. Aber über eins war sie sich im klaren: Esteban und Conchita waren nicht die blutrünstigen Monster, als die Javier die Juaristas beschrieben hatte.

8

Während der nächsten zwei Wochen lebte Carlisle sich auf der Hazienda ein und wartete darauf, daß entweder Chase zurückkommen oder Javier sie abholen würde. Sie schlief bis weit in den Vormittag, wie es hier üblich war, und wanderte dann herum, bis sie die Sonne wieder ins Haus trieb, um wie alle anderen in der Kühle Siesta zu halten. Gewöhnlich leisteten ihr Esteban und Conchita beim Abendessen, oder *comida,* wie es hier genannt wurde, Gesellschaft, und anschließend saß sie dann für Esteban Modell.

Eines Abends, Ende April, saß sie wieder einmal auf Estebans laternenerleuchteter Veranda. Esteban hatte darauf bestanden, daß sie ein einfaches, weißes Baumwollkleid mit einer hübschen, weißen Spitzenmantille trug, von dem er behauptete, daß sie darin wie ein Engel aussehe. Aber die Gedanken, die ihr durch den Kopf gingen, wenn sie an Chases andauernde Abwesenheit dachte, waren alles andere als engelsgleich.

Er hatte wahrscheinlich schon lange vorher geplant, sie einfach allein zu lassen, dachte sie verstimmt. Erst ruinierte er ihre Reise, indem er darauf bestand, daß sie mit zu seiner Ranch kam, statt die Familie Perez zu besuchen, und dann ließ er sie einsam hier zurück. Es geschähe ihm nur recht, wenn sie vor seiner Rückkehr mit Javier verschwunden wäre! Der Gedanke, Chase niemals wiederzusehen, war allerdings beunruhigend, wenn auch nur, weil sie auf diese Weise um die Möglichkeit gebracht wurde, ihm ins Gesicht zu sagen, was sie davon hielt, wie ein alter Hund irgendwo abgeladen zu werden!

Sie blickte zu Esteban hinüber, der vor seiner Staffelei saß, seinen schlanken Körper gerade aufgerichtet, seine dunklen Augen auf Carlisles Haar geheftet, und dann wieder auf seine Palette, auf der er den exakten Rotton mischte. Sie hatte herausgefunden, daß für Esteban die Welt ringsum nicht mehr existierte, sobald er zu malen anfing.

In den letzten Wochen hatte Carlisle nicht nur reiten gelernt, sondern mit Conchitas Hilfe auch an ihrem Spanisch gearbeitet, und war nun schon viel vertrauter mit der Sprache. Aber sie vermißte Arantxa und die Gespräche, die sie miteinander geführt hatten. Und Javier. Er hatte ihr gesagt, daß er sie liebte! Wo war er nur? Warum war er noch nicht gekommen, um sie zu holen?

Sie stellte sich Javier auf einem Pferd vor, wie sein gutaussehendes Gesicht vor Patriotismus leuchtete, er den Munitionsgürtel um die Brust geschlungen trug und so seine tapferen Männer anführte, um die Heilige Katholische Kirche zu verteidigen. Vielleicht trugen sie sogar Kreuze auf ihren Tunikas, wie Richard Löwenherz und seine Kreuzfahrer, dachte sie verträumt. Die Guerilleros würden nobel und voller Erbarmen sein und nichts von den grausamen Franzosen haben, die Esteban ihr geschildert hatte. Schließlich handelte es sich bei ihnen um loyale Mexikaner, die für die Freiheit und die Ausübung ihres Glaubens kämpften. Es käme ihnen niemals in den Sinn, unschuldigen Menschen Leid zuzufügen, wie Maximilians französische Truppen es getan hatten.

Carlisle schreckte aus ihren Tagträumen auf, als Conchita, die ihr gegenübersaß, plötzlich lächelte und auf die Füße sprang.

»Chaso ist zurück!« rief sie und lief zum vorderen Tor.

Carlisle erstarrte und drehte sich langsam um. Sie konnte kaum glauben, wie ihr das Herz bis zum Halse schlug. Chase kam auf sie zu, den Arm um Conchita gelegt. Er trug eine kurze Charro-Jacke und maßgeschneiderte Hosen mit silbernen Knöpfen an den Seiten. Sein dunkelblauer Mantel war mit einer wunderschönen, silberfarbenen Stickerei verziert, und er sah unglaublich gut aus.

»*Hola,* Carlita«, sagte er mit einem solch warmen und zärtlichen Lächeln, daß sie dahinschmolz. Sie hatte sich geschworen, ihm direkt bei seiner Ankunft die Meinung zu sagen, aber nun, da er vor ihr stand, gelang es Carlisle nicht, ihre Freude über seine Rückkehr zu verheimlichen.

»*Bienvenida,* Don Chaso«, antwortete sie. Sein Gesichtsausdruck bedeutete ihr, daß ihm ihre Begrüßung auf Spanisch gefallen hatte.

»Esteban hat Sie also dazu gebracht, für ihn Modell zu sitzen, wie ich sehe. Er ist ein wahrer Sklaventreiber, wenn er malt. Ich habe ihm auch einmal Modell gesessen.«

»Es wurde aber auch langsam Zeit, daß du zurückkehrst, *amigo*«, sagte Esteban, der sich ausnahmsweise einmal von seiner Leinwand weglocken ließ. »Carlita hat sich bereits gefragt, ob du sie für immer hier zurückgelassen hast.«

»Das würde ich doch niemals tun«, erwiderte Chase und schaute sie an. Etwas in der Art, wie er dies sagte, ließ sie vor Freude erzittern.

Chase setzte sich auf eine Bank, außerstande, seinen Blick von Carlisles Gesicht abzuwenden. Gott, wie sehr er sie vermißt hatte! Er hatte sich auf seinem Ritt nach Saltillo Zeit gelassen, um sich über seine Gefühle klar zu werden. Dickköpfig, wie er war, hatte er sich vorgenommen, Carlisles Gesicht aus seinem Gedächtnis zu verbannen, und war daher länger als eigentlich nötig fortgeblieben. Dabei hatte er sich die ganze Zeit über danach gesehnt, sie wiederzusehen, sich gefragt, was sie wohl gerade tat, mit wem sie zusammen war, und sich schließlich selbst als Idiot bezeichnet und auf den Heimritt gemacht.

»Don Chaso, ich habe dir *aguardiente* gebracht«, sagte Conchita.

Chase riß seinen Blick gerade lange genug von Carlisle los, um den Becher entgegenzunehmen, den sie ihm hinhielt.

»Ich bin froh, daß du wieder da bist«, flüsterte Conchita ihm zu. »Du kannst Esteban dazu bringen, aufzuhören, nicht wahr? Er hört nicht mehr auf mich, wenn er einen Pinsel in der Hand hält.«

Chase lachte, denn er konnte Conchitas Dilemma nur allzu gut verstehen. Schon in ihrer Kindheit war Esteban fanatisch gewesen, wenn es um seine Kunst ging. Als Junge hatte er seinen kreativen Drang mit groben Bleistiftzeichnungen und Wasserfarben befriedigt, aber nun bevorzugte er fast ausschließlich Ölfarben. Manchmal fiel es Chase schwer, in seinem ruhigen, sensiblen Freund den großen Kämpfer zu sehen, als der er sich während des Krieges erwiesen hatte. Auf dem Schlachtfeld war Esteban ein mutiger Mann, eigentlich der mutigste, der Chase jemals begegnet war.

Als Chase sich dazu entschlossen hatte, für die Sache der Juaristas zu kämpfen, nachdem Benito Juarez und seine Regierung von Maximilian aus Mexico City vertrieben worden waren, war Esteban vier lange, blutige Jahre hindurch an seiner Seite geritten, bis das Land endlich von den fremden Eindringlingen befreit war. Er vertraute Esteban mit seinem Leben.

Chase legte ein Bein über das andere, während er Esteban dabei beobachtete, wie er Carlisle den perlenbesetzten Kamm aus dem Haar zog. Die langen, glänzenden Strähnen fielen aus dem Knoten herab, zu dem sie ihr Haar auf dem Kopf getürmt hatte, und ergossen sich über ihre Schultern. Er verspürte eine starke, unsinnige Eifersucht, als Esteban die glänzenden, kupferfarbenen Lokken vorsichtig arrangierte und Carlisle geduldig und mit einem engelhaften Lächeln auf dem Gesicht dasaß und ihn gewähren ließ.

Dios, sie war wirklich eine außergewöhnliche Frau,

dachte er. Er schaute ihnen fasziniert zu, während Esteban sorgfältig die feine Mantille um Carlisles Gesicht legte. Die hauchdünne, weiße Spitze vermochte nicht, das glänzende, goldrote Haar zu verbergen. Plötzlich beschloß er, Esteban zu überreden, ihm das Porträt zu geben, sobald es fertiggestellt war.

Während Chase Carlisle betrachtete, blickte sie auf und lächelte. Einen Augenblick lang blitzten ihre kleinen, weißen Zähne auf, und Chase fühlte, daß er zurücklächelte — ziemlich dümmlich, wie er fürchtete. Aber zumindest schien sie nicht wütend auf ihn zu sein, weil er sie so lange hier zurückgelassen hatte. Plötzlich sehnte er sich danach, mit ihr allein zu sein, und er stand auf und blickte Esteban an.

»Laß uns für heute Schluß machen, Esteban. Conchita ist müde, und ich möchte gerne einige Dinge mit Carlisle besprechen.«

Esteban grinste. Offenbar war er sich des wahren Grundes bewußt, der hinter Chases Vorschlag steckte. »*Sí*. Es tut mir leid, *amigo,* manchmal vergesse ich einfach die Zeit«, sagte er und senkte den Pinsel. Er lächelte Carlisle zu. »Werden Sie morgen abend wieder für mich sitzen, Carlita?«

Carlisle nickte, und Chase trat auf sie zu, begierig darauf, sie zu berühren.

»Kommen Sie, ich habe mein Pferd draußen vor dem Tor. Sie können mit mir zur Hazienda zurückreiten.«

Carlisle hatte kaum Zeit, Esteban und Conchita eine gute Nacht zu wünschen, so schnell führte Chase sie von der Veranda. Sie stellte allerdings fest, daß es sie nicht weiter kümmerte. Sie war froh, daß er wieder zu Hause war, froh, daß er mit ihr allein sein wollte. Er band die Zügel vom Eisenring los und blickte dann auf sie hinab.

»Ich habe Sie vermißt, Carly.«

Freude durchfuhr sie, und ihr wurde klar, daß auch sie

sich mehr nach ihm gesehnt hatte, als sie sich bisher eingestehen wollte.

»Und warum sind Sie dann einfach verschwunden, ohne sich auch nur zu verabschieden?« erkundigte sie sich leise.

»Ich war nicht sicher, was ich hätte sagen sollen.« Er streckte die Hand aus und berührte ganz sanft ihr Haar. »Hast du mich auch vermißt?«

Carlisle fühlte, wie ihre Knie nachzugeben begannen. »*Sí*«, flüsterte sie.

»*Bueno, querida*«, murmelte Chase, und seine Fingerspitzen glitten kaum spürbar über ihre Wange.

Carlisle schloß ihre Augen, als sein Mund weich und zärtlich den ihren berührte.

»Du hast doch gesagt, daß du mich niemals wieder küssen würdest.«

»Das hatte ich mir auch vorgenommen, aber als ich dich vorhin erblickte und du in deinem weißen Kleid wie ein Engel aussahst, da war es endgültig um mich geschehen.«

Carlisle mußte lachen. »Vielleicht solltest du nach Senora Alvarez schicken. Sie wird dich schon in die Schranken verweisen.«

Chase brach in ein warmes, herzliches Lachen aus, ohne Arroganz, ohne Spott, und als er seine Hände um ihre Taille legte, um sie in den Sattel zu heben, da hatte sie das Gefühl, als würden Schmetterlinge in ihrem Bauch tanzen. Nachdem er sich hinter ihr auf das Pferd geschwungen hatte, vollführte Carlisles Herz einen Satz. Sie war wehrlos, wenn es um ihn ging. Sobald er sie berührte, ihr zärtliche Dinge ins Ohr flüsterte, konnte sie ihm nicht länger widerstehen. Sie fühlte sich wie einer von El Gato Grandes hilflosen Spatzen.

Während Chase das Pferd über die Plaza hinweg auf die Straße lenkte, machte es Carlisle sich in seinen Armen bequem und erinnerte sich an den Tag, als sie von

Matamoros gekommen waren und er sie mit zum Bach genommen hatte. Heute war er anders als damals, das spürte sie.

»Warum bist du so lange fortgeblieben, Chase? Ich habe mir Sorgen um dich gemacht.«

»Ich dachte, du seist froh, mich einmal eine Weile los zu sein.«

»Ich hasse dich nicht, weißt du«, erwiderte sie, bemüht, ihre Antwort spielerisch klingen zu lassen.

Er schwieg einen Augenblick. »Was empfindest du für mich, Carlisle?«

Seine Frage überraschte sie. Sie fand sie ausgesprochen schwierig zu beantworten, denn sie war sich nicht sicher.

»Eigentlich mag ich dich«, antwortete sie schließlich, wobei ihr bewußt wurde, daß sie das wirklich tat.

»Und ich mag dich auch, Carly«, erwiderte er.

Plötzlich wurde ihnen klar, wie kindisch ihre spröde vorgetragenen Eingeständnisse klangen, und sie mußten beide lachen. Als sie an dem großen Haus angekommen waren, hob Chase sie auf den Boden. Er lächelte zu ihr hinunter.

»Bevor ich mich vorhin zum Dorf aufmachte, habe ich *comida* für uns beide bestellt. Ich hoffe, du wirst mir Gesellschaft leisten?«

»*Sí*«, erwiderte Carlisle, die seine Höflichkeit genoß. Dies war ein anderer Chase Lancaster, nicht länger kalt und herzlos, sondern charmant und fürsorglich. Es war fast so, als mache er ihr den Hof. Als er ihren Arm ergriff und sie auf die Veranda hinausführte, kam sie zu dem Schluß, daß sie diesen neuen Mann mochte.

Auf einem glasbedeckten Eisentisch standen bereits Teller und Kristallgläser, und im gleichen Moment, als Chase ihr dabei behilflich war, Platz zu nehmen, erschien auch schon Rosita mit einer dampfenden Schüssel Reis und Frijoles.

»*Persón,* Don Chaso, aber meine kleine Schwester hat auf ihre Rückkehr gewartet. Sie hat ein Geschenk für Dona Carlita.«

»Die kleine Renate?« erkundigte sich Chase, ganz offensichtlich überrascht.

Carlisle blickte sich suchend nach dem sechsjährigen Mädchen um, das ihr nun schon seit über einer Woche überallhin folgte. Sie entdeckte das Kind im Schatten der Veranda. Renate trat auf sie zu, knickste vor Chase und überreichte Carlisle einen kleinen Strauß weißer Gänseblümchen, die mit einem roten Band zusammengebunden waren.

»*Gracias,* Renate«, sagte Carlisle, die von der Zuneigung des Kindes berührt war. Sie umarmte das kleine Mädchen. »Ich liebe Gänseblümchen. Sie erinnern mich an meinen Garten zu Hause in Chicago.«

»*De nada,* Dona Carlita«, murmelte Renate und strahlte vor Vergnügen, als sie von ihrer älteren Schwester weggeführt wurde.

»Wie ich sehe, bist du stets dabei, Herzen zu gewinnen«, sagte Chase und setzte sich auf den Stuhl gegenüber.

»Sie ist wirklich lieb. Sie kommt morgens in mein Zimmer und unterhält sich mit mir, während ich mich ankleide.«

»Klingt wie ein ganz faszinierender Zeitvertreib«, entgegnete Chase mit glitzernden Augen.

Carlisle spürte, wie ihr bei dem Gedanken, Chase in ihrem Schlafzimmer zu haben und seine Augen auf sich zu spüren, heiß wurde. Sofort dachte sie wieder an die Nacht in dem Wohnwagen, als er ihr beinahe die Kleider vom Leib gerissen hatte, um ihre Haut zu berühren. Sie schluckte einmal schwer und beeilte sich, das Thema zu wechseln.

»Esteban sagte, daß du dringende Geschäfte in Saltillo zu erledigen hattest. Ich hoffe, es gab keinen Krankheitsfall in der Familie.«

Chase zögerte einen Moment, bevor er antwortete, und Carlisle fragte sich, warum. Hatte er etwas über die Guerilleros herausgefunden?

»Nein. Es ging um Regierungsgeschäfte. Was hast du denn in der Zwischenzeit gemacht?«

»Esteban hat mir das Reiten beigebracht.«

»Das wollte ich eigentlich tun.«

Carlisle blickte ihn überrascht an. »Warum?«

»Weil ich mir dachte, daß du die Freiheiten genießen würdest, die es dir bringt.«

»Das tue ich auch.«

»Vielleicht kann ich ja von nun an Esteban die Arbeit abnehmen. Hättest du etwas dagegen?«

»Natürlich nicht.«

»Warst du einsam ohne mich?«

Carlisle spielte am Stiel ihres Weinglases herum. »Ein bißchen, aber es gefällt mir sehr gut hier in Mexiko. Es ist so wunderschön, mit all den Blumen und dem Sonnenschein.«

Chase lächelte. Offenbar hatte ihn ihre Bemerkung gefreut. »Statt nach Mexico City weiterzureisen, fände ich es schöner, wenn du noch ein wenig länger hier bleiben würdest. Würdest du das zumindest in Erwägung ziehen, *querida?*«

Carlisle starrte ihn an, fasziniert von seinem warmen, einladenden Blick.

»Wirst du auch hier bleiben?« fragte sie.

»*Sí.* Ich möchte mehr Zeit mit dir verbringen, um dir zu beweisen, daß ich gar nicht so schlecht bin, wie du denkst.«

Carlisle lächelte. »Wie kann ich da ablehnen, wenn du mich so freundlich bittest?«

»Dann wirst du also bleiben?«

»Ja. Ich habe sowieso noch nichts von Arantxa und Javier gehört. Ich kann mir wirklich nicht erklären, warum sie mir noch nicht geschrieben haben. Sie sollten doch mittlerweile in Mexico City angekommen sein, meinst du nicht auch?«

Chase blickte zu Boden und hob dann den Kopf, um sie anzuschauen. »Die Post ist hier in Mexiko lange unterwegs. Ich bin sicher, daß du schon bald von ihnen hören wirst.«

Er lächelte, und Carlisle blickte hingerissen in sein gutaussehendes Gesicht, plötzlich sehr wenig begierig darauf, sich mit ihren Guerillero-Freunden zu treffen. Nun, da Chase sie so freundlich behandelte, wären ein paar weitere Wochen auf der Hacienda de los Toros vielleicht gar nicht so übel. Warum sollte sie sich das Vergnügen nicht gönnen?

Während der nächsten Wochen vergnügte sich Carlisle wirklich. Sie verbrachte den größten Teil ihrer Zeit mit Chase, meistens auch noch in Begleitung von Conchita und Esteban. Wenn sie zu viert waren, wurde ihr klar, welch eine enge Freundschaft Chase und Esteban verband. Sie scherzten ständig miteinander, warfen sich aber auch einige ausgesprochen unverschämte Bemerkungen an den Kopf, ohne daß einer von ihnen jemals beleidigt war. Bei solchen Gelegenheiten erinnerten sie die beiden sehr an ihre Brüder, Stone und Gray, und wie sie vor Ausbruch des Krieges gewesen waren.

Eines Abends, Mitte Mai, als sie vor ihrem Spiegel saß und eine Mantille, die sie über ihr Haar gelegt hatte, zurechtzog, überfielen sie die Gedanken an ihre Brüder. Sie fragte sich, ob Emerson Clan den Brief erhalten hatte, den Javier für sie an Bord der *Mayan* aufgesetzt hatte. Javier hatte versprochen, ihn von Matamoros aus abzuschicken, bevor er nach Veracruz weitersegelte. Sie hatte auch einen Brief an Gray und Tyler geschickt, bisher aber noch keine Nachricht von ihnen erhalten. Sie nahm an, daß sie sich immer noch auf Hochzeitsreise befanden.

Sie schüttelte den Kopf. Es war nur schwer vorstellbar,

daß schon mehr als ein Monat vergangen war, seit sie Javier und Arantxa zum letzten Mal gesehen hatte. Sie konnte einfach nicht glauben, daß sie sie für so lange Zeit im Stich gelassen hatten. Etwas Unerwartetes mußte Javier davon abgehalten haben, zu ihr zu kommen, um sie abzuholen. Aber Chase hatte sich als exzellenter Gastgeber entpuppt, und sie mochte ihn von Tag zu Tag mehr. Und es blieb ihr ja ohnehin keine andere Wahl, als darauf zu warten, daß Javier Kontakt mit ihr aufnehmen würde.

Heute abend fand in La Mesilla eine große Fiesta statt, zu der Chase sie begleitete. Lächelnd wurde ihr bewußt, wie glücklich sie war. Sie spielte mit der Spitzen-Mantille und bemühte sich, sie besonders vorteilhaft zu arrangieren. Aus irgendeinem Grund mochte es Chase am liebsten, wenn sie die weiße trug, die ihr Esteban für das Porträt gegeben hatte, und es machte ihr Spaß, ihm zu gefallen.

Sie griff noch schnell nach einem Umhängetuch und eilte dann nach unten. Chase wartete im Salon. Er trug eine braune Charro-Jacke und ausgestellte Hosen. Als sie das Zimmer betrat, drehte er sich um, und allein der Blick, den er ihr zuwarf, ließ ihr Herz schneller schlagen.

»Du bist wunderschön, *querida*«, sagte er, machte aber keinen Schritt auf sie zu. Seit seiner Rückkehr hatte er sich derartig formell und anständig benommen, daß sie sich danach sehnte, er möge durch den Raum hinweg auf sie zustürmen, sie packen und so leidenschaftlich küssen, wie er es im Wohnwagen getan hatte. O Gott, war sie etwa dabei, sich in ihn zu verlieben? fragte sie sich plötzlich bestürzt. Und was war mit Javier? Ihn liebte sie doch auch. Oder etwa nicht?

In ihrer Verwirrung war sie froh, daß ihre Aufmerksamkeit auf einen plötzlichen Aufruhr draußen in der Auffahrt gelenkt wurde. Durch die geöffneten Türen konnte sie mehrere *vaqueros* erkennen, die auf tänzelnden Ponys saßen. Jeder Mann hielt eine brennende Kerze in der Hand.

»Sie sind gekommen, um dich zur Fiesta einzuladen, Carly«, erläuterte ihr Chase. »So ist es hier Brauch.«

Er führte sie unter die Arkade, und ein junger *caballero* lenkte sein Pferd zu Carlisle hinüber und riß in hohem Bogen seinen schwarz-goldenen Sombrero vom Kopf.

»Senorita, bitte erweisen Sie uns die Ehre, an unserem *fandango* teilzunehmen«, sagte er höflich und beugte sich hinab, um Carlisle einen Kranz weißer Gardenien zu überreichen.

»*Gracias,* Senor«, antwortete Carlisle. »Ich fühle mich geschmeichelt und werde sehr gerne kommen.«

Ihre Antwort gefiel dem *caballero,* denn er lächelte und verbeugte sich, während seine Freunde ihre Hüte lüfteten und sich alle mit viel Geschrei und klirrenden Sporen auf den Weg in den Ort machten.

»Was für ein wunderbarer Brauch«, murmelte Carlisle, hielt die weichen, weißen Blüten an ihre Nase und atmete ihren süßen Duft ein. Als Chase hinter sie trat, war sie sich seiner Nähe sehr bewußt.

»Die Gardenien sind für dein Haar bestimmt, Carly. Darf ich?«

Carlisle händigte ihm den duftenden Kranz aus, und er plazierte ihn vorsichtig oben auf ihrer Mantille.

»Wir sollten uns jetzt auf den Weg machen. Es wird schon dunkel, und sie werden bald das Feuerwerk veranstalten. Und es wird getanzt und gesungen. Wenn ich das noch richtig in Erinnerung habe«, sagte er und führte sie die Stufen zu den Pferden hinunter, »bist du eine ziemlich gute *jarabe*-Tänzerin.«

»Ich darf also tanzen?« fragte Carlisle, während er ihr in den Sattel half. »Trotz der Geschichte mit Emilio?«

»Dank meines Einschreitens ist ja nichts passiert.«

Carlisle lächelte und erinnerte sich sehr lebhaft, was in jener Nacht zwischen Chase und ihr alles passiert war.

Sie ritt neben ihm ins Dorf. Mittlerweile fühlte sie sich im Sattel ziemlich sicher. Aufgeregt blickte sie zu der fröhlichen Menge aus *vaqueros* und Bauern hinüber, die sich auf dem Platz drängten. Conchita und Esteban warteten am Eingangstor ihres Hauses auf sie, und die beiden Paare spazierten zusammen durch die Menschentrauben, genossen den Anblick, der sich ihnen bot, und lauschten den Klängen der Gitarren und Marimbas, die von *músicos* gespielt wurden, die durch die Menge schritten.

»Komm, Esteban, laß uns tanzen!« rief Conchita und zog ihren Mann mit sich zu den Paaren hinüber, die sich bereits auf der Mitte des Platzes drehten.

»Was ist mit dir, Carly? Möchtest du auch hinübergehen und tanzen?«

»Eigentlich würde ich viel lieber hier bei dir bleiben«, erwiderte sie und war froh, daß sie sich so entschieden hatte, denn er ergriff ihre Hand und hielt sie ganz fest.

Sie spazierten Hand in Hand weiter und blieben oft stehen, um sich mit anderen Leuten zu unterhalten. Carlisle war beeindruckt, mit welchem Respekt die Dorfbewohner Chase behandelten. Nach einer Weile nahmen sie Platz, um sich das Feuerwerk anzusehen. Große, feurige Räder drehten sich, versprühten Funken und knallten laut, und Carlisle lachte, als sie sah, wie die Kinder davonliefen und bei jedem lauten Knall ängstlich kreischten.

»Carly?«

Sie blickte zu Chase auf und sah, daß er sie mit ernstem Gesicht ansah.

»Ja?«

»Ich muß mit dir reden.«

Chase schaute sich um, als widerstrebe es ihm, zu beginnen, und Carlisle spürte, daß etwas nicht in Ordnung war. Während sie darauf wartete, daß er anfangen würde, wuchs ihr Argwohn.

»Es tut mir leid, aber ich muß die Hazienda erneut verlassen.«

Carlisle blickte ihn besorgt an. »Aber warum? Wohin gehst du?«

»Ich muß nach Mexico City, um mit dem Präsidenten zu reden.«

»Aber das kommt mir doch gelegen! Du kannst mich mitnehmen, nicht wahr? Arantxa und Javier warten bestimmt schon auf mich.«

»Nein, das kann ich nicht.«

»Aber warum denn nicht? Das war doch von Anfang an unser Plan — zuerst der Besuch hier und dann die Weiterreise nach Mexico City.«

»Inzwischen haben sich aber einige Dinge geändert.«

Carlisle runzelte die Stirn. »Was hat sich geändert? Wovon redest du?«

»Ich glaube nicht, daß Javier und Arantxa der richtige Umgang für dich sind. Ich möchte nicht, daß du sie wiedersiehst.«

»Du hast kein Recht, mir vorzuschreiben, mit wem ich befreundet sein darf und mit wem nicht«, erwiderte sie ruhig, wieder einmal in Sorge, daß er bei seinem Aufenthalt in Saltillo etwas über Javiers Guerillero-Lager herausgefunden haben könnte.

»Es tut mir wirklich leid, dir dies sagen zu müssen, Carlisle, aber ich habe herausgefunden, daß die Familie Perez in subversive Aktivitäten verwickelt ist. Gray fände es sicher ebensowenig wünschenswert wie ich, wenn du weiterhin mit ihnen verkehren würdest. Es könnte gefährlich werden.«

Vor einigen Tagen hatte er außerdem ein Telegramm von Gray erhalten, in dem dieser ihm mitteilte, daß Carlisle in einem Brief an Tyler ihre Absicht bekundet hatte, bei ihrem Aufenthalt in Mexiko mit Javier durchzubrennen. Chase konnte sich kaum vorstellen, daß sie dies immer noch im Sinn hatte, aber trotzdem war es nun wichtiger als je zuvor, sie aus der Hauptstadt fernzuhalten.

»Ich glaube dir nicht«, log sie, aber ihre Stimme klang derartig nervös, daß sich Chases Augen zu Schlitzen verengten. Als sein Blick über ihr Gesicht hinwegglitt, schluckte sie schwer und kam sich schuldig und hinterlistig vor. O Gott, verdächtigte er sie etwa auch? dachte Carlisle bestürzt. Hatte er womöglich herausgefunden, daß sie selbst an der Sache beteiligt war?

»Es ist wahr, Carly.«

Obwohl er nun leider über Arantxa und Javier Bescheid wußte, bemerkte Carlisle, wieviel mehr sie unter der Tatsache litt, daß er ohne sie weggehen wollte. »Also wirst du einfach verschwinden und mich abermals hier allein zurücklassen? Wie lange wirst du diesmal fort sein?«

»Wahrscheinlich für einen Monat, vielleicht auch länger. Ich bin nicht sicher.«

»Würdest du mich mitnehmen, wenn ich verspreche, mich nicht mit Javier und Arantxa zu treffen?«

Chase zögerte, schüttelte dann aber den Kopf. »Ich kann nicht. Ich habe andere Verpflichtungen in der Stadt, um die ich mich kümmern muß . . .«

»Dann laß dich nur nicht von mir aufhalten!« rief Carlisle verärgert, der plötzlich der Gedanke kam, daß sein freundliches Verhalten in den letzten Wochen möglicherweise ausschließlich dem Zweck gedient haben könnte, sie von der Idee abzubringen, zu Javier zu reisen. Er hatte lediglich seine Pflicht gegenüber Gray erfüllt, sonst nichts. Sie bemühte sich, nicht zu zeigen, wie verletzt sie war, und zuckte mit der Schulter, als ob ihr seine Abreise überhaupt nichts ausmache. »Geh ruhig, wenn es das ist, was du willst«, sagte sie und stand auf, bevor er eine Chance hatte, ihr zu antworten. Sie blickte sich auf der Suche nach Conchita und Esteban in der Menge um. »Ich glaube, ich möchte doch tanzen.«

Chase runzelte die Stirn, als sie davonging, aber das

kümmerte sie nicht. Während sie sich einen Weg durch die Feiernden bahnte, brannten Tränen in ihren Augen, aber sie war entschlossen, Chase nichts davon merken zu lassen.

Sie hatte plötzlich kein Interesse mehr an der Fiesta und eilte über die Plaza hinweg auf die Straße zu, die zurück zur Hazienda führte. Sie wollte zum Haus zurückgehen, wo sie für sich sein konnte.

Als sie in der Nähe der Kirche am Rande der Menge entlangging, wurde sie plötzlich von hinten gepackt, und eine Hand preßte sich so fest auf ihren Mund, daß sie nicht imstande war, zu schreien. Sie wehrte sich verzweifelt, aber es gelang ihr nicht, sich zu befreien. Sie wurde in den dunklen Schatten einer Gasse gezerrt.

»Carlita, hör auf, dich zu wehren. Ich bin es doch!«

Als sie Javiers Stimme hörte, verhielt sich die überraschte Carlisle sofort ruhig. Im selben Moment ließ er sie auch schon los. Carlisle wirbelte herum und erblickte tatsächlich Javier. Arantxa stand direkt hinter ihm. Beide waren in weißen Hemden und Hosen gekleidet, wie sie von den *campesinos* getragen wurden.

»Javier! Wo kommst du denn plötzlich her? Arantxa, ich kann gar nicht glauben, daß du es bist! Wo seid ihr denn nur gewesen?«

Arantxa umarmte sie fest und sprach dann mit leiser und eindringlicher Stimme. »Es ist viel passiert, aber wir sind jetzt gekommen, um dich zu holen. Wir müssen uns beeilen, damit uns niemand sieht!«

»Jetzt sofort?«

»*Sí*«, erwiderte Javier. »Wir haben beinahe drei Tage gewartet, ehe wir dich endlich allein erwischen konnten!«

Carlisle blickte sich um und fragte sich, ob Chase ihr vielleicht gefolgt war, aber nur die Rufe und der Gesang der Festbesucher drangen durch die Stille der Nacht. »Ich kann nicht einfach so verschwinden, ohne irgend jemandem etwas zu sagen. Und meine Kleider sind alle auf der Hazienda . . .«

»Wir haben Kleidung für dich«, entgegnete Javier schnell. »Komm schon, Carlita, dies ist unsere einzige Chance! Beeil dich, bevor man uns sieht und wir gefaßt werden!«

Nachdem Javier ihren Arm ergriffen hatte und sie durch einige dunkle Gassen zog, überkam sie eine seltsame Furcht. Aber warum sollte sie ein schlechtes Gewissen haben? Chase hatte doch sowieso vor, abzureisen, oder etwa nicht? Er machte sich nicht so viel aus ihr, daß er sie mitnehmen wollte, aber Javier tat es. Er war gekommen, um sie zu holen, genau, wie er es versprochen hatte.

Hinter der Kirche, im Schatten einer hohen Friedhofsmauer, wurden sie von einer Gruppe von ungefähr zwanzig Reitern erwartet.

»Hier, Carlita, schlüpf unter deinem Rock in diese Hosen«, flüsterte Javier. »Und hier ist ein *rebozo,* das du dir um dein Haar binden kannst. Es darf dich niemand erkennen.«

Carlisle tat, wie ihr geheißen wurde, und warf dabei einen mißtrauischen Blick auf die Männer, die auf ihren Pferden saßen und sie beobachteten.

»Hast du Lancaster aushorchen können, Carlita?« erkundigte sich Javier leise.

»Ich habe nur herausgefunden, daß er über die Rebellen Bescheid weiß, die sich in der Nähe von Saltillo versammeln. Er ist vor einigen Wochen dorthin gereist, aber er hat mir nur erzählt, daß es dabei um Regierungsgeschäfte ging. Und er hat mich heute abend gewarnt, daß deine Familie in subversive Aktivitäten verwickelt sei.«

»Also weiß er doch Bescheid. Beeil dich, Carlita, denn nun ist klar, daß wir uns hier in noch größerer Gefahr befinden! Er darf uns auf keinen Fall zu Gesicht bekommen!«

Javiers Stimme war so eindringlich, daß Carlisle trotz ihrer Bedenken, davonzureiten, ohne irgend jemanden zu informieren, schnell auf das Pferd stieg, das er für sie am Zügel hielt. Aber als sie so von La Mesilla und Chase fortritt, überkam sie der unbezähmbare Drang, sich noch einmal umzuschauen, und sie verspürte ein großes Bedauern.

9

Als die Sonne über den Bergen aufging, ritt Chase die Straße entlang, die die nördliche Grenze seiner Ranch bildete. In seiner Hand hielt er Carlisles weiße Mantille, die in der leichten Brise flatterte. Er blickte auf die feine, weiße Spitze hinab, die in der vorherigen Nacht spinnwebartige Schatten auf ihr wunderschönes Gesicht geworfen hatte. Er hob sie an sein Gesicht und atmete den kaum merklichen Duft ihres süßen Parfüms ein. Dann senkte er angsterfüllt die Lider, und seine Faust schloß sich um den zarten Schleier.

Dios, wo steckte sie nur? Er blickte über das hügelige, unebene Terrain hinweg, das ihn umgab. Die ganze Nacht über hatten seine Männer jeden Zentimeter der Hazienda abgesucht, aber kein Zeichen von ihr entdeckt — außer der Mantille, die sie in einer Gasse nahe der Plaza gefunden hatten.

Er ließ seinen Blick über die sanften Hügel zu seiner Rechten wandern und entdeckte eine Gruppe von *vaqueros,* die das Ufer eines kleinen Wasserlaufs absuchten. Wie hatte dies nur geschehen können? Wie hatte es geschehen können, daß Carlisle während einer gutbesuchten Fiesta einfach spurlos verschwand? Er biß die Zähne zusammen und lenkte den Kopf seines Hengstes wieder in Richtung Hazienda zurück.

Falls sie Carlisle nicht bald finden würden, mußte er mit dem Schlimmsten rechnen. Letzte Nacht, als er ihr eröffnet hatte, daß er für eine Weile verreisen mußte, war sie böse auf ihn gewesen. Er hatte ihren verletzten Blick bemerkt. Vielleicht hatte sie trotz seiner Anordnung jemanden überreden können, sie nach Mexico City zu bringen.

Vor ihm waren die roten Ziegel des Haziendadaches in das goldrote Licht der aufgehenden Sonne getaucht. Die Farbe von Carlisles Haar, dachte er schmerzerfüllt. Wieder wurde er von Verlangen nach ihr erfaßt, und er wußte, daß sie ihm gegen seinen Willen mehr bedeutete als alles andere auf der Welt. Das war ihm in den letzten Wochen, in denen sie so gut miteinander ausgekommen waren, bewußt geworden. Ein Grund für seine Reise in die Hauptstadt war deshalb seine Absicht gewesen, die Verlobung mit Dona Marta zu lösen. Nach seiner Rückkehr zur Hacienda de los Toros und zu Carlisle hatte er eigentlich vorgehabt, ihr seine Gefühle zu gestehen, und einen Brief an Gray zu schreiben, in dem er ihn um die Erlaubnis bitten wollte, ihr offiziell den Hof machen zu dürfen. Und Carlisle hätte zugestimmt. Er hatte in ihren Augen gesehen, welche Gefühle sie für ihn hegte. Er liebte sie, liebte sie verzweifelt.

Mit grimmigem Gesicht galoppierte er unter dem Torbogen hindurch und auf das Haus zu. Als er die Arkade erreicht hatte und sich aus dem Sattel schwang, tauchte Conchita in der Eingangstür auf. Sie trug einen für sie ganz ungewöhnlich ernsten Gesichtsausdruck.

»Ist Esteban schon zurückgekehrt?« erkundigte er sich, während einer seiner Bediensteten den Hengst wegführte.

»Nein, Don Chaso. Es tut mir leid, aber Esteban und seine Männer sind noch nicht aus Monterrey zurück. Aber jedes Haus in La Mesilla ist durchsucht worden. Keiner hat sie gesehen, aber viele schlafen noch, weil sie so viel *aguardiente* getrunken haben.«

Chase runzelte die Stirn und begann, sie mit seiner Hand zu massieren, während er den Salon betrat. Er goß sich einen großzügigen Schluck Tequila ein, stürzte ihn hinunter und füllte das Glas aufs neue.

»*Perdon,* Don Chaso, *por favor.*«

Mit Nerven, die zum Zerreißen gespannt waren, fuhr

Chase herum und erblickte Carlisles Mädchen im Türrahmen. Neben Rosita stand ihre jüngere Schwester, Renate.

»*Sí,* Rosita? Hast du etwas gehört?«

Rosita nickte und schob dann das Kind weiter in den Raum hinein. Aber das kleine Mädchen wehrte sich ängstlich und verbarg ihren Kopf in Rositas langer, weißer Schürze.

»Sie hat große Angst, Senor, aber sie hat die Senorita letzte Nacht gesehen. Sie denkt, daß Doña Carlita *muy bona* ist, und sie folgt ihr sehr oft. Aber sie fürchtet sich, mir zu sagen, was geschehen ist. Deshalb habe ich sie zu Ihnen gebracht.«

Hoffnung begann in Chases Herz zu keimen, und er ging auf das Kind zu, hockte sich hin und ergriff seine Hände.

»Renate, *nina,* vor mir hast du doch keine Angst, nicht wahr? *Por favor,* du mußt mir über Dona Carlita erzählen. Es ist *muy importante.*«

Renate sah ihn nicht an. Ihr Arm schloß sich fester um die Puppe, die sie in ihrer Armbeuge festhielt. Aber schließlich antwortete sie doch. Ihre Stimme war so leise, daß Chase sie kaum verstehen konnte.

»*Un hombre* hat sie mitgenommen.« Renate hob ihre großen, schwarzen Augen, in denen Tränen glitzerten. »Er hat so mit ihr gemacht.« Sie zog ihre Hand aus Chases Griff und preßte sie sich fest auf den Mund.

Chase wurde von Angst überwältigt, aber er gab sich große Mühe, dies vor dem Kind zu verbergen.

»Was für ein *hombre, nina?* Kennst du seinen Namen? War er ein *vaquero* von der Hazienda?«

Renate schüttelte feierlich den Kopf.

»Wo hast du sie gesehen?«

»Hinter der Kirche, wo sie ihre Pferde angebunden hatten.«

»Es gab also mehr als einen?«

Das Kind nickte wieder heftig mit dem Kopf.

»Hast du gesehen, in welche Richtung sie verschwunden sind?«

Renate nickte und deutete mit dem Finger auf das südliche Fenster.

»Die Straße nach Monterrey?« fragte Chase in einem Ton, der immer dringlicher wurde.

»*Sí*, Don Chaso, sie sind sehr schnell fortgeritten.«

»*Gracias*, Renate, du bist ein gutes kleines Mädchen«, sagte er. »Du warst mir eine große Hilfe. Geh jetzt mit Rosita, sie wird dir Frühstück machen.«

»Senor? Wird *la gringa* wieder zurückkommen?« erkundigte sich Renate mit ängstlichem Blick.

»Mach dir keine Sorgen, *nina*. Ich werde sie finden und sie wieder nach Hause bringen, das verspreche ich.«

Trotz seiner ermutigenden Worte hatte Chase innerlich ein blankes Entsetzen ergriffen. Bei den Kidnappern mußte es sich um die *gavilla de ladrones* handeln. Diese bewaffneten Banditen, die die Orte in den umliegenden Bergen unsicher machten, waren dreckige Halsabschneider und Abtrünnige, die mordeten, plünderten und vergewaltigten. Und Carlisle, die unschuldige, reizende, schöne Carlisle, war ihnen in die Hände gefallen. *Dios*, er mußte sie einfach finden, bevor sie auf Nimmerwiedersehen in die hohe Sierra verschwanden. Er würde nach Monterrey reiten, um Esteban zu finden! Wenn es sein mußte, würde er die Bastarde bis ans Ende der Welt verfolgen!

Er durchmaß mit schnellen Schritten die Eingangshalle und wollte gerade die Veranda überqueren und nach seinem Stallburschen rufen, als das Gedonner von Hufen in der Auffahrt ihn zur Haustür zurückkehren ließ. Esteban sprang zu Boden, bevor sein Pferd zum Stehen gekommen war, und überließ es seinen Männern, das sich aufbäumende Tier zu bändigen.

»Chaso! Eine Nachricht war für dich an die Tür der Kirche genagelt!«

Chase ergriff das zusammengefaltete Pergament und riß das Siegel auf. Er überflog den Text und las ihn dann noch einmal genauer durch.

»*Por Dios, compadre!* Sag mir doch, was dort steht!«

Chase blickte Esteban an. »Carlisle wurde von einer Bande Guerilleros verschleppt. Verdammt, sie haben sie nach San Miguel mitgenommen.«

»*Dios*«, murmelte Esteban, und sein dunkles Gesicht nahm einen wütenden Ausdruck an.

Chase lief unruhig unter der Arkade auf und ab und starrte erneut auf den Brief. »Sie behaupten, daß sie das gesamte Tal kontrollieren. Falls wir einen Angriff starten, werden sie sie töten.«

Esteban bekreuzigte sich. »Heilige Mutter Gottes, warum nur? Was wollen sie denn nur mit Carlita?«

»Nichts. Sie wollen mich. Sie sagen, sie werden sie im Austausch für mich freilassen.«

»Nein, *amigo,* du kannst ihnen nicht trauen. Sie werden dich töten.«

»Vielleicht auch nicht. Es könnte doch sein, daß sie mich benutzen wollen, um Benito ihre Belange aufzuzwingen.«

»Du kannst ein solches Risiko nicht eingehen!«

»Carlisle hat mit dieser ganzen Sache nichts zu tun. Ich werde nicht zulassen, daß sie meinetwegen leiden muß.«

»*Hijos de puta madres!*« fluchte Esteban voller Wut. »Sie haben sich San Miguel ausgesucht, um uns damit zu quälen!«

Chase schossen grauenhafte Bilder durch den Kopf. Er bekam eine Gänsehaut, wenn er daran dachte, daß sich Carlisle in der Gesellschaft von rauhen, brutalen Männern an diesem schrecklichen Ort befand.

»Es gibt keine Möglichkeit, die Mission zu stürmen, ohne sie in Gefahr zu bringen, selbst, wenn es mir gelingen würde, rechtzeitig genug Soldaten hierherzubekommen, um die Mauern zu erklettern. Ich muß alleine gehen, *amigo.*«

»Nicht allein, *compadre.* Ich bin bereit. Was ist zu tun?«

Chase legte seinem treuen Freund dankbar die Hand auf die Schulter. »*Gracias,* Esteban. Ich glaube, ich weiß einen Weg, wie wir Carlisle lebendig dort herausbekommen können. Ich wünschte, ich könnte dies allein erledigen, um dich nicht in die Angelegenheit hineinzuziehen, aber das ist leider unmöglich.«

»Du denkst an den Minenschacht, nicht wahr? Den, den wir am Tag des Massakers entdeckt haben?«

»*Sí.* Selbst wenn er immer noch geflutet sein sollte, können wir ihn meiner Meinung nach benutzen. Die Rebellen werden niemals damit rechnen, daß wir über die Berge kommen. Wenn es uns gelingen sollte, den Schacht wiederzufinden und ohne Aufsehen zu erregen nach San Miguel zu gelangen, dann können wir Carlisle auf dem gleichen Weg befreien.«

»*Dios,* das ist eine riskante Sache, die du da vorschlägst«, sagte Esteban und lächelte grimmig, »aber andererseits haben wir dem Tod schon so manches Mal ein Schnippchen geschlagen, *mi amigo.* Und es wird uns auch dieses Mal gelingen.«

»*Sí,* aber wir müssen alles sehr sorgfältig planen und schnell handeln. Wir haben wenig Zeit zu verlieren.«

Nachdem sie beinahe eine Woche lang durch rauhes Gelände geritten waren, wurde Carlisle langsam klar, daß ihre romantische Vorstellung von einer *soldadera,* die den Rebellen überall hin folgt, wohl kaum der Realität entsprach. In New Orleans hatte sie sich nie gefragt, wie die Rebellen von einem Ort zum anderen kamen, und sie hatte keine Ahnung gehabt, wie gefährlich und furchteinflößend die Berge Mexikos waren. Seit sie an Monterrey vorübergezogen waren und ihren beschwerlichen Aufstieg in die *tierra fria* — die kalte Provinz — begonnen hatten, war sie fast die ganze Zeit über hungrig gewesen, hatte gefroren und fast jeden Muskel in ihrem Körper gespürt, da sie auf einem harten Ledersattel reiten mußte. Sie klammerte sich an ihrem Sattelknauf fest, als ihr Pferd auf dem felsigen, schmalen Pfad zu stolpern begann und sich bemühte, den ohnehin unsicheren Halt wiederzufinden.

Tief unten, in der Nacht verborgen, hörte sie einen Bach, der am Fuß der steil abfallenden Schlucht entlangrauschte. Arantxa nannte diese Schluchten, die sie nun schon seit Tagen hinaufstiegen, *barrancas,* und Carlisle wünschte sich sehnlichst, daß sie anhalten und pausieren würden. Sie war völlig erschöpft. Javier trieb sie ständig an. Jeden Tag saßen sie von morgens bis abends auf ihren Pferden und meistens auch noch bis tief in die Nacht hinein. Der führende Mann leuchtete ihnen mit einer Fackel den Weg. Sie ritten hintereinander, Javier vor Carlisle und Arantxa direkt hinter ihr.

Die anderen Männer folgten ihnen, alle schwer bewaffnet und mit über der Brust gekreuzten *bandoleras.* Die meisten von ihnen trugen einen Bart und machten einen verwahrlosten Eindruck.

Als sie die Pistolen und Messer gesehen hatte, die sie an ihren Gürteln trugen, war Carlisle bestürzt und erschrocken gewesen. Sie sahen eher wie Banditen aus und weniger wie die Heiligen Kreuzfahrer, von denen sie geträumt hatte. Und sie haßte die Art und Weise, wie sie sie anschauten, ganz so, als würden sie am liebsten über sie herfallen. Das hätten sie wahrscheinlich auch getan, wenn Javier nicht deutlich gemacht hätte, daß sie ihm gehörte.

An jenem ersten Abend, als Carlisle so böse auf Chase gewesen war, hatte sie sich gefreut, Arantxa und Javier zu sehen. Aber nun, da sie so weit von der Hacienda de los Toros und Chase entfernt waren, bedauerte sie es, nicht einmal eine Nachricht mit einer Erklärung für ihn hinterlassen zu haben. Chase würde sich Sorgen um sie machen, genau wie Esteban und Conchita.

Sie zitterte in der schneidenden Kühle, die kurz vor der Abenddämmerung herrschte, und zog das warme, rote Tuch, das Javier ihr gegeben hatte, enger um die Schultern und über den Kopf. Mittlerweile trug sie die dünnen Bauernhosen und die Tunika aus weißer Baumwolle, wie alle anderen, aber der *rebozo* hielt sie nicht warm, und sie bemühte sich, die gestreifte Decke, die sie auch als Bettzeug benutzte, enger um sich zu ziehen. Ihre Hände und Füße fühlten sich an wie Eis, und sie wünschte sich erneut, daß Javier endlich eine Pause einlegen würde. Sie waren schon seit der Morgendämmerung unterwegs.

Vor ihr bildete Javier eine dunkle Silhouette gegen das rote Glühen der Fackel. Sie dachte an ihre Unterhaltungen in New Orleans und an Bord der *Mayan,* in denen er über die Revolution und seinen bitteren Haß auf die Juaristas gesprochen hatte. Aber irgendwie regten seine bombastischen Worte ihre Fantasie nicht länger an. Sie hatte zu viele Juaristas getroffen, die während des Krieges selbst genug Elend erlebt hatten.

Sie drehte sich im Sattel um und sah, daß auch Arantxa erschöpft aussah. Carlisle wandte sich wieder nach vorne um und starrte auf Javiers Rücken, während das Pferd weiter trottete. Arantxa war nicht mehr das temperamentvolle Mädchen, das Carlisle gewohnt war, sondern sehr ruhig und in sich zurückgezogen. Sie hatten bisher kaum ein Wort miteinander gewechselt, und als Carlisle sich erkundigt hatte, was ihr solche Sorgen bereitete, hatte sich Arantxa geweigert, darüber zu sprechen. Aber irgend etwas war nicht in Ordnung. Carlisle fühlte es. Arantxa war die beste Freundin, die sie jemals besessen hatte, sie kannte sie genau, und deshalb konnte ihr Arantxa auch nichts vormachen. Aber vielleicht lag es einfach daran, daß auch sie die Rolle des Guerillero nicht so besonders aufregend fand.

Auf der Hazienda würde Carlisle nun unter einem weichen, behaglichen Federbett schlafen. Was Chase wohl gerade machte? Ob er sie vermißte und nach ihr suchen ließ? Was ging in seinem Kopf vor? Würde er sich wohl selbst auf die Suche nach ihr machen?

Er war so nett zu ihr gewesen, hatte sie so zuvorkommend behandelt. Aber genau in dem Augenblick, als sie dachte, daß er sich etwas aus ihr machte, war er zu dem Entschluß gekommen, erneut zu verreisen und sie auf der Ranch zurückzulassen. Natürlich spielte das nun keine Rolle mehr. Als sie sich mit Javier davongeschlichen hatte, war sie zu Chases Feindin geworden, obwohl ihr diese Idee nicht mehr behagte. Sie mußte sich eingestehen, daß sie ihn tatsächlich liebgewonnen hatte. Was sollte sie nur tun?

Javier zog die Zügel an und wartete auf sie. »Verzweifle nicht, *querida*«, sagte er mit einem Lächeln. »Wir kommen gut voran.«

Er griff hinüber und bedeckte ihre Hand, die auf dem Sattelknauf lag, mit der seinen. Carlisle bemerkte mit einiger Verzweiflung, daß sie nichts dabei empfand. Hingegen hatte ihr bei jedem flüchtigen Blick, den Chase ihr zuwarf, immer gleich der Atem gestockt. Was war nur mit ihr geschehen? Wann hatte sie aufgehört, Javier zu lieben? Er war genauso freundlich wie immer, und es war nicht seine Schuld, daß ihr die Lust daran vergangen war, als Guerillero zu reiten.

»Carlita, ich habe dich so sehr vermißt, daß ich es kaum ertragen konnte.« Er sprach sehr leise, damit ihn seine Männer nicht hören konnten. »Du wirst eine feine *soldadera* abgeben, und wenn ich nach unserer erfolgreichen *revolucion* in Mexico City über die *paseo* marschiere, wirst du an meiner Seite sein.« Im rauchigen Fackellicht leuchtete aus seinen dunklen Augen ein fanatischer Glaube an seine Sache, aber Carlisle war nicht mehr imstande, seine Begeisterung zu teilen.

»Ich bin so müde, Javier. Wann werden wir anhalten? Ich glaube nicht, daß ich es noch lange schaffe.«

»Es tut mir leid, *querida*. Wir werden jetzt sofort anhalten, wenn du so erschöpft bist. Ich möchte nicht, daß du unglücklich bist.«

Er hob ihre Hand an seine Lippen, küßte sie zärtlich und trieb sein Pferd noch einmal an. Er befahl der Gruppe, unverzüglich anzuhalten, und führte die Kolonne dann vom Pfad weg in ein kleines Pinienwäldchen. Als Carlisle und Arantxa von ihren Pferden stiegen, begannen sich die Männer untereinander etwas zuzurufen, aber sie sprachen schnell und in einem Dialekt, den Carlisle kaum verstehen konnte. Die meiste Zeit über hatte sie keine Ahnung, was um sie herum gesprochen wurde, und das beunruhigte sie ein wenig — ebenso wie die endlos langen Ritte in der Dunkelheit, die sie an ein unbekanntes Ziel führen würden. In den letzten Tagen hatte sie immer öfter das Gefühl, die Kontrolle über ihr Leben verloren zu haben. Sie hatte nicht mehr die Freiheit, über ihr Schicksal zu bestimmen, wie sie es sich eigentlich von der Zeit erhofft hatte, nachdem sie erst einmal zu den Rebellen gestoßen war. Und wo waren die armen Bauern, denen sie helfen wollte, ein besseres Leben zu führen? Die Guerilleros waren zähe, kräftige Männer. Es war unmöglich, sie sich als unterdrückt oder hilflos vorzustellen.

Erschöpft sattelte sie ihr Pferd ab und streckte dann ihren Rücken und ihre Schultern, die vom langen Reiten ganz steif geworden waren. Einige der Männer entzündeten ein Feuer, über dem sie Kaffee und Reis zubereiteten, aber Carlisle war zu müde zum Essen. Sie legte sich die dicke Wolldecke um und streckte sich auf dem kalten, harten Boden aus. Jeder einzelne Muskel in ihrem Körper begann bei ihrem Versuch, sich zu entspannen, zu protestieren. Sie schloß die Augen. Sie war so erschöpft, daß sie sich nicht einmal Sorgen über Skorpione oder Schlangen machte, die vielleicht über sie hinwegkriechen könnten, wie in den ersten Nächten, die sie im Freien verbracht hatte.

Einige Minuten später drang ein Flüstern zu ihrem umnebelten Verstand vor, und sie wurde aus dem Halbschlaf gerissen.

»Carlita? Bist du noch wach? Ich will mit dir reden, solange Javier bei seinen Leutnants ist.«

Arantxa kniete sich neben sie und blickte ängstlich auf sie hinab. Carlisle stützte sich auf einem Ellenbogen auf, während ihre Freundin ihr Bettzeug ausrollte und sich neben sie legte.

»Ich bin froh, daß du bei uns bist, *amiga*«, flüsterte Arantxa. »Ich bin so einsam gewesen, seit wir das Schiff verlassen haben. Ich muß mit dir über Papa reden. Er ist im Gefängnis in Mexico City, und ich habe solche Angst um ihn!«

Arantxas Worte verscheuchten bei Carlisle auch den letzten Rest von Schläfrigkeit. Sie drehte sich auf die Seite und blickte Arantxa an. »Dein Vater ist im Gefängnis? Aber warum denn? Und warum hast du mir nicht schon früher davon erzählt?«

Arantxa warf einen bösen Blick in Javiers Richtung, der in einiger Entfernung mit seinen Männern um das Feuer hockte. »Javier hat mir verboten, darüber zu reden. Er sagte, es würde dich nur beunruhigen. Erzähle ihm nur nichts davon, sonst ist er wütend auf mich.«

»Was hat dein Vater denn getan?«

»Sie haben ihn in unserem Haus in Mexico City verhaftet und beschuldigen ihn des Verrats. Aber das ist alles gar nicht wahr! Er kämpft nur für das, woran er glaubt, genau wie wir!«

Sie stieß einen leisen, heiseren Schluchzer aus, und Carlisle legte ihre Arme um sie. Aber im stillen wurde ihr schlagartig klar, daß man auch sie des Verrats anklagen konnte. Aus irgendeinem Grund war ihr diese Gefahr bisher nicht bewußt gewesen, und nun begann sie, sich zu ängstigen.

»Ich mache mir solche Sorgen um ihn, Carlita«, murmelte Arantxa an Carlisles Schulter. »Ich kann den Gedanken an Papa im Gefängnis einfach nicht ertragen.«

»Woher weißt du denn eigentlich, daß er verhaftet wurde, Arantxa? Warst du bei ihm in Mexico City?«

»Nein«, murmelte Arantxa und hob ihr tränenüberströmtes Gesicht. »Wir hörten davon, als die *Mayan* vor Veracruz ankerte. Unsere Freunde dort rieten uns, nicht nach Mexico City weiterzureisen, da man uns ebenfalls verhaftet hätte. Wir haben ihn nicht einmal zu Gesicht bekommen! Oh, Carlita, Papa kann unmöglich an so einem schrecklichen Ort leben. Javier hat mir versprochen, daß wir ihn herausholen werden, aber er will mir seine Pläne nicht verraten. Ich bin mir nicht sicher, ob es uns gelingen wird!«

»Was ist mit deiner Mutter? Ist sie in Sicherheit?«

»*Sí*, aber sie mußte aus dem Land flüchten. Man hat uns erzählt, daß sie nach Kuba gereist sei, wo meine Onkel sie beschützen können. Oh, Carlita, was wird nur aus meiner Familie werden?«

Carlisle tätschelte ihren Rücken, aber sie wußte keine beruhigenden Antworten für ihre verzweifelte Freundin. »Vielleicht schafft es Javier irgendwie, seine Entlassung zu erreichen«, sagte sie, da ihr nichts Besseres in den Sinn kam. »Komm, leg dich hin und versuch zu schlafen. Morgen werden die Dinge schon wieder viel besser aussehen.«

Arantxa kuschelte sich an sie, um sich zu wärmen, und einige Minuten später war sie auch schon eingeschlafen. Trotz ihrer eigenen Müdigkeit gelang es Carlisle nicht, wieder einzuschlafen. Sie verspürte immer noch eine große Furcht, und ihr wurde klar, daß sie Chase und die Hacienda de los Toros niemals hätte verlassen dürfen. Dort war sie glücklich gewesen, und man hatte sich um sie gekümmert. Dort mußte sie keine ermüdenden, langen Ritte ertragen, keine stechenden Insekten und keine ungehobelten Männer, die sie mit lechzenden Blicken anstarrten. Warum nur hatte sie sich davongestohlen? Nun würde sie niemals mehr zurückkehren können. Tränen stiegen ihr in die Augen, und ihr letzter Gedanke, bevor sie einschlief, galt Chase. Ihr Herz wurde vor Angst ganz schwer, daß sie ihn vielleicht niemals wiedersehen würde.

»Steh auf, Carlita, die Dämmerung bricht gleich an. Heute werden wir unser Lager erreichen.«

Als Javier sie schüttelte, wollte es Carlisle scheinen, als habe sie gerade erst die Augen geschlossen. Sie richtete sich schwankend auf, zitternd vor Kälte und ganz benommen, weil sie nicht genug geschlafen hatte. Sie zog ihre Decke fester um sich und nahm dankbar den Becher Kaffee und den Teller Reis entgegen, den Arantxa ihr brachte.

Hungrig verspeiste sie schnell ihr Frühstück. Dann kletterte sie wieder in den Sattel. Sie sehnte sich nach einem heißen Bad und einer Haarbürste, aber mehr als alles andere wünschte sie sich, daß der Ritt durch die endlosen, kahlen Schluchten endlich zu Ende gehen möge.

Sie machten sich erneut im Gänsemarsch auf den Weg. Bald schon erblickte Carlisle den Morgenstern und war dankbar, als sich der Himmel im Osten bleich färbte. Die Gebirgslandschaft erhellte sich und schien erst elfenbeinfarben und dann grau zu sein. Sie ritten weiter durch die neblige Stille, in der nur das Quietschen des Leders und das Klirren des Zaumzeugs und der Sporen zu hören war.

Sie ritten den ganzen Tag lang und hielten nur kurz an, um ihre Beine zu strecken oder eine Mahlzeit aus kalten Tortillas und Wasser zu sich zu nehmen. Carlisle hatte die Hoffnung aufgegeben, daß sie jemals ihr Ziel erreichen würden. Der Pfad vollführte eine tückische Krümmung, und sie blickten plötzlich in ein weites Tal, das sich unter ihnen erstreckte. Hohe, kahle Bergspitzen säumten die Ränder wie eine Krone. Sie begannen sofort mit dem Abstieg. Auf halbem Wege entdeckte Carlisle einen rechteckigen Glockenturm, der sich auf einem entfernt liegenden Hang erhob.

»Wo sind wir, Arantxa?« wandte sich Carlisle fragend zu ihrer Freundin um.

»In San Miguel. Javier hat es zu unserer Festung gemacht, damit wir uns immer an unsere *compadres* erinnern, die dort von den Juaristas ermordet wurden.«

Carlisle warf voller Bestürzung einen Blick auf die kleinen Häuser, die sich hinter den hohen, festungsähnlichen Mauern von San Miguel befanden — dem Ort, wo Chases Männer das Massaker angerichtet hatten. Während sie über die gerade Ebene auf die alte Mission zuritten, überlegte sie, wo Chase und Esteban wohl ihre Zelte während der Belagerung errichtet hatten. Nun war ihr klar, warum San Miguel sich so lange einer Erstürmung widersetzen konnte. Die Rückseite der Mission grenzte an einen steil aufragenden Berg, und die massive Steinmauer schützte die Vorderseite wie ein Burgwall. Sie erinnerte sich mit Entsetzen, daß man über diese Mauern jeden Tag Leichen geworfen hatte. Hoch oben auf dem Berg, hinter den Kirchturmspitzen, konnte sie die gähnende Öffnung des Hauptschachts der Silbermine erkennen.

Carlisle versuchte sich vorzustellen, wie all dies wohl vor vier Jahren ausgesehen haben mochte, als Chase und seine Männer im Tal ihr Lager aufgeschlagen und diese abschreckenden Mauern gestürmt hatten. Bei dem Gedanken an die Menschen, die auf beiden Seiten ihr Leben gelassen hatten, lief es ihr kalt den Rücken hinunter. Als sie die großen Holztore erreichten, überfiel sie eine beinahe übermächtige Abneigung, die Mission von San Miguel zu betreten. Nachdem das Tor nach innen aufgeschwungen worden war und ihre Pferde auf den Pflastersteinen lautes, pochendes Geklapper verursachten, kam sie sich wie eine verurteilte Verbrecherin vor, die in ihre Gefängniszelle geführt wurde.

Sie hielten die Pferde auf der Plaza vor der Kirche an, und Carlisle schaute zu den bröckelnden Lehmsteinhäusern hinüber, die auf beiden Seiten des Platzes standen, wo sich viele von Javiers ungehobelten Guerilleros zur Begrüßung versammelt hatten. Die Einwohner von San Miguel begrüßten ihre *compadres,* aber als sie Carlisle erblickten, verstummten sie. Während sie sie anstarrten, wurde ihr Herz von Furcht ergriffen. Sie dachte an das Massaker, das in den umliegenden Straßen stattgefunden hatte, und sie erinnerte sich an Estebans Schmerz, an seine Beschreibung von dem Blut, das über die Straßen lief und von den verstümmelten Leichen. Irgendwo hier in den stillen Häusern war Conchita vergewaltigt worden. Sie zitterte vor Entsetzen und wäre nur allzu gerne von diesem bösen Ort geflohen.

»Wie lange müssen wir hier bleiben?« fragte sie, während Javier ihr vom Sattel herabhalf.

»Bis wir Benito Juarez zermalmt und unsere *amigos* befreit haben, die in seinen Gefängnissen vegetieren. Und du wirst uns dabei helfen, Carlita.« Carlisle grübelte über diese rätselhafte Bemerkung nach, während er ihr liebevoll den Arm um die Schultern legte und sie ins Innere eines zweistöckigen Lehmsteingebäudes führte, das an der Kirche angebaut war. Arantxa folgte ihnen.

Das Gebäude machte den Eindruck, als sei es einmal ein Kloster gewesen. Obwohl der fleckige Mörtel an den Wänden davon zeugte, daß es sich um ein sehr altes Bauwerk handelte, waren die Zimmer für ihre Ankunft behaglich eingerichtet worden. Mehrere indianische Bedienstete hockten rund um den gewölbten Kamin, und aus den brodelnden Tiefen eines schwarzen Eisentopfes stieg das würzige Aroma von Chili und Tomaten auf. Carlisle blickte sich in dem großen Raum um, der frisch gekalkt worden war. Offen liegende Balken durchschnitten die Decke, und hölzerne Stufen waren ohne Geländer entlang der Wand angebracht worden. Als Javier sie auf die Stufen zuführte, erschien Carlisle sein Benehmen allmählich übertrieben fürsorglich.

»Du und Arantxa werdet euch ein Zimmer teilen, Carlita, aber du wirst ein eigenes Mädchen haben. Inez, dort, in dem grünen Rock, wird sich um deine Bedürfnisse kümmern.«

Carlisle blickte zu dem stämmigen Indianermädchen hinüber, das sie gelassen anstarrte.

»Du sollst alles haben, was du benötigst«, fuhr Javier schmeichelnd fort. »Alles, was ich dir geben kann, werde ich dir geben.«

»*Gracias,* Javier. Alles, was ich im Augenblick möchte, ist ein Bad und etwas Ruhe.«

»Natürlich, *querida,* vergib mir. Ich werde dir von Inez warmes Wasser bringen lassen. Möchtest du etwas essen?«

Carlisle schüttelte den Kopf, zu müde, um über Essen nachzudenken. Sie schritt hinter Javier die Stufen hinauf, aber bevor sie ihm in eines der Zimmer oben folgte, blickte sie nach unten zurück, wo sich Arantxa mit dem Indianermädchen unterhielt.

Im Schlafzimmer wartete Javier neben einem weißen Eisenbett auf sie. Eine gelb-blaue Decke, die in einem geometrischen Aztekenmuster gewebt war, lag am Fußende, und ein geschnitztes Holzkruzifix hing an der Wand. Eine glühende Kohlenpfanne wärmte den Raum, und vor dem einzigen Fenster, dessen Läden nicht geschlossen waren, stand ein niedriger Goldbrokatdiwan. Durch die schmale Öffnung konnte Carlisle weit über das Tal hinaussehen.

»Gefällt dir dein Zimmer, *querida?*« erkundigte sich Javier mit sanfter Stimme und betrachtete erwartungsvoll ihr Gesicht.

Irgendwie hatte Carlisle das Gefühl, daß er mit dem Gedanken spielte, sie zu umarmen, und sie wandte sich ab und blickte zu den entfernten Bergspitzen hinüber.

»Ich muß mich wirklich ausruhen, Javier, *por favor.*«

»*Sí.* Wir sehen uns dann später, Carlita.«

Nachdem er gegangen war, trat Carlisle ans Fenster und schaute über das Tal, wo die untergehende Sonne goldene Lichtpfeile hinter den gewaltigen Bergen hervorschoß, die San Miguel von der Hacienda de los Toros trennten. Wieder einmal sehnte sie sich danach, bei Chase zu sein. Was mochte er in diesem Augenblick tun? Vermißte er sie wohl ebensosehr, wie sie ihn vermißte?

10

Ein dichter Pinienwald erhob sich auf einem Kamm an der Nordseite des Tales von San Miguel. Chase lenkte sein Pferd vorsichtig vom Pfad hinunter und unter den niedrighängenden, duftenden Zweigen hindurch. Sein Ziel war der überwucherte Weg, der die steile Schlucht hinabführte. Seine Befürchtungen, daß er den Weg vielleicht nicht mehr finden würde, hatten sich nicht bestätigt. Es sah alles noch immer so aus wie vor vier Jahren, als er mit Esteban auf der Suche nach einer Möglichkeit, unbemerkt nach San Miguel zu kommen, die Berge abgesucht hatte. Soweit er wußte, gab es außer ihnen beiden niemanden, der von der Existenz dieses alten Minenschachts wußte.

Als sein Pferd den Pfad erreicht hatte, rutschten seine Hufe auf dem lockeren Geröll des Abhangs, und Chase zog die Zügel an. Einen Augenblick später tauchte Esteban auf, der ein Packpferd mit Munition und Vorräten führte.

Als er seinen Hengst den steilen Abhang hinablenkte, fühlte Chase, wie die Angst an ihm zu nagen begann. Es hatte ihn und Esteban beinahe zwei Wochen gekostet, nach San Miguel zu reiten. Sie hatten Glück gehabt und waren keiner Rebellenpatrouille begegnet, aber Carlisle war die ganze Zeit über in den Händen der Guerilleros gewesen. Gott, wenn sie ihr etwas angetan hatten? Bei dem Gedanken daran krampfte sich sein Magen zusammen. Während des Krieges hatte er andere junge Mädchen gesehen, die die Opfer von wollüstigen, grausamen Männern geworden waren, die sie vergewaltigten, schlugen und gegen ihren Willen als *soldaderas* mitnahmen, wie es Conchita passiert war. Als Esteban sie kennengelernt hatte, war sie eine gebrochene, niedergeschlagene Frau gewesen, und es hatte ihn viele Monate liebevoller Fürsorge und viel Verständnis gekostet, um sie wieder in die lebenslustige Frau zurückzuverwandeln, die sie eigentlich war.

Er konnte es nicht ertragen, an die hilflose Carlisle und irgendeinen stinkenden Bastard zu denken. Sie war unschuldig, eine Jungfrau, zum Teufel noch mal! Und sie gehörte zu ihm. Seit ihrem Verschwinden war sein Herz kalt und tot. Gray hatte sie vertrauensvoll in seine Hände gegeben, damit er sie beschütze. Wie sollte er Gray nur jemals erklären, daß er diese Entführung nicht vereitelt hatte? Er hatte ihn bisher noch nicht informiert, er wollte damit warten, bis er Carlisle zurückgeholt hatte.

Er würde sie heiraten. Dazu war er bereits entschlossen. Er verzehrte sich nach ihr und sie sich nach ihm, wenngleich ihr das möglicherweise auch noch nicht bewußt war. Gray würde zustimmen, besonders, wenn er herausfand, daß all der Hader zwischen Carlisle und Chase nur Chases Schuld gewesen war. Er hatte von Anfang an mit Carlisles Gefühlen gespielt, und er konnte nicht einmal sagen, warum er es getan hatte. Aber wenn er sie aus San Miguel herausgeholt hatte, würde er alles wiedergutmachen. Die Rettung würde kein leichtes Unterfangen werden. Obwohl er und Esteban ihr Vorgehen peinlich genau geplant hatten, gab es doch tausende Dinge, die falsch laufen konnten.

In der nächsten halben Stunde konzentrierte sich Chase darauf, durch die heimtückische Schlucht bis zum Eingang des Schachts zu gelangen.

Hinter ihm fluchte Esteban und umklammerte jedes Mal seinen Sattelknauf, wenn sein Pferd stolperte. Beide Männer seufzten erleichtert auf, als sie eine Stelle erreichten, wo der Weg eben wurde. Der Mineneingang war nun nicht mehr allzu weit entfernt, und Chase ritt am Rand der Bergklippe entlang und blickte auf den schnell dahinfließenden Strom unten in der Schlucht hinab.

Der Schachteingang war in der dunklen, öden Berglandschaft kaum auszumachen. Die Holzträger lagen unter rankendem Efeu versteckt, und die Öffnung war unter dichtem Unkraut verborgen. Aber das war gut so. Sollte eine Patrouille der Rebellen hier vorbeikommen, so würde sie den Schacht wohl kaum entdecken.

Chase hielt sein Pferd an, stieg ab und warf die Zügel über einen Ast. Ohne auf Esteban zu warten, ging er auf den Eingang zu und schob das herabhängende Laubgeflecht zur Seite. Im Inneren dehnte sich die Höhle wie ein dunkler, endloser Schlund vor ihm aus. Er entzündete ein Streichholz und schlüpfte unter den Stützbalken hindurch. Vor Hunderten von Jahren hatten spanische Soldaten die Rücken von Indianersklaven mit Peitschen bearbeitet, damit sie auf der Suche nach Silber diesen Schacht durch den Fels trieben. Aber die Mine hatte schon vor langer Zeit ihren letzten glitzernden Reichtum preisgegeben.

»Irgendein Zeichen, ob jemand hiergewesen ist?«

Esteban trat hinter ihm ein. Chase griff nach der Kerosinlampe, die er mitbrachte, und entzündete den Docht. Dieser Vorraum war ursprünglich eine Höhle gewesen. Die Decke war so hoch, daß Chase trotz seiner Größe problemlos aufrecht stehen konnte, und er ging auf einen dunklen See zu, in dessen Nähe eine heiße Quelle sprudelte. Er kniete nieder und probierte das Wasser.

»Es ist immer noch trinkbar«, sagte er zu Esteban.

»*Bueno, amigo.* Ich werde die Pferde holen.«

Chase hielt die Lampe in die Höhe, um über den See zu blicken. Die Quelle hatte seit dem Krieg den Schacht überflutet, aber das Wasser schien nicht tief zu sein. Sie konnten hindurchwaten oder schwimmen, wenn es sein mußte. Er blickte sich um und bemerkte, daß ein *catre* dort stand, ein Holzrahmenbett, wie es von den *campesi-*

nos benutzt wurde, als die Höhle in Kriegszeiten als Versteck gedient hatte.

Ungeduldig herrschte er Esteban an, sich zu beeilen. Je länger die Guerilleros Carlisle in ihrer Gewalt hatten, desto länger mußte sie leiden. Die Bastarde würden sie so lange nicht umbringen, wie sie ihnen noch von Nutzen sein konnte. Aber nach zwei Wochen mit diesen Bestien würde sie sich vielleicht wünschen, tot zu sein.

Chase preßte die Zähne zusammen, während er Esteban dabei half, die Pferde abzusatteln und sie in einer Ecke der Höhle anzupflocken, wo sie das Wasser erreichen konnten.

Nachdem sie ihre Vorräte versteckt und den Zugang zur Höhle mit Zweigen unkenntlich gemacht hatten, löste Chase seine Halfter und legte den Pistolengurt über seine Schulter. Er watete in das warme Wasser, wobei er seine Waffe und die Laterne vor sich hielt. In der Höhle war das Wasser taillenhoch, aber als sie den Schacht betraten, neigte sich der Tunnel nach unten, und das Wasser stieg ihnen bis zur Brust.

Es schien, als hätten sie sich bereits eine Ewigkeit auf diese Weise fortbewegt. Die einzigen Geräusche, die sie vernahmen, waren das Schwappen des Wassers und das gelegentliche Rascheln einer Fledermaus, die aus ihrem Schlaf gerissen worden war. Mit der Zeit begann der Schacht allerdings kontinuierlich anzusteigen, und das Wasser reichte nur noch bis zur Taille und dann nur noch bis zu den Knien. Nachdem er wieder trockenen Boden unter den Füßen hatte, blieb Chase stehen und wartete, bis Esteban bei ihm war.

»Wenn ich mich recht entsinne«, sagte er leise, »dann biegt der Schacht nach rechts ab und führt so zum Haupttunnel. Von da an könnte es passieren, daß wir auf jemanden treffen, falls die Mine benutzt werden sollte.« Er schnallte sich seinen Pistolengurt wieder um und band beide Halfter fest. »Mit etwas Glück werden sie sich auf der Plaza aufhalten, und das würde bedeuten, daß wir ohne große Probleme aus und ein gehen können. Wir müssen herausfinden, wo die Wachen plaziert sind und wo sie Carlisle festhalten.«

Esteban nickte, und Chase kroch vorsichtig vorwärts, die Waffe im Anschlag. Als sich der Gang gabelte, verharrte Chase einen Augenblick, um die Laterne zu löschen. Er stellte sie zur Seite und wartete, bis seine Augen sich an die undurchdringliche Dunkelheit ringsum gewöhnt hatten. Innerhalb von Minuten gelang es ihm, weit vorne ein kleines helles Rechteck auszumachen. Niemand war zu sehen, und sie krochen weiter, bis sie zu einem Stapel Holzkisten kamen, die ganz in der Nähe der Öffnung standen, die nach San Miguel hinausführte.

»Dynamit und Gewehre französischer Herkunft, diese Bastarde«, murmelte er barsch.

»*Caramba,* hier steht genug, um eine kleine Armee auszurüsten«, erwiderte Esteban leise. »Mit dieser Menge Waffen und Munition können sie Angriffe im gesamten Norden wagen.«

Chase ging in gebückter Haltung an den Kisten entlang, bis er das mit Ziegeln gedeckte Dach der Kirche sehen konnte.

Die Mission war hufeisenförmig angelegt, wobei die Plaza den offenen Teil bildete. Bewaffnete Männer schlenderten in der Nähe des Brunnens vorbei oder standen in Gruppen unter strohgedeckten Pavillons. Viele der Rebellen trugen die weiße Baumwolltunika und die weiten Hosen der *campesinos,* aber alle waren bewaffnet, und die meisten hatten *bandoleras* über ihre Brust geschlungen. Chase beobachtete die vordere Mauer, wo zwei Wachen auf und ab gingen und die Talstraße nach Eindringlingen absuchten.

Die alte Missionskirche war baufällig. An den Lehmsteinwänden der Glockentürme, die auf beiden Seiten der gebogenen Eingangstür standen, begannen Stellen zu bröckeln. Die meisten Greueltaten waren innerhalb dieser Wände dort vorne auf heiligem Boden verübt worden. Gegenüber auf dem Platz hockten einige Personen um ein Kochfeuer herum, aber er hielt umsonst nach einem kupferfarbenen Haarschopf Ausschau. Sein Blick glitt zu einem länglichen, niedrigen Gebäude hinüber, wo anscheinend die Soldaten untergebracht waren. Zehn oder zwölf Männer saßen kartenspielend und trinkend auf der überdachten Veranda. Alle wirkten vollkommen gelassen. Niemand machte den Eindruck, als rechne er mit einem Angriff oder einer Belagerung. Und warum sollten sie sich auch nicht sicher fühlen? Die französischen Ungeheuer hatten San Miguel wochenlang gehalten, bevor es Chases Männern gelang, durch die Tore einzudringen. Die Bilder von den Verstümmelungen schossen ihm abermals durch den Kopf, jedoch ebensoschnell, wie sie gekommen waren, verbannte er sie wieder aus seinem Bewußtsein.

»Sie ist wahrscheinlich in der *casa* neben der Kirche«, flüsterte er und richtete sein Fernglas auf die Veranda. »Ich kann dort Wachen erkennen — eine ist an den Stufen postiert und eine andere unter dem Baum.«

Chase beobachtete das Haus eine Weile und wünschte sich sehnlichst, ein Zeichen von Carlisle zu entdecken. Jetzt, wo er genau wußte, daß sie in der Nähe war, fühlte er sich so verdammt hilflos. Aber er konnte vor Sonnenuntergang nichts unternehmen.

»Wir sollten uns besser trennen und nach ihr suchen«, schlug er mit leiser Stimme vor. »Auf die Weise ist es sicherer und schneller. Es wird schon bald dunkel. Dann können wir losgehen.«

Chase warf seinem Freund einen Blick zu. Er war froh, daß Esteban bei ihm war.

Sie hatten schon viele Kämpfe gemeinsam durchgestanden, aber niemals zuvor waren sie derartig in der Unterzahl gewesen. Beide wußten, daß ihre Chancen, ungesehen nach San Miguel hinein- und wieder hinauszukommen, beinahe gleich Null waren.

»Dieses Mal wird es mehr als gefährlich werden. Um Carly hier herauszubekommen, müßten wir eigentlich mit dem Glück von Heiligen gesegnet sein.«

Esteban lächelte und legte seine Waffe über die gebeugten Knie. »Aber wir haben dem Tod doch schon öfter in die Augen geschaut, nicht wahr? Und dieses Mal wird es nicht anders sein.« Er kicherte. »Außerdem mußt du mich lebendig hier herausbekommen, sonst wird Conchita dich umbringen.«

Chase lächelte grimmig. »*Sí.* Und du solltest eigentlich zu Hause bei ihr im Bett liegen, statt hier zu sein.«

»Ich wünschte, es wäre so. Aber du bist eben mein Bruder, *compadre,* und Carlita ist deine Herzensdame. Würdest du mir nicht auch dabei helfen, Conchita vor diesen stinkenden Kerlen zu retten? Ich werde niemals vergessen, daß du dich für mich dem Stier in den Weg gestellt hast. Diese Narbe da auf deinem Oberschenkel hat mir das Leben geschenkt.«

Chase grinste. »Ach, zum Teufel, Esteban, das hast du doch schon ein halbes dutzendmal wiedergutgemacht. Wenn das hier vorbei ist, sind wir wirklich quitt. Dann werde ich mir nicht länger das Geplapper über deine unsterbliche Dankbarkeit anhören müssen, das du immerzu von dir gibst.«

Esteban lachte leise, aber Chase überprüfte die Revolver und wandte seine Aufmerksamkeit wieder dem Platz unten zu. Trotz ihrer Scherze würden in den nächsten Stunden zahllose Gefahren auf sie lauern.

Als die Sonne schließlich hinter den Bergen verschwunden war, setzte rasch die Dunkelheit ein. Chase sah, daß ein großes Feuer auf dem Platz entzündet wurde. Gitarrenmusik drang zu ihnen herauf, und Chases Hoffnungen stiegen. Eine Fiesta würde Trinkgelage bedeuten, und zwei weitere Banditen fielen dann in der

Menge möglicherweise gar nicht auf. Er zwang sich, noch etwas länger zu warten, um dem *pulque* und dem *aguardiente* Zeit zu geben, ihre Wirkung zu tun. Dann hockte er sich tief auf den Boden. »Ich denke, es ist soweit«, murmelte er Esteban zu. Plötzlich überkam ihn eine große Ruhe.

Esteban bekreuzigte sich und schüttelte Chases Hand. »*Vaya con Dios*, Bruder.«

»Du auch«, flüsterte Chase zurück. Dann machten sie sich in verschiedene Richtungen davon. Chases Ziel war das Haus neben dem Tor und Estebans die Baracke der Soldaten.

Chase zog den Sombrero tief in die Stirn und griff nach seiner Pistole. Er schlang seinen Umhang eng um die Schultern, damit die Waffen verborgen blieben, und lief dann gebeugt im Schutz der Schatten, um seine wahre Länge zu verbergen.

Er ließ seinen Blick über die Menge gleiten. Als er sah, daß Carlisle auf die Veranda heraustrat, spannte sich jeder Muskel in seinem Körper. Ein Mann zog an ihrem Arm, aber sie wehrte sich. Wut stieg in ihm auf, heiße, tödliche Wut. Seine Finger schlossen sich enger um den Abzug seines Revolvers. Er konnte sie nun nicht mehr genau erkennen, denn sie waren hinter einer Gruppe von Männern verschwunden. Chase schlich sich an der Mauer entlang in ihre Richtung. Am liebsten hätte er den Kerl umgebracht, der Carlisle dazu zwang, mit ihm zu gehen.

Als ihm klar wurde, daß er auf den Platz hinaustreten mußte, um sie im Auge behalten zu können, tat er es, hielt aber seinen Kopf gebeugt und den Hut tief in die Stirn gezogen. Der Mann umklammerte immer noch Carlisles Arm, und Chase preßte die Lippen aufeinander, als sie sich losriß, als wolle sie davonlaufen. Chase stand auf, bereit, ihr zu folgen. Aber als das Feuer Carlisles Gesicht erleuchtete, blieb er wie angewurzelt stehen.

Sie lachte. Carlisle versuchte nicht etwa, sich zu befreien, um wegzulaufen. Sie bereitete sich auf den Tanz vor. Ungläubig sah er zu, wie sie ihre Arme über den Kopf hob und sich so zu wiegen begann, wie sie es bei Emilio getan hatte. Das Feuer verwandelte ihr Haar in eine goldrote Flamme. Eine plötzliche, aufrichtige und tödliche Wut breitete sich in ihm aus, als er sah, daß Javier Perez auf sie zutrat, um mit ihr zu tanzen.

Zum Teufel mit ihr! dachte Chase voller blindem Zorn. Sie war mit Perez hier! Sie war eine von ihnen! Sie war es von Anfang an gewesen!

Gott, und er war wegen ihr hierhergekommen! Hatte alle Vorsicht in den Wind geschrieben und sein Leben und das von Esteban für diese gottverdammte Schlampe riskiert.

Zorn und Schock über ihren Verrat ließen ihn taumeln, und er trat wieder in den Schatten zurück. Er stieß im stillen teuflische Verschwörungen aus, während er sich umwandte, um Esteban zu suchen und so schnell wie möglich zu verschwinden.

Aber alles, was er sah, war ein Gewehrkolben, der auf sein Gesicht zusauste. Dann gab es einen ekelhaften dumpfen Aufschlag, einen weißen Schmerzensblitz, und er fiel in ein tiefes, dunkles Loch.

Carlisle war erleichtert, als einer von Javiers Leutnants auf ihn zugerannt kam und ihm irgend etwas Wichtiges ins Ohr flüsterte. Sie hatte den *fandango* sowieso nicht tanzen wollen und hätte es auch nicht getan, wenn sie nicht von Javier auf die Plaza hinausgezerrt worden wäre. Schließlich hatte sie gelacht und zugestimmt, mit ihm zu tanzen, aber sie war nicht mit dem Herzen bei der Sache. Ihr Herz schien an rein gar nichts mehr interessiert zu sein.

Was auch immer Manuel gesagt haben mochte, Javier schien es wichtig genommen zu haben, denn sein Gesichtsausdruck war ernst geworden, und er hatte sich nach einer rasch gemurmelten Entschuldigung schnell davongemacht. Sie fragte sich, was es wohl so Dringendes geben könne, machte sich aber keine weiteren Gedanken darüber. Sie fühlte sich gelangweilt. Sie war all die Fremden satt, die um sie herum waren, und sie hatte auch ihren Glauben satt, der nicht ihr eigener war.

Sie setzte sich seufzend auf eine niedrige Steinwand unter einer hohen Pinie. Im Augenblick schenkte ihr niemand Aufmerksamkeit. Die Guerilleros und *soldaderas* tranken und tanzten, wie sie es jeden Abend taten. Von Anfang an war sich Carlisle deplaziert vorgekommen, gar nicht so wie auf Chases Ranch, bei seinen Freunden. Dort hatte sie sich zu Hause gefühlt.

Eine große Traurigkeit überkam sie. Sie biß sich auf die Lippe. Warum war sie bloß fortgegangen? Wie war sie nur jemals auf die Idee gekommen, sich einer solchen Bande von pöbelhaften Banditen anzuschließen? Die Männer gefielen ihr nicht — sie waren unzivilisiert und roh, rauften ständig miteinander und machten obszöne, beleidigende Bemerkungen, wenn sie in der Nähe war. Sie konnte es sich nur schwerlich vorstellen, daß sie die armen Leute von Mexiko auch nur einen Deut interessierten.

Über den gepflasterten Platz hinweg tauchte Arantxa aus der Menge auf. Sie tanzte wild mit dem jungen *hombre,* mit dem sie angebändelt hatte — einem schlanken, jungen *hidalgo* aus Querétaro. Arantxa und sie hatten sich in den zwei Wochen in San Miguel auseinandergelebt. Arantxa schien sich nicht einmal mehr Gedanken über ihren Vater zu machen, was Carlisle überhaupt nicht verstehen konnte. Javier hatte seine Schwester wohl davon überzeugen können, daß er einen Weg wußte, wie sie ihren Vater befreien konnten, aber keiner von beiden erwähnte Carlisle gegenüber ein Wort, was zur Folge hatt, daß sie sich immer weniger als Teil der Revolution empfand.

Carlisle zog es vor, die Zeit allein in ihrem Zimmer zu verbringen und über das weite Tal hinwegzuschauen, statt mit den anderen *soldaderas* auf der Plaza zu trainieren. Eine Weile hatte sie schießen gelernt und wie man auf einem Stein, den sie *metates* nannten, Maismehl mahlte und Tortillas formte. Aber Javier hatte ihr nicht erlaubt, bei einer der Patrouillen mitzureiten, die dem Schutz des Tales dienten.

Insgeheim war sie froh. Sie wünschte sich, daß Chase käme, um sie zu holen, aber ihr war klar, daß er das nicht tun würde. Er wußte ja nicht einmal, wo sie war. Genausowenig wie Gray oder Stone. Ihre Brüder würden sich vor Sorge sicherlich umbringen, falls Chase sie überhaupt von ihrem Verschwinden informiert hatte.

Von diesen Gedanken aufgewühlt, erhob sie sich, ging langsam an der Steinwand entlang und hielt nach Javier Ausschau. Möglicherweise würde er ihr ja erlauben, einen Brief an die Hacienda de los Toros zu schicken, nur, um alle zu beruhigen, daß sie in Sicherheit war.

Plötzlich spürte sie, daß jemand hinter ihr stand, aber bevor sie sich umdrehen konnte, gruben sich auch schon harte Finger in ihre Schulter. Vor Schmerz hätte sie beinahe aufgeschrien, aber jeglicher Laut erstarb in ihrer Kehle, als sie fühlte, wie sich der Lauf einer Pistole an ihre Schläfe preßte.

»Ich werde Sie töten, Dona Carlita, wenn Sie auch nur das kleinste Geräusch von sich geben.«

Carlisle erkannte Estebans weiche, melodiöse Stimme sofort.

Als er sie losließ, versuchte sie sich freudig umzudrehen, aber er packte sie an den Haaren und bog ihren Kopf zurück, so daß sie zusammenzuckte und zu stöhnen begann. Die Waffe preßte sich schmerzhaft in ihre Wange.

»Ich würde dich am liebsten sofort töten, *gringa*-Hure«, preßte er mit leiser Stimme hervor. »Aber zuerst wirst du mir dabei helfen, Chase hier herauszubekommen.«

»Was? Chase ist hier? Wo?«

Ihre Frage machte ihn wütend. »Halten Sie mich nicht zum Narren! Ich werde nicht zögern, den Abzug zu drücken, nach allem, was Sie getan haben!«

Carlisle fühlte, wie sich beim Klang seiner Stimme ihre Nackenhaare aufrichteten.

»*Por favor,* Esteban. Ich verstehe das alles nicht! Wie sind Sie hierhergekommen? Wo ist Chase?«

»Ihre Freunde halten ihn in der Kirche gefangen, wenn sie ihn nicht schon getötet haben.«

»Getötet?« rief Carlisle und schüttelte verwirrt den Kopf. »Wovon reden Sie denn?«

Estebans Griff um ihren Arm verstärkte sich. »Er ist wegen Ihnen hier, *puta.*«

»Woher wußte er denn, daß ich hier bin?«

Esteban gab einen ungeduldigen Laut von sich und umklammerte ihren Mund mit seiner Hand, als ein paar Guerilleros auftauchten und ganz in ihrer Nähe eine hitzige Rauferei begannen. Er drückte Carlisle fest an sich, bis die Auseinandersetzung vorüber war und die Männer sich in verschiedene Richtungen davonmachten.

Nachdem er seine Hand von ihrem Mund genommen hatte, ergriff Carlisle den Aufschlag seines Hemdes. »Ich weiß nicht, wovon Sie reden, Esteban, das müssen Sie mir glauben! Ich bin mit Arantxa und Javier hierhergekommen, meinen Freunden aus New Orleans! Das hatten wir schon lange vor meinem Besuch auf der Hazienda geplant. Ich schwöre es! Ich hatte auch keine Ahnung, daß Chase wußte, wo ich mich aufhalte! Wie hat er mich denn gefunden?«

»Er hat eine Nachricht bekommen, daß Sie hier gefangengehalten werden, wie Sie sehr wohl wissen.«

»Was? Sie müssen mir glauben, daß ich davon keine Ahnung habe, Esteban! Ich weiß wirklich nichts davon, wirklich nicht!«

Esteban zögerte, aber sein Griff um ihren Arm lockerte

sich nicht. »Das können Sie beweisen, indem Sie mir helfen, ihn zu befreien. Aber wenn Sie versuchen sollten, die anderen zu warnen, dann werde ich Sie töten, *comprende?*« sagte er und preßte erneut den Lauf der Waffe in ihre weiche Wange.

»*Sí*, Esteban. Ich werde alles tun, was Sie sagen! Ist Chase wirklich in Gefahr?«

Ohne zu antworten zog Esteban sie hinter sich her. Als sie das von Mauern umgebene Grundstück der Kirche erreicht hatten, blieb er stehen und blickte durch die Dunkelheit zu der Stelle hinüber, wo eine Wache im Licht der Laterne stand. Plötzlich durchdrang der Schrei eines Mannes die Nacht. Er war aus dem Inneren der Kirche gekommen.

»Oh, mein Gott, Esteban, war das Chase? Was tun sie ihm an?« rief Carlisle und griff nach seinem Arm.

Esteban ignorierte die Frage. »Wir müssen hinein! Wird die Wache Sie durchlassen?«

»Ich weiß es nicht! Ich kann es versuchen!«

»Ich warne Sie, verraten Sie mich nicht! Ich werde hiermit neben Ihnen stehen.« Der Pistolenlauf bohrte sich in ihre Rippen.

»Wie könnte ich, Esteban. Ich würde niemals etwas tun, was Chase verletzen könnte!«

»*Vamos*.«

Mit tief ins Gesicht gezogenem Sombrero schob Esteban Carlisle vor sich her. Der Mann, der lässig an der Mauer lehnte, richtete sich auf, als sie näher kamen.

»*Buenas noches*«, sagte Carlisle und spürte, wie ihre Stimme zitterte. Sie bemühte sich verzweifelt, das Zittern unter Kontrolle zu bekommen.

»*Buenas noches*, Senorita.«

»Ist Don Javier hier? Ich muß ihn sehen. Es ist dringend.«

»*Sí*, Senorita, er ist hier, aber Sie können nicht hinein.«

»Aber warum nicht? Er wird nichts dagegen haben.«

Als sie versuchte, einfach an ihm vorbeizugehen, stellte sich der Mann vor sie hin und blockierte den Eingang.

Carlisle verschlug es den Atem, als sie spürte, wie Esteban einen Schritt auf ihn zumachte und der hünenhafte Mann nach einem dumpfen Schlag in sich zusammensackte. Während Esteban ihn aus dem Schein der Laterne zog, öffnete Carlisle die Tür einen Spalt weit und spähte in die Kirche hinein.

Niemand hielt sich in dem engen Vestibül auf, aber vom Altarraum drangen einige Stimmen herüber. Mehrere Türbögen führten zu den Seitengängen, und Esteban zog sie zu einem auf der linken Seite.

»Bleiben Sie hier«, flüsterte er. »Ich werde versuchen, sie zu überraschen.«

Carlisle gehorchte und beobachtete, wie er sich auf Händen und Knien in den vorderen Teil der Kirche fortbewegte. Sie schaute vorsichtig um eine Säule und versuchte, Chase zu entdecken.

Der Kirchenraum war nur von wenigen Kerzen erleuchtet. Trotzdem erkannte sie Javier, der mit dem Rücken zu ihr stand. Zwei andere Männer hielten Chases ausgestreckte Arme am Holzbalken des Kreuzes hinter dem Altar fest. Obwohl sein Kopf herabhing, war er nicht bewußtlos, denn Carlisle hörte ihn stöhnen.

»Nun weißt du, wie sich mein Bruder gefühlt hat, du Bastard«, stieß Javier hervor, und seine Stimme hallte in dem leeren Kirchenschiff wider.

Carlisle reckte sich, um zu sehen, was sie mit ihm machten. Javier packte Chase bei den Haaren und schlug seinen Kopf brutal gegen die Wand.

»Ich wußte, daß Sie wegen Carlita hierherkommen würden, Lancaster. Ich habe gesehen, wie Sie sie angeschaut haben. Aber sie hat sich nie etwas aus Ihnen gemacht. Sie ist nur zu gerne mit mir gekommen. Sie ist meine Geliebte, das sollten Sie wissen. Ich kann mich glücklich schätzen, nicht wahr? Sie ist wunderschön und ihre Haut so weich wie das Blatt einer Rose. Sie stöhnt und schreit jede Nacht, wenn wir uns lieben.«

Carlisle schloß die Augen. Von den Lügen, die Javier da vorne erzählte, wurde ihr übel. Sie wünschte nur, daß Esteban bald etwas unternehmen würde.

»*Hijo de tu puta madre*«, stieß Chase zwischen zusammengepreßten Zähnen hervor.

»Manuel, nimm dir die andere vor«, befahl Javier. »Und sei dieses Mal nicht so sanft.«

Carlisle sah, wie Manuel vortrat. Chase versuchte, sich zu wehren, als der Guerillero einen ungefähr fünfzehn Zentimeter langen Hakennagel gegen seine rechte Handfläche drückte. Dann hob er schnell einen Hammer, schlug kräftig zu und trieb den Nagel durch Chases Fleisch tief in den darunterliegenden Balken hinein.

Chase schrie vor Schmerzen unmenschlich, und Carlisle, die bis ins Innerste erschüttert war, sprang auf. Sie war blind für alles, was um sie herum geschah, und nur von dem Gedanken besessen, Chase noch weitere Schmerzen zu ersparen.

»Nein! Hör auf damit, Javier!«

Esteban sprang ein gutes Stück weiter vorne fluchend auf die Füße und zielte mit seiner Waffe auf die drei Männer, die bei Carlisles Worten herumgefahren waren.

»Weg von ihm, Ihr Hundesöhne«, knurrte er und ging weiter nach vorne, den Blick fest auf ihre Waffen gerichtet. »Nehmt die Hände hoch und legt euch auf den Boden! *Pronto*!«

Carlisle bekam kaum mit, wie er schnell den Kolben seiner Waffe hob und dem Mann, der ihm am nächsten stand, damit einen dumpfen Schlag auf den Kopf versetzte. Der Rebell fiel mit dem Gesicht zuerst nach unten, und Javier und sein anderer Kumpan ließen sich sofort zu Boden fallen. Esteban nahm ihnen die Pistolen ab und steckte sie in seinen Gürtel, während Carlisle zu Chase rannte. Blut tropfte von seinen Handgelenken und färbte die Ärmel seines Hemdes rot. Sie legte ihre Hände auf sein Gesicht und hob seinen Kopf sanft in die Höhe. Sie hatten ihn geschlagen. Sein hübsches Gesicht war nicht wiederzuerkennen, denn es war bereits geschwollen und voller grüner und blauer Flecken.

»Oh, Chase, Chase, was haben sie dir nur angetan?«

Tränen liefen ihr die Wangen hinunter, und sie wischte sie fort, als Chase seinen schmerzerfüllten Blick auf sie richtete. Er schien sie zu erkennen. Er versuchte mit letzter Kraft, gegen die Nägel anzukämpfen.

»Hilf mir«, stöhnte er laut.

Hinter ihr bellte Esteban mit vor Wut zitternder Stimme seine Anweisungen, während er Javier und den anderen Mann mit der Waffe in Schach hielt. »Holen Sie ihn da runter, verdammt noch mal! Holen Sie ihn zum Teufel da runter!«

Carlisle drehte sich beim Anblick von Chases Hand der Magen um.

»O Gott, o Gott«, stöhnte sie, als ihre Finger sich um den Nagel schlossen und sie mit aller Kraft zu ziehen begann. Der Nagel war durch das Blut schlüpfrig geworden, und das machte es noch schwieriger, ihn festzuhalten. Ein weiterer Schluchzer entfuhr ihr, als ihr klar wurde, daß er zu tief im Holz saß und sie ihn nicht bewegen konnte.

»Ich kann ihn nicht herausziehen, Esteban! Hilf mir! Ich kann ihn nicht herausziehen!«

»Zieh meine Hand nach vorne«, ächzte Chase, der versuchte, seine Hand über den Nagel hinwegzuzwingen.

Stöhnend vor Entsetzen griff Carlisle mit beiden Händen nach seinem Handgelenk und zog. Chase schrie vor Schmerz auf, als seine Hand freikam und das Blut aus der offenen Wunde herausschoß. Er biß die Zähne zusammen und riß auch die andere Hand frei. Chase taumelte und fiel beinahe zu Boden, aber als er die Pistole ergriff, die ihm Esteban reichte, und sich umwandte, um seinen Peinigern gegenüberzutreten, da hatte sie noch niemals zuvor einen Blick gesehen, der so voll von dunklem, tödlichem Haß war. Ohne zu zögern drückte er den Abzug, und die Kugel bohrte sich in Manuels Brust. Javier hechtete zur Seite und suchte Schutz hinter einer Säule, bevor Chase die Waffe auch auf ihn richten konnte.

Fluchend begann Chase, ihm zu folgen, und feuerte ein weiteres Mal, während Javier den Gang entlang in den hinteren Teil der Kirche rannte. Chase blieb stehen und ging in Deckung, als mehrere Guerilleros durch die Eingangstüren hereinstürmten.

»Tötet den Bastard!« schrie Javier, und die Männer ließen sich hinter die letzte Stuhlreihe fallen und eröffneten das Feuer.

Carlisle kauerte sich zusammen, während Esteban auf den Ellbogen zum Mittelgang kroch. Er beantwortete das Feuer und traf einen der Guerilleros, der aufschrie und nach hinten fiel. Einen Moment später war Chase neben Carlisle, griff nach ihrem Arm und zog sie durch eine Seitentür hinaus. Esteban folgte ihnen langsam. Er schoß unablässig auf die Guerilleros und wandte sich erst im letzten Moment um.

Carlisle konnte trotz aller Gefahr und trotz des Durcheinanders an nichts anderes denken als an Chases Hände. Er stöhnte, und sie wußte, daß er schreckliche Schmerzen haben mußte. Aber er war nur darauf bedacht, den steilen Weg hinter der Kirche hinaufzustürmen. Er lief gebückt, und sein Atem kam stoßweise. Sie kletterte ihm nach, wobei sie mehrmals auf dem Schotter ausrutschte. Aber jedesmal, wenn sie stolperte, packte Esteban sie von hinten und schob sie weiter.

Ein Mann, der durch die Schüsse alarmiert worden war, kam auf sie zugerannt. Chase hob seine Waffe und feuerte. Der Guerillero fiel, und Carlisle mußte einen Schrei unterdrücken, als er kopfüber den steilen Pfad hinabstürzte. Sie verlor den Halt, fing sich wieder und krabbelte den Rest des Weges auf Händen und Knien hinauf. Sie war zu Tode erschrocken, als sie die Rufe ihrer Verfolger nur wenige Meter hinter sich vernahm.

Oben hatte Chase bereits den Schacht erreicht und zog auch sie in den Eingang, während Esteban angestrengt hinterherkam. Drinnen im Schacht zog Chase sie zu Boden und lief dann zurück zum Eingang, wo Esteban eine Laterne entzündet hatte.

»Ist es schlimm, *amigo?*« erkundigte er sich und blickte auf Chases Hände.

Chase nickte und hielt seine verletzten Handflächen in die Höhe. Die zerfetzten Wunden bluteten heftig. »Ich verliere viel Blut. Gib mir dein Halstuch!«

Esteban riß sich das Tuch vom Hals und wickelte es schnell um Chases rechte Hand. Carlisle riß hastig den Saum ihres Rockes ab, um ihn ebenfalls als Bandage benutzen zu können.

»Wir müssen hier weg«, stöhnte Chase, während Carlisle ihm die andere Hand verband.

Ein Schuß ertönte vom Eingang und prallte an den Steinwänden ab. Sie duckten sich und zogen sich weiter in die Dunkelheit zurück. Die Lampe ließen sie zwischen sich und ihren Verfolgern zurück.

Carlisle sah, daß Chase unbeholfen versuchte, seine Waffe festzuhalten. Er lag auf dem Bauch und schob sich Zentimeter für Zentimeter an Esteban heran, so daß sie sich rechts und links des Tunnels befanden.

Carlisle hatte sich ein paar Meter hinter ihnen zusammengekauert und wünschte, sie hätte selbst eine Pistole, um Javier für das, was er Chase angetan hatte, zu töten.

Von draußen waren weitere Schüsse zu hören, aber Chase und Esteban warteten, bis sich ein Guerillero in den Lichtschein der Laterne vorwagte. Erst dann eröffneten sie das Feuer. Der Mann fiel zu Boden, und in der Dunkelheit hinter ihm waren scharrende Geräusche zu hören, die davon zeugten, daß sich seine Gefährten zurückzogen.

»Geh weiter, Chaso, bring Carlita hier raus«, flüsterte Esteban. »Ich kann sie noch eine Weile aufhalten. Dann komme ich nach.«

»Vergiß es«, sagte Chase. »Warum solltest du allein das Vergnügen haben, diese Bastarde umzubringen?«

Zu Carlisles Entsetzen gab Esteban ein leises Lachen von sich. »Wenn du dich nicht hättest erwischen lassen, Chaso, würden wir jetzt nicht so in der Klemme sitzen, *amigo.*«

»Du warst mir doch noch etwas schuldig, oder etwa nicht?« murmelte Chase und legte eine zusammengekrümmte Hand gegen seine Brust. »Das erzählst du mir doch schon seit Jahren. Jetzt ist eben die Zeit gekommen, die Schulden zu begleichen.«

Carlisle schloß die Augen. Wie konnten sie nur zu diesem Zeitpunkt solch eine dumme Unterhaltung führen? dachte sie. Mein Gott, Chase war doch verletzt, schwer verletzt!

Ungefähr zehn Minuten lang herrschte völlige Stille. Dann erklang vom Eingang her Javiers Stimme.

»Carlita, *por favor,* komm zu mir heraus! Ich liebe dich. Er hat verdient, was ich mit ihm gemacht habe. Es war für meinen Bruder. Komm zu mir, damit dir nichts geschieht.«

Sie antwortete nicht. Als er erneut versuchte, sie zu überreden, wurde ihr übel. Eine kurze Stille folgte, dann rollte etwas auf sie zu.

Ein Stab Dynamit landete zwei Meter von Chase entfernt. Der Zünder war bis auf einen knappen Zentimeter heruntergebrannt. Einen schrecklichen Moment lang erstarrten sie alle drei. Dann rappelte sich Esteban hastig auf und rannte an Chase vorbei.

»Nein, Esteban!« schrie Chase.

Ein blendendes, weißes Licht ließ Esteban bei dem Versuch erstarren, das Dynamit zu den Guerilleros zurückzuwerfen. Eine ohrenbetäubende Detonation folgte, und Chase und Carlisle wurden zurückgeschleudert, während die Decke des Schachts einstürzte, und die Mine in Dunkelheit versank. Dann herrschte nur noch Stille, die gelegentlich durch das Geräusch von herabfallenden Steinen unterbrochen wurde, die auf dem Geröll und den Trümmern landeten.

11

Chase versuchte verzweifelt, die Augen zu öffnen und sich daran zu erinnern, wo er war. Das erste, was er wahrnahm, war ein brennendes Gefühl. Seine Augen fühlten sich an, als säßen glühende Kohlen in jeder Augenhöhle. Stöhnend legte er seine Hände auf die Ohren, die mit Watte zugestopft zu sein schienen. Er hustete, schmeckte Dreck und Blut, spuckte einmal und rieb sich dann über die schmerzenden Augen, während er sich zwang, die Lider zu öffnen. Alles, was er sah, war tiefe, undurchdringliche Dunkelheit.

Er setzte sich langsam auf. Seine Handflächen klopften mit einem schneidenden, pulsierenden Schmerz. Von den Nägeln, dachte er teilnahmslos. Dann erinnerte er sich an die Explosion, sah Esteban vor sich, der die Dynamitstange in der Hand hielt. O Gott, Esteban ist tot, dachte er, und sein Herz drohte vor Kummer zu zerspringen.

Furcht ergriff ihn, gefolgt von plötzlicher, überwältigender Panik. Wo war Carlisle? Sie war bei ihm gewesen, das wußte er noch. Sie hatte ihm doch geholfen, oder nicht? Erschöpft kniete er sich hin.

»Carly? Kannst du mich hören?«

Sein Ruf hallte unheimlich von den Wänden wider. Die Dunkelheit war undurchdringlich. Er fühlte, daß Sand auf seinen Kopf herabrieselte. Er tastete in einem Kreis um sich herum und stöhnte erneut, als er seine Beine unter dem Schutt hervorzog. Er fühlte sich schwach und desorientiert, und das machte es ihm schwer, klar zu denken.

Ich muß Carlisle finden, dachte er, und auch Esteban ... Nein, Esteban war tot, erinnerte er sich bestürzt, begraben unter den schweren Trümmern des eingestürzten Schachts. Er fühlte sich krank, schrecklich krank. Aber Carlisle war nicht tot, sie durfte einfach nicht tot sein. Er mußte sie finden!

»Carly!« rief er und begann zu husten, da die Luft immer noch voller Staub hing. Er kroch auf Händen und Füßen weiter und biß die Zähne zusammen, als der Schmerz in seinen verletzten Händen ihn wie ein Messer durchfuhr.

Balken knarrten bedrohlich, und ihm wurde bewußt, daß der Schacht nachgeben und sie bei lebendigem Leibe begraben könnte. Er mußte sich beeilen. Er schenkte den Schmerzen in seinen Händen keine Aufmerksamkeit mehr und streckte sie aus, um in einem weiten Bogen den Schutt, der vor ihm lag, abzutasten. O Gott, seine Augen. Was war nur mit seinen Augen los?

Nach einigen Augenblicken berührten seine Finger Haut, ein nacktes Bein, und er tastete sich schnell daran hoch. Carlisle war halb unter dem Geröll begraben, und er begann verzweifelt zu graben. Schließlich erwischte er ihre Haare und riß ihren Kopf nach oben.

»Carly! Kannst du mich hören?« Er berührte sie, rief immer wieder ihren Namen, schüttelte sie, aber sie blieb wie tot liegen. Starr vor Furcht legte er sein Ohr auf ihre Brust. Ihr Herzschlag war sehr schwach. Er streichelte ihr Gesicht und flüsterte ihren Namen, bis sie nach Luft zu schnappen begann und stöhnte.

»Komm, Carly, wir müssen sehen, daß wir hier herauskommen!« Chase zog sie, so gut er konnte, in die Höhe, und bemühte sich, den Flammen hinter seinen Augäpfeln keine Aufmerksamkeit zu schenken.

»Was ist passiert?« murmelte sie erschöpft, während er sie zog und sich dabei in den Tunnel hineintastete.

»Der Schacht ist eingestürzt, und er könnte noch weiter einbrechen. Kannst du gehen?«

Sie hustete und stöhnte dann erneut auf, als sie versuchte, ihre Beine zu bewegen. »Ich weiß nicht. Mein Bein tut weh. Ich glaube, es blutet.«

Er legte ihr einen Arm um die Taille und zog sie weiter. Carlisle begann zu stöhnen, aber ihr Kopf schien langsam klarer zu werden. Sie umklammerte seinen Arm. »Was ist mit Esteban?« Ihre Stimme wurde schrill, als die Erinnerung wiederkam. »Wo ist er, Chase?«

»Er ist tot«, erwiderte er, und seine Kehle krampfte sich bei den Worten zusammen. Der Schmerz traf ihn wie ein Blitzschlag. Er tastete sich blind an den Wänden entlang.

»Gibt es einen Ausgang?« erkundigte sie sich verzweifelt.

»Komm einfach hinter mir her, verdammt noch mal«, erwiderte er barsch, denn ihm wurde bewußt, daß Esteban wegen Carlisle sein Leben verloren hatte. Er hörte, wie sie aufschluchzte, aber es berührte ihn nicht. Esteban war für immer fort.

Er bewegte sich langsam durch den sanft abfallenden Schacht und bemerkte kaum, wie sich Carlisle hinten an seinem Hemd festklammerte, um mit ihm Schritt halten zu können. Er wollte nur noch hinaus an die frische Luft, wo er atmen und sehen konnte. Seine Lungen schienen jetzt schon bis oben hin mit Staub und Sand gefüllt zu sein.

Ihm war klar, daß seine Augen schwer verletzt waren — verbrannt durch die Explosion. Dieser Schmerz ließ den Schmerz in seinen Händen völlig unbedeutend erscheinen.

Nach einer Ewigkeit trat er endlich mit seinen Stiefeln in Wasser, und er wußte, daß sie im richtigen Tunnel waren. Er kniete nieder, wusch sich das Gesicht und versuchte, seine Augen zu kühlen.

»Ist der Schacht überflutet?« fragte Carlisle mit leiser, ängstlicher Stimme.

Chase streckte seine Hand aus, um sie zu berühren. »Es ist nicht mehr weit, ein Stück noch durch das Wasser, dann sind wir draußen.«

Er spürte, daß sie zusammenzuckte, aber sie beschwerte sich nicht und stellte auch keine weiteren Fragen.

»Es ist so warm«, sagte sie, und ihre Stimme hallte unnatürlich wider.

Chase reagierte nicht, sondern tastete sich weiter durch die Dunkelheit. Die Wand war rauh und mit einer Schleimschicht bedeckt, aber er wußte, daß sie sich der Höhle näherten. Carlisle ließ ihn nicht los und watete hinter ihm her durch das immer tiefer werdende Wasser.

»Es ist zu tief, ich bekomme keine Luft mehr!« rief sie voller Panik.

»Halte dich einfach an mir fest, ich werde dich ziehen. Es ist nicht mehr weit.«

Von da an sagte sie nichts mehr, und die Grabesstille wurde nur durch die leisen Geräusche des plätschernden Wassers unterbrochen. Kurze Zeit später watete Chase in die Höhle hinein, und die kühle, frische Luft ließ ihn erzittern. Carlisle folgte ihm. Ihre Zähne klapperten so laut, daß er es hören konnte. Er tastete sich zu der Wand vor, wo sie die Laternen zurückgelassen hatten. Einen Augenblick später hatte er sie gefunden, aber seine Hände waren inzwischen taub und unbrauchbar geworden.

»Du wirst eine Laterne anzünden müssen. Ich kann es nicht«, sagte Chase und setzte sich schweigend auf den Boden, während Carlisle sich in der Dunkelheit zu ihm vortastete. Er hörte, wie sie an der Streichholzdose herumhantierte, hörte das Schrammen eines Streichholzes.

Carlisle schluchzte erleichtert auf, als das Streichholz sich entzündete. Die winzige Flamme erfüllte die Höhle mit tanzenden Lichtern, und ihre Augen fanden Chase, der am Rande des Wassers stand. Sein Anblick ließ sie zusammenfahren. Die Schläge hatten sein Gesicht inzwischen auf groteske Weise anschwellen lassen. Die provisorischen Verbände hatte er im Wasser verloren, und Blut tropfte von seinen Händen. Während sie ihn betrachtete, tasteten seine Finger zu den Augen und hinterließen rote Spuren auf seinem Gesicht.

»O Gott, Chase, du verlierst so viel Blut!« rief sie. »Wir müssen deine Hände verbinden!«

»Sorge erst einmal dafür, daß du die verdammte Laterne angezündet bekommst, damit wir etwas sehen können!« verlangte er wütend, und Carlisle starrte ihn erschrocken an, als er mit ausgestreckten Armen auf sie zuwankte. »Warum brauchst du denn so lange? Zünde das verdammte Ding doch endlich an!«

»O Gott, Chase«, erwiderte sie bestürzt, als ihr klar wurde, was geschehen war. »Sie brennt ja schon. Kannst du das Licht denn nicht sehen?«

Er blieb wie angewurzelt stehen und starrte in ihre Richtung. Seine Augen waren blutrot.

»Bring die Laterne zu mir herüber.«

Carlisle gehorchte, und als sie bei ihm war, streckte er die Hände aus und berührte sie.

»Hast du sie?«

Ihre Stimme war ruhig, aber angespannt.

»Ja, ich habe sie hier in meiner Hand.« Sie hielt sie nahe an seine Augen, aber er starrte einfach weiter geradeaus.

»Halte sie näher«, verlangte er.

»Das kann ich nicht, Chase. Sie ist direkt vor dir!« schluchzte sie, und ihr Herz schien zu zerbrechen, als er nach vorne griff und blindlings an die Laterne stieß.

»O Gott«, murmelte er, drehte sich um und stolperte von ihr weg. »Ich habe bei der Explosion in die Flamme gesehen«, sagte er dann leise, als versuche er, sich selbst die Tragödie klarzumachen. »In ein paar Stunden werde ich wieder sehen können. Verdammt, wir werden hier bleiben müssen, bis es soweit ist.«

Carlisle schwieg, aber sie sah sich zum ersten Mal genauer in der Höhle um. In einer Ecke hinten waren drei Pferde angebunden, und ein großer Haufen Vorräte lag auf einem grob gezimmerten Bettrahmen. Sie machte sich auf den Weg dorthin, blieb aber abrupt stehen, als Chase herumwirbelte.

»Wo zum Teufel willst du hin?«

Er starrte auf eine leere Stelle neben ihr, und für einen Augenblick wurde sie von Traurigkeit überwältigt, denn sie wußte, daß sie für seine Blindheit und Hilflosigkeit verantwortlich war.

»Verbandzeug für deine Hände holen«, erwiderte sie kaum hörbar. Sie wühlte in den Satteltaschen und verharrte erstaunt, als sie Kleidungsstücke von sich selbst entdeckte — eine Bluse, ein Rock, sogar Unterwäsche. Er ist wegen mir gekommen, dachte sie, und dabei so schrecklich verwundet worden. Und der großherzige Esteban mußte sogar sein Leben lassen. Sie biß sich auf die Lippe, um ihre Tränen zurückzuhalten, und ging wieder zu Chase zurück.

»Wir müssen die Wunden säubern«, sagte sie zögernd. »Und dein Hemd ist naß und voller Blut. Ich werde dir helfen.«

Er stand wortlos auf, zog sich mühsam das Hemd aus, watete ins Wasser und wusch sich Gesicht und Arme. Wortlos begann sie danach, die Stoffstreifen um seine Handflächen zu wickeln. Ihr Magen begann beim Anblick des durchbohrten Fleisches zu rebellieren.

»Es tut mir so leid, Chase«, brach es schließlich aus ihr hervor, und Tränen strömten ihr über das Gesicht. »Es tut mir so leid um Esteban.«

Er sah nicht zu ihr hinüber. »Warum hast du uns geholfen? Ich verstehe nicht, warum du nicht einfach zugelassen hast, daß sie uns in der Kirche töten.«

»Fragst du das im Ernst?« rief sie. »Weil ich dich sehr gern habe! Ich konnte es nicht ertragen, daß man dir weh tut!«

Chase wandte den Kopf zur Seite, und Carlisle fühlte, wie Panik in ihr aufstieg. Es fiel ihr schwer, zu atmen. »Ich wußte nichts von dem Erpresserbrief, Chase. Das mußt du mir glauben! Ich bin in jener Nacht nur mit ihnen gegangen, weil sie meine Freunde sind und weil ich wußte, daß du bald fortreisen würdest. Arantxa und ich haben uns letztes Jahr im Kloster vorgenommen, bei den Rebellen zu leben. Das war noch bevor ich dich überhaupt kannte! Ich hatte keine Ahnung, daß sie dir Schmerzen zufügen wollten, bitte glaube mir!«

»Wegen dir ist Esteban nun tot«, sagte Chase mit bleischwerer Stimme. Er erhob sich und tastete sich langsam zu dem behelfsmäßigen Bett vor. Sie beobachtete, wie er mehrere Whiskeyflaschen aus den Satteltaschen zog. Er nahm eine Flasche, setzte sich auf das Holzgestell und lehnte den Rücken gegen die Wand. Unbeholfen hob er die Flasche mit den verbundenen Händen und nahm einen tiefen Schluck.

Carlisle blieb still sitzen, aber sie sah wieder Esteban vor sich, der auf das Dynamit zulief, und sie hörte erneut die Explosion. Sie wußte, daß Chase allen Grund hatte, sie zu hassen. Sie schloß die Augen. Ihr war schrecklich übel, aber sie schob das Gefühl beiseite und ging zu den Vorräten hinüber. Sie zog mehrere Decken und saubere Kleidung hervor und versuchte, an nichts anderes mehr zu denken.

Sie trug die Sachen zum Wasser hinüber und warf einen Blick auf Chase. Er saß immer noch auf dem *catre* und trank aus der Whiskeyflasche. Sie war bereits halbleer. Carlisle zog sich die dreckigen, zerfetzten Kleider aus, watete in die Quelle hinein und untersuchte ihre Arme und Beine auf Schnitte und Prellungen. Sie fand viele, aber sie wußte, daß sie glücklich dran war, denn sie hatte nichts gebrochen und auch keine Gehirnerschütterung erlitten. Warum nur war sie die einzige, die mit heiler Haut davongekommen war? dachte sie, während sie sich den Schmutz aus den Haaren und vom Körper wusch. Das heiße Wasser fühlte sich gut an. Nachdem sie sich abgetrocknet hatte, zog sie saubere Kleidung an und wickelte sich in eine der Decken. Dann kauerte sie sich an die Wand und sah zu, wie Chase sich bis zur Besinnungslosigkeit betrank.

Zwei Stunden lang herrschte absolute Stille in der Höhle, weder Chase noch Carlisle sagten ein Wort.

Jedesmal, wenn sie ihre Augen schloß, sah sie wieder die scharfen Nägel in Chases Händen vor sich, und jedesmal mußte sie sich bei diesem quälenden Bild beinahe übergeben. Wie konnte Javier nur so etwas Grausames tun? Wie hatte sie sich nur derartig in ihm täuschen können? Sie hatten sie benutzt, um Chase zu erpressen, um ihn nach San Miguel zu locken. Und Chase war gekommen. Er wollte sie retten. Er machte sich doch etwas aus ihr, oder zumindest hatte er es einmal getan. Nun war da wohl nur noch der Haß. Nun war Esteban tot und Chase erblindet. O Gott, laß ihn wieder sehen können! Was wäre, wenn Javier und seine Männer auf der Suche nach ihnen hierherkämen, bevor er wieder genesen war? Und was wäre, wenn seine Augen *nicht* wieder heilen würden? Sie konnte den Gedanken einfach nicht ertragen, daß Chase möglicherweise für den Rest seines Lebens blind war! Wieder begannen die Tränen zu fließen, und sie legte ihren Kopf auf die gebeugten Knie und litt in aller Stille. Er würde ihr niemals vergeben, niemals. Selbst wenn sie nichts von Javiers wahren Absichten gewußt hatte, so war sie doch freiwillig mit ihm gegangen, und das würde Chase niemals verstehen. Er würde sich nur daran erinnern, daß sie Esteban in den Tod gelockt und Chase Höllenqualen ausgesetzt hatte. Es wäre ihm vollkommen egal, ob sie dies unbeabsichtigt getan hatte oder nicht.

Niemals zuvor in ihrem Leben hatte Carlisle solch schreckliche Gewissensbisse verspürt.

Das Klirren von Glas durchbrach die Stille, und als Carlisle aufblickte, sah sie, daß die leere Whiskeyflasche über den Boden rollte. Chase lag ausgestreckt auf dem *catre.* Er war in eine trunkene Betäubung gefallen. Als er stöhnte, ging sie zu ihm hinüber, setzte sich auf die Bettkante, breitete eine Decke über ihn und zog seine Hand auf ihren Schoß. Die Verbände waren bereits blutdurchtränkt. Sie wußte, daß die Wunden eigentlich genäht werden mußten.

Als er einen Moment still lag, beschloß sie, sie erneut zu verbinden. Sie riß weitere Streifen Stoff von dem Kleid und benutzte einen Rest Whiskey, um damit die Wunden zu säubern. Chase bewegte sich nicht, als sie den Alkohol über seine linke Hand goß und die Stoffbahn dann eng darumwickelte. Aber als sie den Whiskey über seine andere Handfläche tropfen ließ, zuckte er vor Schmerz zusammen und zog seine Hand immer wieder weg. Er richtete sich erschöpft auf, während sie schnell den Verband verknotete.

»Carly?«

Er tastete nach ihr, und Carlisles Herz krampfte sich zusammen.

»Ja, Chase, mein Liebling, ich bin ja hier«, flüsterte sie, und die Tränen stiegen ihr abermals in die Augen.

»Was ist geschehen?« fragte er mit schleppender, alkoholschwerer Stimme.

»Es tut mir leid, Chase, es tut mir so leid!«

Er runzelte die Stirn, als versuche er, sich zu erinnern, aber dann legte er den Kopf wieder zurück auf das Bett. Carlisle fühlte sich allein, so schuldig und elend, daß sie sich neben ihm zusammenkauerte und zu weinen begann. Sie weinte um ihn und Esteban und auch um ihrer selbst willen, denn sie liebte Chase mit einer solchen Verzweiflung und wußte doch, daß er sie niemals wieder in die Arme schließen würde.

Chase wurde mit einem Ruck wach und war sich sofort eines unglaublichen, hämmernden Schmerzes bewußt. Zuerst konnte er nicht verstehen, warum er nichts sah.

Sein Kopf, die Hände und auch die Augen pochten heftig und quälend. Er konnte sich nicht erinnern, wo er war, und es kümmerte ihn auch nicht. Er wollte nur, daß dieser Schmerz endlich nachließ.

Er stöhnte. Da berührten weiche Hände sein Gesicht, tröstende Hände, die ihm nicht weh taten. Er hörte eine süße, körperlose Stimme, und in seinem Kopf sah er plötzlich ein Bild vor sich von goldrotem Haar und von Augen, die an Smaragde erinnerten.

Da waren die wohltuenden Hände wieder, und er gab alle seine Gedanken auf und sank wieder in den tiefen, mitternachtsblauen Ozean aus Schlaf, in dem er Frieden fand.

Als er das nächste Mal aus diesen dunklen Tiefen herausgerissen wurde, war die ruhige, willkommene Stimme wieder da.

»Trink dies, mein Liebling. Das wird die Schmerzen lindern.«

Sein Kopf wurde sanft in die Höhe gehoben und ein Becher an seine Lippen gepreßt. Eine Flüssigkeit glitt stark und mächtig durch seine Kehle, und er schluckte sie hinunter. Bald schon betäubte der Alkohol seine Gedanken und seinen schmerzenden Körper, und die weichen, beruhigenden, tröstenden Hände kehrten zurück, um seine Augen mit einem kühlenden Tuch abzutupfen, über Stirn und Wangen zu fahren und die brennenden, trockenen Lippen zu befeuchten. Dann roch er duftendes Haar, das über seinen Mund hinwegstrich, fühlte weiche Lippen auf seiner Wange und bemühte sich verzweifelt, zu sehen.

»Carly«, murmelte er, und der Name brachte ein Gefühl der Zufriedenheit mit sich, aber seltsamerweise auch ein schreckliches Grauen, das tief unten in seinem Unterbewußtsein zusammengerollt blieb, wie eine Kobra, die sich auf einen Angriff vorbereitet.

Wieder wurde der Becher gegen seine Lippen gepreßt,

und er trank dankbar daraus und sank langsam zurück in das verwirrende Netz seiner Träume.

Als er das nächste Mal erwachte, war er vollkommen klar. Der Schmerz war noch immer da, aber er hatte inzwischen die Form eines dumpfen, beständigen Klopfens angenommen. Die Erinnerung an San Miguel überfiel ihn, seine Folterqualen, Estebans Tod, Carlisles Verrat. Er setzte sich abrupt auf und mußte sofort den Preis dafür bezahlen. Sein Kopf begann zu hämmern, als wäre er von einem Brett getroffen worden.

»Chase! Leg dich bitte wieder hin!«

Das war Carlisles Stimme. Ihre Hände preßten sich gegen seine Brust. Er bekam eine Gänsehaut, als ob eine Schlange über seinen Körper hinweggeglitten war.

»Scher dich fort«, fuhr er sie an. Ohne sie sehen zu können, ohne überhaupt etwas sehen zu können.

Sie zog ihre Hände sofort zurück. Er saß stocksteif da, und eine unbezähmbare Wut stieg in ihm auf, stieg höher und höher zu einer wirbelnden, alles überschwemmenden Flut, die jegliche Vernunft ertränkte und nur ein Gefühl endloser Bitterkeit übrigließ. Die Schmerzen kehrten jetzt mit aller Macht zurück, besonders in seinen Händen, bis er das Gefühl hatte, als habe er sie in loderndes Feuer gehalten.

Carlisles Stimme erklang wieder aus der Dunkelheit, weich und zitternd und voller Leid.

»Bitte, Chase, laß dir von mir helfen. Du brauchst mich jetzt. Es ist sonst niemand hier. Laß mich wiedergutmachen, was ich dir angetan habe.«

»Ich brauche niemanden. Ist es Nacht oder Tag?« fragte er. Er haßte diese ständige Dunkelheit, versuchte, zumindest einen kleinen Lichtschimmer auszumachen, irgend etwas.

»Es ist Morgen.«

Nach diesen Worten schwieg sie, aber er spürte ihre

Gegenwart, konnte den Geruch ihres Haares ausmachen. Er verspürte plötzlich einen beinahe überwältigenden Drang, die Hand auszustrecken und sie zu berühren, sie an sich zu ziehen, seine Finger über ihr schönes, verräterisches Gesicht gleiten zu lassen, damit er wußte, daß er nicht allein war in diesem schrecklichen, furchteinflößenden Alptraum. Aber er blieb bewegungslos sitzen, kämpfte dagegen an, horchte auf ein Geräusch, das die Stelle, an der sie stand, verraten würde.

»Hast du Hunger?« fragte sie nach einigen Minuten, und er drehte schnell den Kopf in die Richtung, aus der die Stimme gekommen war. Er hatte noch gar nicht an Essen gedacht, aber nun spürte er, daß sein Magen leer war.

In diesem Augenblick fühlte Chase zum ersten Mal seine Hilflosigkeit, seine Abhängigkeit von der Frau, die sein Elend verursacht hatte. Er biß die Zähne aufeinander und erinnerte sich klar und deutlich an das letzte Mal, als er Esteban gesehen hatte, als er überhaupt etwas gesehen hatte. Ein Blitz aus weißem Licht und dann völlige Dunkelheit. Sein Augenlicht würde wiederkommen, beschwor er sich. Mit der Zeit würde er wieder sehen können. Daran mußte er glauben.

»Wie lange sind wir schon hier?« erkundigte er sich und drehte seinen Kopf in die Richtung, wo er Carlisle vermutete. Als ihre Stimme woanders herkam, murmelte er einen leisen Fluch, zornig, daß sie sich so lautlos bewegen und ihn beobachten konnte. Das Gefühl der Abhängigkeit verstärkte sich, und er haßte es. Er haßte es mehr als alles, was ihm jemals wiederfahren war.

»Drei Tage«, antwortete Carlisle.

Trotz seiner Schmerzen begannen sich seine Gedanken zu überschlagen. Ob die Rebellen wohl nach ihnen suchten oder ob sie davon ausgingen, daß sie tot waren? Er erwog, sich sofort auf den Heimweg zur Hazienda zu machen, mußte aber einsehen, daß dies in seiner gegenwärtigen Verfassung reiner Wahnsinn wäre. Carlisle hatte keine Ahnung, wie sie dorthin kommen sollte. Falls Perez Patrouillen aussandte, würden sie unter Garantie große Probleme haben, das andere Ende des Schachts zu finden. Später, wenn sein Augenlicht zurückgekehrt war, mußten sie versuchen, Freunde in der Gegend zu erreichen. Und später würde er nach San Miguel zurückreiten, um Estebans Tod zu rächen.

»Chase«, sagte Carlisle mit leiser Stimme, »du mußt etwas essen, um bei Kräften zu bleiben. Du hast eine Menge Blut verloren.«

Er antwortete nicht, aber er wußte, daß sie recht hatte. Er fühlte sich krank und zittrig — und gefangen. Es war schrecklich, so allein in dieser Dunkelheit zu sein.

»Ich habe Reis und Bohnen in deinen Satteltaschen gefunden.« Sie zögerte erneut. »Ich habe sie für uns gekocht. Ich halte sie auf dem Feuer warm. Ich werde dich füttern, wenn du möchtest. Ich weiß, daß du deine Hände nicht benutzen kannst. Sie sind zu sehr geschwollen.«

Seit wann konnte Carlisle kochen? fragte sich Chase. Das war wahrscheinlich Teil ihres Trainings als *soldadera* gewesen, während der Wochen, die sie in San Miguel verbracht hatte. Ein teuflicher Zorn überfiel ihn.

»Gib es mir her«, sagte er mürrisch.

Einen Augenblick später stellte sie eine kleine Schüssel zwischen seine Hände. Er schob sie in eine Ellenbeuge und versuchte, den Löffel mit seinen Fingerspitzen zu fassen. Er lauschte, um mitzubekommen, was Carlisle tat, aber sie verursachte kein Geräusch. Sie beobachtete ihn von irgendwoher, und das war ihm unangenehm.

Carlisle beobachtete ihn tatsächlich, und die Tränen strömten ihr die Wangen hinunter. Sie hatte den Moment, wo er erwachen würde, herbeigesehnt und auch gefürchtet.

Sie wischte sich über die feuchten Wangen, ganz krank beim Anblick seiner bandagierten Hände, die sich mühsam mit dem Löffel abplagten. Sie sehnte sich danach, ihm zu helfen. Er hatte ihre Hilfe so bitter nötig, aber sein Stolz und sein Zorn ließen sie nicht zu. Er hatte ihren Namen immer wieder gerufen, als sein Verstand vom Whiskey umnebelt gewesen war — ihren Namen und auch Estebans —, und sie hatte sich Hoffnungen gemacht, daß er sie lieb genug hatte, um ihr eines Tages vergeben zu können.

Als ihr ein erstickter Schluchzer entfuhr, wandte Chase den Kopf in ihre Richtung und setzte dann die Schüssel auf den Boden, als habe er ganz plötzlich den Appetit verloren.

»Chase? Bitte laß mich den Verband an deinen Händen erneuern. Die Wunden müssen gereinigt werden.«

Carlisles Stimme war sanft und zögernd. Sie war so lieb, so traurig über das, was sie getan hatte, und so eifrig darauf bedacht, Dinge für ihn zu tun, um alles wiedergutzumachen. Aber Esteban war fort, in Stücke zerfetzt und unter Schutt begraben. Sein Kummer überwältigte ihn aufs neue, und er preßte die Zähne zusammen.

»Chase? Läßt du mich, bitte?«

»Mach schon, verdammt noch mal! Du weißt sehr gut, daß ich es nicht allein tun kann!«

Sie erwiderte nichts, und er erstarrte, als sie plötzlich sein Bein berührte. Überrascht stellte er fest, daß sie sich zwischen seine Beine kniete. Sie war ihm so nahe, daß er den schwachen Duft ihrer Haut wahrnehmen konnte. Sie ergriff seine rechte Hand und löste vorsichtig den Verband. Jeder einzelne Muskel in seinem Körper straffte sich. Er hätte so gerne die Hand ausgestreckt, um ihr Haar zu berühren. Er wollte sie *sehen*, zum Teufel — *zum Teufel mit ihr!*

»Sie sind geschwollen, Chase. Wenn ich doch bloß eine Nadel hätte, ich glaube, ich könnte die Wunden nähen.«

Chase antwortete nicht. Er befeuchtete seine Lippen. Ihm wurde klar, daß er sie, trotz allem, was sie getan hatte, immer noch begehrte. Wenn sie ihn so sanft und beruhigend berührte, wie sie es jetzt gerade tat, hätte er sie am liebsten an sich gezogen. Er stöhnte auf, als Charlisle Whiskey über seine Handfläche goß. Der stechende Schmerz war so groß, daß ihm die Tränen in die Augen traten.

»Großer Gott, Carlisle, beeil dich!«

»Es tut mir so leid«, murmelte sie. Ein paar Minuten später war sie fertig, aber sie blieb, wo sie war, lehnte sich gegen seine Beine. Chase wußte, daß sie ihn betrachtete, und er hätte sie am liebsten von sich geschoben, aber traute sich nicht, sie zu berühren. Er erstarrte, als Carlisle ihre Hand sanft auf seine Wange legte. Er schloß die Augen.

»Chase, es tut mir so leid«, flüsterte sie wieder, und ihre Stimme zitterte vor Bedauern und Kummer. »Ich weiß, was du für Esteban empfunden hast . . .«

Der Name seines Freundes reichte aus, um jegliches Verlangen nach ihr zu ersticken. Er schob sie von sich, stand auf und taumelte einige Schritte von ihr weg.

»Halt dich von mir fern, verdammt noch mal«, preßte er mit heiserer Stimme hervor. »Ich möchte deine Stimme nicht hören. Und ich möchte nicht, daß du mich berührst.«

In seiner Hast, von ihr wegzukommen, tastete er sich blindlings nach dem Bett, stolperte dabei über einen Stein und fiel hart auf seine Hände und Knie. Der Schmerz schoß an seinen Arm empor, und er krümmte die Hände zusammen und preßte sie an seine Brust.

»O Chase, bitte, ich werde dich führen!« rief Carlisle.

»Ich möchte nicht, daß du mich berührst«, wiederholte er erbost. »*Comprendes,* Carlisle? Es macht mich krank.«

Einige Tage später saß Carlisle vor dem Eingang der Höhle und blickte auf den Strom hinab, der unten in der Schlucht dahinfloß. Seit ihrer letzten Auseinandersetzung hatten Chase und sie kaum mehr ein Wort miteinander gewechselt. Es war eine Tortur für sie, so nahe bei dem Mann zu sein, den sie liebte, mit dem sie reden wollte und den sie berühren wollte, um ihn dazu zu bringen, ihr zu vergeben. Aber seine Hände begannen zu heilen, und er hatte sich mit dem Inneren der Höhle vertraut gemacht und war in der Lage, sich ohne ihre Hilfe fortzubewegen.

Es war ein wunderbares Gefühl, nach der langen Zeit in der kühlen, düsteren Höhle wieder einmal im Sonnenlicht zu sitzen.

Sie suchte die weiten Hänge nach Anzeichen von Reitern ab. Aber sie sah niemanden und fragte sich, wie lange sie wohl noch hierbleiben mußten und ob die Guerilleros wohl auf der Suche nach ihnen waren. Ein leichtes Geräusch zeigte ihr an, daß Chase sich näherte. Sie erhob sich, als er im Höhleneingang erschien. Er blieb einen Moment dort stehen und neigte seinen Kopf zur Seite, als würde er lauschen.

»Ich bin hier drüben, Chase«, sagte sie mit sanfter Stimme, sicher, daß er sie suchte. »Kann ich etwas für dich tun?«

»Nein, ich wollte lediglich ein wenig Luft schnappen.«

Er kam sehr langsam ein paar Schritte weiter nach draußen und ging auf den Schatten einer Pinie zu. Er trug kein Hemd, und sie sah, daß er gerade in der Quelle gebadet hatte, denn sein Haar war noch ganz feucht. Als er sich zum Tal drehte, wanderte ihr Blick über seinen breiten Rücken. Sie schluckte und wünschte, sie könne zu ihm hinüberlaufen, ihn von hinten umarmen und ihre Wange gegen die glatten braunen Muskeln seines Rükkens legen.

Er trug nun einen Bart, der etwas dunkler war als sein blondes Kopfhaar, und er hatte immer noch denselben schrecklichen, harten Ausdruck auf dem Gesicht, von dem sie befürchtete, daß er niemals wieder weichen würde. Nach einer Weile drehte er sich um und verschwand in der Höhle, und die Einsamkeit brach erneut über sie herein. Noch niemals zuvor in ihrem Leben hatte sie sich derartig allein und verängstigt gefühlt.

Sie dachte an ihre Brüder, Gray und Stone, und fragte sich, wo sie wohl waren und was sie machten. Seit sie ein kleines Mädchen war, hatten sie sich immer bemüht, für sie zu sorgen, und sie hatte sich ebensosehr bemüht, ihrer Beaufsichtigung zu entkommen. Nun sehnte sie sich nach ihnen. Sie würde sich sogar über eine von Grays strengen Moralpredigten freuen.

Sie wünschte sich sehnlichst, wieder daheim in der Lincoln Avenue in Chicago zu sein. Vielleicht würde es ihr dort gelingen, zu vergessen, wie sehr Chase sie haßte. Aber in demselben Augenblick, als ihr dieser Wunsch bewußt wurde, war ihr auch klar, daß sie Chase nicht verlassen würde — niemals. Nicht, solange er es zuließ, daß sie bei ihm blieb. Er brauchte sie, auch wenn er es abstritt. Aber würde er sie auch noch brauchen, wenn sie es erst einmal geschafft hatten, auf die Hacienda de los Toros zurückzukehren? Was würde er dann wohl mit ihr machen?

12

Chase lag mit geschlossenen Augen auf dem *catre*. Obwohl seine Muskeln entspannt waren, zitterte er mit jeder Faser seines Körpers. Mit den geschärften Sinnen, die ihm die Blindheit gebracht hatte, lauschte er auf das, was Carlisle tat. In seiner Welt der Dunkelheit mußte jedes Geräusch, jeder Geruch, jede Berührung analysiert und genossen werden.

Seinen Augen ging es besser. Der Schmerz hatte nachgelassen, und seine Hoffnung, daß das Augenlicht allmählich zurückkehren würde, wuchs.

In seiner Erinnerung sah er Carlisle vor sich, wie sie in jener Nacht beim Tanz ausgesehen hatte — wie das Haar offen über ihren Rücken fiel, kupferfarben und seidig, und welch frische Farbe auf den Wangen ihres wunderschönen Gesichts lag.

Er erstarrte. Nun zog sie sich zum Baden aus. Er konnte das Knistern ihrer Kleidung hören. Er stellte sich vor, wie sie ihren Rock über die Hüften und die nackten Beine schob, den Verschluß ihrer Bluse aufband und sie bis auf die Taille hinabrutschen ließ.

Er befeuchtete seine trockenen Lippen und erinnerte sich, wie süß ihre Haut geschmeckt hatte, wie seidig das Fleisch, das er an so intimen Stellen berührt hatte, gewesen war. Er biß die Zähne aufeinander, bis er das Gefühl hatte, sie würden zersplittern. Ein leises Plätschern sagte ihm, daß sie ins Wasser getreten war.

Sie seufzte. Es war das gleiche leise Stöhnen, das er ihr mit seinen Küssen entlockt hatte. O Gott, er haßte sie für das, was sie ihm antun konnte. Sie war eine Verräterin, und nun zitterte sein Körper vor Verlangen durch das Feuer, das sie in ihm entfacht hatte.

Ob sie eine ebensolche Macht über Javier gehabt hatte? Javier hatte es großes Vergnügen bereitet, ihm zu erzählen, daß sie seine Geliebte war. Er fragte sich, ob er die Wahrheit gesagt hatte. Bei dem Gedanken daran drehte sich ihm der Magen um. Er wandte seinen Kopf von der Quelle ab und versuchte das Verlangen in seinen Eingeweiden zu ignorieren.

Das Plätschern des Wassers, das bei jeder ihrer Bewegungen entstand, nahm ihm jedoch den Atem. Er stellte sich vor, wie sie einen Arm hob und das Wasser über ihre weichen Schultern und die nackten Brüste hinabrann. Außer sich vor Zorn bemerkte er, daß seine Hände vor Verlangen, sie zu berühren, zitterten. Es war aber nicht Carlisle, die er begehrte, beruhigte er sich. Er brauchte lediglich eine Frau. Einen warmen, willigen Körper, den er in seinen Armen halten konnte. Aber nicht Carlisle — jede, nur nicht sie.

Unfähig, noch einen weiteren Augenblick so dazuliegen, sprang er in die Höhe, und seine Beine trugen ihn in ihre Richtung.

»Was ist los? Hast du etwas gehört?« erkundigte sich Carlisle mit leiser, furchterfüllter Stimme.

Chase trat noch einen Schritt näher an sie heran. Er wußte, daß sie nackt war. Mit glitzernden Wassertropfen, die ihren Körper bedeckten.

Er kämpfte einen Kampf, den er niemals gewinnen konnte. Er murmelte resignierend einen Fluch vor sich hin und betrat das Wasser.

»Chase? Was ist los?«

Carlisles ängstliche Frage leitete ihn zu ihr, und er tastete sich durch das Wasser, ohne auf seine durchweichten Kleider und Verbände zu achten. Als er ihre glatte, feuchte Haut spürte, packte er sie an den Armen und zog sie an sich, so daß er ihren nackten Körper eng an seinem spürte.

»Zum Teufel mit dir«, stöhnte er heiser, bevor sein

Mund nach ihren Lippen suchte und seine feuchten Finger in ihr nasses Haar griffen.

Er fand ihren geöffneten, willigen Mund, so hungrig wie sein eigener. Sie hob ihre Arme und umfing seinen Hals, klammerte sich an seinem Körper fest.

»Chase, es tut mir leid. Ich liebe dich so sehr«, keuchte sie, während ihre Lippen über seine bärtige Wange strichen.

»Halt den Mund«, murmelte er, und seine Lippen sorgten dafür, daß sie es tat. Er war vollkommen außer Kontrolle und völlig machtlos dagegen. Er ließ seine Hände über ihren Rücken und ihre Hüften gleiten, genoß das Gefühl, sie zu spüren, angefeuert durch die Art und Weise, wie sie heftig seine Umarmung erwiderte, wie ihre eigene Leidenschaft seinem gewaltigen Verlangen gleichkam.

Sie war es, die ihn hinunterzog, so daß sie halb im Wasser, halb auf dem weichen Sandboden lagen. Chase schob sich über sie, seine Hände hielten ihren Kopf fest, und sein Mund fiel über ihre Lippen her.

Dios, er begehrte sie so sehr, er verlangte verzweifelt nach ihr, und während er Carlisle in den Armen hielt, während sie seine Schulter und seine Wangen küßte, war das das einzige, woran er denken konnte. Er scherte sich nicht um das, was sie getan oder gesagt hatte. Er scherte sich auch nicht um den Verrat. Sie begehrte ihn. Sie stöhnte und preßte sich gegen ihn, ihre Finger umklammerten seine Arme und zogen ihn zu sich hinunter, um seine Lippen auf die ihren zu pressen. Ihre Zungen berührten sich, und mit pochendem Herzen und einem Tastsinn, der beinahe unerträglich scharf geworden war, ließ er sich von seinem Verlangen hinwegtragen. Unter ihm begann sie sich zu winden und stöhnte vor Lust.

»Ich liebe dich, ich werde dich immer lieben«, flüsterte sie immer wieder in sein Ohr, aber er glaubte ihr nicht. Und dann konnte er keinen klaren Gedanken mehr fassen.

Carlisle klammerte sich an ihn, stöhnte auf, als sein Mund ihre Lippen verließ und sich sein Kopf auf ihre Brüste senkte. Er widmete sich ihnen hungrig und brachte Carlisle zum Keuchen. Ihre Fäuste vergruben sich in seinem Haar, während er immer wieder ihren Namen sagte und ihren Körper mit seinen Händen und seinem Mund zum Leben erweckte.

Von da an diktierte Chases eigene Erregung seine Handlungen. Er entledigte sich seiner Kleidung, trug Carlisle zum Bett hinüber und legte sich auf sie. Die Ellenbogen trugen sein Gewicht, und seine Finger waren in ihre Haare vergraben. Sie preßte sich willig an ihn, ohne genau zu wissen, was er von ihr wollte. Sein Atem stieß schnell und heftig in ihr Ohr, und als er sie auf das Bett hinabdrückte, hatte sie Angst, aber sie wehrte sich nicht. Sie schrie auf, als er in sie eindrang, unterdrückte aber jeden anderen Laut, als der scharfe Schmerz langsam nachließ. Sie zog ihn an sich, denn das war es, was sie wollte, diesen Mann in sich spüren, fühlen, wie er sie in Besitz nahm.

Sie schloß ihre Augen und paßte sich instinktiv seinen Bewegungen an, die sie als seltsam und anders empfand. Aber ihr gefiel die Art, wie er sie an sich preßte und in ihr Haar hineinstöhnte, als bereite sie ihm die größte Lust, die er jemals erfahren hatte. Als sich sein Körper schließlich anspannte und er laut ihren Namen stöhnte, da wußte sie, daß er etwas Wundervolles erlebte, etwas, das sie ihm zu geben vermocht hatte.

Als er später still dalag, seine Arme immer noch um sie geschlungen, begann sie zu weinen, und sie hielt ihn fest, wollte ihn nie wieder loslassen.

Chase war hellwach. Carlisle hatte ihren warmen, weichen Körper eng an seine Seite gepreßt. Sie schlief friedlich, ihre Atmung war tief und gleichmäßig, und er vergrub seine Nase in ihrem Haar. Er schloß die Augenlider und versuchte, gegen seine Gefühle anzukämpfen. Er begehrte sie schon wieder, so, wie er sie immer begehrt hatte. Mit seinem ganzen Körper spürte er ihre kleine Hand, die unschuldig auf seiner Brust lag.

Warum sollte er sie nicht zur Befriedigung seiner Lust gebrauchen? fragte er sich bitter. Er hatte aus diesem Grund schon mit mancher Frau geschlafen. Und Carlisle hatte nichts anderes verdient. Sein Mund wurde zu einer schmalen Linie, wenn er an Esteban dachte. Er vermißte ihn. Manchmal konnte er einfach nicht glauben, daß sein Freund wirklich tot war. Und er schwor bei Gott, daß er es diesem Javier Perez heimzahlen würde — und wenn es das letzte war, was er tat. Er würde nicht ruhen, bevor dieser Mann tot war. Chase ballte die Finger zu einer Faust, bis seine Hände schmerzten.

Er setzte sich auf und fragte sich, ob es wohl schon Morgen war. Carlisle begann sich zu bewegen, aber sein Körper erstarrte, und jeglicher Gedanke an sie wurde fortgedrängt. Sein Herzschlag setzte aus. Er saß ganz starr, die Augen auf einen schwachen, grauen Schimmer gerichtet.

»*Dios*«, hauchte er.

»Was ist?« erkundigte sich Carlisle mit verschlafener Stimme.

Chase stand auf und ging dann eilig auf das Licht zu. Sein Herz klopfte immer schneller, bis ihm eindeutig klar war, daß er das Sonnenlicht sah, das durch den Eingang in die Höhle hineinfiel. Er konnte sehen! Sein Augenlicht kehrte zurück! Ein überwältigendes Gefühl der Erleichterung überkam ihn, und er lehnte sich erschöpft gegen die Wand.

»Chase? Was ist denn los?«

Er wandte sich um. Carlisle saß immer noch auf dem Bett. Er nahm sie kaum mehr als verschwommen wahr, aber als sie ihre Beine aus dem Bett schwang und sich eine Decke um den Körper wickelte, da konnte er jede ihrer Bewegungen erkennen. Es war ganz so, als schaue er durch Rauchglas hindurch.

»Ich kann das Licht sehen«, sagte er mit vor Ergriffenheit rauher Stimme. »Mein Augenlicht kehrt zurück.«

Er hörte, wie sie nach Luft schnappte. Dann rannte sie auf ihn zu, schlang die Arme um seine Taille und lehnte ihre Wange gegen seine Brust.

»Oh, dem Himmel sei Dank!«

Chase spürte ihre Tränen auf seiner Haut, aber er konnte sie nicht klar sehen. Alles war sehr undeutlich, und er schloß aus Angst, das wenige Sehvermögen wieder zu verlieren, die Augen.

Als Carlisle sein Gesicht sehr sanft mit ihren Händen berührte, fühlte er, daß er erneut schwach wurde. Am liebsten hätte er sie gepackt und umhergewirbelt, hätte lachend seine Freude, seine Erleichterung mit ihr geteilt. Aber dann erinnerte er sich daran, wie sie mit Perez getanzt und ihn angelächelt hatte. Und schließlich kehrte abermals das Bild zurück, wie Esteban im Minenschacht in Stücke gerissen wurde. Er umfaßte ihre Schultern und hielt sie von sich weg, jegliches Verlangen ausgelöscht.

»Was letzte Nacht zwischen uns geschehen ist, bedeutet nichts«, sagte er kühl.

Carlisle fröstelte, als er in die Morgensonne hinausschritt, und zog sich die Decke enger um den Körper. Sie fühlte sich unendlich einsam. Sie hatte sich ihm so willig hingegeben, hatte gewollt, daß er verstand, wieviel er ihr bedeutete. Sie konnte einfach nicht glauben, daß ihm all die Zärtlichkeit, die sie geteilt hatten, nichts bedeutete.

Zitternd ging sie zu einer Nische der Höhle hinüber, von wo aus sie sehen konnte, wie er draußen über das Tal hinwegblickte.

»Nun wird er mich verlassen«, murmelte sie mit gebrochener Stimme. »Sobald er wieder richtig sehen kann.«

Den Rest des Tages war sie krank vor Sorge, was wohl aus ihnen beiden werden würde. Sicher würden sie sich schon bald auf den Weg zur Hazienda machen. Sobald sie dort angekommen waren, würde er sie wahrscheinlich zu Gray nach Hause schicken, ganz so, als ob sie einander wirklich nichts bedeuteten. Die Vorstellung, nach Chicago zurückzugehen, um wieder unter einem Dach mit ihrem Bruder zu leben, erschien ihr nach allem, was sie gesehen und getan hatte, unmöglich. Wie konnte sie mit ihren Freundinnen aus der Dorcas Society an einer Stickerei arbeiten? Wie sollte sie Bälle besuchen und mit Männern tanzen, die ihr nichts bedeuteten? Chicago war längst nicht mehr ihre Heimat. Mexiko hatte diesen Platz eingenommen. Wo Chase war, fühlte sie sich daheim.

Sie schaute über das Feuer hinweg zu ihm hinüber. Er hatte sich wieder auf das Bett gelegt. Sie sehnte sich danach, in seinen Armen zu liegen, hier, in Mexiko, auf der Hacienda de los Toros. Sie wollte mit ihm leben. Sie wollte ihn glücklich machen. Sie unterdrückte einen Seufzer.

Chase wandte den Kopf und blickte sie an. Sie wußte nicht, ob er sie sehen konnte, aber seine Augen leuchteten im Licht der Flammen sehr blau. Sie stand auf und ging auf ihn zu, bis sie direkt vor ihm stand.

»Kannst du mich sehen, Chase?«

»Nicht sehr deutlich.«

Sie löste das Band ihrer Bluse und ließ sie auf ihre Taille hinabgleiten. Er zuckte merklich zusammen, aber sie hörte nicht auf. Sie knöpfte ihren Rock auf.

»Liebe mich noch einmal, Chase.«

Er schloß die Augen. Ein Muskel zuckte in seiner Wange.

»Hör auf damit, Carlisle. Ich habe dir doch gesagt, daß die letzte Nacht ein Fehler war.«

»Ich liebe dich. Ich kann nicht anders.«

Zum ersten Mal zeigte er seine Wut. Er sprang auf und packte ihre Schultern.

»Willst du denn einfach nicht verstehen? Jedesmal, wenn ich dich sehe, muß ich an Esteban denken! Und hier dran!« Er hielt ihr seine Hände mit den Handflächen nach vorne vor das Gesicht.

Carlisles Augen füllten sich mit Tränen. »Das ist mir egal. Aber schick mich nicht fort.«

»Hör auf zu weinen, Carly. Hör bloß auf!«

Chase schüttelte sie, und als sie zu schluchzen begann und ihr Kopf zurückfiel, stieß er ein frustriertes Stöhnen aus. Er begann sie zu küssen und zog sie auf das Bett. Sie küßte ihn leidenschaftlich, die Finger in sein dichtes, blondes Haar vergraben. Seine Hände umfingen sie und schoben sie hoch, bis sein Mund ihre Brüste gefunden hatte.

Sie schrie leise auf und wand sich vor Lust. Sein Mund war heiß und erkundete jeden Zentimeter ihres Körpers. Begierig antwortete sie auf jede Berührung, jede Liebkosung, als ob sie die letzte sei. Ihre Lippen schlossen sich mit einer schrecklichen, ängstlichen Verzweiflung umeinander, und dann schob er sich auf sie, seine Hände hielten ihr Gesicht, und sein harter, brauner Körper preßte sie auf das Bett.

Sein Atem ging schwer und unregelmäßig. Er küßte sie mit zehrender Unbarmherzigkeit, als wolle er sie bestrafen, und doch befriedigte er sie dadurch nur noch mehr.

Er ergriff ihre Hände und preßte sie neben ihrem Kopf auf die Decke, aber er tat ihr nicht weh, und Begehren und Verlangen überfielen sie, bis nichts anderes mehr von Bedeutung war, denn dann folgte diese unbeschreibliche Explosion purer Lust, die Erlösung, nach der sie sich gesehnt hatte, die Ekstase, von der sie vom ersten Augenblick ihres Zusammentreffens an gewußt hatte, daß sie sie teilen würden. Es war Schicksal. Sie waren füreinander bestimmt, dazu bestimmt, eins zu sein, gleichgültig, was geschah. Jeder war ein Teil des anderen. Sie würde ihn niemals verlassen können.

Innerhalb der nächsten Tage verbesserte sich Chases Sehkraft ständig. Obwohl er es im hellen Sonnenlicht noch nicht ohne Schmerzen aushalten konnte, waren die Bilder nun weniger verschwommen. Die Tage verbrachte er in der Nähe der Höhle und suchte die Umgebung nach irgendwelchen Anzeichen für Rebellenaktivitäten ab. Außerdem hielt er Ausschau nach Regierungstruppen. Er hoffte, daß Benito Juarez, der ja bereits über das Rebellenlager von San Miguel unterrichtet war, sie schon nach Saltillo geschickt hatte. An den Abenden saß er dann allein vor der Höhle.

Dort befand er sich auch jetzt wieder und beobachtete, wie sich die Dämmerung über die Schlucht legte. Carlisle lag drinnen auf dem *catre.* Er hatte sie in jeder Nacht, seitdem er in die Quelle gewatet und sie zum ersten Mal besessen hatte, leidenschaftlich und verzweifelt geliebt. Aber am Tage haßte er sich wegen seiner Schwäche, und er blieb entfernt von ihr und lauschte ihrem gedämpften Schluchzen. Sie war ebenso unglücklich wie er.

Dios, was sollte er nur mit ihr machen? Gray würde ihn wahrscheinlich umbringen. Er hatte seine Schwester vertrauensvoll in Chases Hände gegeben — und wie sehr hatte er dieses Vertrauen mißbraucht! Natürlich trug sie ein gehöriges Maß an Mitschuld, weil sie sich mit den Geschwistern Perez eingelassen hatte, aber ihr Wohlergehen hatte in seiner Verantwortung gelegen. Er hatte es versäumt, sie zu beschützen, und sie waren nun einander Liebende und Feinde zugleich.

Er verzog das Gesicht und spazierte zu dem Felsen hinüber, von wo aus man die ganze Schlucht überblicken konnte. Tief unten auf dem Pfad, der sich zur Mine hinaufschlängelte, bewegte sich etwas. Er erstarrte. Drei schwerbewaffnete Reiter kamen in Sicht. Guerilleros, dachte er, auf dem direkten Weg dorthin, wo er stand. Er suchte die Schlucht nach anderen Reitern ab und entdeckte eine Gruppe, die die Sandbänke des Stroms inspizierten. Fluchend rannte er auf die Höhle zu. Er zerrte Äste vor den Eingang, um die Öffnung zu verdecken. Hastig band er sich seinen Halfter um und schlang sich mehrere Munitionsgürtel um die Schultern, während er Carlisle zurief:

»Steh auf, Carly! *Arriba,* schnell!«

Carlisle setzte sich auf. Sie trug lediglich eins seiner Hemden. Ihre Augen weiteten sich vor Furcht, als von draußen der Ruf eines Mannes zu hören war. Es war zu spät, um zu den Pferden hinüberzulaufen, daher zog Chase sie ins Wasser hinein. Sie wateten schnell in einen dunklen, tiefen Tunnel, der in den Berg zuführte.

»Kein Wort, Carly, verstanden?« flüsterte er mit sehr leiser Stimme, und sie nickte und hielt seinen Arm umschlungen, während vom Eingang der Höhle Stimmen zu ihnen herüberdrangen. Chase preßte sich mit dem Rücken an die Wand, den Revolver an seine Schulter gelehnt und den Lauf nach oben gerichtet.

»*El capitán* hatte recht. Sie sind wirklich hier gewesen«, murmelte eine tiefe Stimme in Spanisch. »Pablo, reite nach unten und hol die anderen. Wir werden die Höhle nach ihnen absuchen.«

Chase wartete, starr vor Sorge. Er fluchte innerlich, weil er es zugelassen hatte, daß sie nun in dem Minenschacht in der Falle saßen. Er lauschte, während die beiden Männer ihre Vorräte durchsuchten und dann die Pferde nach draußen führten. Ihre Hufe verursachten ein hohles Geräusch auf dem erdigen Boden.

Eine Minute später kehrten die Männer zurück und unterhielten sich leise miteinander. Chase hörte, daß eine Fackel zischte, und dann ertönten plätschernde Geräusche, als die Männer in die Quelle hineinwateten. Sie kamen, um den Schacht abzusuchen.

Chase drängte Carlisle hinter sich zurück und ging so weit wie möglich rückwärts in den Tunnel hinein, aber einige Sekunden später tauchte ein Lichtschein in der Dunkelheit auf, und einer der Männer kam in Sicht. Seine Waffe war direkt auf sie gerichtet.

Chase drückte den Abzug. Der Rebell hatte einen leicht überraschten Ausdruck auf dem Gesicht, als die Kugel seinen Brustkorb durchschlug. Er fiel nach hinten ins Wasser, und die Fackel in seiner Hand erlosch. Als die Höhle wieder von Finsternis erfüllt war, watete Chase zum Hauptbecken hinüber. Sein verschärfter Hörsinn half ihm, den anderen Mann bei seinem Versuch zu entkommen auszumachen. Er feuerte seine Pistole zweimal ab. Ein Schrei durchschnitt die Dunkelheit, gefolgt von einer unruhigen Bewegung des Wassers und einem gurgelnden Geräusch.

Chase blieb einen Moment ruhig stehen und betete, daß der dritte Mann die Schüsse nicht gehört hatte. Ein ängstliches Wimmern erschreckte ihn, und er fuhr herum, bereit, erneut abzudrücken. Er atmete jedoch erleichtert auf, als ihm klar wurde, daß es Carlisle war.

»Carly? Wir müssen zusehen, daß wir hier herauskommen, bevor die anderen da sind!«

Er blieb stehen und hörte, daß sie durch das Wasser auf ihn zukam. Er ergriff ihren Arm, ohne den Blick vom Eingang zu nehmen. Es war wieder alles verschwommen. »Kannst du irgend jemanden da draußen sehen?« flüsterte er.

Carlisle schüttelte den Kopf. »Nein, aber die Pferde sind direkt vor dem Eingang angebunden.«

»In Ordnung, *vamos!*«

Er blinzelte in die sich senkende Abenddämmerung und übernahm die Führung. Gott sei Dank konnte er die Pferde erkennen. Er hob Carlisle in den Sattel, schwang sich dann auf seinen Hengst und hoffte, daß Carlisle in der Lage sein würde, mit den gefährlichen Bergpfaden fertig zu werden.

Die Guerilleros würden aus der Schlucht heraufkommen, daher mußte er am Rande des Abhangs entlangreiten, um zu den höhergelegenen Bergkämmen in Richtung Saltillo zu gelangen.

Dieser Weg war sehr schmal und noch gefährlicher als der Pfad, der unterhalb der Höhle verlief, aber er kannte ihn gut von Patrouillen, die er während der Belagerung von San Miguel geritten war. Die Guerilleros würden es schwer haben, besonders jetzt, wo es dunkel wurde. Aber sie mußten sich trotzdem beeilen.

Mehrere Stunden lang führte er sie über die langsam ansteigende Route, wobei er sich ständig nach Lichtern oder einem anderen Zeichen der Verfolger umsah. Als sie schließlich den breiten Pfad erreicht hatten, der sich an den Scheitelpunkt des Kammes anschloß, sank Carlisle erschöpft in ihrem Sattel zusammen. Sie zitterte in ihrem nassen Hemd. Aber er wußte, daß sie nicht anhalten konnten, nicht, bis sie einen noch größeren Abstand zwischen sich und ihre Verfolger gebracht hatten.

Der Mond ging auf und hüllte den Pfad in einen schwachen, silbrigen Nebel, der den Ritt leichter machte. Chase verschärfte noch einmal das Tempo und ritt so schnell er es riskieren konnte. Endlich lenkte er sein Pferd in ein Zedernwäldchen, wo man sie vom Weg aus nicht sehen konnte.

»Was machen wir hier?« erkundigte sich Carlisle, als Chase abstieg und eine Decke aus der Satteltasche nahm. Er legte sie ihr um die Schultern.

»Wir werden uns eine Weile ausruhen und morgen ganz früh aufbrechen.«

Sie blieb unsicher in der Dunkelheit stehen, während er sich unter einen Baum setzte, seine Waffe auf den Knien. Als sie sich ganz in seiner Nähe niederließ, zitterte sie vor Kälte.

»In einer Minute wird dir wieder warm sein«, sagte er tröstend.

»Meine Kleider sind noch immer naß«, erwiderte sie erschöpft.

Chase legte seinen Arm um sie und zog sie näher zu sich heran. »Wir können es nicht riskieren, ein Feuer anzumachen, aber lehne dich nur an mich, dann wird dir wärmer.«

Sie gehorchte, und es dauerte nicht lange, da war sie trotz der Moskitos und der kühlen Nachtluft eingeschlafen.

Als die Morgendämmerung einsetzte, waren sie schon wieder unterwegs. Chase fand den Weg, nach dem er gesucht hatte und der ihm einen Blick auf die Pfade gestatten würde, über denen ihnen Javier Perez und seine Männer folgen mußten. Allerdings war keine Spur von irgendwelchen Reitern zu entdecken, und er schwenkte wieder auf einen Waldpfad ein, wo sich ihre Fährte auf den weichen Kiefernnadeln verlieren würde.

Carlisle sprach während der langen Stunden, die sie ritten, kein Wort und nur sehr wenig während der kurzen Rast, die sie in der nächsten Nacht einlegten. Am dritten Tag begann sie zu husten und zu frösteln, und Chase mußte feststellen, daß sie erkrankt war. Sie hatte kein klagendes Wort von sich gegeben, aber ihre Augen waren fiebrig, und als er sie vor sich auf das Pferd setzte, lehnte sie sich apathisch gegen ihn. Ihre Haut war heiß, gerötet und trocken. Er verschärfte sein Tempo, und spät am Abend erreichte er endlich das Haus eines alten *compadre,* Gilberto Gomez.

Als er sich der langen Veranda der mitten in den Bergen gelegenen Hazienda näherte, begann ein Hund zu bellen. Alle Fenster waren dunkel, aber als Chase von seinem Pferd sprang und mit Carlisle auf dem Arm auf das Haus zuging, erschien Papa Gilberto mit einer Laterne an der Haustür. Carlisle stöhnte und wand sich in ihren Fieberträumen, und Chase beschleunigte seinen Schritt.

»Chaso? Bist du es wirklich?« rief der alte Mann aus, als Chase die Stufen hinaufstieg.

»*Sí, compadre,* ich bin gekommen, weil ich deine Hilfe brauche. Meine *amiga* hier ist sehr krank.«

»Komm schnell in mein Zimmer. Meine *ninas* schlafen schon alle.«

Chase folgte ihm und legte Carlisle auf das Bett. Papa Gilberto stellte die Laterne auf den Tisch daneben. Er beugte sich über sie, schob ihre Augenlider in die Höhe und fühlte den Puls an ihrem Hals.

»Ich fürchte, es kann Malaria sein«, sagte Chase. »Wir sind schon seit mehreren Nächten auf der Flucht.«

»*Sí.*« Papa Alberto schüttelte sein ergrautes Haupt. »Es sieht ganz so aus. Ich will ihr meine *remedio* geben, damit sie besser schlafen kann.«

Der alte Mann eilte aus dem Zimmer, und Chase setzte sich auf die Bettkante. Er berührte Carlisles Gesicht und spürte, wie glühendheiß es war. Sie warf ihren Kopf hin und her.

Chase stand auf und blickte sich um, bis er einen Krug, eine Schüssel und einen Stapel sauberer Tücher auf einer Kommode auf der anderen Seite des Raumes entdeckte. Mit gerunzelter Stirn goß er Wasser in die Schüssel, tauchte eines der Tücher ein und wusch damit den Schweiß von Carlisles Stirn. Er wünschte, Papa Gilberto würde zurückkehren. Sie war sehr krank.

»Hier, stütze sie, und dann werden wir sehen, ob wir ihr etwas hiervon einflößen können«, sagte Papa Gilberto, nachdem er wieder ins Zimmer getreten war.

Chase tat, wie ihm geheißen, und sah zu, wie sein Freund Carlisle die Medizin tropfenweise verabreichte. Anschließend ließ er ihren Kopf vorsichtig wieder auf das Kissen zurücksinken.

»Jetzt wird sie etwas ruhiger schlafen«, sagte Papa Gilberto. Er blickte Chase forschend an. »Was ist dir zugestoßen, *amigo?* Deinen Augen geht es sehr schlecht, sie sind voller Blut. Und deine Hände, wobei hast du sie dir verletzt?«

»Es gibt einen Aufstand in den Bergen nördlich von hier. In San Miguel.«

Papa Gilberto bekreuzigte sich. »An diesem bösen Ort? Komm«, sagte er und griff nach der Laterne. »Wir können vorerst nichts weiter für sie tun. Laß mich einen Blick auf deine Augen und deine Hände werfen.«

Chase folgte ihm auf die Veranda hinaus und nahm auf den Stufen Platz, während Papa Gilberto seine Medizin holte.

Der alte Mann war schon seit vielen Jahren der Heiler hier in der Gegend. Viele der Leute kamen zu ihm, wenn sie krank oder verletzt waren. Er hatte mit Chase und Esteban während des Krieges gekämpft. Er versuchte, die Erinnerung zu verdrängen. Er wollte jetzt nicht an Esteban denken.

Papa Gilberto kam wieder aus dem Haus geschlurft und hielt seine Laterne hoch, während er Chases Augen untersuchte.

»*Dios, mi hijo,* du kannst vermutlich nicht gut sehen, oder?«

»*Sí*, jetzt schon, zuerst allerdings nicht. Ich habe in eine Dynamitexplosion gesehen.«

»*Caramba,* die Rebellen sind doch nicht etwa so stark?«

»*Sí*. Ich muß so bald wie möglich nach Saltillo. Ich habe Benito eine Nachricht zukommen lassen, damit er Truppen hierherschickt. Wir müssen wieder in San Miguel sein, bevor die Guerilleros beschließen, es aufzugeben und ein anderes Versteck suchen.«

»Leg deinen Kopf zurück, Chaso«, wies Papa Gilberto ihn an.

Chase gehorchte. Die Tropfen, die sein Freund ihm in die müden, überanstrengten Augen tröpfelte, wirkten kühlend und beruhigend.

»Es gibt sonst nichts, was ich für deine Augen tun kann. Aber nimm diese Tropfen mit. Wenn du sie oft benutzt, so werden sie dazu beitragen, die Rötung zu nehmen.«

»*Gracias*«, antwortete Chase, während Gilberto begann, die dreckigen Verbände von seinen Händen zu lösen.

»*Por Dios*«, murmelte er, als die Wunden enthüllt waren. »Wer zum Teufel hat dir das angetan?«

»Javier Perez. Seine Seele soll in der Hölle schmoren.«

»Ich werde deine Handflächen nähen müssen, *amigo.* Erst dann können sie heilen.« Der alte Mann legte Chases Hände vorsichtig hin. »Ich gebe dir vorher reichlich *pulque* zu trinken. Das wird den Schmerz lindern.«

Als Papa Gilberto mit dem Agavewein zurückkam, stürzte ihn Chase schnell hinunter. Er beobachtete, wie Papa Gilberto einen Faden durch die Nadel zog, biß dann die Zähne zusammen und sah zur Seite, als der alte Mann sie in die offene Wunde einführte und zu nähen begann.

Die Prozedur nahm eine lange Zeit in Anspruch, und Chase stöhnte erleichtert auf, als Papa Gilberto endlich etwas *pulque* über die schmerzenden Handflächen goß.

»Wer ist die *gringa?*« erkundigte sich der Alte dann, während er Chase frische Verbände anlegte.

»Eine Freundin«, erwiderte Chase. »Ich muß nach Saltillo, um die Nacionales zu treffen. Ich kann nicht so lange warten, bis es ihr besser geht.«

»*Sí,* sie ist auch viel zu krank für eine Reise. Meine *ninas* sind gute Krankenschwestern. Sie werden sich um sie kümmern. Aber du mußt dir wenigstens eine Nacht Ruhe gönnen. Nach Saltillo ist es ein langer Ritt. Morgen wird dir Juana etwas zu essen und zu trinken zubereiten, das du mitnehmen kannst.«

»*Gracias,* mein Freund. Ich stehe tief in deiner Schuld.«

»Du schuldest mir gar nichts, Chaso.«

Chase nickte dankbar und ging dann in das Zimmer zurück, wo Carlisle lag. Er breitete eine Decke auf dem Fußboden aus und schlief ein, sobald er die Augen geschlossen hatte.

Als Carlisle erwachte, blickte sie in das Gesicht eines hübschen, kleinen Mädchens mit rabenschwarzem Haar. Ihr ganzer Körper schmerzte, und als sie versuchte, sich aufzusetzen, wurde das Mädchen ganz aufgeregt und rannte aus dem Zimmer. Carlisle sah sich stirnrunzelnd um. Sie lag auf einem *catre,* das mit weichen Decken und Kissen gepolstert war. Das Zimmer hatte gekalkte Lehmsteinwände und nur ein einziges, rechteckiges Fenster hoch oben, nahe dem strohgedeckten Dach.

Carlisle war zu schwach, um sich länger aufrecht halten zu können, und lehnte sich gerade wieder in die Kissen zurück, als ein halbes Dutzend junger Mädchen aus dem angrenzenden Zimmer schwatzend zur Tür hereinkam, sich um das Bett versammelte und sie betrachtete. Carlisle starrte sie an und fragte sich, wo sie wohl war. Und wo war Chase? Sie erkundigte sich unsicher auf Spanisch bei den Mädchen, entsetzt über ihre rauhe, tiefe Stimme.

»Don Chaso ist nach Saltillo geritten. Er hat Sie bei uns zurückgelassen. Wir sollten uns um Sie kümmern«, sagte eine von ihnen, und die anderen nickten eifrig. Sie verstummten, als ein verhutzelter, kleiner Mann den Raum betrat, und traten respektvoll zur Seite, um ihn durchzulassen.

Carlisle fühlte sich schwindelig und wurde von einem Hustenanfall überwältigt. Der Mann setzte sich neben sie auf das Bett. Seine Hände fühlten sich kühl an auf ihrer brennenden Stirn.

»*Cómo está, nina?*« erkundigte er sich.

»Sehr schwach«, erwiderte sie. Sie hatte Schwierigkeiten, sich zu konzentrieren. »Geht es Chase gut?«

»*Sí*. Er ist fortgeritten, um Hilfe zu holen. Ich bin Senor Gomez, aber man nennt mich Papa Gilberto, und Sie sind hier in meinem Haus in Sicherheit. Sie waren sehr krank und hatten hohes Fieber.«

»Wann kommt Chase zurück, um mich zu holen?« krächzte Carlisle hervor. Sie bekam Angst, daß er gar nicht mehr kommen und sie für immer bei Fremden zurücklassen würde. Carlisle begann, vor Erschöpfung zu weinen. Die Tränen lösten ein besorgtes Jammern bei ihren jungen Krankenschwestern aus.

»Don Chaso wird zurückkommen, um Sie zu holen, machen Sie sich keine Sorgen«, versicherte ihr eins von den älteren Mädchen. »Er hatte große Angst um Sie, als er Sie hierherbrachte! Er war sehr, sehr müde, und seine Augen und Hände waren so krank, daß Papa sie mit seiner besonderen Heilsalbe behandeln mußte.«

»*Silencio, Adela!*« unterbrach sie der alte Mann mit strenger Stimme. »Machen Sie sich bitte keine Sorgen, Senorita. Wir werden uns um Sie kümmern.« Er stützte ihren Rücken und hielt ihr einen Becher an die Lippen.

Das Wasser war kühl und fühlte sich in ihrem entzündeten Hals wunderbar an. Es verursachte ihr aber große Schmerzen, als sie es hinunterschluckte. Aber sie war so durstig, daß sie trotzdem weitertrank.

»Wie lange bin ich schon hier?« fragte sie dann.

»Fast vier Tage und vier Nächte«, erwiderte er und begann zu lächeln, als zwei seiner Töchter sich eifrig daran machten, Carlisles Kissen aufzuschütteln und zu klopfen. »Sie müssen mit *mis hijas* Geduld haben«, entschuldigte er sich mit einem sanften Lächeln bei Carlisle. »Hier oben in der Sierra bekommen sie nicht allzu viele Reisende zu Gesicht. Sie finden, daß Sie *muy bonita* sind, und Don Chaso ist für sie der Lieblingsonkel.«

Sechs dunkle Köpfe nickten eifrig, aber Carlisle spürte, daß sie nicht länger in der Lage war, klar zu denken. Sie schloß die Augen und fiel in beunruhigende Träume zurück, in denen Chase an der Wand hing und scharfe Nägel aus seinen Handflächen herausschauten und Esteban mit einer brennenden Dynamitstange in der Hand dastand, und Chase sie aus blutroten, blinden Augen anschaute, bis sie zu stöhnen begann und immer und immer wieder verzweifelt seinen Namen rief.

13

Tomas Ricardo Jimenez y Morelos schob seinen schwarzen Sombrero vom Kopf und ließ ihn an den Schnüren über den Rücken hängen. Eine leichte Brise trocknete den Schweiß auf seiner Stirn und fuhr durch sein dunkelbraunes Haar. Mit finsterem Blick saß er auf einer braunen Stute und betrachtete den Pfad, der sich vor ihm in einem langen, gemächlichen Aufstieg zwischen Pinien hindurchwand. Er war wütend auf Chaso, daß er ihm eine solch gefährliche Kletterei aufgebürdet hatte. Und wozu sollte das gut sein? Um irgendeine kranke *muchacha* abzuholen, die Chaso bei Papa Gilberto zurückgelassen hatte.

Tomas hatte schließlich nicht den mühsamen Treck nach Saltillo mit Capitán Luiz und seinen Nacionales zurückgelegt, um Freundinnen seines Halbbruders zu eskortieren. Er war hierhergekommen, um gegen die Guerilleros zu kämpfen. Obwohl er seine *madre* in dem Glauben gelassen hatte, daß er beabsichtigte, Chaso zu suchen und ihn zu überreden, heim nach Mexico City zu kommen.

Seine Mutter, Dona Maria, machte sich um ihren ältesten Sohn viel zu viele Sorgen. Ihrer Ansicht nach war Chase wild und unberechenbar, und es steckte zuviel von seinem Vater in ihm, der ein Hasardeur gewesen war. Aber in Tomas' Augen war Chaso *muy macho,* die Art von Mann, die er bewunderte. Er wünschte sich sehnlichst, wie sein Bruder zu sein.

Chaso war nicht nur als großer Held bejubelt worden, nachdem die Juaristas die Franzosen vertrieben hatten, sondern nun auch ein wichtiger Regierungsbeamter. Und die feinsten und schönsten Senoritas der Hauptstadt wetteiferten um seine Aufmerksamkeit.

Sí. Tomas wollte unbedingt wie Chaso werden. Schließlich war er kein kleiner Junge mehr, sondern sechzehn Jahre alt, beinahe ein Mann. Es war an der Zeit, die Schulbücher wegzulegen und die *universidad* zu verlassen. Er wollte in der Stierarena kämpfen und gegen die Feinde seines Präsidenten, Benito Juarez. Er war es leid, wie seine *madre* ihn verwöhnte und beschützte.

Manchmal vergaß sogar Chaso, daß Tomas ein Mann geworden war. So war sein Stolz jetzt tief verletzt, weil Chaso ihn mit einem Trupp Soldaten losgeschickt hatte, um die *gringa* zu holen, statt ihm zu erlauben, mit Chaso nach San Miguel zu reiten, um Javier Perez und die Guerilleros zu vernichten.

Während er auf die acht Männer zurückblickte, die in ihren durchgeschwitzten hellbraunen Uniformen und mit den weißen Sombreros hinter ihm her ritten, wünschte er sich, ebenfalls die stolzen Insignien eines Nacional zu tragen, damit er den Tod seines Vaters rächen konnte, der bei der Belagerung von Querétaro gefallen war. Aber seine Mutter hatte sich wieder einmal eingemischt und seine Pläne durchkreuzt. Und Chase stimmte mit dem Wunsch seiner Mutter überein, daß Tomas ein *licenciado* wie sein Vater werden solle. Aber Tomas interessierte sich nicht für die Juristerei! Warum nur wollten sie nicht verstehen, daß ihn die schweren Gesetzesbücher mit ihrer kleinen Schrift und dem endlosen juristischen Geschwafel zu Tode langweilten?

Tomas zog seinen Hut wieder auf den Kopf, lehnte sich nach vorne und lenkte sein Pferd den steilen Pfad hinauf. Während seines Aufenthalts auf der Hacienda de los Toros war er zu einem exzellenten Reiter geworden. Das Leben auf Chasos Ranch, wo es keine Bücher oder *professores* gab, hatte ihm gut gefallen. Nachdem er Chasos Freundin bei seiner Mutter in Mexico City abgeliefert hatte, würde er vielleicht wieder dorthin gehen.

Die Reise zurück nach Mexico City mit der *gringa* versprach lang und schwierig zu werden. Zudem war sie noch krank. Chaso hatte in Saltillo eine Reisekutsche beschafft, in der sie zur Hauptstadt gebracht werden sollte, aber auf den engen Pfaden, über die Tomas nun sein Pferd lenkte, konnte nicht einmal ein Eselskarren fahren, von einer Kutsche ganz zu schweigen. Falls sie nicht reiten konnte, mußten sie sie eben auf einer Bahre den Berg hinuntertragen. Chaso hatte ihm angedeutet, daß die *gringa* sehr schwach sein würde.

Viel schlimmer war für Tomas, daß Chaso selbst einen ziemlich mitgenommenen Eindruck gemacht hatte. Tomas war beim Wiedersehen richtig erschrocken gewesen. Zum Glück war er wenigstens nicht mehr blind.

Ohnmächtige Wut erfaßte Tomas, wenn er daran dachte, daß man Chase an das Holz genagelt hatte. Die Rebellenschweine sollten in der Hölle schmoren! Mehr als alles andere wollte er Chaso dabei behilflich sein, sich an Perez zu rächen.

Mit gerunzelter Stirn trieb Tomas seine Stute an. Weiter oben wurde die Stelle sichtbar, wo der Pfad gerade wurde und zwischen schattigen Bäumen hindurch zu Papa Gilbertos Hazienda führte. Der Ritt war lang und heiß gewesen, und er freute sich darauf, in der Hängematte auf der Veranda zu liegen und auf die kühlen, mit Pinien bewachsenen Berge zu schauen. Und er freute sich auch darauf, Papa Gilbertos *ninas* zu sehen. Er hatte sich immer gut mit ihnen verstanden. Natürlich waren es noch Kinder, das älteste Mädchen gerade mal zwölf, aber ihr Vater hatte ihnen beigebracht, wie ein *vaquero* zu reiten und das Lasso zu gebrauchen. Die Familie Gomez verpaßte niemals die Fiesta, die Chase alljährlich nach der Brandmarkung der Tiere auf der Hacienda de los Toros veranstaltete. Das Fest war im ganzen Staat Nuevo León bekannt und wurde von vielen *hacendados* in Nordmexiko sehnlichst erwartet.

Als er seine kleine Kolonne aus der brütenden Sonne

in den Schatten hineinführte, kam das weiße Lehmsteinhaus in Sicht. Seine Gedanken kehrten zu der *gringa* zurück. Chase hatte nur wenig über sie erzählt, war ihm ausgewichen. Er hatte Tomas lediglich die Anweisung gegeben, sie nach Mexico City zu bringen und eine Überfahrt nach New Orleans für sie zu buchen, sobald sie kräftig genug für eine Seereise war.

Aber Tomas war aufgefallen, wie sich Chases Gesicht jedesmal, wenn er von ihr sprach, verhärtete, ganz so, als könne er sie nicht leiden. Wenn das der Fall sein sollte, warum machte er sich dann überhaupt die Mühe, für ihre sichere Reise zu sorgen? Die ganze Sache war sehr rätselhaft, aber bald würde Tomas mehr wissen, denn er hatte vor, die Antworten von der *gringa* selbst zu erfragen.

Als er den Rasen des Vorgartens betrat, entstand unter der langen, strohbedeckten Veranda eilige Aktivität. Einige der Mädchen kamen die Stufen heruntergelaufen und begrüßten ihn stürmisch. Er grinste und war erfreut über den herzlichen Empfang.

»Tomas! Wir haben nicht damit gerechnet, daß Don Chaso dich schicken würde, um Carlita abzuholen!« rief die Älteste, die den Namen Juana trug. »Wirst du länger bleiben?«

»Nein, *nina*«, antwortete er, stieg vom Pferd und strich sich durch das glänzende, schwarze Haar. »Nur lange genug, um auszuruhen und etwas zu essen. Chaso möchte, daß die *gringa* so schnell wie möglich in die Stadt gebracht wird.«

»Komm mit, wir wollen Papa sagen, daß du da bist«, drängelte sie, während die Soldaten von den Pferden abstiegen.

Juanas Schwestern empfingen Tomas mit dem gleichen Enthusiasmus und gingen dann zu den jungen Nacionales hinüber, die mehr als erfreut waren, kühle Milch und Frijoles von solch hübschen Mädchen serviert zu bekommen.

Statt Tomas außen herum zur Küche zu bringen, führte ihn Juana die Vordertreppe hinauf und über die Veranda zu der Seite des Hauses, die auf das Tal hinausging. Dort saß Papa Gilberto in einem großen hölzernen Schaukelstuhl. Tomas schob seinen Hut vom Kopf, als der alte Mann sich erhob. Nach dem traditionellen *abrazo* hielt Papa Gilberto Tomas eine Armeslänge von sich weg und schüttelte dann sein ergrautes Haupt, als könne er seinen Augen nicht trauen.

»Du bist groß geworden, *mi hijo*«, sagte er liebevoll. »Eines Tages wirst du so groß wie Don Chaso sein.«

»Chaso hat mich hierher geschickt, um die *gringa* abzuholen«, erwiderte Tomas, der tief im Inneren sehr stolz auf Papa Gilbertos Kompliment war. Jeder Vergleich mit seinem Halbbruder bereitete ihm außerordentliches Vergnügen. »Geht es ihr schon besser, Papa Gilberto? Chaso sagte, daß sie sehr krank sei.«

Papa Gilbertos Gesicht nahm einen ernsten Ausdruck an, und seine Stirn legte sich in besorgte Falten.

»Sie hat einen schweren Malariaanfall hinter sich. Du mußt sie in der Stadt unbedingt zu einem Doktor bringen. Ich habe ihr meine *remedios* gegeben, aber sie hat noch nicht ihre alte Kraft zurückgewonnen. Selbst hier, wo die *ninas* alles dafür tun, um sie aufzuheitern, ist sie sehr traurig und einsam. Komm, ich bringe dich zu ihr.«

Auf der Rückseite des Hauses war quer über die Veranda eine rotgrüne Decke gespannt worden, die man an den Dachsparren befestigt hatte. Als Papa Gilberto den behelfsmäßigen Vorhang zur Seite hielt, erblickte Tomas das Mädchen in einer Netzhängematte. Das erste, was ihm auffiel, war, was für einen kleinen und zerbrechlichen Eindruck sie machte.

»Carlita?«

Papa Gilberto sprach sie mit leiser Stimme an, und das Mädchen drehte den Kopf und schaute zu ihnen herüber. Tomas starrte wie vom Donner gerührt in ihr Gesicht.

Noch niemals zuvor in seinem sechzehnjährigen Leben hatte er eine Frau getroffen, die wie Chasos *gringa* aussah. Als sie ihre großen, grünen Augen auf ihn richtete, kam es ihm vor, als könnte ihm seine Zunge nicht mehr gehorchen. Sie war so unglaublich schön! Und all das glänzende, rote Haar, das ihr blasses Gesicht umrahmte!

»Carlita, Chaso hat Tomas geschickt, um Sie zu holen.«

In den Augen des Mädchens blitzte Interesse auf, das konnte Tomas deutlich erkennen, aber er starrte sie weiterhin stumm an. Einen Augenblick später erinnerte er sich jedoch an seine Manieren und machte eine höfliche Verbeugung. Er gab sich alle Mühe, sie nicht merken zu lassen, wie tief ihn ihre Schönheit berührte.

»*Buenos dias,* Dona Carlita. Mein Name ist Tomas Ricardo Jimenez y Morelos. Don Chaso ist mein Bruder. Nun, eigentlich mein Halbbruder. Ich bin gekommen, um dafür zu sorgen, daß Sie sicher zu dem Haus meiner Mutter in Mexico City gelangen.«

Auf Carlitas Gesicht erschien ein kleines Lächeln, und das machte sie noch hübscher.

»Sie sind Tomas, der Matador?« Ihre Frage überraschte ihn. »Esteban hat mir einmal erzählt, daß Sie sehr gut mit Stieren umgehen können.« Ihr Gesicht nahm einen schmerzlichen Ausdruck an. »Esteban ist tot, das wissen Sie ja sicherlich. Die arme Conchita tut mir so leid.«

Tomas nickte und wurde von einer Welle der Traurigkeit erfaßt, aber als sie ihren Kopf abwandte, um die Tränen fortzuwischen, verspürte er überraschenderweise das Verlangen, tröstend seinen Arm um sie zu legen.

»Machen Sie sich keine Gedanken, Dona Carlita. Chase hat sich auf den Weg gemacht, um die Guerilleros für den Tod unseres Freundes zu bestrafen.«

Ihre feingeschwungenen Brauen zogen sich besorgt zusammen, und sie sah forschend in sein Gesicht. »Geht es Chase gut?«

»*Sí*. Er ist mit Truppen nach San Miguel unterwegs. Ich

wollte mit ihm gehen, aber er sagte, daß er jemanden benötige, dem er vertrauen kann und der Sie begleiten soll.«

Zu seinem Verdruß schien sie nicht allzu beeindruckt zu sein, daß Chase ihn für diese Aufgabe ausersehen hatte.

»Seine Augen sind hoffentlich nicht wieder schlimmer geworden, oder?«

»Nein, er kann richtig sehen, aber ich glaube, daß er noch Schmerzen hat, auch wenn er niemals darüber klagt.«

Die *gringa* blickte auf die in der Ferne liegenden Berge. »Und seine Hände? Sind sie verheilt?«

Tomas zuckte wütend zusammen. »*Sí*. Die Guerilleros werden dafür bezahlen, was sie Ihnen allen angetan haben. Chaso wird nicht ruhen, bis alle tot sind.«

Ihre Blicke trafen sich erneut, und der Ausdruck in ihren Augen war so seltsam und bekümmert, daß Tomas sich beunruhigt fragte: Wer war sie? Welche Rolle spielte sie in Chasos Leben? War sie seine Geliebte? Sosehr er auch die Antworten auf all diese Fragen wissen wollte, so brachte er es dennoch nicht über sich, sie zu stellen.

»Hat er sich darüber geäußert, was mit mir geschehen soll?« Ihre Stimme war von solch hoffnungsloser Verzweiflung erfüllt, daß er das dringende Bedürfnis verspürte, ihr etwas Beruhigendes zu sagen.

»Haben Sie keine Angst, *por favor,* Senorita. Sie werden vor den Guerilleros sicher sein. Ich habe genug Soldaten mitgebracht, um sicher nach Mexico City zu gelangen.«

Seine Antwort schien nicht das gewesen zu sein, worauf sie gehofft hatte. So fuhr er fort, sie zu beschwichtigen. »Und dann soll ich dafür sorgen, daß Sie sofort nach Hause können. Ich habe den Auftrag, in Veracruz eine Schiffspassage nach New Orleans für Sie zu buchen.«

Der erwartungsvolle Ausdruck auf ihrem Gesicht wich großer Bestürzung, und er wußte sofort, daß er das Falsche gesagt hatte. Tränen liefen über ihre Wangen, als sie ihren Kopf müde in die Hängematte zurücklegte. Papa Gilberto ergriff seinen Arm und führte ihn von der Terrasse hinunter.

»Dona Carlita weint sehr oft. Es ist nicht deine Schuld. Die Krankheit macht sie melancholisch. Wir werden ihr ein wenig Ruhe gönnen und uns zu den *ninas* setzen. Willst du die Nacht hier bei uns verbringen? Es wäre uns eine Ehre.«

»Nein, wir müssen uns so bald wie möglich auf den Weg machen. In Saltillo wartet eine Kutsche auf Dona Carlita.«

»*Bien,* aber sie wird wohl bis dahin getragen werden müssen. Sie ist viel zu schwach, um zu reiten. Und ich werde Juana mit euch schicken, damit sie sie pflegen kann, denn es wird eine lange und anstrengende Reise für die arme *gringa* werden.«

Zwei Stunden später bereits verabschiedete sich Tomas von dem alten Mann und seinen hübschen *hijas* und spannte seine Stute vor eine Trage, die Papa Gilberto aus zwei kräftigen Ästen und einer Decke hergestellt hatte.

Juana ging neben ihrer Patientin her. Tomas blickte unter dem Rand seines Sombreros hervor und warf einen unauffälligen Blick auf Dona Carlita. Sie weinte nicht mehr, sprach aber auch kein Wort, und eine tiefe Traurigkeit lag auf ihrem Gesicht.

Tomas hatte schon einige *norteamericanos* getroffen, seitdem Chase zum Auslandsberater von El Presidente berufen worden war, aber keine der Damen hatte wie Dona Carlita ausgesehen. Er fragte sich, wie alt sie sein mochte. Er hätte sich gerne bei ihr erkundigt, aber der Trank, den Juana Carlita verabreicht hatte, würde sie bis zu ihrer Ankunft in Saltillo schlafen lassen.

Sie verbrachten die Nacht in einem kleinen Hotel in dem Ort. Am nächsten Morgen wurde Carlita von Fieber geschüttelt und mußte sich ständig übergeben, so daß sie ihre Reise erst am folgenden Nachmittag fortsetzen konnten. Tomas lief unruhig unter den Hotelarkaden auf und ab, obwohl Juana ihm versicherte, daß Carlita schon einige solcher Malariaanfälle überlebt hatte. Dennoch bekam er es mit der Angst zu tun. Was wäre, wenn sie die Reise nicht überleben würde?

»Juana? Ist wirklich alles in Ordnung? Sie wird doch nicht sterben, oder?«

Juana schüttelte ungeduldig den Kopf. »Du hörst mir nicht zu, Tomas. Ich weiß, was zu tun ist. Papa hat es mir beigebracht. Wenn sie aufwacht, wird es ihr besser gehen, also schau nicht so ängstlich drein, wie ein liebeskranker *novio*.«

»Ich habe keine Angst, Juana«, erwiderte Tomas scharf, aber Juana lachte nur und stieg in die Kutsche.

Mittags hielten sie auf einer kleinen Hazienda, um etwas zu essen und sich auszuruhen, und Carlita fühlte sich wohl genug, um auszusteigen und ihre Glieder zu strecken. Tomas blieb in der Nähe, um ihr falls nötig zu Hilfe kommen zu können.

»Ich bin sehr erleichtert, daß es Ihnen besser geht, Senorita«, sagte er höflich, als er ihr einen Becher mit kühlem Wasser reichte.

»Das Fieber kommt und geht, Don Tomas«, erwiderte sie. »Juana sagt, daß ich noch lange damit leben muß.«

Tomas sah zu, wie sie trank, und fühlte sich geschmeichelt, daß sie ihn so ungezwungen bei seinem Vornamen nannte. »Sie haben viel mitgemacht, seit Sie in mein Heimatland gekommen sind. Sicherlich freuen Sie sich darauf, wieder nach Hause fahren zu können.«

»Nein, ich freue mich nicht auf meine Abreise.«

Carlita blickte seufzend in den Becher in ihrer Hand. »Chase hat Ihnen nicht sehr viel über mich erzählt, nicht wahr?«

»Nein, Senorita. Er hat nichts gesagt, außer, daß Sie sehr krank seien.«

Tomas bemerkte, daß er sich nach vorne lehnte, ängstlich darauf bedacht, jedes ihrer Worte mitzubekommen. Zu seiner Enttäuschung stand sie jedoch auf.

»Ich bin so müde. Würden Sie mir bitte in die Kutsche helfen, damit ich mich hinlegen kann?«

»*Sí*, Senorita.«

Er beschloß insgeheim, ihr bei der nächsten Rast weitere Fragen zu stellen — besonders über ihr Verhältnis zu Chaso.

In den folgenden Tagen und Nächten verschlechterte sich der Zustand der *gringa* aber zusehends, und die meiste Zeit wand sie sich in Fieberkrämpfen und rief so oft und mit solcher Verzweiflung nach Chaso, daß Tomas mit Bestürzung erkannte, wie sehr sie an seinem Bruder hing.

Trotz Juanas hervorragender Fähigkeiten als Krankenschwester war Tomas erleichtert, als sie den letzten Berg der Sierra erklommen hatten und sich die weite mexikanische Prärie unter ihnen erstreckte. Die Seen glänzten im Licht der Nachmittagssonne. Er trieb seine kleine Truppe ungeduldig vorwärts, um die Casa Amarilla bald zu erreichen und seine Mutter in die Pflege von Dona Carlita mit einzubeziehen. Sie würde genau wissen, was zu tun war.

Die Casa Amarilla lag in Tacubaya, einem Vorort von Mexico City, und war über eine lange, breite Allee zu erreichen, die Paseo hieß. Als sie endlich bei der riesigen, gelben Villa ankamen, pochte er heftig ans Außentor, bis der *portero* die Türen öffnete und die Karawane in den Innenhof ließ. Er rief nach seiner Mutter, aber es war Adolfo, der alte indianische Diener, der mit einem alarmierten Gesichtsausdruck herbeigerannt kam.

»*Dónde está mi madre,* Adolfo? Wo ist sie? Dona Carlita benötigt einen Arzt!«

»Beruhige dich, Tomas«, ertönte die ruhige Stimme seiner Mutter aus dem geöffneten Salonzimmer. Dona Maria Jimenez y Morelos war eine kleine Frau, gerade einmal einen Meter fünfzig groß, mit schwarzem Haar, das von grauen Strähnen durchzogen wurde und elegant zu einem schweren Knoten am Hinterkopf hochgesteckt war. Obwohl sie bald fünfzig Jahre alt war, schien ihr Gesicht beinahe faltenlos zu sein. Ihre Augen waren schwarz, und es gab nur wenig, was ihnen entging. Im Moment runzelte sie die Stirn, angesichts des Aufruhrs, den ihr Sohn in ihrem friedlichen Haushalt anrichtete.

Tomas war erleichtert, daß sie zu Hause war und nicht unterwegs zu irgendeiner sozialen Verpflichtung. »Mama! Ich habe eine Freundin von Chaso mitgebracht. Sie ist sehr, sehr krank!«

»Und warum, *mi hijo,* ist sie dann immer noch draußen in der Kutsche? Laß sie sofort ins Haus bringen.«

Ihre ruhigen Anweisungen gaben ihm das Gefühl, wieder ein kleiner Junge zu sein, aber er war mehr als gewillt, ihr die Verantwortung zu überlassen.

»Mama, Juana hat uns begleitet. Papa Gilberto hat um unsere Gastfreundschaft gebeten.«

»Aber natürlich sind seine *ninas* immer in meinem Hause willkommen. Aber warum hat sich Papa Gilberto um dieses Mädchen gekümmert? Wo ist sie?«

Juana war bereits aus der Kutsche gestiegen. Sie machte einen höflichen Knicks, als sie die ältere Frau erblickte.

»Dona Maria«, sagte sie. »Ich freue mich, Sie wiederzusehen.«

»*Gracias,* Juana, und willkommen in der Stadt«, erwiderte Dona Maria mit einem freundlichen Nicken. Aber dann verschlug es ihr den Atem, als sie einen Blick auf das Mädchen in der Kutsche warf.

»Tomas!« rief sie entsetzt. »Wie konntest du nur! Sie hätte in diesem Zustand gar nicht reisen dürfen! Lauf los und hole den Doktor! Und Juana, *muchacha,* sag Adolfo Bescheid, daß er ein Schlafzimmer für das arme Kind fertigmachen soll.«

Erleichtert, daß seine Mutter sich nun um alles kümmerte, schwang sich Tomas auf seine Stute und ritt im Galopp zum Haus des Arztes, der ganz in der Nähe wohnte.

Dona Maria stand mit gestrengem Blick am Fuße des aufwendig geschnitzten Pinienbettes und sah zu, wie zwei junge indianische Hausmädchen mit den frischgestärkten Bettdecken herumhantierten. Schließlich lag das Mädchen ohne etwas davon zu bemerken in einem Meer aus weißem Leinen.

Die *gringa* ist eine wahre Schönheit, dachte sie, selbst jetzt, wo sie so krank war. Aber wer war sie? Und warum hatte ihr Sohn die Pflege in ihre Hände gelegt? Chaso war so unberechenbar!

»Dona Maria? Ich bin so schnell gekommen, wie es nur ging.«

Dona Maria wandte sich um, als ihr alter Freund, Dr. Francisco Alvarado, ins Zimmer geeilt kam. Er war schon seit vielen Jahren der Arzt der Familie. Er war großgewachsen und schlaksig, und in seinem langen, welligen Haar fanden sich viele graue Strähnen. Er besaß eine aristokratische Eleganz, mit der er oft die Campesinos in den umliegenden Dörfern behandelte, ohne dafür eine Vergütung zu verlangen.

»*Gracias,* Doktor. Dieses arme Mädchen ist sehr krank hier angekommen. Ich hoffe, daß Sie ihr helfen können.«

Dr. Alvarado runzelte die Stirn und sah die Patientin genau an, während er seine abgenutzte Tasche abstellte. »Es sieht wie das *paludismo*-Fieber aus, aber ich werde sie erst einmal genau untersuchen müssen.«

»Oh, nein, Malaria? Die arme *nina.* Ich werde draußen warten.«

Nachdem Dona Maria die Bediensteten aus dem Zimmer gewiesen und die Tür von außen geschlossen hatte, zog Dr. Alvarado seinen schwarzen Gehrock aus und beugte sich über das Mädchen.

Draußen fand Dona Maria Tomas vor. Sein hübsches, junges Gesicht war voller Besorgnis.

»Wie geht es ihr, Mama?«

»Das wird uns der Doktor bald sagen.« Sie sah ihn von oben bis unten an und zog dann mißbilligend eine Augenbraue in die Höhe. »Du solltest dich schämen, Tomas. Du siehst aus, als hättest du dich seit Tagen nicht gewaschen. Cecilia, bereite sofort ein Bad für meinen Sohn vor. Aber zuerst wirst du mit mir kommen, Tomas. Ich habe einige Fragen an dich, die Chaso betreffen.«

Tomas zögerte und warf einen letzten Blick auf die Tür des Krankenzimmers, bevor er ihr über den mit Teppichen ausgelegten Flur in ihr Privatzimmer folgte. Dona Maria setzte sich auf ein niedriges, blaues Damastsofa, das neben einem rosefarbenen Marmorkamin stand. Während ihr jüngster Sohn ihr gegenüber in einem hochlehnigen Sessel Platz nahm, blickte sie forschend in sein Gesicht.

Tomas machte einen müden und besorgten Eindruck. Sie hätte ihm nicht die Erlaubnis geben dürfen, die Soldaten nach Saltillo zu begleiten. Es war die falsche Entscheidung gewesen. Aber als Tomas sie beschuldigte, daß er von ihr wie ein kleines Kind behandelt würde, wußte sie, daß er recht hatte. Sie wollte ihn auch heute noch vor allem beschützen. Tomas war immer solch ein liebes Kind gewesen, und es war so einfach, ihn zu lieben und für ihn zu sorgen. So ganz anders als Chase, der von dem Moment an, als er laufen konnte, wild und dickköpfig gewesen war.

Für einen Augenblick gab sie sich ihren Erinnerungen hin, Erinnerungen an Chasos Vater, Burl Lancaster, die sie tief in ihrem Inneren verborgen hatte und nur selten an die Oberfläche dringen ließ. Sie waren beide so jung gewesen! Und wie dumm hatte sie sich doch verhalten, nicht auf ihren Vater zu hören und einfach wegzulaufen. Aber Burl hatte so gut ausgesehen, unzählige Damen hatten ihm das bestätigt, genau so, wie die jungen Damen es nun bei Chase taten. Und sie war naiv und blind seinen Fehlern gegenüber gewesen — dem Trinken, seiner inneren Unruhe, die ihn von Ort zu Ort trieb, und seiner besessenen Spiellust.

Acht Jahre hatte sie seine unstete, gefährliche Lebensweise mitgemacht, weil sie ihn liebte. Sie war mit ihm nach Amerika gegangen, hatte mit ihm auf Dampfbooten und in heruntergekommenen Gasthäusern an den Docks gelebt, bis sie es nicht mehr aushalten konnte und mit Chaso auf die große Hazienda ihres Vaters zurückgekehrt war.

Die Annullierung der Ehe hatte ihren Vater viel gekostet, aber sein Gold hatte die Kirche überzeugen können, ihr eine erneute Heirat zu gestatten. Gott sei Dank war der Mann, den ihr Vater für sie ausgesucht hatte, freundlich und gütig gewesen. Der arme Hermando hatte nie eine ähnliche Leidenschaft in ihr wecken können, wie Burl Lancaster es tat, aber er war zuverlässig und gescheit gewesen. Und er hatte Chaso wie seinen eigenen Sohn behandelt und ihr geholfen, ihn in einem von Reichtum und Privilegien geprägten, stabilen Umfeld großzuziehen.

»Erzähle mir von Chaso«, forderte sie Tomas jetzt mit barscher Stimme auf. »Wo ist er? Geht es ihm gut?«

Tomas versuchte ihrem Blick auszuweichen, und Dona Maria spürte, wie sich ihre Muskeln anspannten. »*Dios mio,* Tomas, sag mir, was deinem Bruder zugestoßen ist!«

»Es geht ihm jetzt wieder gut, Mama«, versicherte ihr Tomas schnell, aber seine Mutter wartete argwöhnisch, die Nerven zum Zerreißen gespannt. »Die Guerilleros hatten ihn gefangengenommen.« Er studierte das Blumenmuster im Teppich.

Entsetzliche Geschichten über die Greueltaten, die während des Krieges geschehen waren, kamen Dona Maria in den Sinn. Die Angst um ihren ältesten Sohn ergriff sie mit schrecklicher Macht. »Was haben sie ihm angetan, *mi hijo*?«

Ganz offenbar hätte Tomas diese Frage lieber nicht beantwortet. Er stand auf und lief mit vor Zorn gerötetem Gesicht im Zimmer auf und ab. »Sie haben ihn gefoltert«, sagte er mit erstickter Stimme. »Sie haben Nägel durch seine Handflächen geschlagen, wie bei Christus.«

Dona Maria sprang entsetzt auf. Chaso, ihr geliebter Chaso! Wie war es nur möglich, daß solche Dinge immer noch geschahen? Warum mußte das Leiden weitergehen? Der Krieg war schon so lange vorbei! Sie rang um ihre Fassung.

»Bist du sicher, daß es ihm wieder gutgeht? Sag mir die ganze Wahrheit. Ich muß es wissen.«

»*Sí,* Mama. Esteban hat ihn befreit, und das Mädchen oben, Carlita, hat Chaso geholfen, als er nichts mehr sehen konnte.«

Dona Maria erbleichte. »Er konnte nichts sehen? Tomas, was um Himmels willen meinst du damit?«

»Seine Augen wurden bei einer Explosion auf der Flucht verletzt. Aber jetzt ist alles wieder in Ordnung.«

»Oh, *gracias a Dios,* aber wo ist Esteban? Ist er bei Chase und paßt auf ihn auf?«

Tomas schüttelte traurig den Kopf. »Esteban ist tot, Mama. Die Rebellen haben ihn umgebracht.«

»O nein, nicht Esteban! Ich kann das alles einfach nicht verstehen. Warum war Esteban nicht bei Conchita auf der Ranch?«

»Chaso wollte mir nicht alles erzählen, aber einige der Nacionales erzählten, daß die Guerilleros Carlita entführt haben, und Chaso und Esteban losgezogen sind, um sie zu retten. Sie hat viel mitgemacht, Mama.«

»Andere haben noch mehr gelitten«, erwiderte Dona Maria kühl und bemerkte konsterniert die Röte im Gesicht ihres Sohnes.

»Dona Carlita ist sehr krank und sehr traurig, Mama.

Du kannst sie doch für das, was Chaso und Esteban zugestoßen ist, nicht verantwortlich machen.«

»Und kannst du mir einen Grund nennen, warum ich das nicht tun sollte?«

»Chaso gibt ihr ja auch nicht die Schuld dafür, sonst hätte er sie schließlich nicht hierher zu dir geschickt.«

»Und hat er dir auch gesagt, was ich mit der *gringa* anfangen soll?«

Tomas blickte sie beunruhigt an. »Er hat gesagt, daß sie wieder nach Amerika zurückreisen soll. Aber das ist im Augenblick unmöglich, denn dafür ist sie viel zu krank.«

Aus einem unerklärlichen Grund war Dona Maria über Chasos Anordnungen bezüglich des Mädchens erleichtert. Aber der Ausdruck auf Tomas' Gesicht sagte ihr, daß er nicht so wie sie empfand. Instinktiv ahnte sie, daß Tomas die *gringa* bereits zu sehr mochte. Aber bevor Dona Maria ihm weitere Fragen über das Mädchen stellen konnte, kam der Arzt heraus, um sie über Carlitas Zustand zu unterrichten.

»Don Francisco, nehmen Sie doch Platz, *por favor.* Ich werde Ihnen etwas zu trinken bringen lassen.«

»*Gracias,* Dona Maria«, erwiderte Dr. Alvaro. Während sie nach dem Hausmädchen läutete, erkundigte sich Tomas nach der Patientin.

»Sie ist sehr schwach, Tomas, und wir müssen uns gut um sie kümmern. Die Malaria hat wohl dank Papa Gilberto und der Pflege seiner *ninas* einen guten Verlauf genommen, aber ich fürchte, die Schwangerschaft wird die Dinge komplizieren und ihre Genesung hinauszögern.«

»Sie erwartet ein Kind?« erkundigte sich Dona Maria schockiert.

»Nun, so wie es scheint, ist die Schwangerschaft schon recht weit fortgeschritten, Dona Maria.«

»Aber Carlita ist nicht verheiratet!« mischte sich Tomas ein. »Sie müssen sich irren, Don Francisco!«

Peinlich berührt durch die Naivität ihres Sohnes und

sein unhöfliches Benehmen schickte Dona Maria ihn fort. »Du mußt müde sein von der Reise, Tomas. Celia wird inzwischen dein Bad vorbereitet haben. Wir sehen uns dann heute abend beim Essen.«

Tomas machte einen verärgerten Eindruck. Er schien wegen der Schwangerschaft betroffener zu sein, als er eigentlich sollte. Warum nur? Er hatte die *gringa* ja noch nicht einmal gekannt, bevor er sie von Saltillo hierher begleitete! Nachdem er den Raum verlassen hatte, wandte sich Dona Maria erneut dem Doktor zu.

»Haben Sie mit ihr über das Baby sprechen können?«

Dr. Alvarado nickte. »Sie hatte keine Ahnung, daß sie ein Kind erwartet, aber die Campesina hat es vermutet. Sie kümmert sich nun schon seit Wochen um die *gringa.* Die Fieberkrämpfe und das Frösteln sind im Augenblick abgeklungen, aber sie werden jeden Tag zurückkehren, bis wir mit Chinin Einfluß auf ihre Genesung nehmen können.«

»Wird die Krankheit dem *bebé* schaden?«

»Das kann ich noch nicht sagen. Vielleicht wird sie ja wieder zu Kräften kommen. Wir werden uns sehr gut um sie kümmern müssen.«

»*Sí,* Doktor, das tun wir«, entgegnete Dona Maria und warf ihm einen nachdenklichen Blick zu. »Kann ich mit ihr reden?«

Als er nickte, stand sie auf und überließ ihn seinem *Café con leche.* Sie ging zum Schlafzimmer der *gringa* und trat ein. Juana saß auf einem Stuhl neben dem Bett.

»Juana, *nina,* du mußt auch hungrig und müde sein. Lauf in die Küche. Meine Köchin, Cirila, wird sich um dich kümmern.«

»Aber ich würde lieber bei Dona Carlita . . .«

»Mach dir keine Sorgen um sie. Ich werde mich um sie kümmern, bis du zurückkommst.«

Juana gehorchte zögernd. Nachdem sie fort war, nahm Dona Maria auf der Bettkante Platz.

»Dona Carlita? Können Sie mich hören?«

Die Augenlider der *gringa* flatterten, und grüne, fiebrige Augen wurden sichtbar.

Dona Maria lehnte sich vor und strich ihr das feuchte Haar aus der heißen Stirn. Sie lächelte beruhigend. »Sie sind jetzt in Sicherheit, *nina.* Ich bin Chasos Mutter und werde mich hier, in der Casa Amarilla, um Sie kümmern.«

»*Gracias,* Senora«, murmelte das Mädchen. Ihr Gesicht war gerötet und die Wangen feucht von Tränen.

Dona Maria wischte sie weg. »Weinen Sie nicht. Alles wird gut werden. Aber da gibt es einige Dinge, die wir wissen müssen, damit wir Ihnen helfen können. Möchten Sie, daß wir jemanden benachrichtigen? Ihren Mann vielleicht? Er wird sich um Sie und das Kind sicherlich große Sorgen machen.«

Carlita schüttelte den Kopf, streckte den Arm aus und umklammerte Dona Marias Hand.

»Chase weiß nichts von dem Kind!« sagte sie mit tränenerstickter Stimme. »Er wird so wütend sein! Er wird das Baby nicht wollen, denn er haßt mich! Er hat mich wegen Esteban fortgeschickt!«

Dona Maria legte beruhigend ihre Hand auf die Schulter des verzweifelten Mädchens. Aber im tiefsten Inneren war sie entsetzt über Carlitas Enthüllung. Chaso war der Vater ihres Kindes? Konnte das wahr sein? Aber das Mädchen war wohl kaum in der Verfassung, Lügen über die Vaterschaft zu erfinden. Sie begann schon wieder, sich ruhelos hin und her zu werfen.

»Oh, mein Chaso«, murmelte Dona Maria in sich hinein. »Was hast du dieser armen *nina* nur angetan?«

Sie preßte verärgert die Lippen aufeinander. Wie konnte ihr Sohn das Mädchen nur ohne irgendeine Vorwarnung oder eine Erklärung zu ihr schicken? Sie wußte, daß ihr Ältester daran gewöhnt war, zu seinen Bedingungen mit Frauen zusammenzusein. Sie hatte schon oft Geschichten über seine Affären vernommen. Aber in der

Vergangenheit waren sie immer älter und erfahrener gewesen als die, die hier vor ihr im Bett lag. Wie konnte er ein junges Mädchen nur so schändlich ausnutzen und sie dann einfach fortschicken? Das war ein abscheuliches Benehmen und sah Chaso überhaupt nicht ähnlich, selbst wenn er keine Ahnung von dem Kind haben sollte!

Wahrscheinlich steckte viel mehr hinter dieser Geschichte, als sie bisher herausgefunden hatte, aber das würde sich bald ändern. Sollte Chaso der Vater sein, dann trug die *gringa* Dona Marias erstes Enkelkind. Ihr Gesicht nahm einen entschlossenen Ausdruck an, und sie lehnte sich noch einmal vor und strich über die heiße Wange des Mädchens.

»Hab keine Angst, *nina,* ich werde mich um dich und dein Baby kümmern. Das verspreche ich dir.«

14

Zum ersten Mal seit Wochen hatte sich Carlisle von ihrem Krankenbett erhoben und stand nun in einem hübschen Kleid auf dem winzigen Balkon vor ihrem Schlafzimmer. Sie lehnte sich gegen das Eisengeländer und hielt ihr Gesicht in die warme, goldene Septembersonne. Sie fühlte sich müde und leer, und eine tiefe Traurigkeit erfüllte ihr Herz. Sie trug Chases Kind, von dem sie wußte, daß er es nicht haben wollte.

Obwohl er sich in den Tagen, nachdem sie krank geworden war, freundlich verhalten hatte, ließ er doch nie einen Zweifel daran, daß er es lieber sähe, wenn sie aus Mexiko und seinem Leben verschwinden würde. Sie wußte, daß es vernünftiger wäre, Gray zu schreiben und ihm mitzuteilen, was zwischen ihr und Chase vorgefallen war, aber sie brachte es nicht über sich. Sie schämte sich der Dinge, die sie getan hatte, und der Schmerzen, die Chase ihretwegen erleiden mußte.

Übelkeit stieg in ihr auf. Sie hatte sich mittlerweile daran gewöhnt und hielt sich ihr Taschentuch vor den Mund, bis es vorüber war. Manchmal konnte sie es gar nicht glauben, daß ein Baby in ihrem Bauch heranwuchs. Aber Juana hatte schon sehr früh auf ihrer Reise, an die sie sich kaum noch erinnern konnte, die Vermutung geäußert, daß sie schwanger sein könnte. Und Dr. Alvarado hatte es bestätigt.

Manchmal war sie vor Furcht wie gelähmt, wenn sie an ihre Situation dachte. Schließlich war sie allein in einem fremden Land, unverheiratet und schwanger von einem Mann, der sie haßte. Trotz der Umstände wurde sie von Tomas und seiner Mutter mit ausgesprochenem Respekt behandelt. Mehr noch, sie hatten sich während ihrer Genesung sehr rücksichtsvoll und besorgt um sie gekümmert. Besonders Tomas.

Jeden Morgen, bevor er zur *universidad* ging, besuchte er sie, wobei er nie vergaß, ihr einen Strauß frischer Blumen aus dem Garten mitzubringen. Sie mochte ihn sehr, aber er war so ganz anders als Chase. Er war zwar nur zwei Jahre jünger als sie, aber nach dem, was sie in den letzten Monaten durchgemacht hatte, kam sie sich wesentlich älter vor.

Wiederum überfiel sie die Übelkeit, und sie eilte ins Zimmer zurück, um sich das Gesicht mit kühlem Wasser abzuwaschen.

»Die Übelkeit wird bald vorbeisein, Dona Carlita. Dann werden Sie auch wieder Appetit haben. Sie sind ohnehin viel zu dünn.«

Dona Maria hatte leise und ohne zu klopfen den Raum betreten, und Carlisle wurde sogleich verlegen und unsicher.

Obwohl Chases Mutter sich fürsorglich verhalten hatte, so war sie doch immer ausgesprochen förmlich gewesen und hatte Carlisle viel unregelmäßiger als Tomas besucht.

»Ich kann einfach nichts bei mir behalten«, antwortete Carlisle auf Spanisch, und die ältere Frau lächelte.

»Lassen Sie uns Englisch reden, *por favor.* Alle hier im Haus sind mit Ihrer Muttersprache vertraut.«

»*Gracias.*« Carlisle fiel keine andere Antwort ein, und sie wandte sich ab, als die Übelkeit wiederkehrte. Schweißtropfen erschienen auf ihrer Stirn, und sie unterdrückte ein Stöhnen.

»Kommen Sie, setzen Sie sich hin, Dona Carlita. Atmen Sie tief durch und denken Sie an andere Dinge, dann wird es einfacher. Ich erinnere mich noch sehr gut an die ersten Wochen meiner Schwangerschaften.«

Carlisle folgte Dona Marias Empfehlungen und verspürte eine kleine Erleichterung. Sie nahm gegenüber dem Frühstückswagen Platz, der zuvor in ihr Zimmer gebracht worden war.

Sie war noch nicht in der Lage gewesen, das Essen anzurühren.

»Sie müssen wirklich etwas essen«, drängte Dona Maria. »Denken Sie an mein Enkelkind.«

Carlisle erstarrte. Sie blickte die andere Frau an. »Woher wissen Sie, daß Chase der Vater ist?«

Dona Maria füllte *canela* in eine Porzellantasse und reichte den duftenden Zimttee zu Carlisle hinüber. »Das haben Sie mir am ersten Abend, nachdem Tomas Sie hierhergebracht hatte, selbst erzählt. Erinnern Sie sich denn nicht mehr?«

Carlisle schüttelte den Kopf. »Ich entsinne mich nur an sehr wenig, was die ersten Tage hier betrifft.«

»Sie waren ja auch todkrank. Wir haben uns alle große Sorgen gemacht. Tomas ganz besonders. Er hat sie richtig liebgewonnen. Wissen Sie das eigentlich?«

»*Sí*, Dona Maria. Tomas ist sehr freundlich zu mir gewesen. Ich bin Ihnen allen sehr dankbar.«

»Und mein anderer Sohn? Hat Chaso Sie auch gut behandelt?«

Carlisle fühlte, wie ihr Gesicht warm wurde und das Blut in ihre Wangen schoß. Sie war außerstande, Dona Maria in die Augen zu schauen.

»*Sí*, Senora, er hat mich gut behandelt.«

Nervös nippte sie an ihrer Tasse, aber der würzige Tee reizte ihren Magen nur noch mehr, und sie stellte die Tasse schnell wieder auf den zarten Unterteller zurück.

Dona Marias scharfe, dunkle Augen ruhten immer noch auf ihr, und Carlisle fürchtete sich vor der nächsten Frage. Wie konnte sie jemals mit Chases Mutter über das reden, was zwischen Chase und ihr vorgefallen war? Ihre Beziehung war so verdreht und verwirrend, daß sie sie ja selbst nicht einmal verstand.

»Ich habe eine Nachricht zur Hacienda de los Toros gesandt, damit man Ihre persönlichen Sachen hierherbringt. Natürlich werden unsere Näherinnen Ihre Kleidung für die Schwangerschaft ändern müssen, deshalb habe ich Juana heute losgeschickt, um eine passende Garderobe für Sie zu kaufen, bis Ihre eigene eintrifft.«

Carlisle blickte fragend in Dona Marias Gesicht, unfähig, ihre Überraschung zu verbergen. »Sie wollen doch damit nicht andeuten, daß ich hier wohnen bleiben soll, hier in Ihrem Haus?«

Der Ausdruck in Dona Marias schmalen, aristokratischen Zügen veränderte sich nicht. »Aber natürlich werden Sie hier bleiben. Wo sonst sollte das Kind meines Sohnes auf die Welt kommen?«

Carlisle zögerte, ein wenig eingeschüchtert von der strengen Frau, die da mit hocherhobenem Haupt vor ihr stand. »Aber Chase hat Ihnen doch ausrichten lassen, mich nach Hause zu schicken. Er wird sehr wütend werden, wenn er mich bei seiner Rückkehr hier vorfindet.«

»Ganz offenbar hatte er keine Ahnung, daß Sie ein Kind unter dem Herzen tragen, als er diese Anordnung gab. Ich habe mir immer sehr große Mühe gegeben, meinen Söhnen zu vermitteln, was es heißt, Ehrgefühl zu besitzen. Er wird seine Pflicht Ihnen gegenüber erfüllen, Dona Carlita. Das kann ich Ihnen versichern.«

»Ich fürchte, daß es sehr vieles gibt, was Sie über Chase und mich nicht wissen«, entgegnete Carlisle erschöpft.

»Vielleicht sollten Sie es mir dann erzählen.«

»Chase würde es Ihnen möglicherweise lieber selbst sagen.«

»Aber Chaso ist nicht hier, und es wird wahrscheinlich noch eine ganze Weile dauern, bis er zurückkommt. Sie können ruhig offen zu mir sein. Ich weiß, daß mein Sohn sich manchmal durchaus unmöglich benehmen kann. Diesen bedauerlichen Charakterzug hat er von seinem *gringo* Vater geerbt.«

Dona Maria hatte während ihrer kleinen Rede den

Mund nicht verzogen, und doch wußte Carlisle, daß Chases Mutter sie nicht verdammen würde. Carlisle hatte schon so lange Zeit all ihren Kummer in ihrem Innersten vergraben, daß sie sich nun verzweifelt danach sehnte, ihre Ängste einem Menschen gegenüber zu äußern, der sie verstehen und ihr einen Rat geben würde. Dennoch ein wenig furchtsam, nahm sie einen tiefen Atemzug und zwang sich, in die aufmerksamen dunklen Augen zu blicken.

»Ich weiß nicht so recht, wie ich beginnen soll, Dona Maria«, sagte sie zögernd.

Chases Mutter wartete schweigend, und plötzlich brachen die Worte aus Carlisle hervor.

»Es ist so seltsam zwischen uns, Dona Maria! Seit wir uns das erste Mal begegnet sind, hatte ich das Gefühl, keine Kontrolle mehr über mich zu besitzen. Ich versuchte damals zu verbergen, daß er mich irgendwie reizte. Wenn er mich anschaute, dann spürte ich Dinge, die ich noch niemals zuvor in meinem Leben verspürt hatte! Ich sagte mir, daß er arrogant sei, daß ich ihn haßte, aber das stimmte nicht! Ich habe ihn niemals gehaßt!« Zu ihrer eigenen Überraschung brach sie in Tränen aus.

Dona Maria zog ein gestärktes, weißes Taschentuch aus ihrem Ärmel. »Ich verstehe schon, *nina,* mehr als Sie denken. Chaso ist seinem Vater sehr ähnlich.«

Sie hatte die Worte mit sanfter Stimme gesprochen, und Carlisle tupfte sich die Tränen ab und fühlte sich schon ein wenig besser.

»Wie haben Sie meinen Sohn kennengelernt? Und warum sind Sie hier in Mexiko mit ihm? Wie Sie sehen, hält Chaso es nicht für nötig, seine Familie über sein Leben auf dem laufenden zu halten.«

Carlisle knetete das Taschentuch zwischen ihren Fingern, und dachte daran, daß sie in den letzten Monaten mehr Tränen vergossen hatte als in ihrem ganzen Leben zusammengenommen.

»Wir haben uns im Hause meines Bruders in New Orleans getroffen. Gray hatte Chases Cousine, Tyler MacKenzie dorthinbegleitet, und Chase sollte sie hierher nach Mexiko bringen.«

»Meine Nichte Tyler ist hier?«

»Nein, sie ist dann doch nicht mitgekommen, weil mein Bruder beschloß, sie zu heiraten, und Chase seine Zustimmung zur Hochzeit gab. Es ist eine ziemlich lange Geschichte, fürchte ich.« Ihre Lippen verzogen sich zu einem traurigen Lächeln. »Es will so scheinen, als ob alles in meinem Leben plötzlich sehr kompliziert geworden ist.«

»Ich erinnere mich gut an Tyler. Sie war das Kind von Burls Schwester, ein wunderhübsches kleines Ding mit den seltsamsten Augen, die ich je gesehen habe. Rotbraun waren sie.« Sie schüttelte nachdenklich den Kopf. »Ich kann mich noch daran erinnern, als wir die Plantage ihres Vaters besuchten. Rose Point hieß sie, glaube ich.« Sie lächelte ein wenig. »Tyler folgte Chaso wie ein kleiner Hund überall hin.«

Carlisle hörte ihr schweigend zu. Sie konnte sich nur schwerlich vorstellen, daß diese elegante, anmutige Dame ihr gegenüber einmal mit Tylers skrupellosem Onkel Burl verheiratet gewesen war.

Dona Maria schien plötzlich nicht länger in Erinnerungen schwelgen zu wollen und kehrte in die Gegenwart zurück. »Aber genug über Tyler. Hatte Chaso Sie eingeladen, ihn zu besuchen?«

Abermals mußte Carlisle gegen ihren Widerwillen ankämpfen, alles zu erklären. Rückblickend erschien ihr alles, was sie getan hatte, so albern und unreif. »Ich hatte eigentlich vor, Arantxa Perez zu besuchen. Wir waren im Kloster des Heiligen Herzens die besten Freundinnen, aber Gray wollte mir die Erlaubnis zu meiner Reise nur dann geben, wenn Chase auf mich aufpassen würde.«

»*Dios mio,* ich nehme an, er kennt Chasos Ruf nicht, wenn es um Frauen geht.«

Carlisle schüttelte den Kopf. Dann begannen die Worte schneller zu fließen, und ihr Herz fühlte sich plötzlich befreit an. Sie wollte sich alles von der Seele reden und von dieser Frau all der Schuld enthoben werden, die auf ihrem Gewissen lastete.

»Arantxas Bruder, Javier, erzählte mir schreckliche Dinge über Chase und was er während des Krieges getan hatte. Er sagte, daß die Juaristas Mörder seien. Damals dachte ich, ich wäre in Javier verliebt, und ich glaubte alles, was er erzählte. Aber ich hatte mich so sehr geirrt, Dona Maria! In jeder Hinsicht! Das weiß ich heute, aber nun ist es zu spät, denn ich verließ die Hacienda de los Toros und ging aus freien Stücken mit Arantxa und ihrem Bruder fort. Und Chase und Esteban nahmen die Verfolgung auf. Und nun ist Esteban tot, und das nur wegen mir. Und Chase — sie haben ihm so weh getan. O Gott, sie haben Nägel durch seine Hände geschlagen! Und alles, alles ist meine Schuld!«

Sie vergrub ihr Gesicht in den Händen und sprach mit erstickter Stimme weiter. »Ich wollte doch nie, daß ihnen etwas zustößt. Das müssen Sie mir glauben. Ich sah, wie Esteban starb. Ich sah, wie Chase an dieser Wand hing, und die Bilder verfolgen mich Tag und Nacht. Ich sehe sie immer und immer wieder vor mir, und ich weiß, daß Chase mich verachtet. Selbst später, als er mit mir schlief, wußte ich, daß er mich für alles verantwortlich machte.«

Sie wurde vom Schluchzen überwältigt, und als Dona Maria aufstand, um ihr tröstend über den Rücken zu streicheln, schlang Carlisle die Arme um die Taille der Frau und weinte in ihren schwarzen Seidenrock.

»Weinen Sie nicht, Carlita. Sie haben viele schreckliche Dinge erlebt. Aber Sie sind nicht mehr allein.«

Nach einer Weile beruhigte sich Carlisle. Ihr Schluchzen wurde leiser. Sie fühlte sich schwach und ausgelaugt.

Als Dona Maria ihr jedoch schweigend eine frische Tasse *camela*-Tee anbot, trank Carlisle ihn aus und fühlte sich gleich besser.

»Ich bin einfach schrecklich durcheinander, Dona Maria. Mein Leben scheint vorbei zu sein, und noch vor nicht ganz sechs Monaten hatte ich nur den einen Wunsch, von den Nonnen wegzukommen. Endlich frei zu sein, um tun und lassen zu können, was ich will. Deshalb wollte ich hierher, nach Mexiko. Aber ich habe nicht den Mut, meinem Bruder Gray all dies zu erzählen. Und ich kann vor allem den Gedanken nicht ertragen, Chase niemals wiederzusehen.« Ihre Stimme versagte.

»Entschuldigen Sie, daß ich Ihnen diese Frage stelle, Carlita, aber sind Sie ohne den Schatten eines Zweifels sicher, daß Chaso der Vater Ihres Kindes ist?« erkundigte sich Dona Maria mit sanfter Stimme.

Carlisle nickte, ihre Kehle schien wie zugeschnürt. »Ich war noch nie mit einem anderen Mann zusammen. Ich schwöre es.«

»Dann werden Sie Chaso wiedersehen, meine *nina*. Dafür werde ich sorgen.«

»Warum sind Sie so nett zu mir? Sie haben doch gar keinen Grund, mir zu glauben.«

»Man muß Worten, die mit solch einem Schmerz und bitterem Bedauern geäußert werden, einfach Glauben schenken.« Dona Maria tätschelte ihre Hand. »Und ich verstehe, wie Sie sich fühlen. Vor langer Zeit war auch ich jung und eifrig darauf bedacht, mein Leben so zu leben, wie ich es wünschte. Auch ich verliebte mich unsterblich in einen Mann. Chaso ist wie sein Vater. Er hat schon vor Ihnen viele Herzen gebrochen, *nina*. Die Frau, die einen solchen Mann liebt, hat es nicht leicht. Und Sie lieben meinen Sohn doch, nicht wahr, Carlita?«

Carlisle schloß ihre Augen und nickte mit zitternden Lippen. »O ja, ich liebe ihn. Ich liebe ihn so sehr, daß es schmerzt.«

Chase legte die Hände auf seine Ohren, als der Kanonier die Schnur zündete, und ging in Deckung. Die Kanone erzitterte und sandte die Kugel mit einer donnernden Explosion Richtung San Miguel. Mit Zufriedenheit beobachtete er, wie das Geschoß sein Ziel traf und ein weiteres Stück aus der Mauer riß, die San Miguel umgab.

Eine Woche, nachdem er sich mit Captain Luiz und seinen Nacionales von Saltillo aus auf den Weg gemacht hatte, war es ihnen gelungen, die Guerilleros in ihrem Versteck festzusetzen.

Wie schon vier lange Jahre zuvor, belagerten sie nun die Stadt. Aber dieses Mal stand ihnen schwere Artillerie zur Verfügung. Die Kanone über die Bergpfade zu transportieren war zwar mühsam gewesen, aber er hatte gewußt, daß dies der beste Weg war, um Perez zu fangen, ohne zu große Verluste unter seinen eigenen Leuten anzurichten.

Seit Wochen bombardierten sie nun schon die Mauern, und das Versteck der Guerilleros stand kurz vor dem Fall. Nach jedem Angriff sandte Chase einen Reiter hinüber, um sie zur Aufgabe zu zwingen, aber wenn es sein mußte, würde er so lange feuern, bis der ganze Ort zerstört war.

Nach einigen weiteren Treffern gab er den Befehl, das Feuer einzustellen, und wartete, bis das widerhallende Echo der großen Waffe verklungen war. Er schickte erneut einen Reiter, um die Aufgabe zu erzwingen.

Ein Gefühl des Triumphes stieg in ihm auf, und er lächelte grimmig, als sich das Eingangstor der Mission jetzt langsam öffnete und eine weiße Flagge herausgehalten wurde. Perez, dieser Bastard, gehörte ihm.

»Captain Luiz«, sagte er zu dem Offizier, der neben ihm stand, »sichern Sie die Gebäude und treiben Sie die Gefangenen auf dem Platz zusammen. Es soll kein Blutbad geben, *comprende?* Sorgen Sie dafür, daß die Männer sich daran halten. Es darf unter keinen Umständen ein weiteres Massaker geben. Die Guerilleros werden nach Mexico City gebracht und vor Gericht gestellt.«

Der Soldat salutierte schneidig und schwang sich dann auf sein Pferd. Chase stieg langsamer in den Sattel und folgte der ersten Gruppe seiner Leute durch das demolierte Tor. Innerlich war er vollkommen aufgewühlt. Er hatte von diesem Augenblick geträumt, hatte nach dieser Rache gehungert. Nun genoß er die freudige Erregung, die er empfnd. Er würde Estebans Tod rächen. Das hatte er sich geschworen, und bei Gott, das würde er auch tun.

Innerhalb der Mauern der Mission waren die Auswirkungen der Kanone an den bröckelnden Wänden und den eingefallenen Dächern auszumachen. Die Kirche war beinahe vollständig zerstört, eine ganze Wand herausgeschlagen. Chase hatte befohlen, die Waffen auf die Glockentürme zu richten. Niemals sollte je wieder ein Mensch innerhalb dieser Mauern gefoltert werden. Kein Rebell sollte San Miguel jemals wieder als Unterschlupf benutzen können. Er beabsichtigte, es vor dem Abzug seiner Truppen dem Erdboden gleichzumachen.

Man hatte die Guerilleros auf der Plaza zusammengetrieben. Ganz in der Nähe der Stelle, wo Carlisle mit Javier getanzt hatte, dachte er verbittert. Viele von ihnen waren verwundet und wurden von den Frauen, den *soldaderas,* die an ihrer Seite gekämpft hatten, gestützt. Er hielt nach Javier Perez Ausschau und erstarrte, als er ihn unter den Gefangenen entdeckte — er stand mit erhobenem Kopf und herausforderndem Blick da, während seine Schwester Arantxa neben ihm auf dem Boden kauerte.

Chase biß die Zähne aufeinander und stieg neben Captain Luiz ab. »Der Mann dort, mit dem Mädchen zu seinen Füßen. Er ist der Anführer. Lassen Sie ihn fesseln und bringen Sie ihn her. Das Mädchen auch.«

Kalt und ohne jedes Gefühl sah Chase zu, wie seine Befehle ausgeführt wurden. Als man die Geschwister vor ihm auf die Knie stieß, packte Captain Luiz Javiers Haar, riß seinen Kopf zurück und zwang ihn, zu Chase aufzublicken.

Javiers Gesicht war haßverzerrt, und Chase hätte ihm am liebsten seine Finger um die Kehle gelegt und so lange zugedrückt, bis der letzte Atemzug aus ihm herausgequetscht war. Sein Verlangen, einen Menschen umzubringen, war noch niemals so stark gewesen. Entsetzt über seine eigene Grausamkeit stand er scheinbar unbewegt, während in seinem Inneren ein Kampf tobte.

»Und wo ist meine kleine *gringa*-Hure, Lancaster?« erkundigte sich Javier mit zusammengepreßten Zähnen. »Werde ich sie im Gefängnis wiedersehen? Oder hast du sie bereits zu deiner Geliebten gemacht? Was ist das für ein Gefühl, von der Frau verraten zu werden, die man liebt? Wir haben über dich gelacht, als wir zusammen im Bett lagen.«

Er verstummte, als Chase ihn mit zornesrotem Gesicht am Hemd packte und hochriß. Er zog seine Pistole und preßte sie gegen Javiers Kopf, bereit, den Abzug zu drükken.

Javier lachte. »Nur zu, mach mich zu einem Märtyrer. Ihr Juaristas seid ja bekannt für eure Brutalität. Die Leute erwarten nichts anderes von euch.«

Javiers höhnische Worte taten ihre Wirkung. Chase war plötzlich vollkommen ruhig. Er ließ Javier los, der wieder auf seine Knie zurückfiel.

»Nein, Perez. Du kommst vor ein Gericht und wirst wie alle deine Männer nach mexikanischem Recht angeklagt werden. Und sollte man dich schuldig sprechen, wirst du wegen Verrats erschossen. Genau wie dein Vater.«

Arantxa, die immer noch neben Javier kniete, gab einen erstickten Schrei von sich. Chase blickte sie kalt an, während einer seiner Männer ihr die Hände fesselte.

»Macht sie für die Reise fertig«, befahl er, wandte sich ab und ging davon.

Ungefähr eine Woche, nachdem San Miguel in Schutt und Asche gelegt worden war, erreichte Chase die Hacienda de los Toros.

Er hielt nicht am großen Haus an, sondern ritt nach La Mesilla weiter, um die Aufgabe hinter sich zu bringen, vor der er sich schon lange fürchtete. Allein bei dem Gedanken, Conchita die Nachricht von Estebans Tod überbringen zu müssen, drehte sich ihm schon der Magen um. Er hätte es ihr schon viel eher sagen müssen, aber er war schließlich die ganze Zeit über in San Miguel gewesen. Und er wollte es ihr nicht nur in einem Brief mitteilen. Soviel schuldete er Esteban. *Dios,* warum hatte so etwas nur geschehen müssen? Warum hatte ausgerechnet Esteban sterben müssen? Nicht einmal die Gefangennahme von Perez hatte Chase seinen Seelenfrieden zurückgeben können.

Als der Marktplatz des Dorfes in Sicht kam, verlangsamte er sein Tempo, bis das Pferd im Schrittempo ging, und ließ seinen Blick auf der rosenbewachsenen Mauer von Estebans Haus ruhen. Wie oft war er diesen Weg geritten, in freudiger Erwartung, Esteban nach einer langen Zeit der Trennung wiederzusehen. Wie oft hatten sie an dem alten Holztisch auf der Veranda zusammen gegessen und gelacht. O, Gott, er würde Esteban nie wiedersehen, ihn niemals wieder um Rat oder um Hilfe bitten können!

Als er schließlich durch das Eingangstor trat, hatte Conchita ihn bereits entdeckt und kam in ihrer gewohnten überschwenglichen Art auf ihn zugestürmt.

»Don Chaso!« rief sie. »Endlich bist du nach Hause zurückgekehrt! Aber wo ist mein Esteban?« Sie sah die Straße entlang.

Chase schluckte schwer. Er versuchte zu lächeln, brachte es aber nicht fertig. »Laß uns ins Haus gehen, Conchita«, sagte er.

»*Sí,* du bist müde, nicht wahr? Ich habe Tortillas und

aguardiente«, plapperte sie fröhlich, während sie über die Veranda ins Vorderzimmer gingen. »Aber erst, *por favor,* mußt du mir von Esteban erzählen. Wo ist er? Ich vermisse ihn so sehr!«

Chase hatte Schwierigkeiten, die richtigen Worte zu finden. Und dann wollte es ihm nicht gelingen, sie auszusprechen.

»Es tut mir so leid, Conchita«, begann er. Das Strahlen in Conchitas wunderschönen dunklen Augen erstarb sofort, und ein Ausdruck schrecklicher, nackter Angst überzog ihr Gesicht. Chase zwang sich, fortzufahren. »Es gab eine Explosion in der Mine von San Miguel.« Seine Stimme brach, als er sich an den letzten Anblick seines Freundes erinnerte. »Esteban wurde getötet als . . .«

»Nein! Nein, das glaube ich nicht!«

Conchita begann zu schreien und ihn an den Haaren zu reißen. Chase packte sie und hielt sie so lange fest, bis sie nicht mehr gegen ihn ankämpfte und matt in seinen Armen hing.

»Nein, nein, nicht mein Esteban«, wiederholte sie immer wieder und schluchzte verzweifelt an seiner Brust.

Chase hielt sie fest. Die Gefühle, die in ihm tobten, schnürten seine Kehle zu, so daß er nicht einmal imstande war, tröstende Worte für sie zu finden. Er schloß die Lider und wünschte, daß er irgend etwas für sie tun könne. Als er die Augen wieder öffnete, fiel sein Blick auf ein Bild an der gegenüberliegenden Wand.

Carlisle starrte auf ihn herab. Ganz in Weiß gekleidet, erinnerte sie so sehr an einen Engel, wie dies einem menschlichen Wesen nur möglich war. Esteban hatte sogar eine blasse Aura um ihren Kopf gemalt, als trüge sie einen Heiligenschein. Zur Hölle mit ihr, dachte er, und der Zorn schoß wie eine ätzende Säure durch seine Adern.

Carlisle war für den Tod von Esteban verantwortlich. Es war so, als hätte sie ihm eine Pistole an den Kopf gehalten und abgedrückt. Chase würde ihr das niemals vergeben. Niemals.

In den Tagen nach ihrer Aussprache mit Dona Maria wurde Carlisle in der Casa Amarilla wie ein Ehrengast behandelt. Als sie in der Lage war, aufzustehen, wurde ihr schnell klar, daß Dona Marias Haus ein bevorzugter Treffpunkt der oberen Gesellschaftsschicht von Mexico City war.

Ein ständiger Strom gutgekleideter Damen mittleren Alters schritt mit Töchtern und Nichten im heiratsfähigen Alter im Schlepptau durch das gewölbte Tor, um sich zu unterhalten oder *comida* mit der eleganten Dona Maria zu trinken, in der Hoffnung, daß einer ihrer gutaussehenden Söhne anwesend sein würde. War das nicht der Fall, so wandten sie ihre Aufmerksamkeit ebenso eifrig der schönen und rätselhaften *gringa* zu, die als Gast im Hause weilte.

Bei diesen Gelegenheiten stellte Dona Maria Carlisle als gute Freundin ihres ältesten Sohnes vor, die aus den Estados Unidos angereist war. Kein Wort wurde dabei über ihre skandalöse Freundschaft mit den Geschwistern Perez oder ihr Unglück in San Miguel verloren.

Es kam auch oft vor, daß Tomas Carlisle bei langen nachmittäglichen Kutschfahrten begleitete, wenn sie der Gesellschaft dieser Damen überdrüssig war oder von deprimierenden Gedanken heimgesucht wurde. Sie fuhren dann über die breite Paseo nach Mexico City hinein, wo sich gepflasterte Straßen an Lehmsteinhäusern mit breitem Dachgesims entlangwanden.

Für Carlisle war die alte Stadt mit ihren großzügig geschmückten Kolonialbauten und den handgeschnitzten Steinfassaden, die wie alte Filigranarbeiten aussahen, ein faszinierender Ort. Die große Basilika Unserer lieben Frau von Guadeloupe und das riesige Amphitheater, das Plaza de Toros genannt wurde und wo Tausende von

Mexikanern den wilden Stierkämpfen zuschauten, versetzten sie in Erstaunen.

Aber ihr Herz war nur dann richtig bei der Sache, wenn Chases Name erwähnt wurde. Des öfteren hörte sie, daß er immer noch kämpfe, um die Aufstände im Norden niederzuschlagen. In solchen Momenten schüttelte sie ängstlich den Kopf. Was wäre, wenn man ihn erneut gefangennehmen und foltern würde? Sie würden ihn niemals am Leben lassen! Dieser Gedanke jagte ihr schreckliche Angst ein.

Solche Ängste plagten sie auch eines Nachmittags, als Tomas neben ihr in der vornehmsten Kutsche seiner Mutter saß. Sie hatten eine weite Fahrt in die umliegenden Dörfer gemacht, wo die Luft dünn und klar war, das Sonnenlicht blendend hell und die Schatten tief und kühlend. Sie besuchten ein Dorf namens Amecameca, wo ringsum riesige, schneebedeckte Vulkane in die Höhe ragten und das Tal wie gigantische Wächter beschützten.

»Da vorne, das ist der Popocatepetl, der Rauchende Berg«, erklärte ihr Tomas. »Und der andere wird Ixtacihuatl genannt, die Weiße Frau. Eine aztekische Legende besagt, daß der Popocatepetl ein eifersüchtiger Liebhaber ist, der über seine gefrorene Geliebte wacht.«

»Sie sind wunderschön«, stimmte ihm Carlisle pflichtschuldig zu, aber eigentlich dachte sie nur daran, daß die Schatten auf den eisigen Gipfeln den gleichen dunklen Farbton hatten wie Chases.

»Sie sahen gerade sehr traurig aus, Dona Carlita«, bemerkte Tomas.

»Es tut mir leid, Tomas«, sagte sie und blickte ihn an. »Ich habe gerade an Chase gedacht.«

»Sie denken oft an ihn, *sí?*«

»*Sí.*«

Sie fuhren eine Weile schweigend dahin. Als er wieder zu sprechen begann, schien ihm das Thema ausgesprochen peinlich zu sein.

»Mama beabsichtigt, Sie mit Chase zu verheiraten. Ist es wirklich das, was Sie möchten?«

Für einen Augenblick war Carlisle schockiert, denn Tomas hatte bisher mit keinem Wort ihr Baby erwähnt. Genausowenig wie Chase seit dem Tag der Aussprache jemals wieder erwähnt worden war.

»Chase wird mich niemals heiraten«, erwiderte sie mit ruhiger Stimme. »Und niemand wird ihn dazu bringen können, nicht einmal Ihre Mutter.«

»Mama kennt da so einige Schliche. Sie hat schon heimlich Dinge in die Wege geleitet, um seine Verlobung mit Dona Marta auflösen zu lassen. Das hätte sie niemals getan, wenn sie nicht sicher wäre, daß er Sie heiraten würde.«

Carlisle erstarrte. »Wer ist Dona Marta?«

»Eine Freundin der Familie, und es war ausgemacht, daß Chase sie eines Tages heiraten sollte.«

»Liebt er sie?« Carlisle spürte, wie ihr plötzlich das Herz zu zerspringen drohte.

»O nein, er kennt sie ja kaum. Sie ist jünger als ich, Sie brauchen sich also keine Gedanken über sie zu machen.«

Carlisle fühlte sich ein wenig erleichtert und lächelte dankbar für seine unermüdliche Unterstützung. Er kam ihr jetzt älter vor als an dem Tag, als sie ihn bei Papa Gilberto zum ersten Mal getroffen hatte.

»Ich hoffe, daß Chaso sich weigert, Sie zu heiraten«, sagte Tomas mit gepreßter Stimme.

Carlisle blickte ihn bestürzt an. »Oh, Tomas, geben Sie etwa auch mir die Schuld an allem?«

»Oh, nein, niemals! Aber wenn er sich weigert, dann ist es statt seiner meine Pflicht, Sie zur Frau zu nehmen.« Er nahm seinen Sombrero vom Kopf und blickte sie mit schüchternen braunen Augen an. »Es wäre mir eine große Ehre, Sie zu meiner *novia* zu haben, Dona Carlita.«

Er sagte dies mit einem so ernsten Gesichtsausdruck,

daß Carlisle tief berührt war. »Tomas, du bist so lieb und so gut zu mir.«

Der Junge lächelte, offenbar zufrieden mit ihrer Antwort, und Carlisle streckte ihre Hand aus, um seine Wange zu streicheln.

»Aber ich werde es schon schaffen, ganz bestimmt. Du und deine Mutter, ihr habt mir viel Kraft gegeben. Egal, ob Chase mich heiratet oder nicht, ich freue mich auf das Kind.«

»Aber wenn du nicht verheiratet bist, wird dein Ruf ruiniert sein. Niemand wird mehr mit dir verkehren. Das ist so Sitte hier in Mexiko.«

»Nicht nur hier in Mexiko, das kann ich dir versichern, Tomas.«

Carlisle blickte nach Norden, auf die entfernten dunklen, gezackten Gipfel. Irgendwo dort kämpfte Chase gegen die Guerilleros. Ob er wohl jemals an sie dachte?

Chase dachte tatsächlich an Carlisle. Als er sein Pferd über die kleine, gepflasterte Anhöhe auf die Villa seiner Mutter zu lenkte, verzerrten sich seine Züge, und eine oftmals unterdrückte Wut spiegelte sich auf seinem Gesicht. Er war vollkommen ausgelaugt, und nur mit letzter Kraft gelang es ihm, Carlisles Bild aus seinem Bewußtsein zu drängen.

Sie war fort, Gott sei Dank. Vielleicht würde es ihm nun gelingen, sich aus der Hölle, in die sie ihn gestoßen hatte, zu befreien. Aber der Schmerz, den ihr Verrat hinterlassen hatte, flammte immer wieder in seinem Herzen auf. Warum konnte er sie nicht einfach vergessen? Zum Teufel mit ihren grünen Augen, die ihn Tag und Nacht verfolgten!

Aber er war zu erschöpft, um sich seinem Zorn hinzugeben, und so ritt er mit versteinertem Gesicht weiter, bis er das gewölbte Tor der Casa Amarilla erreicht hatte. Er riß ungeduldig an der Klingelschnur.

»Don Chaso!« rief der Junge, der das Tor öffnete, überrascht.

»*Hola,* Paco«, gab Chase zurück und lenkte sein Pferd in den Innenhof. Er stieg umständlich ab. Seine Muskeln schmerzten von den vielen Tagen im Sattel. Er war von Querétaro aus allein über die Bergpfade geritten, um schneller nach Hause zu kommen. Seine Männer folgten in einem langsameren Tempo, das sie nun, da ihre Arbeit erledigt war, verdient hatten. Sie hatten San Miguel mutig eingenommen und zerstört. Aber dieses Mal hatte es kein Massaker, keine Greueltaten gegeben. Die Gefangenen wurden zur Verurteilung nach Mexico City gebracht.

Chase schritt über die Fliesen zu der niedrigen Steinmauer hinüber, die die Ställe von der üppig bewachsenen, schattigen Veranda trennte. Nach der Hitze der Mittagssonne empfand er den Schatten der Eukalyptusbäume als sehr wohltuend. Er kam am Springbrunnen vorbei, der inmitten einiger großer Agave-Pflanzen gebaut worden war. Das Plätschern des Wassers ließ ihn verharren. Dies war ein so friedlicher Ort.

Für einen Moment wurde er von Gefühlen überwältigt. Er war dankbar, wieder daheim in seinem rettenden Hafen zu sein, der ihn vor all dem Bösen, das er gesehen hatte, schützte. In diesem Sanktum seiner Mutter, mit all den ruhigen, gepflegten Wegen, den süß duftenden Gardenien und Azaleenhecken, mußte niemand schreckliche Schmerzen und grausame Verstümmelungen erleiden. Er verspürte das Bedürfnis, sich in den kühlen Schatten zu legen und all seinen Kummer über Esteban und Carlisles Verrat auszuweinen. Er hatte sie beide geliebt, und beide waren für immer aus seinem Leben verschwunden.

Irritiert über seine eigene Schwäche biß er die Zähne zusammen und ging weiter. *Dios,* was war nur mit ihm los? Er hatte doch auch während des Krieges genug Greueltaten und bitteren Verrat erlebt!

»Ich bin einfach zu müde, um klar zu denken«, murmelte er mit heiserer Stimme. Er brauchte Schlaf. In einem richtigen Bett und ohne Alpträume. Ein kalter Schauer rieselte ihm den Rücken hinunter, als er die Verandastufen hinaufstieg und auf die offene Tür zum Zimmer seiner Mutter zuging.

Sie saß an ihrem weißen Schreibtisch mit den geschwungenen Füßen. Ein sentimentales Verlangen nach den Tagen seiner Kindheit überfiel ihn, als er noch mit seinen kleinen Verletzungen zu ihr laufen konnte, sie ihn auf den Schoß nahm und mit ihren weichen Händen und ihrer sanften Stimme tröstete. Ihm wurde plötzlich klar, wie sehr er sich danach sehnte, Trost zu finden, auch jetzt, da er ein erwachsener Mann war.

»Mama?«

Seine Mutter sah hoch und ließ erschrocken den Stift fallen.

»Chaso! *Gracias a Dios!*« rief sie und eilte auf ihn zu.

Chase legte seine Arme um ihre schmalen, aber dennoch so starken Schultern und atmete den leichten Limonenduft ein, der, seit er denken konnte zu ihr gehörte. Sie sprachen kein Wort, aber sie schluchzte, an seine Brust gelehnt. Chase hielt sie überrascht fest. Er hatte sie, außer beim Tod von Tomas' Vater, noch niemals weinen sehen.

»Schhhh, Mama«, versuchte er sie zu beruhigen. Aber sie griff nach seinen Händen und hielt die Handflächen hoch, um die zackigen, rohen Schwielen zu betrachten.

»Oh, ich kann es einfach nicht ertragen, *mi hijo*«, flüsterte sie mit versagender Stimme.

Chase führte sie zu ihrem Bett und nahm dort neben ihr Platz. Dona Maria gewann bald ihre Fassung zurück.

»Ich habe mir solche Sorgen um dich gemacht«, sagte sie, und ihre Stimme wurde vorwurfsvoll. »Warum hast du keine Nachricht geschickt, daß du in Sicherheit bist?«

»Es war ein harter Kampf, und wir waren hoch oben in der Sierra. Ich hatte keine Zeit, Briefe zu schicken.«

»Und wirst du nun hierbleiben? Ist die Rebellion vorüber?« erkundigte sie sich ängstlich.

»Die *revolucion* wurde niedergeschmettert. Wir haben den Widerstand der Rebellen gebrochen und ihre Anführer festgenommen.«

»Meine Gebete zur Heiligen Mutter Gottes sind erhört worden. Und du bist in Sicherheit!«

»*Sí,* Mama.«

Sie blickte forschend in sein Gesicht. »Ist wirklich alles in Ordnung, Chaso? Du siehst so erschöpft aus. Du mußt dich hinlegen und ausruhen. Ich werde dir etwas zu essen und Wein holen.«

Chase gehorchte, erstarrte dann aber bei ihren nächsten Worten.

»Chase, du hast dich noch gar nicht nach Dona Carlita erkundigt. Sie war sehr krank, als sie hier ankam . . .«

»Ich möchte nichts darüber hören!« unterbrach er sie schroff.

Seine Mutter schwieg erschrocken. Er schloß erneut die Augen, als sie sich entfernte. Und dann zog ihn der Schlaf, den er so lange an der Nase herumgeführt hatte, endlich in seine Arme.

Es war beinahe dunkel, als Carlisle und Tomas zur Casa Amerilla zurückkehrten. Dona Maria erwartete sie am Tor. *»Buenas noches«,* rief Carlisle.

»Chaso ist heimgekehrt.«

Carlisles Lächeln erstarb, ihr Herzschlag setzte aus, und eine eigenartige Mischung aus Furcht und Freude erfaßte sie.

»Wo ist er?« flüsterte sie atemlos.

»Er ist völlig erschöpft. Wir hatten kaum Zeit, miteinander zu reden, bevor er einschlief.«

»Weiß er schon, daß ich noch hier bin?« fragte Carlisle und wagte kaum zu atmen.

»Er war zu müde, um es zu besprechen.«

Carlisle bemerkte, wie Dona Maria ihrem Blick auswich und ihre Hoffnungen zerschellten.

Tomas war die Erleichterung anzumerken. »Geht es ihm gut, Mama?«

»*Sí.*« Dona Maria zögerte. »Seine Wunden sind verheilt, aber da ist ein Ausdruck in seinen Augen, der mir angst macht.«

Carlisle wußte, wovon sie sprach. In der Höhle hatte sie diesen Ausdruck oft bemerkt — kalt, leer, desillusioniert.

»Ich muß ihn sehen«, sagte sie. »*Por favor,* Dona Maria«, fügte sie hinzu. Sie hatte plötzlich das unbezähmbare Verlangen, ihn anzuschauen, noch einmal zu berühren, bevor er herausfand, daß sie hier war und sie wegschikken würde.

Dona Maria ergriff Carlisles Hand. Ihre Augen blickten sehr ernst.

»In seinem Inneren tobt noch immer ein Kampf, *nina.* Es wäre vielleicht besser, ihm Zeit zu geben, damit er seinen Frieden mit sich macht.«

»Ich werde ihn nicht aufwecken, das verspreche ich. Ich möchte doch nur mit eigenen Augen sehen, daß es ihm gutgeht.«

Dona Maria seufzte und schüttelte den Kopf. »Er liegt in meinem Zimmer.«

»Ich werde dich begleiten«, bot Tomas sofort an, aber als Carlisle davoneilte, legte seine Mutter eine Hand auf seinen Arm.

»Nein, *mi hijo,* das ist etwas, das die beiden unter sich ausmachen müssen.«

Carlisle war dankbar, daß Dona Maria Tomas aufgehalten hatte. Sie hob ihre Röcke und rannte die Treppe hinauf. Vor der Tür blieb sie stehen. Was mochte sie wohl erwarten? Sie drehte langsam den Türknauf.

Die Vorhänge und Fensterläden waren geschlossen, aber selbst im Halbdunkel konnte sie ihn sehen. Er lag ausgestreckt auf dem großen Bett, immer noch in seinem schmutzigen Reitzeug. Sie ging zu ihm hinüber, vorsichtig bemüht, kein Geräusch zu verursachen. Er lag auf dem Rücken, ein Arm mit der Handfläche nach oben vom Körper weggestreckt, der andere unter seinem Kopf verborgen. Er schlief tief und fest, ohne sich zu bewegen.

Er sah so gut aus, so friedlich. Tränen stiegen ihr in die Augen. Oh, Gott, warum hatten sich die Dinge zwischen ihnen nicht anders entwickeln können? Warum nur mußte alles derartig verworren sein? Warum hatten sie sich nicht einfach auf einem Ball begegnen können? Dann hätten sie sich nach und nach kennengelernt, wären Freunde geworden, und er hätte ihr den Hof gemacht. Nun aber wußte sie nicht einmal mehr, warum ihre Abneigung gegen ihn am Anfang so groß gewesen war oder warum sie Javier und Arantxa vertraut hatte. Wie dumm sie doch gewesen war!

Chase bewegte sich und murmelte etwas Unverständliches. Carlisle setzte sich aufs Bett, streckte die Hand aus und berührte die dichten, dunklen Stoppeln an seinem Kinn. Sein Bart ist viel dunkler als seine Haare, dachte sie, als ob dies wichtig sei. Dann ließ sie ihre Fingerspitzen durch die Locken hinter seinem Ohr gleiten. Er benötigte einen Friseur.

Ihr Blick wanderte zu seiner geöffneten Hand, und ihr Herz krampfte sich zusammen. Sie hob sie in die Höhe, umfaßte sie zärtlich und starrte auf die schreckliche rote Narbe. Tiefe, bittere Reue überkam sie.

»Carly?« murmelte Chase halblaut und stützte sich auf einen Ellenbogen, noch trunken vor Schlaf. Seine andere Hand glitt zu ihrem Nacken hinauf, und seine Finger spielten mit dem lose herabhängenden Chignon. Carlisle gab nur allzu gerne nach, als er sie an seine Brust zog.

»Oh, Chase, ich habe dich so vermißt«, flüsterte sie atemlos, als sein Mund ihre Lippen fand. Er war erregt, seine Hände schoben sich unter ihren Rock, und Carlisle wußte, daß er immer noch träumte. Aber es fühlte sich so gut an, in seinen Armen zu liegen und zu hören, wie er ihren Namen in ihr Haar murmelte. Seine Lippen suchten erneut, beinahe verzweifelt, die ihren.

»Ich liebe dich, Chase. Ich liebe dich so sehr«, murmelte sie, während sie ihre Hände um seinen Hals legte.

Da aber fühlte sie, wie seine Schultern starr wurden, und als er seine Augen aufriß, entfuhr ihm ein Keuchen. Seine Finger schlossen sich schmerzhaft fest um ihre Arme, und er schob sie von sich weg. Bevor sie zu Atem kam, war er auch schon aufgesprungen und aus dem Bett heraus. Er fuhr sich mit zitternden Fingern durchs Haar, während er auf unsicheren Beinen am Nachttisch lehnte.

»Verdammt, was zum Teufel tust du hier?«

Chase sah sie nicht richtig, ganz so, als könne er ihren Anblick nicht ertragen, und seine plötzliche Kälte durchdrang Carlisles Herz wie ein Säbel. Sie versuchte, die letzten Reste ihres Stolzes zu sammeln, um ihn als Schild zu benutzen, aber sie stellte fest, daß kaum noch etwas übriggeblieben war. Ihre Stimme zitterte, als sie versuchte, auf seine Frage zu antworten.

»Am Anfang war ich noch zu krank für die Reise und dann . . .«

»Das interessiert mich einen Dreck! Ich habe Tomas ganz klar die Anweisung gegeben, dich auf ein Schiff zu verfrachten!«

Carlisle sah die Wut in seinen Augen. Obwohl dieser schreckliche Zorn einschüchternd war, wußte sie jedoch tief in ihrem Herzen, daß er sie nicht wirklich haßte. Und das war ihre größte Angst gewesen. Er wollte sie immer noch und brauchte sie. Das hatte er ihr im Halbschlaf gezeigt, bevor all die Schuld und die Vorwürfe erneut in sein Bewußtsein gedrungen waren. Sie tat einen tiefen Atemzug.

»Ich weiß, daß du mich nicht hier haben willst, und . . .«

»Da hast du allerdings recht. Und Tomas muß mir

schon einen verdammt guten Grund nennen, warum du immer noch hier bist!«

»Tomas hat diese Entscheidung nicht getroffen. Ich war es.« Dona Maria stand mit erhobenem Kopf im Türrahmen. »Und ich werde es nicht zulassen, daß du deinen Bruder für deine *novia* verantwortlich machst.«

Chase stand da, wie vom Donner gerührt.

»Meine *novia*?« wiederholte er und stieß dann ein so häßliches Lachen aus, daß es Carlisle kalt den Rücken hinunterlief. Aber seine Amüsiertheit war nur von kurzer Dauer.

»Sie ist weder meine Verlobte noch irgend etwas anderes. Sie bedeutet mir überhaupt nichts.«

Carlisle senkte die Augen und kämpfte gegen ihre Tränen an, aber Dona Marias Stimme war vollkommen ruhig.

»Da irrst du, *mi hijo.* Dona Carlita ist die Mutter deines ungeborenen Kindes.«

Die Stille, die nun folgte, schien sich endlos hinzuziehen. Carlisle brachte es nicht über sich, Chase anzusehen.

»Und was macht dich so sicher, daß ihr Kind von mir ist?« fragte er schließlich mit rauher Stimme.

»Chaso! Wie kannst du es wagen, so über Dona Carlita zu reden!«

»Du hältst meine Frage unter diesen besonderen Umständen also nicht für berechtigt, Mutter?«

»Ich finde deine Frage beleidigend. Willst du etwa die Möglichkeit ausschließen, daß du der Vater sein könntest?«

»Das kann ich in der Tat nicht, und das weiß sie nur zu gut. Aber ich werde mich nicht wie ein Schuljunge zu einer Heirat zwingen lassen.«

Nach diesen Worten raffte Carlisle die letzten Reste ihres Stolzes zusammen.

»Ich ebensowenig«, sagte sie. »Ich werde dieses Haus noch heute abend verlassen.«

»Das werden Sie nicht tun«, erwiderte Dona Maria sofort. »Und diese ganze Zankerei führt zu nichts. Wir werden uns noch einmal darüber unterhalten, wenn mein Sohn ausgeruht ist und sich wie ein Gentleman aufführt. Kommen Sie, Carlita. Tomas wartet auf uns, damit wir gemeinsam essen können. Chaso wird sich später zu uns gesellen.«

Chase murmelte einen wütenden Fluch vor sich hin, und Carlisle biß sich bedrückt auf die Lippen, als Dona Maria sie aus dem Zimmer führte.

15

Chase lief unruhig in seinem Zimmer auf und ab. Seit er erfahren hatte, daß sich Carlisle noch im Haus aufhielt und behauptete, von ihm schwanger zu sein, fühlte er sich krank, denn Herz und Verstand quälten ihn gleichermaßen.

Schlimmer war, daß er sie immer noch begehrte. Wenn er sie berührte, sie im Arm hielt, war für einen Moment all das vergessen, was sie getan hatte. Verdammt sollte sie sein, weil sie ihn in einem Moment aufgesucht hatte, als er schwach und wehrlos gewesen war! Selbst wenn er versuchte, sich ausschließlich auf ihre Verbrechen zu konzentrieren, rebellierte sein Verstand, und er konnte nur noch an die Beschaffenheit ihres Haares denken, daran, wie die dichten, goldroten Strähnen durch seine Finger glitten, so duftend wie Blumen und so weich wie Seide. *Dios,* sie konnte einen Mann wirklich in den Wahnsinn treiben!

Um sich gegen solche Gedanken abzuhärten, rief er sich noch einmal Conchitas schrecklichen Kummer über den Tod ihres Mannes ins Gedächtnis. Sein Zorn kehrte schnell zurück. Er verließ das Zimmer und trat auf die Veranda hinaus. Als er auf den Eßtisch zuging, war er dankbar für den Zorn, der ihn abermals erfaßt hatte, denn Carlisle saß neben seiner Mutter und sah im Schein der Kerzen so wunderschön aus, daß ihm der Atem stockte.

Er verfluchte sie innerlich und vermied es, sie anzuschauen. Statt dessen beugte er sich zu seiner Mutter hinunter und gab ihr einen Kuß auf die Wange.

»*Buenas noches,* Chaso«, begrüßte ihn Dona Maria. »Ich nehme an, daß du jetzt, wo du ein Bad genommen und dich ausgeruht hast, wieder ganz du selbst bist.«

»*Sí*«, erwiderte Chase und ignorierte die versteckte Zurechtweisung. Während er sich setzte, warf er einen Blick zu seinem Halbbruder hinüber. »*Hola,* Tomas.«

»Möchtest du Dona Carlita nicht auch begrüßen?« lautete Tomas' höfliche Entgegnung.

Überrascht betrachtete Chase seinen Bruder genauer. Er zuckte mit den Schultern. »Warum sollte ich?«

Seine Antwort machte Carlisle wütend — er konnte sehen, wie ihre Augen blitzten —, aber sie senkte lediglich den Blick. Tomas hielt mit seiner Meinung allerdings nicht hinter dem Berg.

»Wie kannst du es wagen, sie so zu behandeln?« schrie er zornig und sprang auf.

Tomas' außergewöhnliche Reaktion war für Chase unerwartet, aber er ließ sich nichts anmerken. Statt dessen sah er zu Carlisle hinüber, die von Tomas' Verhalten genauso überrascht zu sein schien wie er.

»Setz dich wieder hin, Tomas, und hör auf, dich wie ein Rüpel aufzuführen«, wies seine Mutter ihn zurecht. »Ich beginne mich langsam zu fragen, was ich für Söhne großgezogen habe. Habt ihr beide völlig eure Manieren vergessen?«

Tomas nahm wieder Platz, aber sein Gesicht war noch immer vor Wut gerötet.

Das fröhliche Plätschern des Springbrunnens bot die einzige Untermalung, als die Hausmädchen um den Tisch liefen und Enchalidas und Reis servierten. Niemand sagte ein Wort.

Chase trank seinen Wein und bemerkte mit einiger Zufriedenheit, daß Carlisle scheinbar der Appetit vergangen war. Er beobachtete sie verstohlen und entdeckte dann, daß Tomas das gleiche tat. *Dios,* Tomas ist ebenfalls vernarrt in sie! Sie hatte keine Zeit verloren, den Jungen in ihr seidiges Netz zu locken.

»Warum zum Teufel hast du dich nicht an meine Anordnungen gehalten?« fragte er gereizt, die Stirn in wütende Falten gelegt. »Du solltest sie sofort nach Hause schicken. Wenn du das befolgt hättest, dann müßten wir uns jetzt nicht mit all dem abgeben.«

Tomas starrte ihn vorwurfsvoll an. »Sie bekommt ein Kind von dir! Was für ein Mann bist du eigentlich, daß du sie erst benutzt und dann einfach beiseite schiebst?«

»Hört auf«, rief Carlisle. Aus ihrem Gesicht war jegliche Farbe gewichen, und ihr Mund begann zu zittern, als alle sie anstarrten. »Ich höre mir das nicht länger an. Und ich werde nicht hierbleiben, Chase. Da mußt du dir wirklich keine Sorgen machen. Ich werde morgen früh abreisen. Ich habe diese Entscheidung getroffen und werde mich von niemandem davon abbringen lassen.« Ihr Blick wanderte zu Dona Maria hinüber. »Sie sind sehr freundlich zu mir gewesen, Senora, und das werde ich Ihnen nie vergessen. Aber ich gehöre nicht hierher.«

Niemand sagte ein Wort, als sie aufstand und mit hocherhobenem Kopf davonging. Ihre Entscheidung, abzureisen, ärgerte Chase. Seine Irritation nahm jedoch noch zu, als er die nächsten Worte seines Bruders hörte.

»Wenn du nicht Mann genug bist, dich Dona Carlita gegenüber wie ein Ehrenmann zu benehmen, Chaso, dann werde ich es tun. Ich beabsichtige, Dona Carlita um ihre Hand zu bitten.«

»Tomas!« rief seine Mutter entsetzt.

Chase lachte nur. »Mach dich nicht lächerlich. Du bist doch noch ein Kind.«

»Ich bin kein Kind mehr. Ich bin sechzehn Jahre alt, und ich werde es nicht zulassen, daß du die arme Dona Carlita entehrst. Sie ist so liebenswert . . .«

Chase ließ eine Faust auf den Tisch niedersausen. Die Erschütterung brachte das Geschirr zum Klirren. Seine blauen Augen brannten vor Zorn.

»Die ach so arme Carlita hat mich betrogen! Wegen ihr wurde Esteban getötet! Und wegen dieses liebenswerten Mädchens hat man mich gekreuzigt!«

Tomas sah aus, als habe er einen Schlag ins Gesicht erhalten, und als Chase aufstand, sichtlich bemüht, seine Wut in den Griff zu bekommen, stiegen Dona Maria Tränen in die Augen. Er benötigte mehrere Minuten.

»Falls sie schwanger sein sollte«, sagte er schließlich mit gepreßter Stimme, »und falls das Kind wirklich von mir ist, dann werde ich meine Entscheidung noch einmal überdenken.«

»Das Kind ist von dir«, erwiderte seine Mutter ruhig. »Sie ist mit keinem anderen Mann zusammen gewesen. Das hat sie mir selbst gesagt, und ich glaube ihr.«

»Javier Perez sagt aber etwas anderes«, entgegnete er kühl. »Es hat ihm ausgesprochene Freude bereitet, mich über einige Dinge aufzuklären, während er mich folterte.«

»Und er ist sicherlich auch ein Mann, dem man sein volles Vertrauen schenken sollte, ist es nicht so, mein Sohn?«

Der sarkastische Unterton in ihrer Stimme ließ Chase erröten.

»Es ist mir egal, von wem das Kind ist! Ich liebe Carlita!« warf Tomas hitzig ein. »Wenn du sie nicht willst, ist mir das nur recht. Ich würde sie noch heute abend heiraten und das Kind als mein eigenes anerkennen.«

Mutter und Bruder wandten sich um und blickten ihn erstaunt an.

»Mach dich nicht lächerlich«, knurrte Chase.

»Was ist denn daran so lächerlich?« fragte Tomas herausfordernd. »Zumindest bin ich bereit, meine Pflicht als Mann zu erfüllen. Du hast ja ganz offenbar vergessen, was Ehre ist!«

»Halt den Mund, Tomas«, fuhr Chase ihn an. »Du wirst Carlisle zum Teufel noch mal niemals heiraten, *comprendes*?«

In seiner Stimme schwang ein derart gefährlicher Ton, daß Tomas nur einen rebellischen Gesichtsausdruck aufsetzte und die Lippen zusammenpreßte.

»Ich bin mir gar nicht so sicher, ob Tomas' Vorschlag unter den gegebenen Umständen so schlecht ist«, sagte Dona Maria jedoch zu Chases Verblüffung. »Dona Carlita ist nur wenig älter als er. Es ist eine bequeme Lösung, Chaso, da du ja offensichtlich nicht gewillt bist, deiner Verantwortung ihr gegenüber nachzukommen.«

Chase wandte sich wütend seiner Mutter zu. »Ich lasse mich nicht zu einer Heirat mit einer Frau drängen, die ich verachte.«

»Und ich werde es nicht zulassen, daß mein erstes Enkelkind dazu verdammt wird, ein Leben als Bastard zu führen«, erwiderte Dona Maria völlig ruhig und offenbarte damit die gleiche Dickköpfigkeit wie ihr Sohn.

Chase starrte sie zornig an. Ein Muskel zuckte in seiner sonnengebräunten Wange.

»Was Carlisle angeht, so werde ich das tun, was ich für richtig halte«, sagte er entschlossen, »und ich werde von euch beiden dabei keine Einmischung dulden. Habe ich mich klar genug ausgedrückt?«

Ohne ein weiteres Wort drehte Chase sich um und ging steifen Schrittes davon, um sich auf die Suche nach Carlisle zu machen.

Immer noch zitternd vor Wut, ihren Schmerz und ihre Sehnsucht für einen Augenblick vergessend, stopfte Carlisle einige Kleider in den Koffer. Chase war es egal, was mit ihr oder dem Kind geschah. Sie würde also nach Hause, nach Chicago reisen, wo sie hingehörte, und das Baby dort bekommen!

Dieser Gedanke ernüchterte sie so sehr, daß ihre Knie nachgaben. Sie sank vor dem Spiegel ihres Schminktisches zusammen und starrte in ihre eigenen, furchterfüllten Augen. Was würden Gray und Stone wohl sagen, wenn sie erführen, daß sie schwanger, aber unverheiratet war? Sie wären entsetzt und enttäuscht und verletzt. Beide hatten ihre Tugend stets so gewissenhaft verteidigt!

Sie wären vermutlich auch außer sich vor Zorn, obwohl sie wußte, daß sie ihr am Ende doch vergeben und den Skandal vertuschen würden. Und Carlisle war sicher, daß Tyler zu ihr stehen würde. Tyler verhielt sich Menschen gegenüber, die ihr am Herzen lagen, sehr loyal. Chase wäre derjenige, den sie verdammen würden und der in ihren Augen die Schuld an allem, was vorgefallen war, trug.

Plötzlich kam ihr die Vorstellung, nach Hause zu reisen, gar nicht mehr so schrecklich vor. Bisher hatte sie den Brief an Gray aus Scham noch nicht geschrieben, aber nun wurde ihr klar, daß sie irgendwann einmal alles erfahren mußten. Aber was wäre, wenn Chase sie gegen ihren Willen heiraten wollte? Diese Vorstellung war ihr so widerwärtig, daß sie sich schüttelte.

»Niemals. Dazu kann man mich nicht zwingen«, schwor sie sich im Flüsterton.

»Wozu kann man dich nicht zwingen?«

Carlisle schaute erschrocken auf und erblickte Chase im Spiegel. Sofort waren wieder diese unerklärlichen Kräfte am Werk, und diese seltsame Macht, die er über sie zu haben schien, zog sie an wie ein Magnet. Sie erstarrte und wappnete sich gegen das, was auf sie zukam, denn sie erkannte diesen sorgfältig kontrollierten Ausdruck auf seinem Gesicht. Er war ein Indikator dafür, daß er sich in einer gefährlichen, unberechenbaren Stimmung befand. Sie befeuchtete nervös die Lippen mit ihrer Zungenspitze und wurde sich bewußt, daß sie beide allein in ihrem Schlafzimmer waren. Sie hielt ihr Nachthemd mit der Hand am Hals zusammen, als sie bemerkte, wie sein Blick über ihren Körper wanderte.

»Was willst du? Ich bin nicht angezogen«, sagte sie und bemühte sich, ihrer Stimme einen kühlen Klang zu geben. Als ihre Worte statt dessen zitternd aus ihrem Munde kamen, wurde sie verlegen.

Chase ließ ein kurzes Lachen hören, dem jegliche echte

Amüsiertheit fehlte. »Warum plötzlich so schüchtern, Carly? Bestimmt erinnerst du dich daran, daß mir dein Körper nicht fremd ist.«

Carlisle senkte ihren Blick und kämpfte gegen das immer stärker werdende Verlangen an, ihren Tränen freien Lauf zu lassen. Aber diese Blöße würde sie sich niemals geben, nicht in seiner Gegenwart.

»Geh weg, Chase. Bitte. Ich möchte mich nicht streiten. Ich reise morgen früh ab. Reicht dir das etwa nicht?«

»Es würde reichen, wenn es dir nicht in den Sinn gekommen wäre, meinen kleinen Bruder zu verführen.«

Seine Bemerkung schockierte Carlisle. Endlich fand sie den Mut, seinem anschuldigenden Blick zu begegnen. »Was willst du damit sagen? Tomas ist freundlich zu mir gewesen, und er hat mich wie eine Dame behandelt. Er ist mein Freund, und ich habe ihn gern.«

»Und du hast ihm den Kopf verdreht, wie so vielen anderen Männern auch.« Seine Stimme senkte sich zu einem heiseren Flüstern. Carlisle blickte ihn argwöhnisch an. Er griff nach einer langen, gelockten Strähne ihres Haares, das sich über ihren Rücken ergoß. Ihr Herz begann schneller zu schlagen, und sie schloß die Augen. Warum wurde sie nur jedesmal, wenn er sie berührte, zu einer willenlosen Puppe? Warum liebte sie ihn nur so sehr?

»Und deshalb«, fuhr er langsam fort und strich liebkosend über ihr Haar, »möchte er dich auch heiraten. Entspricht das deinen Vorstellungen?«

Carlisle konnte ihr Erstaunen kaum verbergen. »Natürlich nicht. Er ist noch ein Junge.«

»Da scheint er aber anderer Ansicht zu sein.«

Carlisle spürte, daß noch mehr dahintersteckte, und eine seltsame Furcht stieg in ihr auf.

»Was willst du, Chase? Ich bin müde, und ich fühle mich nicht besonders gut.«

Sie stand auf und wollte sich von ihm entfernen, damit

sie ihre Reaktionen besser kontrollieren konnte. Und doch sehnte sie sich trotz all seiner grausamen, ablehnenden Worte danach, in seinen Armen zu liegen und von ihm geküßt zu werden. Sie war gerade erst einen Schritt weit gekommen, als er sie an den Schultern herumriß.

»Ich habe deine Spielchen satt, Carly. Ich will wissen, ob das Kind, das du erwartest, wirklich von mir ist.«

Carlisle erbleichte und versuchte vergeblich, ihn wegzustoßen. »Wie kannst du es wagen, mich das zu fragen? Vor dir bin ich mit keinem anderen Mann zusammengewesen. Javier hat mich nie auf diese Weise berührt, und ich habe es mir auch nicht gewünscht. Damals in der Höhle war ich noch Jungfrau, und das weißt du genau.«

Sie versuchte, sich erneut aus seinem Griff zu lösen, aber seine Finger schlossen sich nur noch fester um ihre Oberarme.

»Und was war in all der Zeit, die ich fort war? Wie viele Liebhaber hast du dir hier gesucht?«

Entsetzt über diese gemeinen Vorwürfe starrte Carlisle ihm mit verächtlichem Blick offen ins Gesicht. Er verzog keine Miene, ließ sie aber abrupt los. Die Tränen, gegen die Carlisle so lange angekämpft hatte, stürzten nun in einer Flut aus ihren Augen, und sie wandte sich ab.

»Ich gehe doch, reicht dir das nicht? Ich verlange ja gar nichts von dir! Bitte verschwinde einfach und laß mich allein!«

»Falls es wirklich mein Kind sein sollte, glaubst du dann im Ernst, daß ich danebenstehe und zusehe, wie du dir einen anderen Liebhaber nimmst, damit er meinen Sohn aufzieht?«

Carlisle drehte sich aufgebracht zu ihm um. »Was erwartest du denn von mir? Du hast doch mehr als deutlich gemacht, daß du nicht einmal meinen Anblick ertragen kannst!«

»Unglücklicherweise werde ich wohl deine Anwesenheit hier tolerieren müssen — zumindest solange, bis das Kind geboren ist.«

Carlisle begann vor Wut zu kochen. »Aber ich fürchte, ich kann die deine nicht tolerieren. Ich muß mich von dir nicht beleidigen lassen. Ich reise nach Hause, Chase, und du kannst mich nicht davon abhalten.«

»Ach, kann ich das nicht, Carlisle?« erwiderte er mit einem hochmütigen Lächeln, die Augen so kalt wie arktisches Eis. »Du wirst hier bleiben und meine Frau werden, denn ich lasse es nicht zu, daß mein Sohn als Bastard geboren wird. Aber erwarte nicht von mir, daß ich je wieder das Bett mit dir teile. Und schlag dir aus dem Kopf, daß ich dich jemals lieben oder deinen Verrat vergessen werde.«

»Und ich habe in dieser Angelegenheit nichts zu sagen?«

Sein Lächeln war frostig. »Nicht ein Wort, *querida,* nicht ein einziges Wort.«

Sie starrten sich einen Moment lang an. Dann verließ er mit langen, ärgerlichen Schritten das Zimmer und ließ sie allein zurück.

Carlisle zitterte vor Wut. Aber tief in ihrem Herzen kämpfte sich ein anderes Gefühl an die Oberfläche. Er war zornig gewesen und hatte mit Absicht grausame Worte gewählt, aber er stellte nicht länger in Frage, daß es sich um sein Kind handelte. Er war gewillt, sie zu heiraten und dem Kind seinen Namen zu geben. Das hatte sich Carlisle mehr als alles andere auf der Welt gewünscht. Ihr Kind würde seinen Vater kennen.

Chase war noch immer von Wut und Bitterkeit erfüllt, aber das konnte sie ihm nicht übelnehmen. Sie mußte ihm die Augen öffnen, wie sehr sie ihn liebte und wie leid es ihr tat, daß sie ihm soviel Kummer und Schmerz verursacht hatte. Er wollte das Kind, das in ihr heranwuchs, und so würde er eines Tages vielleicht auch sie wieder wollen.

Während sich die Dämmerung wie ein silbergrauer Mantel über die rotgedeckten Dächer der Stadt legte, saß Carlisle allein auf der eleganten Eckbank am Fuß ihres riesigen Himmelbettes. Das schwere Satinkleid, das die Farbe von altem Elfenbein hatte, legte sich in anmutigen, glänzenden Falten um ihre Knie, und Hunderte von Zuchtperlen funkelten auf der auserlesenen Spitzenborte.

Während sie an ihre bevorstehende Heirat mit dem Mann, den sie liebte, dachte, wurde ihr klar, daß sie Angst hatte. Sie erhob sich abrupt, und die schnelle Bewegung ließ den weiten Rock rascheln. Ein Sträußchen weißer Rosen lag auf dem kleinen Spiegelständer, auf dem zwei Kerzen brannten. Sie nahm es in die Hand.

Tomas hatte es ihr früher am Tag gebracht. Sie spielte mit den weichen Seidenbändern, die von dem silbernen Halter herunterhingen, und erinnerte sich daran, wie lieb er gewesen war.

Seit sie von Chase erfahren hatte, was er für sie empfand, war sie vorsichtig gewesen, um ihn in keiner Weise zu ermutigen, denn sie wollte auf jeden Fall verhindern, daß es zu Streitigkeiten zwischen den Brüdern kam. Es war ihr nicht leichtgefallen, und sie biß sich auf die Unterlippe, als sie an den verletzten Gesichtsausdruck dachte, den er trug, seit sie sich nach Chases Rückkehr ganz bewußt von ihm ferngehalten hatte.

Gott sei Dank waren die Vorbereitungen so gut wie abgeschlossen. Man hatte von Carlisle nicht erwartet, daß sie sich mit den Details der Zeremonie befaßte, und da Chase so wenig Zeit wie möglich in der Casa Amarilla verbrachte, hatte Dona Maria die Angelegenheit nur allzu gerne in ihre Hände genommen.

Sie hatte Carlisle darüber informiert, wie wichtig es war, daß sie ihren Zustand für sich behielt, und sie darauf hingewiesen, daß eine etwaige Enthüllung ihren Ruf in der Stadt ruinieren würde. Daher sollte Carlisle die letzten Monate ihrer Schwangerschaft in Puebla, auf der großen Hazienda der Familie Morelos, verbringen, wo Chases Tante Isabella lebte.

Auf diese Weise würde niemand das genaue Geburtsdatum des Kindes erfahren.

Ein weiteres Problem, dessen Erledigung Chases Mutter in Angriff nahm, war die Auflösung von Chases Verlobung mit der Tochter der Familie Moreno, deren Mitglieder alte und hochverehrte *gachupines* waren, mit reinem spanischem Blut. Auf Carlisles Frage hin hatte sie ihr versichert, daß der Vertrag inzwischen für nichtig erklärt worden sei.

Carlisles verzweifelter Seufzer durchbrach die Stille des Raumes. Mehr und mehr wurde sie von der Furcht geplagt, daß sie das Falsche tat. Wenn Chase sich nur wegen des Kindes zu einer Hochzeit gezwungen fühlte, was für ein Leben würden sie dann miteinander teilen? Ob sie wohl immer der Gegenstand seiner Verachtung bleiben würde? Vielleicht sollte sie doch noch, bevor es zu spät war, zu ihren Brüdern fliehen. Gray und Stone würden sich um sie kümmern.

Aber wie sollte sie das anstellen? Bisher hatte sie sich nicht einmal getraut, ihnen die Nachricht zukommen zu lassen, daß sie ein Kind erwartete. Gray würde außer sich sein vor Zorn und sicherlich nach Mexiko kommen, was die Sache zwischen ihr und Chase nur noch verschlimmern würde.

Nein, sie mußte abwarten, bis sie verheiratet war, vielleicht sogar, bis das Kind geboren war. Dann würde sie ihnen alles erklären. Sie waren es gewohnt, daß sie selten schrieb.

Carlisle blickte auf, als es an der Tür klopfte. Dona Maria betrat das Zimmer.

Sie war in ein glänzendes, hochgeschlossenes Kleid aus grauer Seide gekleidet. Über einen Arm trug sie vorsichtig eine lange, elfenbeinfarbene Mantille aus wunderschöner spanischer Spitze.

»Die Kutsche wartet auf uns«, sagte sie und trat auf Carlisle zu. »Bist du bereit, meine *hija bonita?*«

Carlisle war gerührt, daß sie sie Tochter nannte. Sie erinnerte sich kaum an ihre eigene Mutter, die gestorben war, als sie selbst noch ein kleines Mädchen gewesen war. Trotz Dona Marias Freundlichkeit konnte Carlisle jedoch ihre Besorgnis nicht verbergen.

»Ich fürchte, daß ich das Falsche tue, Dona Maria.«

»Ach, *nina,* du solltest aufhören, dir all diese Sorgen zu machen. Lächle. Dies ist dein Hochzeitstag, und du heiratest einen Mann, den du liebst, nicht wahr?«

»Aber er liebt mich nicht! Er hat gesagt, daß er mich niemals lieben wird!«

»Er ist eben *un hombre, querida.* Dieser wilde Stolz unserer spanischen Männer macht sie so hart und unnachgiebig. Aber hier drinnen«, fügte sie hinzu, und legte ihre Fingerspitzen auf die Brust, »weiß mein Sohn, was er wirklich empfindet. Und eines Tages wird er es dir gestehen.« Ihre dunklen Augen strahlten. »Und dann wird er zu mir kommen und mir danken, daß ich ihn gedrängt habe, seine Pflicht zu tun. Ich kenne Chaso, *nina.* Du mußt mir glauben.«

Carlisle fühlte sich ein wenig besser. Sie umarmte die ältere Frau. »Was für ein Glück, daß ich dich auf meiner Seite habe. Zuerst dachte ich, du würdest mich hassen.«

Dona Maria legte ihre Hand auf Carlisles Wange. »Es ist ziemlich schwierig, dich zu hassen, Carlita, und ich denke, daß auch mein dickköpfiger Sohn das sehr schnell herausfinden wird.« Sie trat einen Schritt zurück, faltete vorsichtig den empfindlichen Schleier auseinander und hielt ihn in die Höhe. »Schau, ich habe dir diese wunderhübsche Mantilla mitgebracht. Sie ist schon seit sechs Generationen in unserer Familie. Ich würde mich freuen, wenn du sie trägst, während du zu meiner Tochter wirst.«

Tief berührt legte Carlisle ihre Finger auf die alte, so

weiche und kostbare Spitze. »Es wäre mir eine große Ehre«, erwiderte sie leise. »*Gracias,* Dona Maria.«

»Du bist es, die mir und meinem Sohn eine große Ehre erweist. Aber du darfst nicht weinen. Chase würde sich gedemütigt fühlen, wenn du mit geschwollenen Augen auftauchen würdest. So, und jetzt dreh dich um, damit ich dir die Mantilla umlegen kann.«

Carlisle gehorchte und sah dann zu, wie Dona Maria einen weißen, mit Smaragden besetzten Kamm in Carlisles kunstvoll zusammengerolltes Chignon steckte.

»Und dies ist mein Hochzeitsgeschenk für dich. Es ist ebenfalls ein altes Familienerbstück. Eine Familienlegende besagt, daß dieser Kamm einmal in Spanien von einer unserer Vorfahren, eine wunderschönen Dame mit blondem Haar und blauen Augen, ganz wie Chasos, bei ihrer Hochzeit mit einem tapferen Conquistador getragen wurde, der mit dem großen Cortez segelte. Eines Tages werdet du und Chase ihn eurer eigenen Tochter schenken.« Sie tätschelte Carlisles Hand.» So, nun bist du sogar noch schöner. Chaso wird sehr stolz sein.«

Carlisle starrte auf die blinkenden Smaragde, während Chases Mutter liebevoll die elfenbeinfarbene Spitze über den Kamm drapierte.

»Ich bete darum, daß er stolz sein wird«, murmelte Carlisle, die sich nicht so sicher war.

»Chaso ist ein Mann, nicht wahr? Er wird wie vom Blitz getroffen sein, wenn er dich so auf den Altar zuschreiten sieht. Aber wir müssen uns beeilen, denn wenn wir ihn warten lassen, wird er ärgerlich!«

Chase war in der Tat ärgerlich, obwohl man es seinem gebräunten, hübschen Gesicht nicht ansah. Er stand mit erhobenem Haupt vorne am Geländer der alten Basilika Unserer lieben Frau von Guadalupe. Neben ihm wartete Tomas als sein *padrino.* Tomas sah aus, als sei er nicht der Trauzeuge seines Bruders, sondern eher ein Verbrecher, der auf die Vollstreckung seines Todesurteils wartete. In der Hand hielt er den schweren Smaragdring, den Chase bald schon an Carlisles Finger stecken würde.

Chase blickte über das mächtige Kirchenschiff hinweg, in dem Hunderte von neugierigen, elegant gekleideten Hochzeitsgästen Platz genommen hatten. Er war sich sicher, daß in den mit Mantillen bedeckten Köpfen der Damen die abenteuerlichsten Spekulationen angestellt wurden, warum er so plötzlich eine Heirat mit einer *gringa* einging. Natürlich wagte keine von ihnen, die Frage laut auszusprechen, aus Angst, den Zorn von Dona Maria Jimenez y Morelos heraufzubeschwören. Statt dessen flüsterten sie hinter ihren Fächern miteinander und würden die nächsten Monate damit verbringen, Carlisles Taillenumfang zu begutachten. Und die Lästermäuler unter ihnen würden nicht enttäuscht werden.

Verdammt, wo blieb sie nur? Wußte sie denn nicht, daß sie nur Öl ins Feuer dieser Klatschbasen goß, wenn sie zu spät zur Hochzeit erschien? Seine Mutter war sich doch bestimmt der Konsequenzen einer solchen Unpünktlichkeit bewußt. Er unterdrückte den Wunsch, seine goldene Uhr aus der schwarzen Samtweste zu ziehen, um die Zeit zu überprüfen.

Mit zusammengepreßtem Kiefer blickte er auf den üppig geschmückten Altar, an dem goldene Schnitzereien glänzten und Statuen von Engeln zu bewundern waren. Langsam und unerbittlich schob sich das Bild eines anderen Altars über die Szenerie — weniger schön anzusehen, zerfallen und schäbig, aber mit einem ähnlichen Kreuz, an dem ein Jesus hing. Wieder spürte er den Balken hinter seinem Rücken, blickte in Javiers triumphierende, haßerfüllte braune Augen. In seinem Kopf sah er, wie der Hammer in die Höhe gehoben wurde, und er fühlte die scharfe Spitze des Nagels, bevor sie ihn durch sein Fleisch trieben.

Er ballte die Fäuste und umschloß so die Narben, die er

für den Rest seines Lebens tragen würde. Aber zumindest hatte er nicht wie Esteban den Tod gefunden. Ein vertrauter Schmerz durchbohrte sein Herz. Er dachte jeden Tag an den alten Freund. Esteban hätte sein *padrino* sein sollen. An dem Abend, als Chase zugegeben hatte, daß er Carlisle liebte, hatten sie noch darüber gescherzt. Ein leichter Schwindel überkam ihn, und gerade als er diese Bilder mit Gewalt aus seinem Bewußtsein verdrängte, hörte er ein entferntes Gemurmel, das wie eine leichte Windbö durch die Kirche zog.

Am hinteren Ende des mit Rosen bedeckten Hauptganges stand Carlisle. Sie war ganz in weiße Spitze und Satin gehüllt, und das goldrote Haare glühte wie die untergehende Sonne. Estebans Engel, dachte er voller Bitterkeit, während sie sich mit langsamen, anmutigen Schritten auf den Weg zum Altar machte. Es hatte beinahe den Anschein, als schwebe sie auf ihn zu, die Augen auf ihn gerichtet, einen ernsthaften Ausdruck auf dem schönen Gesicht. Trotz allem, was sie getan hatte, wurde er von einem überwältigenden Stolz erfaßt.

Als Carlisle bei ihm angekommen war, blieb sie stehen, und er sah die Unsicherheit in ihren großen, grünen Augen. Sie zeigte ihre Gefühle offener als früher. Nun erblickte er ihre Hoffnungen, ihre Ängste und ihren Schmerz ganz deutlich.

Er streckte ihr seine Hand entgegen. Zu seiner Bestürzung beugte sie sich hinab und preßte die Lippen auf seine vernarbte Handfläche. Ein Flüstern ging durch die Menge, und Chase schluckte schwer, als er sie mit klopfendem Herzen an den Altar führte. Sie knieten beide vor dem Priester, und tief in seinem Inneren wurde Chase von widerstreitenden Gefühlen zerrissen. Gott stehe mir bei, ich liebe sie immer noch! Er liebte sie so sehr. Aber ihm war auch bewußt, daß Estebans Tod immer zwischen ihnen stehen würde.

Die Messe begann. Während der Pater die alten lateinischen Worte sprach, dachte Chase an das Kind, das dort in Carlisles schlankem Körper heranwuchs. Ob es wohl ein Junge war? Oder eine Tochter, die Carlisles außergewöhnliche Schönheit besitzen würde? Aber würde es je eine Frau geben, selbst wenn es sich um ihr eigen Fleisch und Blut handelte, die es mit Carlisles kupferbraunem Haar und ihren smaragdgrünen Augen aufnehmen konnte?

Die Stimme des Priesters dröhnte weiter und weiter, und als Chase spürte, daß Carlisle neben ihm einen Augenblick leicht schwankte, stützte er sie mit seinem Arm. Sie lehnte sich gegen ihn und drehte ihm ihr Gesicht zu. Durch die hauchdünne, feingearbeitete Spitze erblickte er ihre vollendeten Züge, und er wußte, daß er selbst als alter und ergrauter Mann diesen Anblick niemals vergessen würde.

16

Für einen kurzen Augenblick hatte Carlisle die Liebe gesehen, die Chase für sie empfand. Obwohl dieser zärtliche Blick schnell wieder verschwunden war, hielt ihr Herz immer noch an der Erinnerung fest, als sie mit Chase und seiner Familie auf dem Marmorpodium im prächtigen Ballsaal des Schlosses von Chapultepec stand.

Tomas hatte sie bei einer ihrer Nachmittagsfahrten einmal hierhergeführt, und sie war von diesem riesigen Palast begeistert gewesen, der wie eine Krone auf dem hohen Berg stand, und wo Montezuma einst Hof gehalten und in kristallenen Becken gebadet hatte, die von hohen Bergaquädukten gespeist wurden. Nun befanden sich Hunderte von Gästen in dem von Kerzenlicht erhellten Ballsaal.

»Gib bitte acht, Carly. Man erwartet schließlich von uns, selig vor Glück zu sein.«

Sie blickte überrascht auf, verletzt durch seine grundlose sarkastische Bemerkung, und Chase wandte sofort die Augen von ihr ab. Sie sehnte sich nach einem weiteren sanften, warmen und ungeschützten Blick. Sie liebte sein Lächeln, die Art, wie seine tiefen Grübchen seinen Mund umrahmten. Am Anfang ihrer Bekanntschaft hatte er so oft gescherzt und gelacht — gewöhnlich auf ihre Kosten —, und nun hätte sie so viel darum gegeben, wenn er sie einfach wieder einmal ärgern würde und sie seine vor Vergnügen funkelnden Augen sehen könnte.

Sie wünschte nur, sie müßten hier nicht stehen und Leute begrüßen, die sie ansahen, als sei sie irgendein exotischer Schmetterling in einer Ausstellung. Ein Gefühl von Traurigkeit überkam sie, und ihr Herz zog sie wie ein Mühlstein in die Tiefe. Sie erstarrte, als Chase plötzlich einen Arm um ihre Taille legte und sie an sich zog. Er lächelte sie an, wie sie es erhofft hatte, aber seine Augen waren nicht warm dabei.

»*Querida*, ich möchte dir gerne Senor Ernesto Moreno und seine Tochter, Dona Marta, vorstellen.«

Carlisles Blick schoß zu dem jungen Mädchen neben dem großgewachsenen, grauhaarigen Mann hinüber, der in makelloses Schwarz gekleidet war. Chases ehemalige Verlobte war sehr hübsch, mit großen, braunen Augen und hellbraunem Haar. Sie war noch sehr jung, erst zwölf oder dreizehn Jahre, schätzte Carlisle, und sie bemerkte sofort, wie sehr Dona Marta bemüht war, Chases Blick auszuweichen.

»Guten Tag, Dona Marta«, sagte Carlisle, nachdem Chase sie ihr vorgestellt hatte, und fühlte sich ebenso befangen wie das andere Mädchen. Sie fragte sich, ob Dona Marta sie haßte, weil sie Chase an ihrer Stelle geheiratet hatte, und fühlte dann, wie ihr das Blut in die Wangen schoß, als ihr klar wurde, daß die andere vielleicht über ihre Schwangerschaft Bescheid wußte.

Dona Marta knickste anmutig und ging dann dorthin, wo Tomas mit seiner Mutter stand.

»Ich wünsche Ihnen ein sehr glückliches und erfolgreiches Leben, Don Chaso«, sagte Senor Moreno und tauschte einen *abrazo* mit Chase. Dann verneigte er sich galant vor Carlisle.

Als er ebenfalls weiterging, um einige Worte mit Dona Maria zu wechseln, atmete Carlisle tief durch, dankbar, daß die Morenos die letzten Gäste in der Empfangsreihe gewesen waren.

»Es ist Sitte, daß das Brautpaar den Abend mit einem Tanz eröffnet«, erläuterte Chase. Seine Worte klangen so, als sei er ärgerlich. Als er ihre Hand nahm und sie an die Lippen führte, wußte sie, daß er es lediglich der Leute wegen tat, die sie beobachteten. Carlisle kam es vor, als könne sie dieses ganze Schauspiel keine Sekunde länger ertragen. Am liebsten wäre sie davongelaufen, aber Chase hatte ihren Arm fest im Griff.

Als die *músicos* zu spielen begannen, nahm Chase sie in die Arme und begann sich langsam, anmutig und elegant mit ihr zu drehen. Sie hatte noch nie mit ihm getanzt, und aus irgendeinem Grund machte das alles noch viel schlimmer. Eine Hochzeit sollte eigentlich keine Tortur sein, bestimmt von einer kühlen Höflichkeit, die ihr das Herz brach. Tränen stiegen ihr in die Augen, und sie konnte nicht verhindern, daß ihr eine die Wange hinunterlief.

»Hör auf zu weinen, Carly«, befahl ihr Case mit leiser Stimme und nickte den zuschauenden und applaudierenden Gästen zu.

»Ich kann nicht!« Carlisle wischte sich die Tränen ab, aber ein erstickter Schluchzer entwich aus ihrer Kehle.

Chase drehte sich ein letztes Mal mit ihr in der Nähe der offenen Terrassentüren und lächelte, als er den anderen Paaren signalisierte, die Tanzfläche zu betreten. Er führte Carlisle nach draußen, in die kühle und dunkle Nacht, und sie tupfte sich ihre Tränen mit dem feinen Leinentaschentuch ab, das er ihr reichte. Ihr war klar, daß sie ihn vor seiner Familie und seinen Freunden bloßgestellt hatte.

»Geht es dir besser?« erkundigte er sich mit etwas sanfterer Stimme.

»Es tut mir leid. Ich bin so müde«, brachte sie hervor. »Ich habe in der letzten Zeit nicht sehr gut geschlafen.«

»Nein, *mir* tut es leid. Ich habe mich rücksichtslos verhalten. Hier, setz dich hin.« Er zog sie zu einer Bank hinüber und half ihr dabei, den bauschigen Rock zu arrangieren. »Würdest du gerne etwas essen oder trinken? Du hast viel Gewicht verloren, und Mutter sagt, daß du ißt wie ein Spatz.«

Seine besorgte Stimme bewirkte, daß sie am liebsten noch mehr geweint hätte, aber sie wehrte sich dagegen, in Tränen zu zerfließen. »Nein, danke. Es war so seltsam, Dona Marta zu begegnen. Eigentlich hättest du sie heiraten sollen. Warum nur hat sie diese Demütigung auf sich genommen, an deiner Hochzeitsfeier teilzunehmen?«

»Mach dir keine Gedanken wegen Dona Marta. Sie war erleichtert, als der Heiratsvertrag gelöst wurde. Wenn man Don Ernesto glauben darf, hat sie schreckliche Furcht vor mir. Wahrscheinlich sind ihr die albernen Geschichten über El Gato Grande zu Ohren gekommen.«

»War ihr Vater nicht ärgerlich, daß die Verlobung aufgelöst wurde?«

»Wie es scheint, hat die kleine Marta seit ihrer Kindheit eine Schwäche für Tomas, daher war Don Ernesto keineswegs abgeneigt, mich durch meinen Bruder zu ersetzen.«

»Möchte Tomas sie gerne heiraten?«

»Mit der Zeit wird er das Arrangement schon akzeptieren.«

Keiner von ihnen sprach in den nächsten Minuten ein Wort. Schließlich konnte Carlisle es nicht mehr ertragen, wie sehr sie sich einander entfremdet hatten. Sie wollte, daß er sie verstand, ihr vergab.

»Chase, laß uns bitte über Esteban reden . . .«

In dem Augenblick, wo sie seinen Namen erwähnte, stand Chase auf und fiel ihr ins Wort. »Wir sind schon zu lange hier draußen. Wenn du dich jetzt besser fühlst, dann sollten wir hineingehen. El Presidente hat uns die Ehre erwiesen, mit seiner Familie anwesend zu sein. Wir werden uns eine Weile mit ihm unterhalten, und ich werde uns dann so früh wie möglich entschuldigen, damit du dich ausruhen kannst.«

Carlisle blieb keine andere Wahl, als ihn zu begleiten, und sobald sie den Ballsaal wieder betreten hatten, wurden sie von Gratulanten umringt, die Chase heftig auf den Rücken klopften und Carlisle die Hand küßten.

Langsam bahnten sie sich einen Weg um die Tanzfläche herum zu dem Platz, wo der Präsident von Mexiko mit einem ernsten Gesichtsausdruck auf einem roten Samtsofa neben seiner Frau saß. Carlisle wurde von Nervosität befallen und blieb ein Stück hinter Chase zurück, der herzlich empfangen wurde.

Benito Juarez stand sofort auf, richtete seinen ruhigen, scharfsinnigen Blick auf Carlisle und hielt ihr zur Begrüßung die Hand hin.

»Es ist mir eine aufrichtige Freude, Sie kennenzulernen, Senora Lancaster.«

Der Klang ihres neuen Namens war ungewohnt, aber sie erwiderte sein Lächeln. Wenn man an all die Reformen dachte, die dieser Mann laut Dona Maria und Tomas für die Menschen von Mexiko durchgesetzt hatte, dann war es erstaunlich, welch eine unauffällige Erscheinung er darbot. Aber irgendwie spürte sie seine Größe und wußte, daß seine breite Stirn und die unergründlichen, indianischen Züge seinen Landsleuten noch lange in Erinnerung bleiben würden.

»Ich bin kein ausgesprochen begnadeter Tänzer, Dona Carlita. Fragen Sie nur meine liebe Frau, Dona Margarita.« Er warf der grauhaarigen Dame, die neben ihm saß und Carlisle wohlwollend zunickte, einen liebevollen Blick zu. »Aber es würde mir ein großes Vergnügen bereiten, wenn eine solch wunderschöne Braut, wie Sie es sind, mir eine Runde auf dem Tanzboden gewähren würde.«

»Es ist mir eine Ehre, El Presidente.«

Der Präsident führte sie auf die Tanzfläche, und sie stellte fest, daß sie beinahe ebenso groß war wie er. Obwohl von gedrungener Statur und ganz offensichtlich beim Tanzen nicht in seinem Element, bewältigte er die Walzerschritte recht gut. Er schwieg, aber es war ein freundliches Schweigen, und plötzlich hatte Carlisle das Bedürfnis, sein Wohlwollen zu erringen.

»Ich hoffe, daß Sie die Großmütigkeit besitzen, mir meine Rolle bei den schrecklichen Geschehnissen in San

Miguel zu vergeben. Ich war so dumm, die Lügen zu glauben, die man mir über Sie erzählte.«

Benito Juarez lächelte würdevoll. »Sie sind nun die Frau meines hochgeschätzten Auslandsberaters und sehr guten Freundes. Meine Familie und ich heißen Sie in meinem Land willkommen.«

Seine Worte klangen aufrichtig, und ihr wurde klar, wie er sich die Bewunderung seiner Landsleute erworben hatte. Sie konnte nun Chases Loyalität ihm gegenüber und seinen tiefen Respekt für den Präsidenten verstehen.

»*Gracias*«, sagte sie, als die Musik erstarb.

Chase hatte mit Senora Juarez getanzt, und nachdem sie noch einige Minuten lang einige höfliche Worte gewechselt hatten, führte er Carlisle aus dem überfüllten Saal hinaus. Ihr früher Abschied brachte ihnen viel Gelächter und freche Neckereien ein, und plötzlich begann neue Hoffnung in Carlisle zu keimen. Endlich würden sie wieder allein sein. Sie sehnte sich so sehr danach, mit ihm zu reden. Sie wollte ihm alles erklären, wie sie sich fühlte, wie sehr sie all die Schmerzen bedauerte, die sie ihm verursacht hatte. Nun, da sie verheiratet waren, würde er vielleicht endlich zuhören.

Chase half ihr in die Kutsche und rief dem Fahrer einige Anweisungen zu, bevor er ihr folgte und auf dem gegenüberliegenden Sitz Platz nahm. Sie runzelte ein wenig die Stirn und wünschte, er hätte sich neben sie gesetzt. Sie sehnte sich so sehr danach, seine Umarmung zu spüren.

Chase sagte nichts und blickte sie lediglich so aufmerksam an, daß ihre Nerven sich zum Zerreißen spannten. Woran mochte er wohl denken? Ob er froh war, daß sie Mann und Frau waren? Oder haßte er sie wirklich?

»Chase, laß uns bitte miteinander reden!«

»Worüber?«

»Über uns, natürlich.«

»Was ist mit uns?«

»Oh, bitte, Chase, laß uns nicht streiten. Wir sind doch jetzt verheiratet. Warum können wir nicht zumindest versuchen, ob es gutgeht?« Sie streckte ihre Hand aus, um sein Knie zu berühren. »Ich liebe dich, Chase. Das muß dir doch klar sein.«

Sie war in keiner Weise auf seine Reaktion vorbereitet. Er schob ihre Hand weg. »Sag das nie wieder zu mir, *comprendes*? Ich möchte es nicht hören.«

»Aber warum? Warum willst du mich denn nicht aussprechen lassen, was ich für dich empfinde?«

»Weil ich voller Wut bin«, erwiderte er und stieß jedes einzelne Wort mit Kälte hervor. »Ich bin so wütend, daß sich meine Eingeweide ständig, Tag und Nacht, zusammenziehen.« Er lehnte sich nach vorne und packte sie bei den Schultern. »Und weißt du warum, Carly? Weil Esteban tot ist.« Er öffnete seine Hände und hielt ihr die Handflächen vor das Gesicht. »Und weil Perez mir das hier angetan hat.«

»Ich wollte doch nicht, daß das geschieht, Chase! Warum willst du mir denn nur nicht glauben? Was muß ich nur tun, damit du mir glaubst, wie leid es mir tut?«

»Ich wollte dich umbringen, als ich sah, wie du mit Perez getanzt hast. Aber du hast, schlau wie du warst, dafür gesorgt, daß es nicht so kam. Du mußtest ja unbedingt helfen, mein Leben zu retten, so daß ich dir nicht einmal meine Hände um den Hals legen und zudrücken konnte, um meine Rache zu genießen. Und nun verpaßt du mir diesen letzten Schlag ins Gesicht, denn du trägst mein Kind unter deinem Herzen, und ich bin dazu verdammt, dich jeden Tag zu sehen und alles immer und immer wieder neu zu durchleben.«

Carlisle erstarrte.

Er hob seine Hand und klopfte mit der Faust gegen die Decke, um dem Kutscher zu signalisieren, daß er anhalten solle. Als die Kutsche mit einem Ruck zum Stehen kam, stieß er die Tür auf und sprang hinaus.

»Warte, Chase, wohin gehst du? Das ist doch unsere Hochzeitsnacht!«

»Ich gebe dem Kind nur meinen Namen, eine gemeinsam verbrachte Hochzeitsnacht war nicht Teil der Vereinbarung. Schlaf gut, Carly.«

Er schlug die Tür zu, und Carlisle bemühte sich verzweifelt, gegen ihre verletzten Gefühle anzukämpfen. Sie wußte, daß er sie für alles verantwortlich machte. Zumindest hatte er es ihr endlich offen ins Gesicht gesagt. Vielleicht würde dieser Ausbruch dabei helfen, all den Zorn aufzuzehren, der in seinem Inneren aufgestaut war.

Trotz ihrer Versuche, vernünftig zu sein und Chases grausames Verhalten zu verstehen, verspürte sie die tiefe Demütigung, als sie im Innenhof der Casa Amarilla aus der Kutsche kletterte und in ihrer Hochzeitsnacht alleine den Bediensteten gegenübertreten mußte.

Sie lächelte tapfer und bemühte sich, ihr blutendes Herz zu verbergen. Alle verhielten sich ruhig und stellten keine Fragen, aber sie sah Mitleid in ihren Augen, und daher vermied sie es, mit ihnen zu reden, hob ihr Kleid und eilte nach oben.

Wie ein verwundetes Reh, das in seiner Höhle sterben will, war ihr erster Impuls, in ihrem Schlafzimmer Zuflucht zu suchen. Chases Suite war als Brautgemach hergerichtet worden, und ein Rest von Trotz ließ sie vor den geöffneten Türen haltmachen.

Frische Blumen waren zu riesigen Bouquets gebunden — so viele, daß ihr süßer Duft den Raum beherrschte. Tränen brannten ihr in den Augen, aber sie riß sich schnell zusammen, als Juana aus dem angrenzenden Schlafzimmer trat. Das Mädchen schien überrascht zu sein, sie zu sehen.

»Dona Carlita? Ich habe gar nicht gehört, daß Sie hereingekommen sind. Wünschen Sie ein Bad? Oder möchten Sie und Don Chaso lieber allein sein?«

»Ein Bad, *por favor. Gracias,* Juana.«

Juana drehte sich um, um ins Bad zu gehen, aber Carlisle wandte sich mit einer weiteren Bitte an sie.

»Und würdest du mir bitte das Schlafmittel zubereiten, das du mir gegeben hast, als ich krank war? Ich möchte einfach nur schlafen und alles vergessen, was passiert ist.«

»*Sí*, Dona Carlita«, erwiderte Juana, aber als sie davoneilte, um das Bad vorzubereiten, zeigte sich ein besorgter Ausdruck in ihren Augen.

Carlisle gab sich Mühe, an nichts mehr zu denken. Sie hob vorsichtig die feine Mantilla von ihrem Kopf und legte sie über einen Stuhl. Sie beschloß, keinen Gedanken mehr an Chase zu verwenden. Sie fühlte sich leer und betäubt, aber sie zog diese Empfindungen vor. Chase sollte sich zum Teufel scheren.

Mit einiger Mühe knöpfte sie ihr Kleid auf. Sie verspürte ein leises Bedauern, als sie es weghängte. Letztes Jahr, als sie noch im Kloster war, hätte sie es sich nie träumen lassen, was für einen schrecklichen Hochzeitstag sie einmal haben würde — schwanger von einem Mann, der sie haßte!

Seufzend verdrängte sie erneut den Gedanken an Chase und betrat das Bad. Seit ihrer Ankunft in Mexico City hatte sie immer wieder die luxuriösen, marmornen Kamine und die eingelassenen Badewannen in der Casa Amarilla bestaunt. Sie schlüpfte aus ihrem Hemd und ihren Strümpfen, ging über die blau-weißen Mosaikfliesen hinweg und stieg in das tiefe, runde Becken, über dessen warmem, nach Rosen duftendem Wasser sich kleine Dampfwolken erhoben. Ihre verkrampften Muskeln begannen sich zu entspannen, und sie lehnte ihren Kopf zurück und schloß die Augen.

»Hier ist Ihr Schlaftrunk, Dona Carlita«, sagte Juana, die sich neben sie gekniet hatte. »Er wird entspannend wirken, und später werden sie tief und fest schlafen und wundervolle Träume haben. Trinken Sie. Ich werde inzwischen die Bettdecke zurückschlagen und Ihnen ihr Nachthemd bringen.«

»*Sí,* Juana, *gracias*«, entgegnete Carlisle und nahm den Becher entgegen. Sie trank die Mixtur mit gierigen Schlucken, denn sie sehnte sich danach, in ein schnelles, tiefes Vergessen zu versinken.

Statt dessen spürte sie, wie sich ihr ganzer Körper erwärmte. Die Wärme stieg von den Zehen auf und verbreitete sich dann wie ein leichtes Fieber im ganzen Körper. Aber gleichzeitig empfand sie eine wundervolle Zufriedenheit.

Bald schon schien sie in einer warmen, wolkigen, wunderschönen Traumwelt zu schweben. Sie wußte nicht, wie lange sie so vor sich hin geschlummert hatte, bis der Klang von Stimmen im angrenzenden Zimmer sie dazu brachte, die Augen zu öffnen.

Chase stand im Türrahmen, hinter ihm Juana, und Carlisle wußte, daß sie träumte.

»Laß uns allein, Juana«, befahl der Mann, ohne das Mädchen anzuschauen. Carlisles feingeschwungene Augenbrauen zogen sich zu einem leichten Stirnrunzeln in die Höhe. Zum Teufel mit Chase, er quälte sie sogar noch im Schlaf!

»Geh weg, Chase, und laß meine Träume in Ruhe«, murmelte sie mit schlaftrunkener Stimme. »Du bist doch in Wirklichkeit gar nicht da.«

»Und ob ich da bin«, erwiderte er, und seine tiefe Stimme hallte in ihrem benommenen Kopf wider.

Die Tatsache, daß er ihr antwortete, ließ sie aus ihrem Schlummer hochfahren. Bei dem Versuch, sich aufzusetzen, schwappte das Wasser gegen die Wände der Marmorwanne. Sie blinzelte, aber die Bilder, die sie sah, blieben verschwommen. Als er auf sie zukam, war sie nicht sicher, ob er nur in ihrer Vorstellung existierte oder wirklich da war.

»Warum bist du hier?« erkundigte sie sich verwirrt.

»Ich habe meine Meinung geändert und beschlossen, meine Hochzeitsnacht doch mit dir zu genießen.«

Carlise schien es, als unterhalte er sich vom anderen Ende eines langen Tunnels mit ihr. Also ist es doch ein Traum, dachte sie. Chase würde niemals wirklich zurückkommen. Durch eine Nebelwolke sah sie, wie er sein Hemd aufknöpfte und die sonnengebräunten Muskeln seiner Brust zum Vorschein kamen. Dann öffnete er seinen Gürtel. Sie beobachtete mit träumerischer Faszination, wie der Rest seiner Kleidung zu Boden fiel und er schließlich nackt vor ihr stand.

»Warum nur mußt du so gut aussehen?« fragte sie mit verdrießlicher Stimme und war erstaunt, als er ein leises Lachen von sich gab und zu ihr in die Wanne stieg! Er trug wieder sein altes Lächeln, und tiefe Grübchen erschienen auf seinem gebräunten Gesicht. Sie liebte dieses Lächeln so sehr! Dann entfuhr ihr ein leises Stöhnen, als er ihren Körper eng an sich preßte. Nackte Haut, durch warmes Wasser und duftendes Öl geschmeidig geworden, rieb aneinander. Seine Muskeln drängten sich gegen ihre nackten Brüste. Dann tasteten seine Finger ihren Rücken hinauf, bis sie unter ihrem schwerem Haarknoten angelangt waren. Er bog ihren Kopf zurück, und ihr Hals wölbte sich nach oben.

Atemlos und betäubt öffnete Carlisle ihre Lippen, und Chases Mund senkte sich auf den ihren, so hungrig, so zärtlich, ein einziger, wundervoller Traum.

»Liebe mich, Chase«, flüsterte sie, als sein Mund einen Augenblick lang von ihren Lippen abließ. »Ich liebe dich, ich liebe dich . . .«

Alles um sie herum war nun undeutlich, verschwommen, schien zu schwanken, als ob sich ihre Umarmungen unter der Wasseroberfläche einer ruhigen See abspielten. Von weit her hallte seine gedämpfte Stimme in ihrem schläfrigen Kopf wider.

»*Dios,* Carly . . .«

»Ich liebe dich«, flüsterte sie ihrem gutaussehenden Mann zu und ließ ihre Hände über die gebräunte Haut seiner Schultern gleiten, während er sie zurücklehnte und mit den Unterarmen ihren Kopf abstützte. »Ich habe dich von Anfang an geliebt, weißt du, vom ersten Moment an, als ich in deine wunderschönen blauen Augen blickte.«

Ihr herbeigezauberter Liebhaber stöhnte, und seine Lippen suchten ganz sanft die ihren, als habe er Angst, sie zu verletzen. Wie seine Hand über ihre nackte Hüfte glitt! Wenn Chase doch nur wirklich gekommen wäre, wirklich vor ihr knien würde, die Arme um ihre Taille geschlungen, und sie aus dem Wasser heben würde, um ihre Brüste zu küssen!

»Oh, bitte, kann dies nicht Wirklichkeit sein!« rief sie und vergrub ihre Hand in seinem weichen, blonden Haar. Sie bog den Kopf zurück, so daß weitere Nadeln und Kämme ins Wasser fielen und sich ihr seidiges Haar über seine Arme ergoß. »Ich kann es nicht ertragen, daß du nicht wirklich da bist!«

»Was zum Teufel hat Juana dir gegeben?« hörte sie ihn fragen. Dann lachte er leise, als sie seinen Kopf hinunterzog und ihn leidenschaftlich küßte.

Später meinte sie zu glauben, daß er sie zum Bett hinübertrug, fühlte, wie er mit seinen Küssen ihren ganzen Körper bedeckte, sich dann auf sie legte, die Ellbogen links und rechts von ihrem Kopf aufgestützt. Ihre Hände fanden seine Schultern und glitten an seinem Rücken hinunter. Sie klammerte sich an die kräftigen, zuckenden Muskeln, grub ihre Fingernägel immer wieder in seine Haut und bäumte sich auf, um sich seinen Bewegungen anzupassen. Höchste Ekstase überkam sie, als sie sich, vereint, wie ein einziger Körper bewegten und schließlich sein gequälter Schrei erklang.

»Oh, Gott, Carly, ich habe dich so sehr geliebt! So sehr! Warum nur mußtest du mich verraten?«

Carlisle spürte, wie ihr Herz sich zusammenzog, denn sie wußte keine Antwort. Aber Chase erwartete auch keine und bedeckte ihren Mund gleich wieder mit Küssen. Sie schlang ihre Arme um seinen Hals und wünschte sich, daß er wirklich da sei, sie wirklich miteinander schliefen und er ihre Lust auf diese ungeheure Art befriedigte, mit der das wilde Klopfen ihres Herzens in ihrem ganzen Körper spürbar wurde und ihre Lippen zu zittern begannen.

»Bitte sei wirklich bei mir«, rief sie ein letztes Mal, bevor die süße Erlösung ihren Körper durchfuhr, sich tief in ihr Innerstes hinabwand und sie wie eine Reihe von kleinen Erschütterungen durchzuckte, bis sie schlaff, ohne jede Kraft, erschöpft und befriedigt dalag. Als er stöhnte, als sein verwundeter, lauter Schrei dicht neben ihrem Ohr erklang, war sie zufrieden. Sie wehrte sich nicht länger gegen die seltsamen, immer undurchdringlicher werdenden Schwaden, die ihre Gedanken verwirrten und die sie, während ihre Hände immer noch im schimmernden Haar ihres Mannes vergraben waren, in einen tiefen Schlaf fallen ließen.

Chase zuckte im Schlaf zusammen und schreckte auf. Es war früher Morgen, und die Sonne, die durch die Ritzen der Fensterläden drang, malte ein Mosaik aus hellen, weißen Balken auf die dunkelblaue Bettdecke. Carlisle hatte sich eng an seine Seite geschmiegt. Sein Arm lag unter ihren nackten Schultern. Ihr schlanker Körper war warm und weich, und Strähnen ihres langen, kupferfarbenen Haares lagen wie Satinbanner über seiner Brust. Vorsichtig hob er eine dieser seidigen Locken an sein Gesicht. Der süße, blumige Duft erfüllte seine Sinne, und als sich seine Arme enger um Carlisle schlossen, bewegte sie sich im Schlaf und stöhnte leise.

Wenn er jemals eine Schwäche in seinem Leben gehabt hatte, dann war es, bei Gott, Carlisle. Selbst wenn er sie haßte, verzehrte er sich nach ihr. Letzte Nacht war es seine feste Absicht gewesen, Carlisle mit Hilfe der wunderschönen *cortesanas* von Los Angeles aus seinem Gedächtnis auszulöschen. Er wollte sie verletzen, indem er sie in ihrer Hochzeitsnacht allein ließ. Er hatte seine Worte mit grausamem Bedacht gewählt und triumphiert, als er den Schmerz in ihren Augen erblickte.

Aber nachdem sie fort war, hatte er sich vorgestellt, wie demütigend es für sie sein mußte, den Bediensteten alleine gegenüberzutreten, und er hatte ein schlechtes Gewissen bekommen. Es plagten ihn zwar keinerlei Gewissensbisse, wenn er sie in den eigenen vier Wänden kränkte — das hatte sie wegen ihres Verrats verdient —, aber eine öffentliche Bloßstellung war etwas ganz anderes. Sie war jetzt seine Frau, und selbst die loyalste Dienerschaft tauschte Klatsch mit den Bediensteten anderer Häuser aus. Die Kränkung seiner Frau wäre bekannt geworden, und das wollte er vermeiden. Also war er vor dem eleganten Bordell umgedreht und nach Hause zurückgekehrt.

Nun, da er sie in den Armen hielt, tat es ihm nicht leid, daß er gekommen war. Er wollte sein Verlangen nach ihr nicht länger bekämpfen. Er sehnte sich danach, sie wieder so zu lieben, wie er es vor Estebans Tod getan hatte. Er würde nicht länger an San Miguel oder Javier Perez denken, sondern die Liebe, die er einmal für sie empfunden hatte, wieder zulassen. Das war es, was sie beide wollten.

Carlisle streckte sich und kuschelte sich dann zufrieden an ihn. Der Trunk wirkte immer noch. Er streichelte ihren nackten Rücken, zog die Decke über sie und ließ seine Hand dann über die tiefe Mulde in ihrer Taille gleiten. Ihr Bauch war immer noch recht flach und fest, aber sein Kind wuchs in ihm heran. Wenn das Baby nicht gewesen wäre, hätte sie sich schon längst auf den Rückweg nach Amerika zu ihren Brüdern gemacht.

Trotz all seiner Proteste, die er seiner Mutter und Tomas wegen Carlisles Anwesenheit hier entgegengeschleudert hatte, saß der Gedanke, daß er sie sonst möglicherweise nie wiedergesehen hätte, wie ein Stachel in seinem Fleisch. Er wollte sie hier bei sich haben. Er hatte sie geheiratet, um sie hier zu halten.

Er legte sich auf die Seite, drehte ihr Gesicht so, daß er sie anschauen konnte und bewunderte ihre langen, geschwungenen Wimpern. *Carlita hat ein Gesicht so süß wie ein Engel.* Estebans bewundernde Worte hallten in Chases Kopf wider.

»Oh, Esteban, warum zum Teufel mußtest du sterben?« sagte Chase laut und schloß die Augen. Mit der Trauer kam die ganze Wut zurück, die er eigentlich hatte auslöschen wollen.

Wie sehr er auch zu vergessen versuchte, so blieb Estebans Tod doch Carlisles Schuld. Sie war im selben Maße dafür verantwortlich wie Javier, der das Dynamit geworfen hatte.

Seine Wut wurde zu einem wilden Zorn, und er schob Carlisle von sich fort und setzte sich auf. Sie rollte sich auf die andere Seite und schlief friedlich weiter, das goldrote Haar wie eine Feuerwolke über das Kissen ausgebreitet. Widerstrebend, beinahe gegen seinen Willen, öffnete er seine Hände und starrte auf die häßlichen roten Narben auf seinen Handflächen, die Zeugnis ablegten von seiner Kreuzigung. Wieder spürte er die schrecklichen Schmerzen, hörte seine eigenen Schreie, und die Erinnerung an seine Qualen ließ ihn aus dem Bett springen, weg von Carlisle.

Bis er sich rasiert und angezogen hatte, war es ihm gelungen, seinen Zorn zu bändigen, ihn einzudämmen und tief in sich zu vergraben, wie es in den letzten Monaten immer wieder geschehen war. Bevor er das Zimmer verließ, blieb er am Fußende des Bettes stehen. Carlisle lag auf dem Rücken. Die Bettdecke hatte sich um ihre Taille gewickelt, und ihre langen, schlanken Beine waren entblößt.

Chase umklammerte den geschnitzten Bettpfosten mit seinen Händen, bis seine Knöchel weiß waren; er kämpfte gegen das Verlangen an, sie an sich zu reißen und zu küssen, bis sie ihre Arme um seinen Hals legen und diese leisen, wimmernden Laute von sich geben würde, die er ihr in der letzten Nacht immer wieder entlockt hatte. Nur mit größter Mühe gelang es ihm, sich abzuwenden und das dämmerige Schlafzimmer zu verlassen. Er schloß leise die Tür hinter sich.

Draußen hatte er sich wieder unter Kontrolle. Das Haus lag ruhig und scheinbar verlassen da. Aber auf der Veranda, in der Nähe des Springbrunnens, entdeckte er seine Mutter und Tomas, die gerade frühstückten.

»Chaso! Haben wir euch geweckt?«

»Nein«, erwiderte Chase in einem unverbindlichen Ton, der zu keiner weiteren Frage einlud. Er goß sich einen *café con leche* ein und warf einen kurzen Blick auf Tomas, dessen braune Augen mit einer gequälten Feindseligkeit auf ihm ruhten. Der arme Junge war in Carlisle verliebt, und Chase wußte, wie hilflos sich ein Mann dabei fühlen konnte. Aber Tomas mußte sie so schnell wie möglich vergessen. Er war nun mit einem anderen Mädchen verlobt, und daran sollte er sich besser gewöhnen.

»Tomas, ich muß mit dir reden. Es ist *muy importante.*«

»Ist es wegen Carlita?« erkundigte sich Tomas eifrig.

Chases Gesicht verdüsterte sich. »Nun, da Carlisle meine Frau ist, solltest du ihr nicht mehr soviel Aufmerksamkeit widmen«, sagte er offen.

Tomas' Wangen färbten sich rot. »Sie ist immer noch meine *amiga,* Chaso, und das wird sie auch in Zukunft bleiben. Und so, wie du sie behandelst, braucht sie Freunde. Es würde mich nicht überraschen, wenn die Ehe gar nicht vollzogen wäre.«

»Tomas!« rief Dona Maria schockiert. »Das gehört sich wirklich nicht!«

Chases blaue Augen blickten ihn unversöhnlich an. »Die Ehe wurde vollzogen. Mehrere Male. Aber da die Braut bereits ein Kind erwartet, dürfte das wohl keine große Rolle mehr spielen, oder, Tomas?«

Tomas runzelte die Stirn, und Chase hielt seinen wachsenden Zorn nur mit Mühe in Schach. Tomas' Vernarrtheit in Carlisle würde allen nur Unannehmlichkeiten bereiten. Plötzlich war er froh, daß er beschlossen hatte, Tomas mit Dona Marta zu verheiraten. Dennoch zögerte Chase, Tomas von seiner neuen *novia* zu erzählen, da er sich vor der Reaktion des Jungen fürchtete.

»Es ist eine Entscheidung gefällt worden, die deine Zukunft betrifft, Tomas«, begann er.

Tomas unterbrach ihn. »Was gibt dir das Recht, Entscheidungen für mich zu fällen?«

»Weil ich das Oberhaupt der Familie bin und du mein Bruder bist. Ich dachte zumindest, daß du mich als solchen betrachtest.«

»Das war, bevor ich gesehen habe, wie du mit Carlita umspringst. Sie hat es nicht verdient, mit dir verheiratet zu sein und wie Dreck behandelt zu werden.«

»Sie war ausgesprochen gewillt, mich zu heiraten«, erwiderte Chase, der kurz davor war, seine Geduld zu verlieren. »Vielleicht solltest du einmal überlegen, warum sie es getan hat, Tomas, obwohl du ganz offensichtlich derartig vernarrt bist, daß du nicht mehr richtig denken kannst. Egal, was du denkst oder was du glauben möchtest, Carlisle liebt mich und möchte meine Frau sein.«

»Aber du liebst sie nicht, oder? Wenn sie mir gehörte, würde ich sie wie eine Königin behandeln.«

»Aber sie gehört dir nun einmal nicht, verdammt noch mal!« brüllte Chase. »Und das wird sie auch nie! Das solltest du endlich akzeptieren, denn ich werde es nicht tolerieren, daß du ihr in meinem eigenen Hause nachstellst!«

»Die Casa Amarilla gehört Mama, nicht dir!«

Dona Maria lehnte sich vor, als wolle sie etwas sagen, aber Chase kam ihr zuvor.

»*Bueno,* Tomas«, quetschte er zwischen zusammengepreßten Zähnen hervor. »Ich werde Carlisle auf die Hacienda de los Toros bringen, damit du nicht in ihrer Nähe bist.«

Seine Drohung brachte Tomas zum Schweigen, und Chases Stirnrunzeln wurde tiefer. Sie stritten bereits in einer Art und Weise miteinander, wie sie es nie zuvor getan hatten, und sie waren noch nicht einmal bei der Angelegenheit mit Dona Marta angelangt.

»Wie du ja sicher weißt, bestand zwischen Dona Marta und mir ein Heiratsvertrag«, sagte er und zwang sich, seine Stimme zu senken.

»*Sí,* und du hast die arme kleine Dona Marta ebenso schäbig behandelt wie Carlita. Marta ist eine sehr gute Freundin von mir, und wahrscheinlich haßt auch sie dich jetzt.«

Nur mit allergrößter Mühe konnte sich Chase bezähmen, seinem kleinen Bruder nicht den Hals umzudrehen. »Es freut mich, daß du Dona Marta als *amiga* ansiehst, denn ihr *padre* und ich haben beschlossen, daß du meinen Platz im Heiratsvertrag einnehmen wirst.« Tomas wurde zunächst leichenblaß, und dann erschienen rote Flecken auf seinem Gesicht. Chase fuhr fort: »Die Absicht der ganzen Vereinbarung war es, unsere Familien durch eine Heirat zu verbinden. Du wirst einen ebenso guten Bräutigam für Dona Marta abgeben, wie ich es getan hätte, wahrscheinlich sogar einen besseren.«

»Ich werde sie nicht heiraten!« schrie Tomas wütend. »Carlisle ist die einzige Frau, die ich jemals heiraten wollte!«

»*Sí,* Tomas, du wirst Dona Marta heiraten, oder du wirst aus der Familie ausgeschlossen.«

Tomas biß die Zähne aufeinander. »Jetzt verstehe ich.

Du willst mich loswerden, damit du Mamas Erbe nicht mit mir teilen mußt . . .«

Chase sprang auf die Füße. »Es reicht jetzt, Tomas!« stieß er schroff hervor. »Ich habe die Sache nicht einmal in die Wege geleitet! Ich bin mit der Absicht zu Senor Moreno gegangen, ihm ein finanzielles Angebot wegen des Vertragsbruches zu machen. Das Ganze war die Idee des Mädchens. Laut Don Ernesto ist sie in dich verliebt.«

»Was? Das ist ja lächerlich. Sie ist nur eine *nina,* mit Sommersprossen im Gesicht.«

Chase zog eine Augenbraue in die Höhe. »Sie ist fast so alt wie du.«

»Aber ich bin ein Mann. Sie aber ist noch ein Mädchen. Ich könnte sie niemals heiraten. Sie ist so dünn.«

Dona Maria schüttelte den Kopf, als habe sie die Einwände ihres Sohnes satt. »Dona Marta war gestern abend auf dem Ball, *mi hijo,* und sie hat alles getan, um deine Aufmerksamkeit von Chaso und Carlita abzulenken. Wenn du ihr auch nur einen Blick zugeworfen hättest, wäre dir aufgefallen, daß sie zu einer reizenden, jungen Frau erblüht ist.«

»Ich möchte sie nicht sehen!« rief Tomas trotzig. »Und ich werde sie nicht heiraten! Carlita ist die einzige Frau, die ich jemals lieben werde. Eines Tages wird sie dich verlassen, Chaso, und dann werde ich für sie da sein!«

Chase ballte die Fäuste. »Verdammt, Tomas, du gehst zu weit! Wenn du auch in Zukunft in der Casa Amarilla leben möchtest, dann halte dich von meiner Frau fern!«

Tomas stolzierte, ohne ein weiteres Wort zu verlieren, davon. Chase schüttelte aufgebracht den Kopf, während seine Mutter hinter ihrem jüngsten Sohn hereilte. Er fluchte leise vor sich hin und gab Carlisle die Schuld an Tomas' kindischem Verhalten. Bevor er Carlisle getroffen hatte, war Tomas ein freundlicher, gehorsamer Junge gewesen. Nun war er von ihr besessen, so wie es jedem anderen Mann erging, der ihr begegnete!

17

Als Juana um das Bett herumging und die langen, weißen Wachskerzen auf dem Nachttisch anzündete, schreckte Carlisle aus dem Schlaf. Sie setzte sich auf und zog die Bettdecke bis zum Kinn hoch, um ihre Nacktheit zu verbergen. Ihr rotes Haar fiel in wirren Locken den Rücken hinunter. Sie runzelte leicht die Stirn angesichts der Dunkelheit, die sich wie schwarzer Samt gegen die Balkontür preßte.

»Oh, Juana«, murmelte sie enttäuscht. »Der Schlaftrunk hat nicht lange genug gewirkt.« Sie legte sich schläfrig wieder in die Kissen zurück und lächelte. »Aber die Träume waren wundervoll, genau wie du es versprochen hattest.« Ein Schauer überlief sie, als sie sich an all die Dinge erinnerte, die Chase ihrem Körper in ihren Träumen mit seinen Händen und seinem Mund angetan hatte.

»*Bueno,* Dona Carlita, aber ich habe mich sehr gefürchtet, als Don Chaso kam«, erwiderte Juana in ihrer ruhigen Art. »Er schien böse zu sein, daß ich Ihnen den Trunk gemischt hatte. Wird er mich nun nach Hause schicken?«

Carlisle starrte das Mädchen verständnislos an. »Chase war hier?«

Nun war es an Juana, sie verwirrt anzusehen. »*Sí,* Dona Carlita, erinnern Sie sich denn nicht mehr? Er kam gestern abend, als Sie im Bad waren.«

»Gestern abend?«

»*Sí.* Sie haben den ganzen Tag geschlafen.«

Carlisle starrte Juana an. »So war es gar kein Traum?«

»Oh, nein, er kam kurz nach Ihnen. Er erzählte, daß El Presidente ihn noch im Schloß aufgehalten hatte.«

Ein zufriedenes Lächeln breitete sich auf Carlisles Gesicht aus und wärmte sie von innen. Trotz all der gemeinen Dinge, die er gesagt und getan hatte, war Chase doch zu ihr gekommen. Nun tat es ihr leid, daß sie Juanas Trunk genommen hatte, denn die Erinnerung an ihre Hochzeitsnacht war ganz verschwommen. Vielleicht war er trotz allem bereit, ihr endlich zu vergeben. Vielleicht hatte er es bereits getan. Warum sonst war er zu ihr gekommen?

Das mußte sie unbedingt herausfinden. Sie erledigte eilig ihre Toilette und schlüpfte dann mit Juanas Hilfe in ein leichtes, aprikosefarbenes Seidenkleid. Als sie schließlich auf die Veranda hinaustrat, fürchtete sie sich ein wenig vor der Begegnung mit ihm. Wenn sie sich doch wenigstens daran erinnern könnte, was er gesagt hatte! Als sie Dona Maria allein in der Nähe des Springbrunnens sitzen sah, mischte sich in ihre Enttäuschung auch ein Gefühl der Erleichterung.

»Carlita! Endlich bist du aufgestanden! Ich habe mit dem Abendessen auf dich gewartet.« Dona Maria gab einem der Dienstmädchen ein Zeichen, worauf es davoneilte, um der Köchin Bescheid zu geben. »Aber der Schlaf hat dir sicherlich gut getan«, fuhr sie lächelnd fort. »Die Hochzeit muß anstrengend für dich gewesen sein.«

Carlisle nahm ihren gewohnten Platz am Tisch ein und blickte vorsichtig zu den offenen Türen der Bibliothek hinüber, in der Chase manchmal arbeitete.

»Werden uns Chase und Tomas Gesellschaft leisten?« erkundigte sie sich hoffnungsvoll.

Dona Maria sah verärgert aus. »Nein. Heute morgen sind meine dickköpfigen, sturen Söhne aneinandergeraten und schließlich wütend aus dem Haus gestürmt.« Sie seufzte. »Ich habe heute viele Stunden in der Kapelle verbracht und zur Heiligen Jungfrau gebetet, damit sie ihre Streitigkeiten beilegen.«

»Was ist denn passiert?«

Dona Maria schien sich plötzlich außergewöhnlich

stark für ihren Teller zu interessieren. »Chaso hat Tomas mitgeteilt, daß er die kleine Marta heiraten soll. Sie ist wirklich eine reizende *nina*. Tomas wird schon noch zur Vernunft kommen.«

Carlisle spielte mit der schweren, weißen Leinenserviette, die auf ihrem Schoß lag. »Es tut mir leid, Dona Maria. Seit ich hier bin, ist Tomas wütend auf Chase.«

Dona Maria schüttelte den Kopf und hob den schweren, mit Orangensaft gefüllten Kristallkrug hoch, um Carlisle davon in ihr Glas zu gießen.

»Hör auf, dir stets die Schuld für die Handlungen anderer zu geben. Alles ist Gottes Wille. Du warst dazu bestimmt, Chase zu heiraten, und Marta ist die richtige *muchacha* für Tomas.« Sie lächelte, aber Carlisle entdeckte einen Anflug von Traurigkeit in ihren dunklen Augen. »Meine beiden Söhne sind sehr eigensinnig. Aber mach dir darüber keine Gedanken. Wir sollten froh sein, daß du Chase geheiratet hast und ihm schon bald einen Erben schenken wirst. Chaso liebt dich. Ich sehe es jedesmal in seinen Augen, wenn er dich anblickt.«

Dona Maria schwieg einen Augenblick, während sie ihr eigenes Glas mit *naranjada* füllte. »Du mußt sehr geduldig mit ihm sein, *nina,* denn Chase trauert immer noch um Esteban. Die beiden hat eine besondere Freundschaft verbunden, die nur wenigen Menschen in ihrem Leben vergönnt ist. Sie standen sich näher als Brüder. Schon als Kinder waren sie unzertrennlich. Aber mit der Zeit wird er Estebans Tod akzeptieren, und ihr beide werdet glücklich miteinander sein. Daran mußt du glauben.«

Carlisle wollte den ermutigenden Voraussagen ihrer Schwiegermutter nur zu gerne Glauben schenken, aber als sie sah, wie Tomas über den gepflasterten Weg auf den Tisch zukam, erfüllte sie eine dumpfe Vorahnung. Sie erkannte sofort, daß er immer noch wütend war.

»*Buenas noches,* Carlita, Mama«, begrüßte er sie höflich, aber sein Lächeln war unnatürlich.

»Setz dich, Tomas«, forderte Dona Maria ihn auf. »Das Essen wird gleich aufgetragen.«

»Was ist mit Chaso?« erkundigte er sich mürrisch, während er sich auf einen Stuhl fallen ließ. »Wird er uns mit seiner allmächtigen Gegenwart beehren?«

»*Sí*, er wird bald kommen. Er wurde wegen einer wichtigen Angelegenheit zum Präsidenten gerufen.«

»Hat Chaso immer noch vor, mein Leben zu ruinieren?«

»Chaso ist nun einmal das Familienoberhaupt, Tomas. Du wußtest immer schon, daß wir irgendwann deine Heirat arrangieren würden«, erinnerte ihn Dona Maria. »Ich weiß nicht, warum du deswegen plötzlich so verstimmt bist.«

»Du weißt genau, warum«, murmelte Tomas und warf einen Blick auf Carlisle. »Und Marta ist noch ein Kind.« Sein Mund nahm einen schmollenden Ausdruck an. »Sie ist so linkisch, besteht nur aus Armen und Beinen, und sie geht mir auf die Nerven. Das einzige, was sie jemals getan hat, ist, hinter mir herzurennen und zu betteln, daß ich ihr zeige, wie man gegen Stiere kämpft! Ich möchte sie nicht heiraten. Im übrigen bin ich überhaupt noch nicht bereit zu einer Heirat.«

Dona Maria zeigte sich unbeeindruckt von seinen Argumenten. »Chaso hat ja auch nicht gesagt, daß du sie sofort heiraten sollst. Ihr Vater beabsichtigt sowieso, sie erst auf eine Klosterschule in Madrid zu schicken, um sie auf die Ehe und die Mutterschaft vorbereiten zu lassen. Wenn sie von dort zurückkommt, wirst du einen großen Unterschied in ihrem Verhalten feststellen, das kannst du mir glauben.«

Carlisle verspürte Mitleid mit Dona Marta. Warum nahmen Männer nur immer an, daß man aus einem Mädchen eine Dame machte, wenn man sie in ein Kloster einsperrte?

Oft hatte das karge, strenge Leben dort zur Folge, daß die Mädchen sich nur noch mehr danach sehnten, zu rebellieren und das Leben kennenzulernen. Sie selbst war das beste Beispiel dafür.

»Die Hochzeit wird also noch nicht so bald stattfinden?« erkundigte sich Tomas und sah sehr erleichtert aus.

»Natürlich nicht«, ertönte Chases Stimme hinter ihnen. »Dona Marta soll mindestens zwei Jahre lang in Spanien bleiben, und sie wird Mexico City erst in ein paar Monaten verlassen, um sich auf die Reise nach Madrid zu begeben.«

Carlisles Herz begann beim Klang der tiefen Stimme ihres Mannes schneller zu schlagen. Sie drehte sich nach ihm um, aber er warf ihr nur einen flüchtigen Blick zu, und so lösten sich Carlisles Hoffnungen auf eine Versöhnung sogleich in Luft auf. Sie setzte sich aufrechter hin. Er war gestern nacht zu ihr gekommen, rief sie sich in Erinnerung. Er liebte sie, das wußte sie.

Einen Augenblick später, während ihnen das Dienstmädchen die Teller mit dampfendem *arroz con pollo* füllte, fand Carlisle heraus, was seinen kühlen Blick verursacht hatte. Er drehte sich zu ihr um, sein hübsches Gesicht war vollkommen ausdruckslos.

»Deine Freunde, Arantxa und Javier Perez, sind zur Verhandlung in der Stadt eingetroffen.«

Carlisle fühlte, wie die Farbe aus ihrem Gesicht wich, denn sie war sicher, daß die Neuigkeit all die brodelnde Wut in Chases Innerem wieder an die Oberfläche gebracht hatte.

Dona Maria stellte die Frage, die Carlisle auf der Zunge gelegen hatte. »Was wird mit ihnen geschehen, Chaso?«

Ein Muskel zuckte in Chases Wange. »Sie werden des Verrats angeklagt und schuldig gesprochen werden und dann von einem Exekutionskommando erschossen.«

Carlisle verschlug es den Atem. Sie dachte an Arantxas lachendes Gesicht und war unfähig, ihre Bestürzung zu verbergen.

»Oh, Chase, Arantxa etwa auch?«

Chases Gesicht zeigte nicht das kleinste Mitleid. »*Sí,* Arantxa auch.« Ohne das Essen auf seinem Teller anzurühren, verbeugte er sich vor seiner Mutter und ignorierte Carlisle. »Ich habe heute abend geschäftliche Dinge zu erledigen, Mutter. Adios.«

Dona Maria schien über sein plötzliches Verschwinden erbost zu sein, aber Tomas machte einen zufriedenen Eindruck.

Carlisle gab sich große Mühe, ihre eigenen Gefühle niemandem sichtbar werden zu lassen. Er war wütend. Aber letzte Nacht war er auch wütend gewesen und hatte sich dann doch entschlossen, zu ihr zu kommen. Sie verstand seinen Zorn, und sie machte ihm deswegen keinen Vorwurf. Aber es war so schwer, ihn davongehen zu lassen, ohne zu wissen, wohin er ging oder wann er zurückkommen würde.

»Ist dir schlecht, *querida?*«

Carlisle ging vor Freude das Herz auf, als sie Chases besorgtes Flüstern vernahm. Sie schüttelte den Kopf, war aber dankbar, als er ihr eine stützende Hand um die Taille legte. Sie standen zusammen in einer langen Reihe von Diplomaten, die darauf warteten, dem amerikanischen Botschafter vorgestellt zu werden. Seit ihrer Hochzeit vor einigen Wochen hatte sie ihren Mann zu verschiedenen offiziellen Verpflichtungen begleitet, bei denen seine Position in der Regierung Juarez seine Anwesenheit nötig machte.

Als Chase sie einem amerikanischen Diplomaten und seiner Frau vorstellte, bemerkte sie überrascht, wie sehr sie sich bereits daran gewöhnt hatte, Unterhaltungen ausschließlich in Spanisch zu führen. Nun, da sie einige höfliche Worte auf Englisch wechselten, kam ihr die Muttersprache beinahe fremd vor.

Músicos, die in schwarze Charro-Anzüge mit hellroten Schärpen gekleidet waren, spielten auf ihren Gitarren,

Violinen und Trompeten, während sie zwischen den Gästen hindurchschritten.

Als Chase sie in den riesigen Salon führte, verspürte Carlisle zum ersten Mal seit Monaten den Wunsch, ihre Satinpumps wegzuschleudern, die granatroten Seidenröcke in die Höhe zu heben und *jarabe* zu tanzen. Jene Nacht, in der sie mit Conchitas Verwandten am Fluß kampiert hatten, schien schon eine Ewigkeit zurückzuliegen. Traurigkeit überkam sie, wenn sie daran dachte, wie verliebt Esteban und Conchita gewesen waren und wie einsam sich Conchita nun in ihrem kleinen Haus in La Mesilla fühlen mußte.

Sie blickte zu Chase auf. Wenn er doch nur vergessen könnte, damit ihrem Glück nichts mehr im Wege stand! Obwohl er seinen Zorn nicht mehr so häufig zeigte, hielt er sich doch ganz bewußt von ihr fern. Er hatte um seine Gefühle eine unsichtbare Mauer errichtet, die zwischen ihnen stand, als könne er es nicht über sich bringen, ihr zu vertrauen.

Ein junger englischer Offizier, prächtig anzusehen in seiner rot-goldenen Uniform, ging vorüber und warf Carlisle einen bewundernden Blick zu. Sie erinnerte sich daran, daß er ihr auf einem Empfang in der letzten Woche vorgestellt worden war. Chases Arm, der immer noch um ihre Taille lag, zog sie prompt in einer besitzergreifenden Weise näher an sich heran, die Carlisle vor Freude erschauern ließ. Sie schmiegte sich an ihn und genoß seine Nähe, solange sie die Gelegenheit dazu hatte.

Er liebte sie — das mußte sie sich immer wieder sagen. Er konnte es nur einfach nicht über sich bringen, zu vergessen, was Esteban zugestoßen war. Und er begehrte sie. Obwohl er sich an Abenden, an denen sie keine Verpflichtungen hatten, nicht zu Hause aufhielt, kam er oft sehr spät noch zu ihr, auch wenn sie bereits schlief. Sie erwachte gewöhnlich, sobald er sie rauh in seine Arme schloß und seine Lippen ihre Kapitulation forderten.

Dann liebte er sie mit solch sanfter, überwältigender Leidenschaft, daß sie kein Bedürfnis mehr nach den Liebesworten verspürte, die er ihr versagte.

Carlisle legte eine Hand auf ihren Bauch. Obwohl sie nun bereits im vierten Monat war, sah man ihr die Schwangerschaft bis auf eine stärker gewordene Taille nicht an. Sie fragte sich, ob er sie unattraktiv finden würde, wenn sie erst einmal dick und unbeholfen war. Würde er sich dann woanders vergnügen? Allein die Vorstellung, daß er mit einer anderen Frau zusammen sein könnte, wollte ihr schier das Herz brechen.

»Benito ist eingetroffen. Ich werde einen Augenblick mit ihm reden«, sagte Chase, den Blick auf die Menge gerichtet, die sich um den Präsidenten versammelt hatte. »Warum setzt du dich nicht so lange und ruhst dich aus, bis ich zurückkomme?«

»*Sí, gracias*«, stimmte sie zu und nahm auf einem kleinen, roten Samtsofa Platz, das vor einem der hohen Fenster stand, die auf den Garten hinausgingen.

»Kommst du allein zurecht?« erkundigte sich Chase, und für einen Moment versanken ihre Blicke ineinander. Carlisle fragte sich, ob er erkennen konnte, wie sehr sie ihn begehrte. Aber als sie sah, wie tief in seinen Augen das Verlangen aufflackerte, da wußte sie, daß er die Liebe wahrgenommen hatte, die sie nicht länger zu verbergen suchte.

Als er davonging, schaute sie sich unter den anderen Gästen um, froh, nur ruhig dasitzen zu können. In letzter Zeit ermüdete sie rasch, aber zumindest war die schreckliche Übelkeit, die ihr am Anfang so zu schaffen gemacht hatte, verschwunden.

Irgendwann würde sie den letzten Teil ihrer Schwangerschaft innerhalb der hohen, gelben Mauern der Casa Amarilla verbringen.

Aber dieser Gedanke wollte ihr seltsamerweise gar nicht so bedrohlich erscheinen. Es würde sicherlich wunderbar friedlich sein, auf den gepolsterten Bänken im dunklen Schatten der Veranda zu sitzen oder in einer breiten Hängematte zu liegen. Beim sanften Rauschen der Palmblätter und beim Plätschern des Springbrunnens würde sie an ihr Baby denken.

Obwohl sie wußte, daß sie sich eigentlich nicht fürchten sollte, graute ihr bei dem Gedanken an die Geburt. Wie oft schon hatte sie schreckliche Geschichten über Steißgeburten und Kindbettfieber gehört. Und — schlimmer noch — über Totgeburten! Eine Gänsehaut überkam sie. Sie wollte ihr Baby so sehr! Sie wollte Chase ein Kind gebären.

»*Perdon,* aber Sie sind doch Dona Carlita, Don Chasos Frau, *sí?*«

»*Sí*«, erwiderte Carlisle und erkannte sogleich das hübsche junge Mädchen, das vor ihr stand.

»Ich bin Dona Marta Moreno«, fuhr das Mädchen fort. »Darf ich mit Ihnen reden?«

Carlisle bemühte sich, ihre Überraschung zu verbergen, denn sie hatte niemals erwartet, daß Chases frühere Verlobte sie ansprechen würde.

»*Sí,* Dona Marta. Setzen Sie sich doch bitte neben mich, wenn Sie möchten.«

Dona Marta nahm Platz und machte viel Aufhebens darum, ihre weißen Chiffonröcke zu arrangieren, als sei sie über deren hinderliche Ausmaße ziemlich verärgert. Ihr braunes Haar war über den Ohren zu zwei Schnekken aufgerollt, und große Perlenohrringe tanzten an goldenen Ketten um ihre Wangen. Sie sah unruhig zu den Leuten in ihrer Nähe hinüber, als fürchte sie, daß ihr Gespräch belauscht würde.

»Jetzt, wo wir verlobt sind, weigert sich Tomas, mit mir zu reden«, begann Dona Marta ohne Umschweife. »Haßt er mich?«

Carlisle hörte die Verwundbarkeit heraus, die sich unter der keck gestellten Frage verbarg. »Tomas kann Sie bestimmt gut leiden, Dona Marta. Er ist einfach nur der Ansicht, daß er für eine Heirat noch nicht bereit ist.«

»Oh, ich weiß, wie er sich fühlt! Aber wenn Papa mich schon mit einem Mann verheiraten muß, dann möchte ich, daß es Tomas ist. Tomas hat mich nie wie all die anderen *muchachos* behandelt.« Sie schüttelte verärgert den Kopf und versetzte damit ihre Ohrringe in wilde Schwingungen.

Sie blickte Carlise nachdenklich an. »Ich bin froh, daß Don Chaso sich in Sie verliebt hat. Ich wollte ihn nie wirklich heiraten, wissen Sie, obwohl alle meine *amigas* meinten, daß ich sehr großes Glück hätte, seine *novia* zu sein.«

Carlise lächelte, beeindruckt von ihrer Offenheit. »Ich hatte schon Angst, Sie könnten vielleicht wütend auf mich sein.«

»Nein, natürlich nicht. Ich kann verstehen, warum Don Chaso Sie gewählt hat. Sie sind so schön wie er, nicht wahr? Ich bin nicht hübsch genug, um die Frau eines solchen Mannes zu sein.«

»Aber das stimmt doch nicht«, protestierte Carlisle schnell. »Sie sind ausgesprochen hübsch.«

Dona Marta lächelte schüchtern, aber erfreut. »*Gracias*, aber ich weiß, daß ich unscheinbar bin. Deshalb habe ich beschlossen, attraktiver zu werden, damit Tomas mich zur Braut haben möchte. Bald schon werde ich eine Klosterschule in Madrid besuchen, wo ich lernen soll, mich wie eine große Dame zu benehmen. Für Tomas«, fügte sie hinzu und blickte Carlisle dabei aufmerksam an, offenbar, um zu sehen, ob sie dies gutheißen würde.

»Ich denke, daß Tomas sich glücklich schätzen kann, Sie als *novia* zu haben«, erwiderte Carlisle in aller Aufrichtigkeit.

Dieses Mal begann Dona Marta über das ganze Gesicht zu strahlen. Sie ließ ihren Blick beinahe verstohlen über den Raum hinwegwandern und zog dann ein zusammengefaltetes Pergament aus der weißen Satinhandtasche, die an ihrem Handgelenk baumelte.

»Meine Cousine hat mich gebeten, diese *carta* in Ihre Hände zu geben, aber niemand sonst darf es sehen. Sie ist sehr unglücklich.«

»Ihre Cousine?«

»*Sí*, aber Sie dürfen niemandem sagen, daß ich ihre Nachricht überbracht habe. Papa würde mich bestrafen. Und jetzt muß ich gehen, bevor Mama oder Papa mich mit Ihnen hier sehen. *Adios.*«

Mit diesen Worten verschwand Dona Marta in der Menge. Carlisle sah ihr einen Moment lang nach und faltete dann das kleine Papier auseinander. Ihr Blick wanderte zuerst zum Ende der Nachricht, um die Verfasserin zu ermitteln.

Arantxa!

Für einen Augenblick setzte ihr Herzschlag aus, und sie blickte sich schuldbewußt um. Chase war jedoch nirgendwo zu sehen, und so begann sie, beinahe ein wenig furchtsam, zu lesen.

Liebe Carlita,
ich schreibe diese Zeilen bei Kerzenlicht in meiner schrecklichen Zelle im Gefängnis von Chapultepec. Ich bin so allein und habe solche Angst an diesem fürchterlichen Ort! Ich habe meinen Wärter mit dem Diamantring bestochen, den mir mein Vater gab, damit er diesen Brief zu meiner Cousine Marta bringt. Ich bete, daß sie ihn unbeobachtet in deine Hände geben kann. Ich flehe Dich an, mich hier zu besuchen, Carlita. Ich fürchte, daß Dir diese Vorstellung nach allem, was Du wegen mir durchstehen mußtest, zuwider ist. Aber ich habe das Bedürfnis, mein Gewissen zu erleichtern, bevor ich sterbe. Ich liebe Dich wie eine Schwester, obwohl mir klar ist, daß Du mich hassen mußt. Ich beschwöre Dich, mich zu besuchen. Es ist

mein letzter Wunsch, bevor ich sterbe. Bitte, bitte habe Mitleid mit mir.

Arantxa

Mit tränenerfüllten Augen sah Carlisle lange Zeit auf den Brief, bevor sie ihn hastig zusammenfaltete und in ihrer Samthandtasche versteckte. Die arme Arantxa, sie sollte sie wirklich besuchen. Aber wie konnte sie das? Chase würde es niemals erlauben.

Am nächsten Tag kehrte Carlisle zum Schloß von Chapultepec zurück, um unter den tausend Jahre alten Ahuehuete-Bäumen entlangzuspazieren, unter denen schon der letzte Montezuma gewandelt war. Das Gefängnis befand sich in einer abgelegenen Ecke des ungeheuer weitläufigen Palastes, weit entfernt von dem glitzernden, gold-weißen Ballsaal, wo sie mit Benito Juarez getanzt hatte. Hohe Kalksteinmauern erhoben sich hier bedrohlich und furchteinflößend wie eine aufragende Festung. Carlisle lief es kalt den Rücken hinunter, wenn sie sich die Geister all der gequälten, jammernden Gefangenen vorstellte, die sich auf der anderen Seite dieser kalten Steine nach Freiheit verzehrten. Während sie sich auf dem Hof umschaute, zog sie die schwarze *rebozo* enger um ihr Gesicht. Nachdem Chase sich auf den Weg zum Palacio Nacional gemacht hatte, war sie unter dem Vorwand, zum Blumenmarkt gehen zu wollen, allein aus der Villa Amarilla geschlichen.

Ein Anflug von Furcht erfaßte sie, als sie sich dem mächtigen Holztor mit den großen Eisenangeln näherte. Eine seltsame Vorahnung überkam sie wie ein plötzlich einsetzender Wind, der ihr hart ins Gesicht blies, und sie verspürte eine kaum zu überwindende Abneigung, diesen alten Ort des Leidens und der Verzweiflung zu betreten.

Nachdem sie einen tiefen Atemzug getan hatte, ergriff

sie das Seil, das an einer Glocke befestigt war, und wartete, bis ein stämmiger Mann mit einem großen, nach unten hängenden *mustachios* eine kleine Tür öffnete, die in das riesige Tor eingelassen war.

»Was wollen Sie?« Seine Stimme war barsch, und die Worte hatte er in einem Dialekt gemurmelt, den Carlisle nur schlecht verstehen konnte.

»Ich bin gekommen, um eine Gefangene zu besuchen.«

»Keine Besucher. *Manana* . . .«

»Ich bin die Frau von Don Chaso Lancaster, dem Auslandsberater von El Presidente. Sollte ich wirklich gezwungen sein, ihm von Ihrer Unhöflichkeit zu berichten?«

Carlisle blickte ihm gerade in die Augen, und ihr herrischer Tonfall tat das übrige, um die kleinen, schwarzen Augen des Wärters unruhig werden zu lassen. Sie wartete und betete, daß er nicht den Versuch unternehmen würde, zur Bestätigung ihrer Identität Kontakt mit Chase aufzunehmen. Diese Vorstellung bestürzte sie, aber ihre Angst war unbegründet, denn innerhalb von Sekunden öffnete er die Tür. Nachdem sie eingetreten war, bemerkte sie erleichtert, daß der Mann seine Militärkappe abnahm.

»Senora Lancaster«, sagte er mit einer tiefen Verbeugung, »welche Gefangene wünschen Sie zu sehen?«

»Arantxa Perez, *por favor.*«

Der Wächter zögerte erneut. »Ich habe den Befehl, daß sie vor der Verhandlung niemanden sehen darf, Senora Lancaster.«

»Mein Mann hat mich hierhergesandt, um sie zu besuchen«, log Carlisle kühn. »Wollen Sie etwa seine Autorität in Frage stellen, Senor?«

»Nein, Senora«, erwiderte er und blickte dann entschuldigend auf den Korb, den sie trug.

Carlisle zog das Tuch weg, mit dem sie den Inhalt abgedeckt hatte.

»Ich habe Brot, Käse und saubere Kleidung mitgebracht. Sie können gerne alles untersuchen, wenn Sie möchten.«

Der Wärter stöberte im Essen und in der Kleidung herum und legte dann das Tuch wieder darüber.

»Folgen Sie mir, Senora.«

Carlisle überquerte hinter ihm einen uneben gepflasterten Hof. Sie war sich bewußt, daß viele andere Soldaten sie von den Mauern und den überdachten Wachtürmen aus beobachteten.

Auf der anderen Seite der Plaza angekommen, betraten sie einen gewölbten Eingang. Als sie das heiße Sonnenlicht verließen, schlug ihr das feuchte, kalte Dunkel entgegen, und sie hatte das Gefühl, in eine Grabkammer zu treten. Carlisle zog ihren *rebozo* enger und ermahnte sich, ihren Vorsatz trotz des Gestanks nach Schweiß, Urin und ungewaschenen Körpern in die Tat umzusetzen. Sie zwang sich, dem großen Mann durch den dunklen Gang zu folgen.

Die Wände waren einen halben Meter dick, und Türen mit schweren Eisenstäben verliefen entlang der Steinkorridore. Sie hörte ein Stöhnen und unterdrückte einen ängstlichen Ausruf, als kurz danach ein schriller Schrei die Stille durchbrach. Wellen von Angst durchströmten sie.

Nach ein paar weiteren Schritten blieb der Wärter stehen. »Sie ist hier drin, Senora.«

Carlisle schluckte schwer und starrte auf das kleine Gitter in der dicken Holztür. Was wäre, wenn sie hineingehen und er sie nicht wieder hinauslassen würde? dachte sie entsetzt. Niemand wußte, daß sie zum Gefängnis gegangen war. Würden sie jemals davon erfahren, wenn man sie hier festhielte? Panik stieg in ihr auf, aber sie riß sich schnell wieder zusammen, als ihr bewußt wurde, daß der Wärter keinen Grund hatte, so etwas zu tun.

Nachdem er den schweren, rechteckigen Riegel zur Seite geschoben und die Tür nach innen aufgestoßen hatte, trat Carlisle näher und warf einen Blick in das düstere Innere. Hoch oben in der gegenüberliegenden Wand ließ eine rechteckige, etwa einen halben Meter breite Öffnung einen dünnen Lichtschein auf den strohbedeckten Boden fallen. Arantxa saß zusammengekauert auf einem kleinen *catre,* die Arme um die Knie geschlungen. Carlisle war entsetzt über ihre Erscheinung. Ihr dunkles Haar war dreckig und stumpf, und sie hatte soviel Gewicht verloren, daß Carlisle sie kaum erkannte. Als sie Carlisle erblickte, sprang das Mädchen auf und fiel ihr schluchzend in die Arme.

»Carlita, du bist gekommen. *Gracias, gracias* . . .«

»Schhhh, Arantxa, bitte weine nicht.«

»Ich kann nicht anders. Dieser Ort ist so schrecklich! Es ist so kalt und dunkel hier. Dann die fürchterlichen Gerüche und das Schaben der Ratten nachts, daß ich denke, ich werde verrückt. Du weißt doch, daß ich mich schon vor Mäusen fürchte! Erinnerst du dich noch, wie ich geschrien habe, als ich einmal im Kloster eine gesehen habe?«

»*Sí,* ich entsinne mich«, entgegnete Carlisle beruhigend, und zog Arantxa zum Bett hinüber.

»Sie haben mir Ketten an Hände und Füße gelegt, Carlita! Schau dir nur meine Handgelenke an!«

Carlisle ergriff Arantxas kalte Hände. Ihre schönen Nägel waren abgebrochen und zersplittert, ihre schmalen Handgelenke blau und grün, als ob sie Armreifen trüge.

»Wie konnten sie nur so grausam sein?« rief Carlisle, ganz krank bei dem Gedanken, daß Arantxa mit einer solchen Härte behandelt wurde.

»Sie haben uns alle gleich behandelt, ob *muchachos* oder *muchachas.*«

»Oh, Arantxa, warum hast du mich nur angelogen? Warum hast du mir all diese schrecklichen Dinge über Chase erzählt? Ich dachte, du seist meine Freundin, dabei hast du mich nur benutzt.«

Arantxa begann zu weinen und verbarg ihr Gesicht in den Händen. »Ich wußte es ja nicht besser, Carlita. Javier hat mir gesagt, all diese Dinge seien wahr. Ich habe ihm geglaubt, genau wie du.«

»Ist Javier auch hier im Gefängnis?«

»*Sí,* aber ich darf ihn nicht sehen. Und Papa ist tot! Sie haben ihn erschossen! Senor Lancaster hat es uns in San Miguel gesagt!« Sie hob ihr unglückliches Gesicht. »Und sie werden uns auch erschießen, Carlita!« Ihre Stimme wurde schrill und hysterisch. »Sie werden uns erschießen!«

Carlisle legte bestürzt ihren Arm um Arantxa und versuchte, sie zu trösten. »Nein, vielleicht werden sie das nicht tun! Vielleicht kann ich ihnen begreiflich machen, daß du unschuldig bist. Möglicherweise gelingt es mir, Chase davon zu überzeugen, daß du nicht den Tod verdient hast!«

»*Gracias,* aber du mußt dich beeilen und sofort mit ihm sprechen, *por favor*! Ich habe solche Angst, Carlita! Ich möchte nicht sterben!«

»Beruhige dich jetzt und hör mir zu. Ich werde dir helfen, das verspreche ich!«

Zum ersten Mal keimte Hoffnung in Arantxas blassem, tränenüberströmten Gesicht auf.

»Und Javier? Er hat Chaso Schreckliches angetan, aber ich weiß, daß er es inzwischen bereut. Ich bin ganz sicher. Du mußt mit Chaso auch über ihn sprechen! Versprich es mir!«

Carlisle drückte die Hand ihrer Freundin. »Das kann ich nicht, Arantxa. Das kann ich nicht von Chase verlangen. Er ist zu verbittert über alles, was geschehen ist. Er hat selbst mir immer noch nicht vergeben.«

Arantxa legte ihren Kopf in Carlisles Schoß und begann zu schluchzen.

Carlisle kämpfte selbst mit den Tränen.

»Schau, Arantxa, ich habe dir etwas zu essen gebracht

und saubere Sachen zum Anziehen. Gibt es sonst etwas, was du brauchst? Bitte hör doch auf zu weinen!«

»Komm nur wieder und besuche mich, Carlita. Komm oft. Bitte sag, daß du das tun wirst.«

»Senora?« sagte der Wärter von der Tür aus. »Sie müssen jetzt gehen.«

Carlisle stand auf. Sie fühlte sich schrecklich. Arantxa umklammerte ihre Arme, als wolle sie sie niemals wieder loslassen.

»Ich werde alles tun, was in meiner Macht steht, um dir zu helfen. Das schwöre ich«, versprach Carlisle. Sie biß sich auf die Lippe, als Arantxa mit dem Gesicht auf ihr *catre* fiel und herzzerreißend zu schluchzen begann.

Carlisle zögerte, aber als der Wächter brummte und sie ungeduldig herauswinkte, zwang sie sich, die Zelle zu verlassen. Sie zitterte aus Ekel über die Umgebung, in der ihre Freundin sich aufhalten mußte, und aus Entsetzen über ihre schlimme Lage.

Übelkeit überkam sie, als sie abermals hinter dem großen Wärter her stolperte. Sie hatte nur noch den einen Wunsch, so schnell wie möglich von diesem schrecklichen Ort fortzukommen, damit sie wieder atmen konnte. Sie hatten beinahe die äußere Tür erreicht, als ihr schwarz vor Augen wurde und sie zusammenbrach. Das letzte, was sie hörte, war die Stimme des Wärters, der um Hilfe rief.

Als Carlisle die Augen öffnete, lag sie in ihrem eigenen Bett in der Casa Amarilla. Chase saß auf einem Stuhl neben ihr, und Dona Maria und Tomas standen hinter ihm. Carlisle war verwirrt.

»Was ist passiert?« fragte sie, und versuchte sich zu erheben.

»Du bist ohnmächtig geworden«, erwiderte Dona Maria mit gütiger Stimme. »Im Gefängnis. Die Wärter haben Chaso rufen lassen, und er hat dich nach Hause gebracht.«

Carlisle legte sich zurück und schaute Chase schuldbewußt an. Er schien nicht wütend zu sein, aber sein Gesicht trug einen ernsten Ausdruck.

»Ich würde gerne alleine mit meiner Frau sprechen, wenn es euch nichts ausmacht«, sagte er ruhig.

Dona Maria zog sich sofort zurück. Tomas folgte ihr, wenn auch weitaus widerstrebender. Als sich die Tür hinter ihnen geschlossen hatte, setzte sich Chase auf die Bettkante und nahm Carlisles Hand.

»Ist alles in Ordnung, Carly?«

Zu ihrer eigenen Bestürzung brach sie in Tränen aus. Zuerst sah Chase sie nur beunruhigt an, aber dann zog er sie in seine Arme. Carlisle legte ihre Wange gegen seine Schulter und weinte, während er ihr übers Haar strich. Als sie sich schließlich beruhigt hatte, sagte er mit leiser Stimme: »Warum bist du zum Gefängnis gegangen, Carly?«

Ein weiterer Schluchzer entfuhr ihr, aber sie konnte es nicht über sich bringen, ihn anzulügen.

»Weil Arantxa mir eine Nachricht zukommen ließ, in der sie mich bat, sie zu besuchen. Ich mußte einfach gehen, Chase! Wir waren einmal die besten Freundinnen. Sie war fast wie eine Schwester für mich.«

»Schon gut. Ich bin dir nicht böse, daß du hingegangen bist. Aber es wäre besser gewesen, wenn ich dich begleitet hätte.«

Seine verständnisvolle Antwort ließ ihre Tränenflut aufs neue losbrechen. »Oh, Case, wenn du sie gesehen hättest! Sie hat den Tod nicht verdient. Sie hat Javiers Lügen genauso geglaubt wie ich. Bitte hab Erbarmen mit ihr! Ich werde alles tun, was du sagst, wenn du sie nur leben läßt!«

»Beruhige dich, Carly, du machst dich nur krank damit.«

Carlisle verstummte, aber der Anblick von Arantxa in ihrer feuchten Zelle verfolgte sie.

»Bitte, Chase«, flüsterte sie. »Sie hat solche Angst.«

Chase sagte eine Weile lang nichts. »Ich werde tun, was ich kann, aber für Javier werde ich mich unter keinen Umständen einsetzen.«

»Danke, Chase!«

»Und ich will auch nicht, daß du noch einmal dorthin zurückgehst. *Comprendes?*«

»Aber ich habe es ihr versprochen. Sie ist so verzweifelt, ich mußte es einfach tun.«

»Ich werde sehen, ob man sie in eine bessere Zelle verlegen kann. Ich glaube nicht, daß sie eine aktive Rolle in der *revolución* gespielt hat.«

»Das hat sie auch nicht! Keine von uns beiden hat das! Bitte glaub mir doch, Chase, und vergib mir! Ich bin es so leid, auf diese Weise zu leben und nie zu wissen, ob ich dir wirklich etwas bedeute!«

Carlisle bereute ihren Ausbruch sofort, denn Chase ließ sie los und stand auf. Er sah auf sie hinunter.

»Dr. Alvarado wird wohl inzwischen eingetroffen sein. Versuche jetzt, dich auszuruhen. Ich werde ihn hochschicken, damit er dich untersuchen kann.«

Nachdem er gegangen war, vergrub Carlisle ihr Gesicht in den tiefen, seidenen Kissen und weinte um sich, um Arantxa und um all das, was zwischen ihr und Chase schiefgegangen war.

18

Am ersten Tag im November, dem Morgen, an dem der Perez-Prozeß beginnen sollte, saß Carlisle mit Dona Maria unter dem großen Eukalyptusbaum in der Nähe der Terrasse. Chase hatte ihr verboten, an der Gerichtsverhandlung teilzunehmen, und Carlisle wagte nicht, seine Anweisung zu mißachten. Er hatte versichert, sich für Arantxa einzusetzen, aber er konnte nicht versprechen, ob man ihrer Freundin gegenüber Milde walten lassen würde.

Carlisle wollte es nicht gelingen, stillzusitzen, und so stand sie auf, um zu den Rosen und Chrysanthemen hinüberzugehen, die sie erst wenige Augenblicke zuvor schon einmal neu arrangiert hatte. Sie mußte immer wieder daran denken, wie dünn und furchtsam Arantxa in dieser übelriechenden Zelle ausgesehen hatte. Javier hatte Chase gefoltert, er hatte Esteban getötet, und Carlisle konnte nicht das geringste Mitleid für ihn aufbringen. Aber Arantxa war anders. Trotz all der Schwierigkeiten, die sie ihr verursacht hatte, konnte Carlisle nicht das Mädchen hassen, mit dem sie ein Zimmer geteilt und zusammen gelacht hatte und das die Vertraute so vieler geheimer Gedanken gewesen war. Genau in diesem Augenblick stand Arantxa vielleicht schon vor einer von Kugeln durchsiebten Wand und blickte auf das Exekutionskommando!

»Bitte, laß das nicht zu«, flüsterte sie leise.

»Was hast du gesagt, Carlita?« erkundigte sich Dona Maria und blickte von ihrer Strickarbeit auf.

»Nichts. Ich mache mir nur Sorgen um Arantxa.«

»Ich glaube, Chaso leidet darunter, daß du die Familie Perez immer noch unterstützt. Sie haben schreckliche

Verbrechen begangen.« Ihr Gesicht nahm einen schmerzlichen Ausdruck an, und Carlisle wußte, daß sie an die Hände ihres Sohnes dachte.

»Ich weiß, aber Arantxa hat niemals aktiv teilgenommen. Sich den Rebellen anzuschließen war für uns beide nichts weiter als ein wildes, aufregendes Abenteuer. Wir waren schon seit Monaten im Kloster, und als Javier in New Orleans ankam und uns einlud, mit seinen Guerilleros zu reiten, da kam uns diese Idee so romantisch und aufregend vor! Damals kannten wir Chase noch nicht einmal. Und als er dann nach Amerika kam, um Tyler abzuholen, nutzte Javier die Verbindung meiner Familie zu ihm aus. Weder Arantxa noch ich kannten seine Pläne. Wir wußten nichts über den Krieg und all das Blutvergießen, den Schmerz und das schreckliche Leid, das er gebracht hat.«

»Das ist der Lauf der Welt. Frauen werden immer die Opfer von Männern sein«, bemerkte Dona Maria und legte den halbfertigen, gelben Babyschal beiseite. »Ich verspüre ebenfalls Mitleid mit diesem Mädchen. Sie wurde von ihrem Vater und ihrem Bruder schamlos ausgenutzt, genauso, wie sie dich ausgenutzt haben, Carlita.«

»Ich werde es mir niemals verzeihen, daß ich so naiv und vertrauensselig gewesen bin.«

»Du darfst dich nicht mit dem, was vergangen ist, quälen, *nina*. Vor langer Zeit einmal dachte ich, daß ich Chasos Vater niemals vergeben könnte.« Ihr Gesicht nahm diesen gedankenverlorenen Ausdruck an, den es immer trug, wenn sie Burl Lancaster erwähnte. »Aber nun will es so scheinen, als ob ich mich nur noch an die guten Zeiten mit ihm erinnern kann.«

»Tyler hat mir viele Geschichten über ihn erzählt. Sie hat ihren Onkel Burl sehr geliebt.«

»Burl war nichts weiter als ein Gauner«, erwiderte Dona Maria mit scharfer Stimme. »Durch und durch skrupellos.« Sie schüttelte den Kopf. »Aber ich habe diesen Mann von ganzem Herzen geliebt.« Ihr Blick suchte Carlisles.

»Ich sehe die gleiche, innige Liebe in deinen Augen, wenn du Chaso anschaust, Carlita.«

»Manchmal denke ich, daß mich der Schmerz einmal umbringen wird, so sehr liebe ich ihn.«

Dona Maria warf ihr ein weises Lächeln zu. »Du wirst nicht sterben, *nina.* Obwohl ich es manchmal auch geglaubt habe, nachdem ich Burl verlassen hatte. Tomas' Vater war ein wundervoller Mann. Hermando war gut zu mir, und er liebte mich. Er hat mir meinen prächtigen Tomas geschenkt, aber ich habe ihn nie so sehr geliebt wie Chases Vater.«

»Wie hast du ihn nur jemals verlassen können?« flüsterte Carlisle.

Chases Mutter holte tief Luft. »Ich habe ihn verlassen, weil ich an Chaso denken mußte. Er war damals acht Jahre alt und vergötterte seinen Vater. Burl hätte ihn verdorben. Das durfte ich nicht zulassen.«

»Ich würde es auch nicht wollen, daß mein Kind einem solchen Leben ausgesetzt wäre. Aber das alles muß doch unendlich schwer für dich gewesen sein.«

»*Sí,* es war die schwerste Entscheidung, die ich jemals treffen mußte.«

Dona Maria blickte ihre Schwiegertochter liebevoll an. In diesem Moment entdeckte Carlisle Chase auf der Terrasse. Er sah sie an, und Carlisle sprang auf.

»Arantxa Perez wird für den Rest ihres Lebens ins Exil geschickt. Sie wird zu ihrer Mutter nach Kuba reisen und nie wieder mexikanischen Boden betreten.« Seine Stimme und sein Auftreten waren schroff. »Javier und die anderen Rebellen werden morgen früh bei Sonnenaufgang wegen Verrats erschossen.«

»*Gracias,* Chase«, sagte Carlisle leise. »Mir ist klar, wie schwer es dir gefallen sein muß, dich für Arantxa einzusetzen.«

»Ich habe lediglich ein milderes Urteil für sie empfohlen. Die Richter haben die Entscheidung getroffen.«

Aber Carlisle wußte, welches Gewicht seine Meinung in der Regierung Juarez hatte. Chase hatte Arantxas Leben gerettet. Möglicherweise war das ein Zeichen dafür, daß seine Bitterkeit über San Miguel langsam verschwand. Vielleicht würde nach der Geburt ihres Kindes, wenn er seinen Sohn oder seine Tochter in den Armen hielt, auch noch der letzte Rest seines Grolls für immer verschwinden. Diese Hoffnung würde sie in ihrem Herzen bewahren, denn sie hatte nichts anderes, woran sie sich festhalten konnte.

Am nächsten Morgen, als Chase im Gefängnis von Chapultepec auf die Zelle von Arantxa Perez zuging, war es immer noch dunkel. Sie war in einen etwas freundlicheren Teil des Gefängnisses verlegt worden, ganz so, wie er es Carlisle versprochen hatte. Von Anfang an hatte er Zweifel daran gehabt, ob Arantxa jemals an den subversiven Aktivitäten ihres Vaters und Bruders beteiligt gewesen war. Deshalb hatte er in ihrem Fall einer Sonderbehandlung zugestimmt.

Er blieb vor ihrer Tür stehen und bedeutete dem diensttuenden Wächter, den Schlüssel zu bringen. Er knirschte im Schloß, und im selben Moment, in dem er den Raum betrat, sprang Arantxa auf die Füße, einen ängstlichen Ausdruck im Gesicht.

»Draußen wartet eine Kutsche auf Sie, die Sie nach Veracruz bringen wird«, sagte er. »Sie werden sofort abreisen.«

»Was ist mit Javier?« flüsterte sie.

Chase zögerte, da ihm bewußt war, daß sie insgeheim spürte, daß ihr Bruder zum Tode verurteilt worden war.

»Ich dachte, Sie würden vielleicht lieber schon jetzt, vor dem Morgengrauen, abreisen.«

Tränen glitzerten in Arantxas Augen. »Ich habe mich

gestern abend bereits von ihm verabschiedet, aber ich dachte, das heißt, ich habe gehofft, daß Sie es sich noch einmal anders überlegen und Mitleid zeigen würden.«

»Es tut mir leid, Arantxa. Das Urteil wurde bereits verhängt. Es gibt nichts, was ich noch tun könnte. Kommen Sie, Sie haben eine lange Reise vor sich.«

Arantxa wischte ihre Tränen weg und suchte ihre wenigen Habseligkeiten zusammen. Während sie den Hof überquerten, sprach keiner von ihnen ein Wort.

»Ich habe einige Ihrer persönlichen Sachen aus dem Haus Ihrer Eltern holen lassen.« Chase deutete auf mehrere Koffer, die hinten auf der Kutsche festgebunden waren.

Arantxa biß sich auf die Lippen, als ihr erneut die Tränen in die Augen schossen. »Würden Sie bitte Carlita auf Wiedersehen sagen und ihr ausrichten, daß ich all das Leid, das ich ihr angetan habe, sehr bedauere?«

Chase nickte, ergriff ihren Ellenbogen und half ihr in die Kutsche. Arantxa sah ihn durch das Fenster an. Ihr tränenüberströmtes Gesicht war ein Bild des Jammers.

»*Gracias,* Senor Lancaster, daß Sie sich meiner erbarmt haben.«

»Sie waren nicht des Verrats schuldig.«

»Ich möchte Ihnen noch etwas sagen, bevor ich fahre«, sagte Arantxa. »Es betrifft Carlita und Sie. Ich habe gehört, was Javier Ihnen über Carlita und ihn erzählt hat. Es stimmt nicht. Sie war niemals seine Geliebte. Ich habe jede Nacht das Zimmer mit Carlita geteilt, während sie in San Miguel war, und es kam sogar nur sehr selten vor, daß sie überhaupt einmal allein mit meinem Bruder war. Ich glaube, sie hat ihn nicht mehr besonders gemocht, nachdem er sie nach San Miguel gebracht hatte.«

Chase sah sie an und nickte, dann gab er dem Kutscher das Zeichen zur Abfahrt. Das Vehikel klapperte über die Pflastersteine, umringt von vier bewaffneten Reitern. Chase wandte sich ab, und eine Welle von Mitleid für

Arantxa stieg in ihm auf. Wie unfair das Leben doch sein konnte, dachte er. Arantxa war ein Opfer ihrer eigenen Familie. Und er wußte, daß sie die Wahrheit gesprochen hatte. Carlisle war damals, in der Höhle, als sie sich das erste Mal geliebt hatten, noch Jungfrau gewesen. Er hatte es die ganze Zeit über gewußt, aber das änderte nichts an der Tatsache, daß sie bereitwillig mit Javier gegangen war und diese ganze Tragödie in Gang gebracht hatte. Das konnte er ihr einfach nicht vergeben.

Als die Morgendämmerung die entfernten Dächer der Stadt vergoldete, stieg er die Steintreppen zu der niedrigen Brüstung hinauf, von wo aus er die Exekution verfolgen wollte. Präsident Juarez befand sich bereits mit mehreren seiner Berater dort.

In dem Augenblick, als Chase seinen Platz an der hohen Balustrade eingenommen hatte, wurde Javier von einem Priester auf den Platz geführt, die Füße in Eisen, die Hände gebunden. Während der Pater ihn segnete und zwölf Soldaten in einer Reihe aufmarschierten und Haltung annahmen, stellte er sich vor die Mauer, das Kinn in die Höhe gereckt.

Nachdem sich der Priester zurückgezogen hatte, salutierte der Hauptmann der Truppe vor dem Präsidenten und befahl seinen Männern, die Gewehre anzulegen.

Javier blickte zu Chase hinauf, und die Worte, die er ihm zurief, erzeugten ein hohles Echo an den Steinwänden.

»Viva Santa Anna! Viva die Heilige Katholische Kirche!«

Der Schießbefehl wurde erteilt. Ein halbes Dutzend Gewehrschüsse durchbrach die Stille des Morgens. Javier Perez stürzte zu Boden.

Chase hatte schweigend zugeschaut und war schokkiert, daß er angesichts von Perez' Tod nicht das erwartete Triumphgefühl verspürte. Obwohl er seine Pflicht getan und Esteban gerächt hatte, erfüllte ihn der Anblick des achtzehnjährigen Jungen, der leblos am Boden lag, nicht mit Freude.

Statt dessen war ihm übel, und er fühlte sich seltsam leer. Er wünschte nur, daß Krieg und Rebellion aufhören würden! Er wollte in Ruhe leben und seinem Land in Frieden dienen. Er wollte Perez und alles andere, was geschehen war, vergessen. Aber mehr als alles andere wollte er mit Carlisle glücklich sein und genauso ungeduldig wie andere Ehemänner mit ihr auf das Baby warten. Aber konnte ihm das gelingen? O Gott, konnte ihm das jemals gelingen?

Im Verlaufe des Novembers kehrte eine angenehme Routine in Carlisles Leben ein. Die Zeit schien einen positiven Einfluß auf Chase zu haben, und vielleicht auch die Tatsache, daß die Männer, die ihn gefoltert hatten, tot waren. Carlisle bemühte sich jedenfalls, nicht an San Miguel oder ihre Tage dort zu denken. Statt dessen bereitete sie sich auf die Geburt des Babys vor und genoß es aufrichtig, winzige Kleidungsstücke und Mützchen zu nähen.

Eines Tages Anfang Dezember war sie gerade damit beschäftigt, weiche Babydecken zusammenzufalten. Sie hielt einen Moment inne, um den Raum zu bewundern, den sie als Kinderzimmer gewählt hatten. Sie ging zu der neuen, weißen Weidenwiege hinüber, an die Dona Maria das lange Taufkleid gehängt hatte, das das Baby bei der Taufe tragen würde. Carlisle ließ ihre Finger über die alte, feine Spitze gleiten und lächelte bei dem Gedanken daran, daß ihr kräftiger, ein Meter zweiundneunzig großer Gatte einmal so klein gewesen war, daß er in dieses winzige Hemd gepaßt hatte.

Sie nahm eine Elfenbeinspieldose vom Tisch neben dem Bett. Die Melodie erinnerte sie an den Ball, den sie am Tage von Grays und Tylers Hochzeit in New Orleans besucht hatte. Das schien schon eine Ewigkeit her zu sein. Wie albern und unreif sie damals doch gewesen war — vorzugeben, daß sie Chase nicht attraktiv fände! Es kam ihr so vor, als sei sie zu jener Zeit kaum mehr als ein

Kind gewesen, obwohl seither erst ein Jahr vergangen war. Nun war sie seine Frau und erwartete ihr erstes Baby.

»Carly? Was machst du?«

Wie immer vollführte ihr Herz beim Klang seiner Stimme einen Sprung. Sie hieß ihn mit einem glücklichen Lächeln willkommen.

»*Hola,* Chaso. *Buenos diás.*«

Chases Lächeln schnitzte die vertrauten, geliebten Grübchen in seine Wangen.

»Ich habe eine Überraschung für dich«, sagte er, und Carlisle verspürte ein stilles Entzücken, weil er so guter Laune war. Er versteckte etwas hinter seinem Rücken.

»Was ist es? Nun sag schon.«

Lächelnd zog er einen Stapel Umschläge hervor. »Briefe von Tyler und Gray.«

»Wirklich, Chase? Schnell, gib sie mir!«

»Sie lagen die ganze Zeit auf der Hazienda«, erklärte er, während er sie ihr reichte. »Und erst jetzt ist jemand auf die Idee gekommen, sie hierher zu schicken.«

»Ich habe mir solche Sorgen um alle zu Hause gemacht«, sagte Carlisle und preßte die kostbaren Briefe an ihre Brust. Aber Chase lachte nur und zog sie an sich. Sofort vergaß Carlisle die sehnsüchtig erwartete Post und genoß Chases gründliche Erforschung ihrer Lippen. Sie konnte erst wieder klar denken, als die Wärme seines Mundes ihre Schläfen liebkoste und er in ihr Haar murmelte: »Du sahst so wunderschön aus, als ich hereinkam. Wie ein Engel ...«

Sie spürte, daß sich sein Körper für einen Moment anspannte, und sie wußte, daß er an Estebans Gemälde dachte.

Bevor er sich weitere Gedanken darüber machen konnte, nahm sie seine Hand und zog ihn zu dem Stuhl vor dem Fenster.

»Laß sie uns zusammen lesen, Chase! Schau, dieser hier ist aus Chicago!«

Chase stellte sich hinter sie, während sie aufgeregt den ersten Brief aufriß.

»Er ist von November datiert.« Sie blätterte bis zur letzten Seite. »Und er ist von Tyler.« Sie begann zu lesen. »›Ich habe die allerschönsten Neuigkeiten. Ich erwarte im Frühjahr ein Kind.‹« Carlisle blickte Chase mit strahlenden Augen an. »Ist das zu glauben, Chase? Tyler bekommt auch ein Baby. Ist das nicht wundervoll?«

»*Sí.* Es freut mich, daß sie darüber so glücklich zu sein scheint. Was schreibt sie sonst noch?«

Carlisle kehrte sofort zu Tylers kindlicher Handschrift zurück. »›Gray und ich freuen uns beide sehr über die bevorstehende Geburt, und Carly, ich bin so unglaublich glücklich. Gray ist der wunderbarste Mann, den man sich nur vorstellen kann.‹«

»Das Eheleben scheint ihr ja gut zu bekommen, genau, wie ich es dir prophezeit habe«, unterbrach sie Chase. »Ich schätze, Gray und ich haben also doch keine so schlechte Entscheidung getroffen.«

Carlisle nickte und fuhr dann mit dem Lesen fort. »›Ich fürchte, liebe Carly, daß ich auch einige schlechte Nachrichten für Dich habe. Wir hatten am achten Oktober hier in Chicago ein Feuer, das Tausende von Gebäuden zerstört hat — unser Haus wurde Gott sei Dank verschont. Aber bevor ich Dir die nächste Sache erzähle, möchte ich Dich dringend bitten, Dir keine Vorwürfe zu machen. Sowohl Gray als auch ich verstehen, daß Du nur in allerbester Absicht gehandelt hast. Natürlich konntest Du nicht ahnen, was für Ungelegenheiten uns Dein Brief machen würde.‹«

»Was für ein Brief?« erkundigte sich Chase stirnrunzelnd. »Was zum Teufel hast du getan, Carly?«

Carlisle überflog schnell die nächsten Absätze, ohne sie laut vorzulesen.

Ihr Herz wurde mit jedem Wort, das Tyler geschrieben hatte, schwerer.

»Was ist passiert?« fragte Chase und lehnte sich vor, um besser über ihre Schulter schauen zu können.

Schwer getroffen gelang es Carlisle nicht, ihr schlechtes Gewissen zu verbergen.

»Oh, Chase, ich hätte mir ja nie träumen lassen, daß so etwas geschehen würde!«

»*Dios*, Carly, sag mir endlich, wovon du redest!«

Carlisle händigte ihm den Brief aus, außerstande, ihn anzusehen, während er die Zeilen las.

»Tyler denkt, daß du einen Brief an einen Mann namens Emerson Clan geschickt hast, in dem du ihn nach Chicago bestellst. Stimmt das?«

»Ja«, erwiderte Carlisle unglücklich. »Ich habe es getan, um Stone zu helfen, aber ich hätte nie damit gerechnet, daß jemand verletzt werden könnte.«

Chase setzte sich und legte einen Arm um sie. »Schon gut, erzähl mir einfach, was geschehen ist.«

Voller Reue biß sich Carlisle auf die Lippen. »Stone ist mein anderer Bruder. Du hast ihn bisher noch nicht kennengelernt. Während des Krieges wurde er gefangengenommen und in ein Militärgefängnis in Andersonville in Georgia gebracht, weil ihn ein Mann namens Emerson Clan verraten hatte. Seit dem Ende des Krieges ist Stone besessen davon, diesen Mann zu finden.«

Ihre Stimme begann zu zittern. »Ich wollte ihm doch nur helfen, und als Tyler mir erzählte, wie dein Vater bei einer seiner Schwindeleien einen Mann dazu gebracht hatte, zu ihm zu kommen, versuchte ich, das gleiche zu tun. Ich schrieb einen Brief an Clans Cousin in Alabama. Darin teilte ich ihm mit, daß Clans Onkel in Chicago gestorben sei und Emerson Clan Geld hinterlassen habe, das er allerdings persönlich abholen müsse. Weißt du, ich dachte, wenn er nach Chicago käme, könnte Stone ihn fassen. Und der Plan hat auch funktioniert, allerdings gelang es Clan, nach seiner Verhaftung während des Feuers aus dem Gefängnis zu flüchten. Er hat Tyler entführt,

Chase! Und Gray wurde angeschossen, als er gemeinsam mit Stone versuchte, sie zu retten. Oh, Chase, Gray hätte tot sein können!«

»Tyler schreibt ja, daß es ihm wieder gutgeht. Wann hast du den Brief denn abgeschickt, Carly?«

»Javier hat ihn für mich auf der *Mayan* abgefaßt«, gab Carlisle widerstrebend zu.

Chase erstarrte bei der Nennung des Namens, schien aber nicht zornig zu sein. »Nun, das alles ist jetzt vorbei, und allen geht es wieder gut.«

»Aber versteh doch. Es ist alles meine Schuld!«

»Für mich hört es sich so an, als hätten dir Gray und Tyler bereits vergeben.«

»Und was ist mit dir, Chase?« erkundigte sie sich leise. »Wirst du jemals vergessen können, daß ich diejenige war, die für Estebans Tod verantwortlich ist? Wirst du mich jemals wieder so lieben können, wie du es einmal getan hast?«

Chase erstarrte, wie er es immer tat, wenn sie das Thema ansprach. Nach einiger Zeit erwiderte er: »Ich glaube nicht, daß ich dir jemals vergeben kann, Carly.«

Tief in ihrem Inneren zerbrach etwas. Sie war sich nicht sicher, ob sie all dem ein Leben lang gewachsen sein würde — niemals zu wissen, ob Chase sie im nächsten Moment liebevoll behandeln oder sich in ein abweisendes, bitteres Schweigen zurückziehen und sie verdammen würde.

»Ich möchte nach Hause«, sagte sie mit erstickter Stimme, »nach Chicago, wo es Menschen gibt, die mich lieben und mich nicht ständig bestrafen, so wie du es tust.«

Chases Gesicht wurde blaß vor Wut. »Nein. Das verbiete ich dir.«

»Ich werde hier nicht bleiben. Ich kann es nicht ertragen, in einem Augenblick geküßt und im nächsten schon wieder gehaßt zu werden! Ich kann es einfach nicht ertragen!«

»Nach der Geburt des Kindes kannst du zum Teufel noch mal hingehen, wo du willst. Aber mein Kind wird hier bei mir in Mexiko bleiben, *comprendes?*«

Carlisle sah ihm nach, als er aus dem Zimmer stürmte. Ihre Hände begannen zu zittern, denn ihr wurde klar, daß er nach Belieben über sie und das Kind bestimmen konnte. Vielleicht war das sogar der einzige Grund, warum er sie geheiratet hatte — um sie bis zur Geburt des Kindes hier in der Casa Amarilla festzuhalten und dann loszuwerden. Das war es doch, was er eben gesagt hatte, dachte sie bestürzt, und in gleicher Weise hatte er sich geäußert, als er nach Mexico City gekommen war und erfahren hatte, daß sie ein Kind erwartete. »Ich nehme an, daß ich deine Gegenwart hier zumindest so lange tolerieren muß, bis das Baby geboren ist«, waren seine genauen Worte an dem Abend gewesen, als er zugestimmt hatte, sie zu heiraten. Damals hatte sie ihm nicht glauben wollen, aber nun tat sie es. Carlisle wurde leichenblaß, denn nichts hatte ihr jemals solche Angst einjagen können wie seine mit eiskalter Stimme ausgesprochene Drohung, ihr das Kind wegzunehmen.

Dona Maria nahm liebevoll den gravierten silbernen Babybecher ihres ältesten Sohnes aus seinem schwarzen Samtkästchen und stellte ihn vorsichtig auf das gehäkelte Zierdeckchen, das sie über die Kommode im Kinderzimmer gelegt hatte. Lächelnd und in Gedanken an viele liebevolle Erinnerungen vertieft, legte sie den reich verzierten kleinen Silberkamm und die Bürste daneben.

Bald schon würde sie wieder über seidige Locken auf einem winzigen Kopf bürsten und ihr Enkelkind in dem schweren Mahagoni-Schaukelstuhl im Arm halten, den die Frauen der Familie Morelo schon seit Generationen benutzten, um ihre Kinder in den Schlaf zu wiegen.

Das Familienerbstück war am vorherigen Tag vom Dachboden heruntergeholt worden. Nun nahm Dona

Maria darin Platz und lauschte dem vertrauten Knarren, als sie vor und zurück schaukelte. Wie viele Stunden hatte sie so mit Tomas in ihren Armen verbracht und dabei Kinderlieder gesummt, um ihn zu trösten, wenn er weinte. In einigen Monaten würde Carlita diese Freude auch genießen können, die eine Mutter auch dann noch in glücklicher Erinnerung hatte, wenn ihre Kinder bereits erwachsen waren.

Sie nahm ihre Stricknadeln wieder auf, und bald schon klickten sie rhythmisch gegeneinander, während die weiße Wolle die Form eines winzigen Strumpfes annahm. In der letzten Zeit weilten ihre Gedanken oft bei Chaso und seiner schönen Frau. Wenn sie doch nur glücklich sein könnten! Wie beneidenswert es doch war, sich gegenseitig so leidenschaftlich zu lieben.

Carlisle gestand ihre Gefühle offen ein, aber Chaso verhielt sich aufreizend still und unnachgiebig. Sie kannte ihn gut und wußte, wie sehr er seine Frau liebte. Saß sein Kummer denn noch so tief, daß er der armen Carlita nicht vergeben konnte? Oder war es bloß sein Stolz? Die Geburt des Kindes würde eine Wende zum Guten in ihrer problematischen Ehe bringen. Davon war sie überzeugt. Das Kind würde den schrecklichen Riß zwischen ihnen heilen.

Sie hatte schon zahllose Rosenkränze und Ave Maria vor dem Altar in ihrem Zimmer für die Aussöhnung der beiden gebetet. Die Heilige Jungfrau Maria würde ihre Bitten erhören und Chasos Herz mit Vergebung erfüllen.

»Dona Maria?«

Als sie ihre Augen öffnete, stand der Gegenstand ihrer Gebete vor ihr.

Carlisles wunderschöne grüne Augen waren gerötet vom Weinen, und ihr Gesicht trug einen nüchternen, entschlossenen Ausdruck.

»Entschuldige, wenn ich dich störe, aber ich muß mit dir reden. *Por favor,* es ist sehr wichtig.«

»Natürlich. Carlita, du siehst so müde aus. Fühlst du dich wieder krank?«

»Nein.«

Carlita nahm auf einem Sessel in der Nähe Platz. Als sie schwieg, versuchte Dona Maria ihr zu helfen, einen Anfang zu finden.

»Ist Chase wieder böse auf dich, Carlita?«

Carlisle nickte kurz, und Dona Maria runzelte die Stirn. »Ach, Männer sind ja solche Narren!«

Als ihre Schwiegertochter nichts darauf antwortete, versuchte Dona Maria, Carlita aufzuheitern. »Dein *nino* wird deine Ehe glücklicher machen.«

Carlita wandte ihr Gesicht langsam dem Fenster zu, bis ihr fein geschnittenes Profil sich gegen die weiße Wand abzeichnete.

»Ich brauche deine Hilfe, Dona Maria. Es tut mir leid, daß ich dich bitten muß, aber ich habe keine andere Wahl.«

»Du bist wie eine Tochter für mich. Ich werde alles für dich tun, was in meiner Macht steht.«

Carlita sah sie an, und Dona Maria spürte ihre Zweifel.

»Würdest du mir auch dann helfen, wenn es gegen die Wünsche deines Sohnes wäre?«

Dona Maria schüttelte überrascht den Kopf. »So sehr könnte ich mich nicht einmischen, Carlita, das solltest du wissen. Aber wenn du mir sagst, was passiert ist, werde ich mich gerne bei Chaso für dich einsetzen.«

Carlitas Lächeln wurde so kalt und zynisch, wie Dona Maria es bei ihr noch niemals zuvor gesehen hatte.

»Alles läuft falsch. Und es wird immer so weitergehen, denn Chase ist einfach nicht in der Lage, mir zu vergeben.« Sie lehnte ihren Kopf plötzlich gegen die Lehne, als sei sie zu müde, ihn länger aufrecht zu halten. »Und ich bin nicht länger imstande, das hinzunehmen. Ich habe mich wirklich sehr bemüht, aber ich kann so nicht weiterleben.«

»Aber das Kind wird dich wieder in sein Herz zurückbringen!«

»Ich bin mir nicht mehr so sicher, ob ich das überhaupt möchte. Chase hat mir heute gesagt, daß ich nach der Geburt des Kindes gehen kann, wohin ich will, aber daß das Kind hier bei ihm bleiben wird.«

»Er muß wütend gewesen sein, Carlita. So grausam kann mein Sohn doch nicht sein!«

Zum ersten Mal zeigte Carlisle ein Zeichen von Erregung. Ihre Hände klammerten sich um die geschnitzten Armlehnen des Sessels. »Doch, das kann er, und das ist er auch. Er kann sogar sehr grausam sein. Estebans Tod hat ihn verändert. Er hat uns alle verändert.«

Ihre Stimme begann ein wenig zu zittern, aber sie weinte nicht. Statt dessen nahm ihr Gesicht einen noch entschlosseneren Ausdruck an. Sie hob ihr Kinn.

»Ich kehre heim nach Amerika, wo Chase mir niemals mein Kind wegnehmen kann. Wenn er mich wirklich liebt und mir vergibt, kann er dorthin kommen und es mir sagen.«

Zuerst war Dona Maria so erschüttert über Carlitas Ankündigung, daß sie nichts sagen konnte.

»Du kannst doch nicht wirklich glauben, daß mein Sohn dir das Baby wegnehmen würde«, flüsterte sie schließlich.

»Ich werde das Risiko nicht eingehen. Mein Kind ist alles, was mir noch geblieben ist. Das verstehst du doch sicher.«

»Natürlich verstehe ich das«, erwiderte Dona Maria beruhigend. »Aber du darfst mich nicht bitten, dabei behilflich zu sein, ein Kind seinem Vater wegzunehmen. Es ist gegen das Gebot Gottes.«

Carlita lächelte traurig. »Du selbst hast es doch auch getan, Dona Maria.«

Dona Maria starrte sie verblüfft an, und Carlitas Stimme wurde sanfter. »Du hast Chase doch Burl Lancaster weggenommen.«

»Aber Chaso ist nicht mit seinem Vater zu vergleichen. Burl war ein Dieb, ein Schwindler, der aus seinem Sohn ebenfalls einen Verbrecher gemacht hätte . . .«

Ihre Stimme wurde bei dem Gedanken an diese schrecklichen, quälenden Tage, als sie mit der gleichen Entscheidung gerungen hatte wie Carlisle jetzt, immer leiser. Sie hatte Burl Lancaster bis zum Wahnsinn geliebt, aber sie hatte sich dagegen entschieden, bei ihm zu bleiben und Zeugin beim Verfall dieser Liebe zu werden. Ihr Herz zog sich zusammen.

»Aber verstehst du denn nicht, was du da von mir verlangst? Ich soll mein eigenes Enkelkind aufgeben. Ich habe so lange auf diesen Augenblick gewartet ...« Ihr versagte die Stimme.

Carlita stand auf, kniete sich vor sie hin und nahm ihre Hände. »Das würde ich niemals tun. Du weißt, wie sehr ich dich liebe. Ich habe meine eigene Mutter nie gekannt, und niemand hätte mir mehr Zuneigung entgegenbringen können, als du es getan hast. Aber wenn ich warte, bis das Kind geboren ist, dann werde ich niemals mit ihm heimkehren können. Chase hat es mir verboten.«

Sie fuhr mit drängender Stimme fort: »Was wäre gewesen, wenn Burl dir nicht erlaubt hätte, deinen Sohn mit nach Hause zu nehmen — nicht einmal für einen Besuch? Hättest du einfach weggehen und Chase zurücklassen können?«

Dona Maria starrte Carlita mit aschgrauem Gesicht an. »Nein«, flüsterte sie. »Niemals.«

»Dann hilf mir bitte, ich flehe dich an. Hilf mir, nach Veracruz zu kommen und eine Überfahrt nach New Orleans zu buchen. Ich schwöre bei der Heiligen Jungfrau Maria, daß ich mein Kind niemals von Chase fernhalten werde. Du weißt doch, daß ich alles dafür geben würde, wenn er mich wieder so lieben könnte, wie er es einmal getan hat.« Carlisle biß sich auf die Lippe, und Tränen stiegen ihr in die Augen. Von Kummer überwältigt, legte sie ihren Kopf in Dona Marias Schoß und begann zu schluchzen.

Dona Maria strich mit wehem Herzen über Carlitas weiches Haar.

»Weine nicht, Carlita«, flüsterte sie. »Gemeinsam werden wir schon einen Weg finden, wie du nach Hause kommst.«

Dona Maria hielt ihr Versprechen, und nur eine Woche später stand Carlisle mit ihr und Tomas auf einem windigen Hafenkai. Chase dachte, sie würden seine Tante in Puebla besuchen, aber statt dessen waren sie nach Veracruz gereist, wo die *Sentinel*, ein amerikanischer Dampfer, vor Anker lag. Das Schiff wurde für seine Heimreise in die Vereinigten Staaten beladen. Tomas hatte ihr bereits eine Karte nach New Orleans gekauft, und nun blieb ihnen nur noch der Abschied. Sie schaute ihre Schwiegermutter an und sagte mit rauher, tränenerstickter Stimme: »*Gracias,* Dona Maria. Ich werde niemals vergessen, was du für mich getan hast.«

Dona Maria schüttelte den Kopf und umarmte Carlisle fest. »Oh, meine *hija,* ich werde dich schrecklich vermissen. Ich habe solche Angst, daß ich das Falsche tue, wenn ich dir dabei helfe, Chaso auf diese Weise zu verlassen. Er liebt dich so sehr. Ich weiß, daß er das tut.«

»Ich muß gehen. Ich habe keine andere Wahl.« Sie blickte über die flachen Dächer der Stadt hinweg zu den dahinter liegenden Bergen. »Es fällt mir sehr schwer, Mexiko zu verlassen.« Ihre Stimme wurde leiser. »Ich liebe dein Land ebensosehr wie deinen Sohn.«

Dona Maria zog ihr Taschentuch hervor und wischte ihre Tränen ab.

»Du wirst mir doch schreiben, wenn das Kind geboren ist, nicht wahr?« fragte sie und strich Carlisle über den Rücken.

»Sei bitte vorsichtig an Bord. Geh bei rauhem Wetter

nicht an Deck, du könntest fallen. Juana«, sagte sie und drehte sich zu dem jungen Mädchen um, das einige Schritte entfernt wartete, »du mußt dich gut um Carlita kümmern, versprichst du mir das?«

»*Sí,* Senora.«

Dona Maria umarmte Carlisle noch einmal, als die Schiffsglocke ertönte. Sie überreichte ihr einen kleinen Kasten, den sie im Arm gehalten hatte.

»Hier drin sind ein paar Sachen für das Baby, *nina.* Etwas zum Anziehen, das ich gestrickt habe, und einige Schals und Decken. In Chicago ist es sehr kalt, nicht wahr?«

»*Sí. Gracias.* Ich werde sie in Ehren halten. Oh, Mama, ich werde dich so vemissen!« Carlisle begann zu weinen, als sie sich erneut umarmten.

Dona Maria entfuhr ein Schluchzen, und sie drehte sich um und eilte zur Kutsche zurück.

Tomas hatte in einiger Entfernung von ihnen gewartet, doch nun trat er auf Carlisle zu und reichte ihr ein Taschentuch. Sie wischte sich damit über die Augen.

»Tomas, dich werde ich auch sehr vermissen. Ich werde dich und all das, was du für mich getan hast, niemals vergessen.«

»Ich habe Angst, daß ich dich nie wiedersehen werde«, sagte Tomas, und seine Augen waren so voller Verzweiflung, daß Carlisle zu schlucken begann. Sie teilte seine Angst, versuchte aber trotzdem zu lächeln.

»Du kannst jederzeit nach Amerika kommen, um mich zu besuchen. Du und deine Mutter, beide.«

»Chase muß verrückt sein.«

Carlisle umarmte ihn heftig. »Ich werde dir schreiben, Tomas. Und du wirst meine Briefe doch hoffentlich beantworten, oder?«

»*Sí*«, erwiderte er, und auch in seinen Augen schimmerten Tränen. »Adios, Carlita.«

Carlisle ging mit Juana an Bord. Sie setzte sich auf eine

Bank. Tränen brannten in ihren Augen. Als sie ihre Hand hob, um Dona Maria und Tomas zuzuwinken, hatte sie das Gefühl, als würde sie ihr ganzes Leben hinter sich lassen. Und das tat sie ja auch, denn sie verließ Chase.

Zwei Tage vor Weihnachten ritt Chase auf seinem Pferd die Straße nach Puebla hinunter. Er hatte eine lange und ermüdende Reise hinter sich, aber nun, da er die schlanken Türme der Kathedrale erblickte, wußte er, daß er sein Ziel bald erreicht haben würde. Die große Hazienda seines Großvaters, die ganz in der Nähe der Stadt lag, war ein wunderschöner, friedlicher Ort, und er wollte das Weihnachtsfest hier, gemeinsam mit Carlisle, verbringen. Beinahe zwei Wochen waren vergangen, seit seine Mutter mit Carly und Tomas losgefahren war, um seine *tía* Isabella zu besuchen. Bei ihrer Abreise hatte er Carlisle gebeten, nicht länger als eine Woche zu bleiben, aber zu seinem Ärger hatte er seit diesem Tag kein Wort mehr von ihr gehört.

Anfangs war er froh gewesen, Carlisle aus dem Haus zu haben. Dann mußte er feststellen, daß er jeden Abend in ihrem Schlafzimmer auf und ab lief, weil er sie vermißte und sich nach ihr sehnte. Seit sie abgereist war, hatte er wenig Frieden gefunden, und er war zornig, weil er sich eingestehen mußte, daß er sie brauchte.

Noch schwieriger war es, mit dem Wissen zu leben, daß er sie schlecht behandelt hatte und gehässige Dinge zu ihr gesagt hatte, die er in Wahrheit gar nicht so meinte. Manchmal wollte er sie verletzen, aber wenn er dann sah, wie der Schmerz ihre Augen verdunkelte, fühlte er sich schlechter als zuvor. Dieses Gefühl hatte ihn auch überkommen, als sie sich über Carlisles Reise zu ihrer Familie in Chicago gestritten hatten. Damals hatten sich ihre verletzten Gefühle ganz deutlich in ihrem Gesicht gespiegelt.

Er wußte, warum er die Reise verboten hatte. Es war

aus Angst geschehen, daß sie nicht mehr zurückkommen würde. Aber er hatte sich bereits überlegt, wie er es wiedergutmachen konnte. Weihnachten würde er ihr bei *tía* Isabella das Diamantenkollier und das dazu passende Armband schenken, das er gekauft hatte.

Puebla war eine alte Stadt. Sie lag inmitten von Hügeln und hatte enge, gewundene Gassen. Er bemerkte die Fußgänger auf dem Marktplatz kaum, so sehr trieb er sein Pferd an, und er ärgerte sich ein wenig über sich selbst, weil er es kaum erwarten konnte, sie wiederzusehen. Zum Teufel mit Carlisle und der Macht, die sie über sein Herz hatte!

Innerhalb von zehn Minuten kam die *estancia,* wo seine Tante lebte, in Sicht. Die vorderen Mauern waren hoch und von der Sonne gebleicht, und als er gegen das Tor pochte, ließ ihn der *portero* sofort ein.

»*Buenos diás,* Don Chaso!« rief er. »Wie geht es Ihnen?«

»*Bien,* Tomacinto. Wo ist meine Mutter?«

»Im Garten, Senor.«

»*Gracias*«, erwiderte Chase und reichte ihm die Zügel hinüber. Er nahm seinen Sombrero ab und schlug ihn gegen den Oberschenkel, um den Staub abzuklopfen. Dann schritt er durch den Innenhof zum Garten hinüber. Einen Augenblick später entdeckte er seine Mutter, die mit seiner Tante im Schatten saß und *canela*-Tee trank. Seine Mutter sah ihn erschrocken an.

»Chaso! Was machst du denn hier? Wir hatten ja keine Ahnung, daß du kommen würdest!«

Chase lächelte und beugte sich hinunter, um zuerst seine Mutter und dann seine Tante zu küssen. »*Buenos diás,* Mama. *Tía* Isabella, du siehst *muy bonita* aus.«

»*Gracias,* Chaso«, erwiderte seine *tía* und schien sich bei seinem Anblick derartig unwohl zu fühlen, daß Chase seinen Blick einen Moment länger auf ihr ruhen ließ. Er schüttete sich ein Glas Orangensaft ein und setzte sich dann auf eine Bank in der Nähe der Frauen.

»Wo ist Carly, Mutter? Ruht sie sich aus?«

Tía Isabella machte angesichts dieser Frage ein entgeistertes Gesicht, und seine Mutter hielt ihm schnell einen Teller mit *bunuelos* hin.

»Greif zu, Chaso, du mußt hungrig sein.«

»*Sí*«, erwiderte er und nahm sich einen der hauchdünnen Pfannkuchen, die mit Honig beträufelt waren. Er hatte die Casa Amarilla schon vor dem Frühstück verlassen, und sein Magen war leer. Seine Tante schien begeistert zu sein, daß er hungrig war.

»Dann werde ich dir auch Tortillas und Eier bringen lassen«, rief sie, sprang auf und eilte davon.

Chase blickte ihr nach und warf dann einen fragenden Blick auf seine Mutter.

»Was ist denn mit *tía* Isabella los?«

»Sie freut sich einfach, daß du zu Besuch gekommen bist. Du bist schon ein Jahr lang nicht mehr hiergewesen, weißt du.« Seine Mutter lächelte ihn an, aber in den dunklen Tiefen ihrer Augen bemerkte er eine gewisse Besorgnis.

»Ist etwas mit Carlisle? Geht es ihr nicht gut?« fragte er, durch ihr eigenartiges Verhalten alarmiert. Er setzte sich auf. »Sie ist doch nicht krank, oder? Ist es das Baby?«

»Oh, nein«, beruhigte ihn seine Mutter schnell. »Es geht ihr gut, aber ich kann mir vorstellen, daß sie sich nun, da ihr Zustand nicht mehr zu übersehen ist, ein wenig unbehaglich fühlt.«

Chase nickte und stand auf. »Welches Zimmer hat sie? Ich würde sie gerne sehen.«

Seine Mutter goß sich noch etwas Tee ein. »Ich muß schon sagen, deine Besorgnis überrascht mich. Schließlich hast du dir in den letzten Wochen die allergrößte Mühe gegeben, sie unglücklich zu machen. Warum möchtest du sie nun so dringend sehen?«

Chase runzelte die Stirn bei dieser für seine Mutter doch recht ungewöhnlichen Offenheit. Weil ich sie so sehr vermißt habe, daß ich nachts nicht schlafen konnte, hätte er ihr am liebsten geantwortet. Aber das tat er nicht.

»Weil sie meine Frau ist«, erwiderte er in einem Ton, der so kühl war, daß seine Mutter ihren Blick senkte. Er blickte zum zweiten Stock hinauf, wo sich die Schlafzimmer befanden. »Also, wo ist Carly?«

Seine Mutter zögerte und antwortete dann mit leiser, trauriger Stimme: »Carlita ist fort, *mi hijo.*«

Chases Stirnrunzeln vertiefte sich. »Du solltest sie in ihrem Zustand nicht alleine gehen lassen. Wann kommt sie wieder? Hat Tomas sie begleitet?« fügte er hinzu, erbost über den Gedanken, daß die beiden irgendwo allein sein könnten.

»Es tut mir leid, Chase, aber Carlita wird nicht zurückkommen. Sie ist nach Hause zurückgefahren.«

»Nach Mexico City? Wann denn?«

»Nicht zur Casa Amarilla. Zurück nach Amerika.«

Chases Herz setzte aus. »Was?«

Seine Mutter befeuchtete ihre Lippen. »Tomas und ich haben sie letzte Woche nach Veracruz begleitet. Sie und Juana haben einen Dampfer nach New Orleans genommen.«

Zuerst konnte sie Chase nur anstarren. Dann lief sein Gesicht vor Wut rot an. »Warum zum Teufel hast du sie nicht davon abgehalten?«

Seine Mutter hob ihr Kinn. »Weil ich es nicht wollte. Sie hat mich um Hilfe gebeten, weil sie niemand anderen hatte, an den sie sich wenden konnte.«

»Verdammt, Mutter, sie ist meine Frau! Sie hat kein Recht, ohne meine Erlaubnis abzureisen! Wie konntest du mir das antun?«

Dona Maria blickte ihn ruhig an. »Ich habe es getan, weil du es verdient hast, daß sie dich verläßt. Seit eurer Hochzeit hast du sie abscheulich behandelt.«

»Sie ist meine Frau!« schrie Chase, außer sich über ihre Einmischung. »Sie wird das tun, was ich sage!«

»Jetzt nicht mehr, Chaso. Wenn du sie verloren hast, ist das ganz allein deine Schuld. Zum ersten Mal in meinem Leben schäme ich mich für etwas, was du getan hast. Du erinnerst mich an deinen Vater.«

Chase schwieg schockiert und entfernte sich einige Schritte. Ein Vogel zwitscherte auf einem Zweig über dem Tisch, aber das war auch das einzige Geräusch im Garten, das zu hören war, während Chase mit seinen Gefühlen kämpfte. Carly war abgereist? Vor ihm geflohen?«

»Du hättest ihr nicht dabei helfen sollen, Mutter«, sagte er mit erstickter Stimme. »Sie wird niemals zurückkommen.«

»Du enttäuscht mich, mein Sohn«, erwiderte Dona Maria. »Du sprichst von ihr, als sei sie tot, wo sie doch in Wahrheit nur eine Seereise weit entfernt ist.«

»Vielleicht, aber ich werde den Teufel tun und hinter ihr herjagen.« Er blickte sie kühl an. »Ich hoffe, du weißt, was du getan hast, Mutter, denn du wirst dein erstes Enkelkind nun wahrscheinlich niemals zu Gesicht bekommen.«

Dona Maria blickte zu Boden, während Chase davonrannte und zornig nach seinem Pferd rief.

19

Tyler Kincaid vollführte kreisrunde Bewegungen mit ihren Fingern und bemühte sich, das Eis, das die Fensterscheiben bedeckte, fortzuwischen. Draußen lag die Lincoln Avenue in der kalten Januarnacht verlassen da, und im Laternenlicht an der Ecke tanzten große Schneeflokken, die wie Gänsefedern zu Boden fielen.

»Gray, warum brauchen sie nur so lange?« rief sie und wandte sich zu ihrem Mann um. »Ich habe dir ja gesagt, wir hätten den Schlitten nehmen sollen, um sie am Bahnhof abzuholen.«

Gray lächelte sie vom Kamin her an. Im Gegensatz zu seiner aufgeregt pappernden Frau war er ganz ruhig und gelassen. »Und ich habe dir gesagt, daß ich dir nicht erlaube, in deinem Zustand über eisige Gehwege zu laufen. Hab Geduld. Carly und Chase werden ganz bald hier eintreffen.«

»Aber wir haben sie doch so lange nicht mehr gesehen! Ich weiß, daß ich ein Baby erwarte, aber das heißt doch nicht, daß ich schmelze, sobald ich etwas naß werde!« erwiderte sie und stemmte ihre Fäuste in die Hüften. »Ich bin nicht aus Zucker, weißt du!«

Die blauen Augen ihres Mannes blickten sie amüsiert an.

»Nun, mein Zuckerpüppchen, darüber kann man geteilter Meinung sein.«

Tyler mußte lachen, als Gray auf sie zukam, und sie schmiegte sich in seine Arme, wie immer froh, in seiner Nähe zu sein.

»Hör auf, dir Sorgen zu machen, Tyler«, murmelte er, das Kinn in ihrem kastanienbraunen Haar verborgen. »Sie werden bald hier sein. Ich freue mich genauso darauf, Carly wiederzusehen, wie du, aber zweifellos wird Chase gut auf sie aufpassen. Er hat es immerhin all die Monate in Mexiko mit ihr ausgehalten, oder etwa nicht? Wenn er damit fertig geworden ist, dann habe ich keine Bedenken, daß er sie sicher von der LaSalle-Bahnstation vier Straßenblöcke weit hierher bringen kann.«

»Aber es dauert so lange! Und es ist so viel passiert, seit wir New Orleans im letzten Frühjahr verlassen haben! Ich werde den beiden eine gehörige Strafpredigt halten, weil sie uns nicht geschrieben haben. Seit Carlisle auf Chases Hazienda eingetroffen ist, haben wir keinen einzigen Brief mehr von ihr erhalten!«

»Carly schreibt nicht gerne. Sie ist immer viel zu beschäftigt dafür — zumindest sagt sie das.«

Tyler wand sich aus Grays Umarmung und nahm wieder ihren Platz am Fenster ein. Sie konnte es einfach nicht erwarten!

Sie und Gray waren überrascht gewesen, als am Dienstag Carlys Telegramm eintraf, in dem sie ihnen mitteilte, daß sie in New Orleans sei und den nächsten Zug nach Hause nehmen würde.

Obwohl Carlisle Chase in ihrem Telegramm nicht erwähnte, wußte Tyler, daß er bei ihr sein mußte. Er würde es ihr niemals erlauben, allein zu reisen. Sie mußten beschlossen haben, zu kommen, nachdem sie ihren Brief erhalten hatten, in dem sie von ihrer Schwangerschaft berichtete!

Ungeduldig kratzte sie an der Eiskruste, die das Glas überzog. Als sie ihren Blick wieder nach draußen richtete, sah sie einen Schlitten, der in die Einfahrt einbog.

»Gray! Sie sind da!« rief sie, wirbelte herum und eilte an ihrem Mann vorbei.

Gray streckte die Hand aus und hielt sie mit einem zärtlichen, aber festen Griff am Arm zurück.

»Erinnerst du dich noch, was Charles über das Laufen gesagt hat? Er ist dein Arzt, weißt du.«

»Ja, ja, es tut mir leid, aber laß uns schnell machen. Ich kann einfach nicht begreifen, warum du nicht ebenso aufgeregt bist wie ich! Sie ist schließlich deine Schwester! Ich weiß doch, daß du sie vermißt hast!«

Gray lachte und ließ es zu, daß sie ihn in den Flur zog. Tyler riß die Haustür auf und erblickte Carlisle, die gerade mit Hilfe des Fahrers aus dem Schlitten stieg.

»Carly!«

Tyler lief ungeachtet des besorgten Stirnrunzelns ihres Gatten die Stufen hinunter. Am Fuße der Treppe traf sie auf eine tief vermummte Carlisle, und sie faßten sich an den Händen und drückten sie, während sie beide vor Freude lachten.

»Gott sei Dank bist du hier, Carly, so daß Tyler endlich aufhören kann, sich Sorgen zu machen und mich in Ruhe läßt«, sagte Gray, legte liebevoll den Arm um die Schultern seiner Schwester und küßte ihre Wange.

»Aber wo ist Chase?« rief Tyler und blickte an Carlisle vorbei, um zu sehen, ob ihr Cousin noch in der Kutsche saß. Die einzige Person, die sie sah, war ein junges Mädchen mit dunkler Haut, das zitterte und seine Hände gegeneinander rieb.

»Chase ist nicht mitgekommen«, eröffnete ihnen Carlisle. »Dies ist mein Mädchen, Juana. Juana, das ist mein Bruder, Gray, und meine Schwägerin, Tyler.«

Gray nickte der jungen Frau zu und runzelte ein wenig die Stirn. »Ihr werdet hier draußen noch erfrieren, bei diesem Wetter. Laßt uns hineingehen, dort ist es warm.«

Tyler hängte sich bei Carlisle ein und betrat mit ihr die hell erleuchtete Vorhalle, während Gray Juana die Stufen hinauf half.

»Oh, Carly, ich freue mich so sehr, dich wiederzusehen! Komm, ich werde dir den Mantel abnehmen, und dann gehen wir in den Salon! Dort brennt ein schönes, wärmendes Feuer.«

Carlisle knöpfte ihren Mantel auf, und Gray half ihr hinaus. Tyler stockte der Atem, als sie sah, daß auch Carlisle ein Kind erwartete.

»Oh, nein«, rief sie ohne nachzudenken und wandte sich mit entsetztem Blick zu ihrem Mann. Grays Kiefer war hinuntergesackt. Als Carlisle seinen Gesichtsausdruck sah, sagte sie: »Chase und ich haben geheiratet, während ich in Mexiko war.« Während Tyler und Gray fortfuhren, sie entgeistert anzustarren, drehte sie sich nach ihrem Mädchen um. »Juana, würdest du bitte nach oben gehen und unsere Sachen auspacken, *por favor*? Zur Küche geht es durch diese Tür. Es wird jemand da sein, der dir den Weg zeigt.«

Nachdem das Mädchen davongeeilt war, wandte sich Carlisle wieder ihrer Familie zu, als stünde sie vor einer Richterbank.

Tyler wurde plötzlich bewußt, wie peinlich dies alles für Carlisle sein mußte.

»Carly, du und Chase? Wer hätte das gedacht? Das sind ja ganz wundervolle Neuigkeiten!« Sie nahm Carlisles kalte Hand, aufrichtig erfreut über diese unerwartete Entwicklung. »Warum hast du uns nichts davon geschrieben? Das muß ja alles schon eine lange Zeit zurückliegen! Dein Kind wird ja offensichtlich noch vor meinem geboren!«

Ihrer unschuldigen Bemerkung folgte eine verlegene Stille, in der Carlisles Gesicht einen ausgesprochen rosigen Farbton annahm. Tyler blickte zu ihrem Mann auf, der etwas Unverständliches vor sich hinmurmelte.

»Wo zum Teufel ist Chase?« fragte er dann wütend. »Was fällt ihm ein, seine schwangere Frau allein reisen zu lassen?«

»Ich habe ihn verlassen«, gestand Carlisle.

»Du hast was?«

»Ich habe ihn verlassen, weil er mich eigentlich nie heiraten wollte. Er mußte.«

Tyler bemerkte das Zittern in der Wange ihres Mannes,

das ihr immer zeigte, daß ein Wutausbruch kurz bevorstand.

»Zur Hölle mit ihm! Ich habe dich ihm anvertraut, und nun muß ich erfahren, wie er dich ausgenutzt hat!« knurrte Gray, außer sich vor Zorn.

Carlisles Augen füllten sich mit Tränen. Als Tyler dies sah, fuhr sie ihren Mann an: »Gray! Kannst du nicht sehen, wie müde und durcheinander Carly ist? Sie muß sich erst einmal ausruhen, bevor du damit beginnst, sie anzuschreien und wie eine Verbrecherin zu behandeln! Ich bin sicher, daß es für alles eine vernünftige Erklärung gibt!«

Gray war immer noch aufgebracht und zeigte dies auch, daher legte Tyler einen Arm um Carlisles Taille und führte sie zur Treppe.

»Komm, Carly, dein altes Zimmer wartet auf dich. Später werden wir alle gemeinsam zu Abend essen.« Sie warf einen Blick über die Schulter zu ihrem Mann. »Gray, Liebling, würdest du Hildie bitte Bescheid sagen, daß sie uns eine Kanne Tee bringt?«

Die Stirn ihres Mannes zeigte immer noch tiefe Falten, aber er drehte sich um und machte sich auf den Weg zur Küche. Zumindest war es ihr gelungen, Carlisle vor seinem Groll zu retten, dachte sie erleichtert, während sie ihrer Schwägerin die Stufen hinaufhalf. Die arme Carlisle sah schon unglücklich genug aus.

Kurze Zeit später, als die beiden Frauen bei einer Tasse Kamillentee in der Fensternische von Carlisles altem Kinderzimmer saßen, erzählte Carlisle alles, was während ihres Aufenthalts in Mexiko geschehen war. Tyler saß schweigend dabei und hörte zu.

Der Schnee türmte sich auf dem Fensterbrett draußen höher und höher, während Carlisle immer weiter erzählte, nur ab und zu unterbrochen von ihrem eigenen Weinen.

Als sie geendet hatte, schüttelte Tyler traurig den Kopf. »Carly, ich kann einfach nicht glauben, daß all diese schrecklichen Dinge zwischen dir und Chase vorgefallen sind. Gray und ich haben so etwas nicht im entferntesten vermutet! Wir dachten, du hättest so viel Spaß, daß dir einfach die Zeit zum Briefeschreiben fehlen würde.«

»Ich liebe Mexiko«, erwiderte Carlisle. »Es hat mir fast das Herz gebrochen, von dort wegzugehen.«

Tylers zimtbraune Augen leuchteten verständnisvoll, und sie lehnte sich nach vorne, um Carlisle zu umarmen.

»Es tut mir so leid, Carly. Gibt es irgend etwas, das ich für dich tun kann? Wenn du fortgegangen bist, ohne ihm etwas zu sagen, muß er sich doch fürchterliche Sorgen machen.«

»Es ging nicht anders. Er konnte einfach nicht vergessen, daß ich mit den Geschwistern Perez gegangen war. Ich glaube schon, daß er es wollte. Ich denke, er hat es versucht, besonders, nachdem wir verheiratet waren, aber er brachte es einfach nicht fertig. Und ich war nicht länger imstande, den kalten Blick seiner Augen zu ertragen. Am meisten Angst hatte ich, daß er mich nach der Geburt des Kindes einfach wegschicken könnte.«

»Oh, nein, Carly. Das hätte er niemals getan. Vielleicht hat er sich in einem Wutanfall einmal so geäußert, aber ich bin davon überzeugt, daß er es nicht so gemeint hat.«

Carlisle seufzte. »Ich hatte Angst und wollte heimkehren, um das Kind hier zu bekommen.«

Tyler lächelte. »Ich bin froh, daß du das getan hast.« Sie legte ihre Handfläche auf ihren eigenen, runden Bauch. »Unsere Babys werden Cousins sein und ebensogute Freunde werden, wie wir es sind.« Sie drückte Carlisles Hand. »Ich habe Gray noch nichts davon gesagt, aber ich fürchte mich ein wenig. Ich habe schreckliche Geschichten über Geburten gehört. Also habe ich mit Dr. Bond gesprochen, und er hat mir genau erklärt, was geschieht, wenn es soweit ist. Und er hat mir versprochen, daß er mich zu einer Entbindung mitnehmen wird, damit ich alles mit eigenen Augen sehen kann. Wenn ich erst einmal weiß, was mich erwartet, werde ich mich auch nicht mehr so arg davor fürchten, denke ich. Eine seiner Patientinnen steht kurz vor der Niederkunft. Möchtest du mitkommen? Er sagt, ich könne ihm dabei helfen, das Baby zur Welt zu bringen, wenn ich möchte.«

»Ich weiß nicht. Vielleicht. Hat Gray denn nichts dagegen?«

»Er weiß noch nichts davon. Aber er wird mich schon gehenlassen, wenn ich es wirklich will, ganz besonders, wenn er glaubt, daß es mir dabei helfen wird, mein eigenes Baby zu bekommen. Er macht sich sowieso zu viele Sorgen um mich, also erzähle ihm bitte nicht, daß ich mich vor der Geburt fürchte.«

»Das werde ich nicht. Ich weiß, wie du dich fühlst, denn mich plagen die gleichen Gedanken.«

Plötzlich ging ein Strahlen über Tylers Gesicht. »Vor einer Woche habe ich zum ersten Mal gespürt, wie sich das Baby bewegt. Du hättest Grays Gesicht sehen sollen, als ich seine Hand auf meinen Bauch legte, damit er es auch fühlen kann.«

Carlisle verspürte ein schreckliches Gefühl von Verlust. Chase hatte niemals gefühlt, wie sich sein Kind in ihrem Bauch bewegte, und würde es auch nicht mehr erleben.

»Es tut mir leid, Carly, das war gefühllos von mir. Ich habe nicht darüber nachgedacht.«

»Laß nur, ich freue mich ja, daß du mit Gray glücklich bist. Als ich euch das letzte Mal sah, war es noch anders.«

»Wir haben viel mitgemacht, aber unsere Liebe zueinander war so stark, daß wir unsere Probleme bewältigen konnten. Bei dir und Chase wird es auch so sein, warte nur ab.«

Carlisle nickte, war sich aber ganz und gar nicht sicher, ob Tylers Prophezeiung eintreffen würde.

»Im letzten Sommer, als wir auf der Rose Point Plantage

in Mississippi gelebt haben, traf ich eine Frau namens Bess Rainey«, erzählte ihr Tyler. »Sie erwartete gerade ein Kind, und eines Tages ließ sie mich fühlen, wie das Baby trat. Ich kann mich immer noch daran erinnern, wie mich dies berührte. Und jetzt habe ich jedesmal dasselbe Gefühl, wenn mein Baby sich bewegt. Es ist ein solches Wunder, neues Leben in sich zu tragen.«

Irgendwie spendeten Tylers Worte Carlisle einen Trost, den sie bisher von niemandem erhalten hatte. »Ich bin froh, daß ich nach Hause gekommen bin, Tyler. In Mexiko fühlte ich mich so allein, obwohl mich Chases Familie gut behandelt hat. Aber dies hier ist mein Zuhause, und hier fühle ich mich sicher.«

»Hier bist du ja auch sicher! Wir werden uns gut um dich kümmern, bis Chase kommt. Und ich weiß, daß er kommen wird. Bis dahin können wir die Zeit nutzen und Pläne für unsere Kinder schmieden. Es wird bestimmt wundervoll sein, noch eine andere Mutter zu haben, mit der ich reden kann.« Tyler schwieg einen Moment und lächelte. »Erinnerst du dich noch, wieviel Angst wir vor der Hochzeitsnacht hatten, Carly? Wir waren beide damals noch so unschuldig und weltfremd. Aber eigentlich haben wir uns doch ganz umsonst gefürchtet, nicht wahr?«

Carlisle versuchte, sich daran zu erinnern, wie sie sich in New Orleans gefühlt hatte. Aber wenn sie sich heute an damals erinnerte, kamen ihr all ihre Handlungen nur noch leichtsinnig vor.

»Ich war damals so töricht, und es will mir fast scheinen, als sei das alles schon hundert Jahre her«, antwortete sie. »Ich weiß nicht, woher Gray die Geduld für mich genommen hat. Das einzige, woran ich dachte, war ich selbst.«

»Schau nicht so betrübt drein, Carly. Du warst einfach fröhlich und unbeschwert. Immerhin hast du ja auch mir geholfen, als ich große Probleme mit Gray hatte.« Tyler senkte ihren Blick. »Ich war eigentlich die Törichte von uns beiden. Selbst jetzt noch, nach all diesen Monaten, die ich verheiratet bin, schäme ich mich fürchterlich dafür, daß ich damals zu meiner eigenen Trauung schwarze Kleidung getragen habe. Ich entsinne mich noch, wie Chase mir einmal sagte, daß ich mich irgendwann an diesen Tag als den glücklichsten in meinem Leben erinnern würde. Und er hatte recht. Nun tut es mir weh, wenn ich daran denke, wie sehr ich Gray durch mein Auftreten gedemütigt haben muß. Ich wünschte nur, ich hätte die Möglichkeit, die Zeit zurückzudrehen und unsere Zeremonie so schön und glücklich zu gestalten, wie es Hochzeiten eigentlich sein sollten.«

»Gray hat das schon verstanden. Er hat dich so sehr geliebt, daß es ihm nichts ausmachte.« Carlisle spielte an dem Smaragdring herum, den sie nicht mehr abgenommen hatte, seit Chase ihn ihr bei ihrer eigenen Vermählung an den Finger gesteckt hatte. »Gray ist wütend auf mich und enttäuscht. Selbst als kleines Mädchen konnte ich schon an seinen Augen ablesen, was er empfindet. Aber Stone wird bestimmt auf meiner Seite sein. Ist er hier oder arbeitet er in Denver?«

Tyler wich ihrem Blick aus, und Carlisle fühlte, daß ihr Körper eisig wurde. »Oh, großer Gott, Tyler, ist Stone etwas zugestoßen?«

»Wir wissen nicht mit Sicherheit, wo er ist oder was er tut. Wir machen uns große Sorgen um ihn.«

»Ich verstehe nicht ganz. Wann habt ihr ihn denn zum letzten Mal gesehen?«

Tylers Sträuben, das Thema weiterzuverfolgen, wurde immer offensichtlicher. »Gray wollte selbst mit dir über diese Sache reden. Er wollte nicht, daß du es durch einen Brief erfährst.« Sie zögerte ein wenig und fuhr dann fort: »Stone wird vermißt, Carly. Hast du meinen Brief über Emerson Clan und das Chicagoer Feuer erhalten?«

Carlisle nickte, und während Tyler weitersprach, grub sich ein verzweifelter Ausdruck in ihr Gesicht. »Leider gelang Clan in dem Durcheinander, das während des Feuers herrschte, die Flucht. Es gab nichts, womit wir Stone von seinem Vorhaben hätten abbringen können, Clan zu verfolgen.«

Tyler schwieg bekümmert. »Anfang November hat er einen Zug in Richtung Denver genommen. Gray erhielt einige Wochen später die Nachricht, daß dieser irgendwo draußen in der Prärie von Indianern angegriffen und in Brand gesteckt wurde.« Carlisle entfuhr ein Keuchen, und Tyler beruhigte sie schnell. »Stone war nicht auf der Liste der Toten, daher glauben wir, daß er fliehen konnte. Aber niemand weiß, wo er ist.«

»Ob er sich nach Denver durchgeschlagen haben könnte? Er kennt die Gegend gut, denn er hat dort schon mit einer unserer Baukolonnen gearbeitet.«

»Aber warum schickt er uns dann keine Nachricht? Gray hat bereits Suchmannschaften und Privatdetektive losgeschickt. Er wollte sich eigentlich selbst an der Suche beteiligen, aber er hatte Angst, mich hier allein zurückzulassen, für den Fall, daß Clan zurückkommen könnte.«

»Ich war eine solche Närrin, diesen Brief an Clan zu schicken«, sagte Carlisle bedrückt. »Du hast mich noch gewarnt, die Finger davon zu lassen, aber ich wollte einfach nicht hören.«

»Es ist ja noch einmal gutgegangen, wie du siehst. Ich bin in Ordnung. Und Stone werden wir schon wiederfinden. Das spüre ich.«

»Hat Clan versucht, dich zu verletzen?«

»Als ich dachte, ich hätte ihn hierhergelockt, damit Stone ihn fassen kann, versuchte er, mich zu entführen. Stone und Gray haben mich während des Feuers gerettet. Dabei gelang Stone die Flucht.« Sie schüttelte sich, als sei die Erinnerung zuviel für sie. »Oh, Carly, Clan ist so böse. Mir ist niemals ein so grausamer Mensch begegnet.«

Tränen brannten wie Nadelstiche in Carlisles Augen. »Das ist alles meine Schuld. Ich habe so viele dumme Sachen angestellt und dabei so vielen Menschen geschadet. Chase, dem armen Esteban — wie soll ich nur jemals all die Unannehmlichkeiten, die ich verursacht habe, vergessen?«

Zum ersten Mal seit vielen Tagen fühlte Carlisle, daß ihre Kräfte nachließen. Sie lehnte ihren Kopf gegen die kalte Fensterscheibe.

Tyler tätschelte ihre Schulter. »Du mußt an die Zukunft und an dein Kind denken. Ich habe, genau wie du, lange mit meinem Gewissen wegen der Dinge gekämpft, die ich Gray und anderen Leuten angetan habe, aber ich habe dabei gelernt, mit mir selbst zu leben. Gray hat mir geholfen, einzusehen, daß es nichts bringt, sich immer wieder wegen der alten Fehler anzuklagen. Chases Liebe wird dir genauso helfen. Warte nur ab.«

Carlisle fand Trost in Tylers gütigen Worten. Alles würde gut werden. Stone war in Sicherheit. Er würde bald nach Chicago zurückkehren und über ihre Ängste lachen. Sie war jetzt wieder daheim, bei ihrer Familie, wo sie hingehörte. Sie würden sich um sie kümmern, bis Chase eintraf. Und das würde er. Daran mußte sie glauben.

Am nächsten Morgen, als ihr Bruder an die Tür klopfte, war Carlisle noch in ihrem Nachthemd.

»Guten Morgen, Carly«, sagte Gray, nachdem Juana ihm die Tür geöffnet hatte und nach unten gegangen war, um mit den anderen Hausangestellten zu frühstücken.

»Guten Morgen.«

»Darf ich mich setzen? Ich würde gerne mit dir reden.«

»Natürlich.«

Nachdem sie auf den Sesseln vor dem Kamin Platz genommen hatten, lächelte Gray sie an.

»Ich freue mich wirklich, daß du wieder zu Hause bist.«

»Ich auch«, entgegnete Carlisle. Aber in ihrem Herzen wünschte sie sich, schon wieder in Mexiko zu sein, in der

Casa Amarilla in der warmen Sonne zu sitzen, umgeben von Gardenien, und auf Chase zu warten.

»Tyler hat mir erzählt, was in Mexiko geschehen ist«, begann er. »Carly, es tut mir leid. Ich dachte, Chase würde auf dich aufpassen. Es wäre mir niemals in den Sinn gekommen, daß er dich ausnützen könnte. Ich sollte ihn für das, was er getan hat, umbringen!«

»Bitte schiebe nicht die Schuld auf Chase. Es war nicht sein Fehler.«

»Aber er hat dich entehrt ...« zischte er wütend.

»Chase ist ein Ehrenmann«, verteidigte ihn Carlisle eisern.

Ihre Bemerkung brachte Gray dazu, aufzuspringen und unruhig hin und her zu laufen. Carlisle dagegen blieb ruhig. Armer Gray, dachte sie. Nun verursachte sie ihm noch weiteren Kummer und Schmerz. Würde das denn niemals enden?

»Wie kannst du, nach allem, was er dir angetan hat, noch zu ihm halten, Carly?«

»Weil ich ihn liebe. Nichts von dem, was geschehen ist, war sein Fehler. Durch mich kam er in Kontakt zu den Geschwistern Perez.«

»Das Baby ist aber nicht deine Schuld!«

»Nun, ich hatte zumindest etwas damit zu tun, meinst du nicht auch?«

»Großer Gott, Carly, was ist dort unten nur mit dir geschehen, daß du dich so verändert hast? Ich kenne dich ja nicht mehr wieder.«

Carlisle mußte beinahe lachen.

»Ich bin erwachsen geworden, nehme ich an. Und wahrscheinlich habe ich es nicht besonders klug angestellt. Aber ich wäre dir sehr dankbar, wenn ich bis zur Geburt des Kindes hierbleiben dürfte, und dann werde ich entscheiden ...«

»Hierbleiben?« wiederholte Gray verblüfft. »Was in Gottes Namen ist denn das für eine lächerliche Frage? Natürlich wirst du hierbleiben! Dies ist dein Zuhause! Wir sind deine Familie!«

»Danke, Gray.«

»Ich werde einen Brief an Chase schreiben und verlangen, daß er seiner Verantwortung nachkommt ...«

»Nein, das wirst du nicht!« Zum ersten Mal wurde Carlisle lauter. »Bitte. Nimm keinen Kontakt zu ihm auf. Ich habe ihn verlassen, versteh doch! Er liebt mich nicht. Jedes Gefühl für mich ist in dem Moment gestorben, als Esteban wegen mir getötet wurde.«

Gray setzte sich neben sie. Er schüttelte den Kopf. »Ich wünschte, es gäbe etwas, was ich tun könnte, Carly. Ich hätte dir niemals die Erlaubnis geben dürfen, nach Mexiko zu reisen.«

»Du hast nichts mit dem zu tun, was zwischen mir und Chase in Mexiko vorgefallen ist. Ich versuche nun, selbst die Verantwortung für mich zu tragen. Bitte mach es mir nicht noch schwerer, als es ohnehin schon ist.«

»In Ordnung, unter einer Bedingung.«

»Und die lautet?«

»Ich möchte, daß du bei mir und Tyler bleibst. Wir möchten dich gerne bei uns haben.« Er lehnte sich lächelnd zurück. »Tyler ist überglücklich, dich hier zu haben. Sie hat noch keine engen Freunde hier in Chicago, außer den Bonds. Sie ist einsam und macht sich Sorgen um Stone.«

»Stone geht es gut«, erwiderte Carlisle mit fester Stimme. »Ich würde es spüren, wenn ihm irgend etwas Schlimmes zugestoßen wäre. Das weiß ich.«

»Genauso geht es mir auch. Stone ist immer in der Lage gewesen, selbst auf sich aufzupassen.«

»Ich glaube, das liegt uns im Blut«, entgegnete Carlisle. »Die Kincaids sind Überlebenskünstler.«

Gray umarmte sie. »Das stimmt. Vergiß das nur nie«, fügte er hinzu. In dem Moment öffnete Tyler die Tür, fertig angezogen und mit einem Strahlen auf dem Gesicht.

»Das Frühstück ist fertig! Komm schon, Carly, ich muß dir so viel erzählen! Und ich bin am Verhungern, du etwa nicht?«

Gray und Carlisle lächelten sich zu. Dann gingen die drei gemeinsam nach unten, um die hohen Schneeverwehungen zu bewundern, die sich in der langen Winternacht beinahe bis zum Dachgesims aufgetürmt hatten.

Zwei Wochen nachdem sie in Chicago angekommen war, folgte Carlisle Tyler vorsichtig die große, glänzende Marmortreppe in dem riesigen, neuen Kaufhaus hinunter, das von Grays Freund, Marshall Field, eröffnet worden war. Sie blieb stehen, um sich einen wunderschön gehäkelten, blaßgelben Babyschal anzusehen, der sie an einen erinnerte, den Dona Maria für sie gestrickt hatte. Sie seufzte, und ihre Stimmung sank trotz Tylers fröhlicher Bemühungen, ihren Tag mit einem Einkaufsbummel und ihrer eigenen, übersprudelnden Gesellschaft aufzuheitern.

Es gab nichts, was Carlisle glücklich machte, aber zumindest fühlte sie sich in den vertrauten Räumen ihres Zuhauses ein wenig ruhiger. Sie fühlte sich sicher, und die Zuneigung ihrer Familie beruhigte ihre wunde Seele. Aber selbst in der Gesellschaft von Gray und Tyler und anderen, wohlmeinenden Freunden war sie einsamer, als sie es jemals zuvor in ihrem Leben gewesen war.

Gray und Tyler hatten sich liebevoll um sie gekümmert — besonders Tyler, die für Carlisles Schmerz Verständnis hatte. Aber wenn Carlisle sah, wie sich das verheiratete Paar liebevoll anlächelte oder einen verstohlenen Kuß tauschte, dann schmerzte sie dies unendlich. Sie sehnte sich so sehr nach Chase, daß sie sich körperlich schwach fühlte. Warum nur mußte alles so falsch laufen? rief ihr Herz des Nachts, wenn das Haus still war und sie allein im Bett lag. Warum nur hatte sie so viele dumme Fehler begehen müssen? Und warum mußte

Chase so nachtragend sein? Warum kam er nicht, um sie zu holen?

»Was für ein wunderschöner Schal«, sagte Tyler, die neben sie getreten war. »Laß uns jede einen kaufen. Und schau nur, Carly, hier gibt es passende Mützchen und Strümpfe dazu! Davon werden wir viele brauchen. Chicago hat immer einen sehr windigen Frühling, nicht wahr?«

Der Frühling war noch so weit entfernt, dachte Carlisle, aber sie nickte, während Tyler weiterplauderte. »Schau nur, wie winzig diese Handschuhe sind! Es gibt noch so viele Dinge, die wir für unsere Babyausstattung brauchen, obwohl meine Freundin Harriet und ich schon seit Monaten nähen. Gott sei Dank ist der Fahrer dabei, um unsere Einkäufe zu tragen. Und nun, da du zu Hause bist, werden wir auch noch eine zweite Wiege brauchen.«

Carlisle gab eine angemessene Bemerkung von sich und folgte Tyler pflichtschuldig, denn sie wollte die gute Laune ihrer Schwägerin nicht verderben. Und als sie in der Kinderabteilung angekommen waren, begann sie sogar, Tylers Enthusiasmus zu teilen. Die Reihen schmaler Tische und Stühle, auf denen Hasen und Enten, kleine Kutschen und Eselskarren und jedes nur vorstellbare Spielzeug ausgestellt waren, verliehen dem Raum beinahe etwas Magisches. Carlisle stieß ebenso wie Tyler beim Anblick der verschiedenen Dinge entzückte kleine Schreie aus.

»Wie hübsch«, murmelte sie und kniete sich neben ein kleines, aber reichhaltig verziertes Schaukelpferd. »Dies erinnert mich an eins, das ich als kleines Mädchen hatte. Ich weiß noch, wie Stone mich im Sattel festgehalten hat und vor und zurück schaukelte. Ich hielt mich an der Mähne fest und quietschte vor Vergnügen, bis er selbst lachen mußte.«

Die Kehle schnürte sich ihr bei dem Gedanken an ihren vermißten Bruder zu, und Tyler legte ihr eine tröstende Hand auf die Schulter. »Wir werden schon bald von ihm hören, Carly. Und auch von Chase. Mein Cousin wird zur Geburt des Babys hier sein, da bin ich mir ganz sicher. Aber jetzt müssen wir auf jeden Fall zwei dieser entzückenden Pferdchen kaufen, damit unsere Kinder zusammen reiten können.«

Carlisle konnte sich kaum zu einem Lächeln durchringen, aber ihre Freude war doch groß, als sie die kleinen, bemalten Ponys kauften, eins blau, das andere rot. Sie schauten sich noch eine Weile länger um, bevor Tyler für ihre zahlreichen Einkäufe die Rechnung unterschrieb. Draußen vor dem Kaufhaus stellten sie sich mit ihren Schaukelpferdchen an die Seite, damit Johnny, Grays Fahrer, ihre Schachteln und Tüten zum wartenden Schlitten tragen konnte.

»Es schneit schon wieder«, sagte Carlisle zitternd. »Bei meinem Aufenthalt in Mexiko habe ich ganz vergessen, wie kalt Chicago sein kann.«

»Ich werde mich niemals an die schrecklichen Winde gewöhnen können, die vom Michigan-See herüberwehen«, erwiderte Tyler. »Ich wünschte, ich wäre mehr wie Gray. Die Kälte belebt ihn. Manchmal reißt er sogar in der Eiseskälte die Schlafzimmerfenster weit auf!«

Carlisle erinnerte sich noch gut an Grays Vorliebe, im Winter die Fenster weit zu öffnen, und sie lachte, während sie sich vorsichtig über den verschneiten Bürgersteig bewegten.

Augenblicke später saßen sie eingehüllt unter Decken und weichen Schoßfellen in Grays rotweißem Schlitten, der schnell über die mit einer harten Schneeschicht bedeckte Randolph Street entlangglitt. Sie hatten beinahe die Lincoln Street erreicht, als Carlisle über das fröhliche Geläut der Glöckchen am Geschirr der Pferde hinweg aufgeregte Schreie vernahm.

Tyler saß zu ihrer Rechten und war damit beschäftigt, die Schleife am Hals eines der Schaukelpferde neu zu binden, und Carlisle blickte an ihr vorbei. Nur einige Meter entfernt raste eine fahrerlose Kutsche auf die Kreuzung zu, auf die auch ihr Schlitten zusteuerte. Carlisle schrie entsetzt auf, als eines der Pferde auf der vereisten Straße ausrutschte und mit einem lauten Wiehern zu Boden stürzte. Ihr Schlitten prallte gegen die Kutsche, wurde zur Seite gerissen und begann, sich zu drehen. Carlisle klammerte sich verzweifelt an ihren Sitz, konnte sich aber nicht festhalten und fühlte, wie sie durch die Luft geschleudert wurde. Das letzte, was sie hörte, war Tylers entsetzter Schrei. Dann landete sie in etwas Eisigem, und ihr wurde schwarz vor Augen.

20

Der tanzende Schnee war in Eisregen übergegangen, als Chase Lancaster von dem gemieteten Pferd abstieg, mit dem er vom Bahnhof hergeritten war. Während er von der Ecke aus auf das Haus blickte, in dem seine Frau Zuflucht gesucht hatte, zog er seine Biberfellmütze tiefer ins Gesicht, um es vor den eisigen Kügelchen zu schützen.

Selbst nach den langen Tagen an Bord des Dampfers und nach der Fahrt in dem stickigen, nach Zigarrenrauch stinkenden Zug war er immer noch wütend auf Carlisle. Sein anfänglicher wilder Zorn über ihre Flucht war allerdings inzwischen verraucht. Nun ärgerte er sich mehr über sich selbst, weil er so unglaublich dumm gewesen war.

Er liebte sie. Er hatte sie von Anfang an geliebt. Wenn es um sie ging, hatte er sich nie rational verhalten. Nun, da er sie wiedersehen sollte und nicht sicher war, ob sie mit ihm nach Mexico City zurückkehren würde, schleppte er seine Füße wie ein widerspenstiges Kind dorthin. Sie mußte einfach mit ihm zurückkehren, dachte er bei dem Versuch, sich selbst Mut zu machen. Er würde einfach verlangen, daß sie mit ihm zurückreiste. Schließlich war sie seine Frau.

Er schüttelte den Kopf. Nein, es war nicht seine Absicht, sie zu irgend etwas zu zwingen. Er würde sie *fragen,* ob sie mit ihm kommen wollte. Er würde ihr sagen, wie sehr er sie liebte und brauchte. Falls sie sich weigern sollte, konnte er ihr immer noch befehlen, mit ihm zurückzureisen.

Nachdem er diesen Entschluß gefaßt hatte, öffnete er das Tor und ging, den Blick auf die Fenster im zweiten Stock gerichtet, den verschneiten Weg hinauf. Beinahe jedes Zimmer war hell erleuchtet, und er fragte sich, welches davon wohl Carlisle gehören mochte. Der Wunsch, sie wiederzusehen, beschleunigte seine Schritte, und er schlüpfte aus dem schweren Wollumhang, noch bevor er die große Steinveranda erreicht hatte. Dort zog er seine Mütze aus und erblickte erst dann den schwarzen Kranz an der Tür. Er starrte ihn bestürzt an, und unvorstellbar grausame Gedanken schossen ihm durch den Kopf. Carly hatte sich vor ihrer Abreise aus Mexico City nicht wohl gefühlt. Was, wenn sie auf der Reise krank geworden war?

»Oh, Gott«, murmelte er und schlug hastig den goldenen Türklopfer gegen das Holz. Als niemand erschien, griff er nach dem Knauf und stellte fest, daß die Tür nicht verschlossen war.

Sein Herz hämmerte vor Furcht, als er durch das kleine Vestibül in die große, elegante Eingangshalle trat. Das große Haus lag ruhig da, und niemand war zu sehen. Erst als er ein leises, ersticktes Schluchzen hörte, erblickte er das junge Hausmädchen in seinem schwarzen Kleid mit der weißen Schürze. Sie kauerte auf einer Bank unterhalb der Treppe.

»Was ist geschehen? Warum hängt der Kranz an der Tür?« fragte er, während er auf sie zuschritt. Die innere Anspannung ließ seine Stimme barsch klingen.

Das Mädchen war so durcheinander, daß es kaum sprechen konnte, aber es sprang auf die Füße, das Gesicht verschwollen und gerötet.

»Oh, Sir, es ist ja so schrecklich! Der arme kleine Junge kam so früh, daß er keine Chance hatte! Und nun geht es bei der Herrin um Leben und Tod, denn sie hat Kindbettfieber!« Ihre Worte wurden immer wieder von Schluchzen unterbrochen, und kaum hatte sie ihre Erklärung beendet, da war Chase schon auf dem Weg die Treppe hinauf. Die schreckliche Furcht, die ihn ergriffen hatte, ließ ihn drei Stufen auf einmal nehmen. Das durfte einfach nicht sein, nicht Carlisle, nicht ihr Baby! Oh, Gott, bitte laß nicht zu, daß sie stirbt!

Auf dem Treppenabsatz angekommen, blickte er panisch den stillen Flur mit der langen Reihe geschlossener Türen entlang.

»Carly!« schrie er. »Carly, wo bist du?«

Von Entsetzen ergriffen, riß er die erste Tür auf, an der er vorbeikam, aber das Zimmer war leer. Wieder rief er laut den Namen seiner Frau und blieb wie angewurzelt stehen, als sich ein Stück weiter den Korridor hinunter eine Tür öffnete. Carlisle trat heraus. Sie hielt die Hände vors Gesicht, und ihre Schultern zitterten, aber als sie aufblickte und ihn sah, hörte sie auf zu schluchzen.

Eine Erleichterung, wie er sie noch nie zuvor in seinem Leben verspürt hatte, überkam ihn. Carly war in Sicherheit, sein Kind war in Sicherheit.

»Chase! Chase!« rief sie und rannte auf ihn zu. Er schloß sie in seine Arme und dankte Gott, während er sie an sich preßte.

»Du bist gekommen«, sagte sie unter Tränen. »Oh, Chase, ich habe dich so vermißt!«

Chases Hände zitterten, als er über ihr weiches Haar strich. »*Gracias a Dios,* dir geht es gut. Das Mädchen unten sagte, daß das Baby gestorben sei, und oh, *Dios,* Carly, ich dachte, es sei deins. Ich dachte, ich würde euch beide verlieren.« Seine Stimme war rauh, so sehr hatten ihn seine Gefühle überwältigt.

»Nein, es ist Tylers Baby.« Carlisle begann wieder zu weinen. »Wir hatten vor einer Woche einen Unfall. Eine Kutsche ist mit unserem Schlitten zusammengestoßen.«

»Du hattest einen Unfall? Ist alles in Ordnung mit dir?« fragte er schnell und hielt sie auf Armeslänge von sich, um in ihr tränenüberströmtes Gesicht zu schauen.

»Ja. Ich hatte ein paar Prellungen, aber ich bin im Schnee gelandet. Ich hatte Glück, aber Tyler, die arme Tyler . . . Als der Schlitten umkippte, wurde sie auf die

Straße geschleudert. Chase, ich weiß nicht, ob ich das alles ertragen kann! Bitte halt mich fest!«

Chase drückte sie fester an sich. »Schhh, mein Liebling, ich halte dich ja. Ist bei dir auch wirklich alles in Ordnung?«

Sie nickte, und Chase zögerte. »Wo ist Tylers Zimmer?«

»Am Ende des Flurs. Gray ist bei ihr, und auch der Doktor und seine Frau, Harriet. Sie ist Tylers Freundin.« Carlisle löste sich aus seiner Umarmung, um ihn anzuschauen. Die Tränen liefen ihr die Wangen hinunter. »Das Baby hat drei Tage gelebt, aber der arme, kleine Junge war zu winzig, um überleben zu können. Dr. Bond hat alles versucht, um ihn zu retten, aber es war umsonst, Chase. Heute früh, kurz vor Sonnenaufgang, ist er gestorben.«

Carlisle klammerte sich plötzlich an seinen Gehrock, die Augen voller Qual. »Tyler hielt ihr Baby im Arm, als es starb, und nun will sie sich nicht von ihm trennen. Niemand darf es berühren, nicht einmal Gray. Ich habe versucht, mit ihr zu reden, sie dazu zu bringen, es zu akzeptieren, aber das Fieber hat sie so krank gemacht, daß sie mir nicht zuhören will.«

Chase schloß die Augen. Er fühlte sich so hilflos und war bis in die Tiefen seiner Seele erschüttert. »Die arme Tyler. Bring mich zu ihr. Vielleicht kann ich helfen.«

Carlisle wischte sich die Tränen vom Gesicht, und Chase stützte sie mit seinem Arm, während sie versuchte, sich zusammenzureißen.

»Ich mache mir solche Sorgen um Tyler«, sagte sie. »Sie hat sich so auf das Kind gefreut. Und Gray ebenso.«

Im Schlafzimmer der Eheleute waren die Gaslampen heruntergedreht. Gray saß auf der Bettkante und lehnte sich über Tyler, während der Doktor und seine Frau ängstlich auf der anderen Bettseite standen. Carly führte Chase zum Fußende des Himmelbettes. Tyler sah in dem großen Bett klein und blaß aus, ihr langes, kastanienbraunes Haar hatte sich über die Kissen ergossen. Chase schluckte schwer, als er das winzige, stille Bündel erblickte, das sie, in einen blauen Schal gewickelt, gegen die Brust gepreßt hielt.

»Tyler, Liebling, bitte laß mich das Baby eine Weile halten. Du mußt dich jetzt ausruhen. Du bist sehr krank.« Grays Stimme hörte sich matt und leblos an. Sein Gesicht war abgehärmt und trug einen gequälten Ausdruck, und seine dunklen Bartstoppeln waren mehrere Tage alt.

Chase wurde von Mitleid überwältigt. Es hätte auch Carlisle dort im Bett sein können, die ihr totes Kind an die Brust preßte, dachte er, und er konnte den Schmerz, den Gray ertragen mußte, nur zu gut verstehen. Neben ihm begann Carlisle wieder zu weinen, und er drückte sie tröstend an sich, während der Arzt auf Zehenspitzen und mit einem besorgten Gesichtsausdruck zu ihnen kam.

»Ich bin Carlys Ehemann«, sagte Chase mit leiser Stimme.

»Dann sind Sie also Tylers Cousin? Gut, ich bin froh, daß Sie da sind. Sie braucht unser aller Hilfe, das arme Lämmchen. Gray konnte sie endlich überreden, das Laudanum zu nehmen, daher wird sie bald einschlafen. Dann sollten wir imstande sein, ihr das Kind aus dem Arm zu nehmen.« Der Arzt nahm seine Brille ab und wischte sich über die Augen.

Plötzlich sprach Tyler.

»Er hat so hübsches, dunkles Haar, ganz wie du, Gray«, sagte sie. »Ich habe Carly ja prophezeit, daß er wie du aussehen würde. Nicht wahr, Carly?« Sie runzelte die Stirn und drehte matt den Kopf zur Seite. »Carly? Bist du da?«

Carlisle trat schnell an die Seite des Bettes und ergriff ihre Hand.

»Ja, Tyler, ich bin da. Er ist wunderschön, genau, wie du es vorausgesagt hast.«

Tyler lächelte, ihre Augen glänzend vom Fieber. »Ja, er

ist der wundervollste Junge auf der Welt«, murmelte sie stolz. Dann schlossen sich ihre Lider, und ihr Atem wurde regelmäßiger.

Carlisle beugte sich über Tylers Hand und schluchzte leise. Harriet weinte hinter ihr. Chase blickte zu Gray hinüber, der wie versteinert dasaß und auf seine Frau und seinen Sohn hinunterstarrte. Nachdem einige Zeit verstrichen war, trat Dr. Bond hinter Gray und legte ihm seine Hand auf die Schulter.

»Sie schläft jetzt, Gray.« Er schwieg einen Moment. »Wir werden das Baby nun wegnehmen müssen. Es tut mir leid.«

Gray antwortete nicht und bewegte sich keinen Zentimeter. Carlisle hob den Kopf, aber niemand sonst rührte sich. Einen Augenblick später streckte Gray die Hände aus und nahm das Kind aus den Armen seiner Frau. Ein tiefer, gequälter Ton drang aus Grays Kehle.

Ganz vorsichtig legte er sich das Kind in die Armbeuge und hielt es lange Zeit so fest, während er ihm ins Gesicht schaute. Dann drehte er sich abrupt um und reichte Dr. Bond das gewickelte Bündel. Ohne ein weiteres Wort verließ er mit langen Schritten das Zimmer.

Während Harriet Tyler liebevoll zudeckte, lehnte sich Carlisle weinend an Chases Brust, und er begann, sich um sie zu sorgen.

»Du mußt dich ausruhen, Carly. Wie lange bist du schon auf?«

»Ich weiß es nicht. Seit es dem Kind schlechter ging.«

»Sie ist erschöpft. Bringen Sie sie zu Bett. Ich werde hier bei Tyler bleiben«, riet ihm Harriet Bond.

An der Tür händigte ihm Dr. Bond eine dunkelgrüne Flasche mit Laudanum aus. »Laß dir von deinem Mann etwas hiervor geben, Carly. Wir wollen doch nicht, daß du auch noch krank wirst. Schlafe ein wenig und überlaß Gray und Tyler ruhig mir und Harriet, wir werden uns um sie kümmern. Du hast bei Gott deinen Anteil getan.«

Carlisle ging gehorsam mit Chase davon. Sie hatte keine Tränen mehr. Sie ließ es zu, daß er ihr aus dem Kleid half und sie zu Bett brachte.

»Nimm das hier. Es wird dir helfen, einzuschlafen«, sagte er und goß die Medizin auf einen Löffel. »Du mußt auch an das Baby denken.«

Sie schluckte das Laudanum hinunter und lehnte sich dann erschöpft in die Kissen. »Leg dich neben mich, Chase. Ich möchte spüren, daß du da bist.«

Chase gehorchte ihr nur zu gern, kletterte zu ihr auf das Bett und zog sie an sich. Er küßte sie auf den Scheitel. »Ich bin ja jetzt da, *querida,* und ich werde mich um dich kümmern. Versuch einfach, dich zu entspannen, und schlafe ein wenig.«

»Ich habe Angst, meine Augen zu schließen«, murmelte sie. »Vielleicht bist du ja nur ein Traum und wieder verschwunden, wenn ich aufwache.«

»Ich bin kein Traum«, flüsterte er. »Ich werde hier sein, das verspreche ich dir.«

Sie schlief beinahe sofort ein, ihren Körper an seine Seite gepreßt, und nach einer Weile spürte er, wie sich sein Kind in ihrem Bauch bewegte. Sein Arm schloß sich fest um sie, und er wußte, daß er sie, solange er lebte, niemals wieder verlassen würde.

Ein leises Klopfen an der Tür weckte Chase, und er setzte sich benommen auf. Das Klopfen verstummte nicht, und als Chase sich erhob, richtete auch Carlisle sich schwankend auf.

»Was ist los? Geht es um Tyler?« rief sie erschrocken, und Chase legte ihr in der Dunkelheit beruhigend die Hand auf den Arm, während er nach der Lampe tastete. Sie flackerte auf und erleuchtete Carlisles erschrecktes Gesicht.

»Ich weiß es nicht, *querida,* aber da ist jemand an der Tür.«

»Carlisle? Mr. Lancaster? Bitte wacht auf!« rief eine Stimme von draußen.

»Das ist Harriet«, sagte Carlisle und schlang in der kühlen Luft die Arme um ihre Schultern, während Chase schnell das Zimmer durchquerte und die ältere Frau hereinließ.

Harriet trug eine Öllampe, und das Licht warf flackernde Schatten auf ihr müdes, besorgtes Gesicht. Sie hatte ein langes, weißes Flanellnachthemd an.

»Bitte entschuldigen Sie die Störung, Mr. Lancaster, aber ich wußte mir einfach keinen anderen Rat mehr. Charles muß bei Tyler bleiben.«

»Tyler geht es doch nicht schlechter, oder?« rief Carlisle vom Bett aus.

Harriet schüttelte den Kopf. »Nein, Carly, sie schläft immer noch, das arme Kind. Aber Charles sagt, daß es ihr schon viel besser geht. Um Gray mache ich mir allerdings große Sorgen. Hildie weckte mich eben, zu Tode erschrocken. Sie sagt, er habe die ganze Nacht in seinem Arbeitszimmer getrunken, und nun hat er sich wohl im Kinderzimmer eingeschlossen. Er will mich nicht hineinlassen, und ich weiß nicht, was ich tun soll.«

»Bleib hier, Carly«, wandte sich Chase an seine Frau. »Ich werde nach Gray sehen.«

»Aber ich sollte gehen! Er braucht mich!« protestierte Carlisle.

»Nicht, wenn er zuviel getrunken hat. Bitte, Carly, ich kann das besser regeln als du.«

Er lehnte sich zu ihr hinüber, küßte sie auf die Lippen und deckte sie zu, bevor er in den Flur eilte, wo Harriet am Treppengeländer auf ihn wartete. Mehrere Gaslampen brannten, und aus dem hinteren Teil des Hauses war gedämpftes Poltern und das Splittern von Glas zu hören.

Harriet führte Chase zum Kinderzimmer. Er versuchte, den Messingknauf zu drehen. Wie Harriet gesagt hatte, war die Tür verschlossen.

»Gray?« rief er und schlug mit der Faust gegen die Tür. »Ich bin es, Chase. Laß mich rein!«

Er erhielt keine Antwort, und Chase wandte sich zu Harriet um. »Es muß noch einen Zweitschlüssel für diese Tür geben. Wissen Sie, wo er aufbewahrt wird?«

»Nein, aber Hildie weiß es bestimmt.« Sie drehte sich zu dem jungen, sommersprossigen Hausmädchen um, das zusammengekauert auf einem Stuhl in der Nähe saß. »Lauf los und hol ihn, Hildie. Beeil dich!«

Die Geräusche der Zerstörung, die hinter der Tür zu hören waren, dauerten noch an, als das Mädchen einige Minuten später mit dem Schlüssel in der Hand die Treppe hinaufgerannt kam.

»Geht nur, ihr beiden. Ich werde versuchen, ihn ins Bett zu bringen.«

Chase wartete, bis sie verschwunden waren, drehte dann den Schlüssel und stieß die Tür auf.

Eine Gaslampe glühte in ihrer Halterung in der Nähe des Fensters, doch der größte Teil des Raumes lag im Dunkeln. Gray stolperte betrunken umher und umklammerte mit einer Hand den Hals einer Whiskeyflasche. Beinahe wäre er über die kleine Wiege gestolpert, die mitten auf dem Boden auf der Seite lag. Dann fuhr er vor Chases Augen plötzlich mit einem Arm über die Kommode hinweg, so daß die ordentlich gestapelten Decken, Kinderbecher und Spielzeugtiere in alle Richtungen flogen. Gray fluchte, torkelte auf den Windeltisch zu, hob ihn über den Kopf und schmetterte ihn gegen die Wand.

Chase blieb beinahe bewegungslos stehen. Er wußte, wie er sich fühlen mußte, kannte dieses Gefühl der Hoffnungslosigkeit, kannte die Frustration und den Schmerz. Er hatte all dies verspürt, als Esteban, bei dem Versuch, sein Leben zu retten, umgekommen war, und er hatte es noch einmal verspürt, nachdem Carlisle verschwunden war.

Es gab nichts, womit er das Leid seines Freundes beenden konnte, und es gab auch keine Worte, die ihm Trost gespendet hätten — nicht jetzt, nur wenige Stunden, nachdem er seinen Erstgeborenen verloren hatte. Chase schloß die Tür, lehnte sich dagegen und beobachtete Gray, bis der verzweifelte Mann einen Moment innehielt, um Atem zu holen und die Whiskeyflasche an die Lippen zu setzen.

»Gray, du mußt damit aufhören«, sagte er mit ruhiger Stimme. »Du wirst Tyler aufwecken. Das möchtest du doch nicht, oder?«

Seine Stimme schien Grays Rausch zu durchdringen, und er verlor das Gleichgewicht, als er versuchte, einen Schritt auf Chase zuzumachen. Er stolperte zur Seite, spähte aber mit trüben Augen zur Tür hinüber.

»Scher dich hier raus, verdammt noch mal!« brüllte er. »Laß mich in Ruhe!«

Er nahm einen weiteren, tiefen Zug, und Chase trat langsam auf ihn zu. Gray war ein kräftiger, großer Mann, gut über einen Meter neunzig groß. Schon unter normalen Umständen hätte er Schwierigkeiten gehabt, mit ihm fertig zu werden, aber im Augenblick war er betrunken und gewalttätig. Chase blieb vorsichtshalber in einiger Entfernung von ihm stehen.

»Ich weiß, daß es schwer ist, Gray, aber du mußt dich zusammenreißen. Du mußt jetzt stark sein. Tyler braucht dich.«

Alle Wut und Feindseligkeit auf Grays Gesicht wich einem gequälten Ausdruck.

»Tyler. Oh, Gott, Tyler hatte sich dieses Baby so sehr gewünscht! Ich hätte sie nicht mit dem Schlitten fahren lassen sollen, aber sie hat mich so sehr darum gebeten! Verdammt, warum habe ich sie nur fahren lassen? Sie wird niemals darüber hinwegkommen, niemals!«

Chase zuckte zusammen, überwältigt von Mitleid für den hilflosen Mann. »Doch, das wird sie. Das werdet ihr beide. Mit der Zeit ...«

Grays Kopf fuhr in die Höhe, und Chase duckte sich, als Gray plötzlich die Flasche in seine Richtung schleuderte. Sie krachte gegen die Tür und ließ Whiskey und Glasscherben herabregnen.

»Was weißt du denn schon? Du bist ja nicht derjenige, der seinen Sohn verloren hat, verflucht!«

Er trat zornig gegen das kleine, blaue Schaukelpferd, das über den Teppich hinwegschoß und gegen die Wand knallte. Dann verlor er die Balance und wäre beinahe gestürzt. Chase griff nach seinem Arm, und Gray ließ einen wutentbrannten Schrei hören und schlug blindlings mit seiner Faust auf Chase ein. Chase wich dem Schlag aus, und es gelang ihm, hinter Gray zu kommen. Er schob seine Arme unter Grays Achselhöhlen hindurch und verhakte seine Finger vor dessen Brust. Gray bäumte sich auf und versuchte, sich aus Chases Griff zu lösen, aber er war zu betrunken, um sich richtig bewegen zu können. Chase besaß genug Kraft, um ihn außer Gefecht zu setzen. Gray fluchte und ging dann vor dem Fenster in die Knie. Chase folgte seiner Bewegung, hielt ihn jedoch weiterhin von hinten fest.

»Beruhige dich, Gray, dann werde ich dich auch loslassen. Verdammt, jetzt hör mir einmal zu! Tyler braucht dich! Bald ist Morgen! Die Wirkung des Beruhigungsmittels wird nachlassen, und du mußt für sie dasein!«

Grays Muskeln erschlafften, und er stützte seine Stirn auf das Fensterbrett. »Oh, Gott, Chase, was soll ich nur machen, wenn sie auch stirbt? Was fange ich nur ohne sie an?«

Ein gequälter, trunkener Laut, halb Schluchzer, halb Stöhnen folgte. Chase ließ Gray los und legte eine Hand auf seinen Arm.

»Tyler wird nicht sterben, Gray. Harriet sagt, daß es ihr besser geht«, teilte ihm Gray mit besänftigender Stimme mit. Er blickte sich um und entdeckte das Bett für das Kindermädchen an der gegenüberliegenden Wand.

»Komm, Gray, du bist erschöpft. Schlaf ein paar Stunden, bevor Tyler wieder aufwacht.«

Gray schien wieder zu sich zu kommen. Er setzte sich auf, war aber zu betrunken, um stehen zu können. Chase packte ihn und zog ihn auf die Füße. Irgendwie gelang es ihm, ihn zum Bett zu führen, auf das Gray sich fallenließ.

»Gott, Chase, wir haben uns das Kind so sehr gewünscht. Warum mußte das nur geschehen?« waren die letzten Worte, die Gray murmelte, bevor ihm der Frieden der Bewußtlosigkeit vergönnt war.

Chase stand auf und blickte auf seinen Schwager hinunter, dessen Trauer eine solche Welle der Aggression ausgelöst hatte. Was der erschöpfte Mann nun brauchte, war Schlaf. Er hatte seine Wut ausgelebt und würde am nächsten Morgen ruhig sein.

Chase eilte zu Carlisle zurück. Als er das Schlafzimmer betrat, setzte sie sich sofort auf die Bettkante und blickte ihn besorgt an.

Chase ging zu ihr hinüber, fiel vor ihr auf die Knie, umfing ihre Taille mit seinen Armen und legte seine Wange auf ihren gerundeten Bauch.

»Oh, Gott, Carly, es tut mir so leid, was ich dir angetan habe. Ich liebe dich. Ich könnte es nicht ertragen, wenn dir oder dem Baby etwas zustoßen würde. Ich möchte nie wieder ohne dich sein.«

Sie legte ihre Hände auf seinen Kopf, und er schloß die Augen, als sie ihre Finger durch sein Haar gleiten ließ.

»Ich bereue auch so viele Dinge, die ich dir angetan habe«, flüsterte sie, die Lippen in seinem Haar verborgen.

Chase verspürte ein unstillbares Verlangen, mit ihr zu reden, alles zu erklären, damit sie es verstehen würde. »Als Esteban getötet wurde, habe ich dich dafür verantwortlich gemacht, denn hätte ich es nicht getan, dann hätte ich mir eingestehen müssen, daß ich eigentlich selbst die Schuld an seinem Tod trage. Ich war derjenige, der ihn dorthin mitgenommen hat. Ich war derjenige, der ihn um Hilfe gebeten hat, dich dort herauszuholen. Er würde immer noch leben, wenn er nicht mit mir nach San Miguel geritten wäre.«

»Javier und die Guerilleros haben ihn getötet, nicht du und nicht ich. Sie waren es, und dafür sind sie auch bestraft worden.«

»Ich weiß, aber ich hätte dich beinahe verloren. Du weißt ja nicht, wie ich mich gefühlt habe, als Mutter mir sagte, daß du fort bist. Ich war zornig und verletzt und hatte Angst, daß du niemals zurückkommen würdest. Möchtest du zurückkommen? Möchtest du mit mir nach Mexiko zurückkommen?«

»Ja, natürlich möchte ich das. Ich liebe dich. Alles, was ich möchte, ist, mit dir zusammenzusein.«

Unter Chases Ohr begann das Baby zu treten. Ein harter, hohler Schlag, als sei es ganz ihrer Meinung. Chase lächelte und dankte Gott aufs neue, daß sein Kind gesund und kräftig war. Dann kletterte er ins Bett und zog seine Frau dankbar in die Arme.

Eine Woche, nachdem er in den Armen seiner Mutter gestorben war, wurde Gray und Tyler Kincaids Sohn beerdigt. Der Tag war windig und kalt, und schwere, tiefhängende Wolken voller Schnee schienen auf die Dächer und die Herzen der Trauernden herabzudrücken. Carlisle stand zwischen Chase und Harriet Bond am Grab, und ihr schwarzer Umhang flatterte, während der Priester mit ernstem Gesicht am Kopfende des offenen Grabes stand, in dem sich der winzige Sarg befand.

Sie hatte keine Tränen mehr, und so sah sie ohne zu weinen zu, wie ihr Bruder eine Handvoll Erde nahm. Sein Gesicht war so düster wie der Himmel über ihm. Er preßte die halb gefrorene Erde einen Moment fest in seiner Faust zusammen und ließ sie dann in das schmale Grab fallen.

»Asche zu Asche, Staub zu Staub«, wiederholte er leise. Dann drehte er sich um und ging zur wartenden Begräbniskutsche zurück.

Chase nahm Carlisles Arm. Sie lehnte sich dankbar an ihn, während sie Gray folgten. Chase hatte sich rührend um sie gekümmert, und sie genoß seine Fürsorge.

Die Fahrt vom Friedhof zurück nach Hause verlief schweigend. Alle Worte waren bereits gesprochen. Es gab nichts weiter zu tun. Nur die Zeit würde die Wunden in ihren Herzen heilen können.

Zu Hause angekommen, stellte Carlisle erleichtert fest, daß die Auffahrt leer war. Freunde und Bekannte, die den ganzen Tag über eingetroffen waren, um ihr Beileid auszusprechen, hatten sich nach der Beerdigung zurückgezogen. Tyler war immer noch zu schwach, um aufzustehen, und Gray hatte die Trauernden allein empfangen und Stunden neben dem Sarg seines Sohnes gestanden. Er war erschöpft.

Im Foyer entschuldigte sich Gray, um Tyler Gesellschaft zu leisten, und Chase führte Carlisle in den hinteren Teil des Hauses. Die Hausmächen hatten eine kalte Mahlzeit für die Familie bereitgestellt, aber schon der Anblick des Essens machte Carlisle krank. Sie setzte sich erschöpft auf das Sofa in der Nähe des Kamins.

»Meinst du, Gray wird wieder in Ordnung kommen? Er hat kaum ein Wort zu irgend jemandem gesprochen, seit das Baby gestorben ist.«

Chase nickte, während er ihren schwarzen Schal aufhob und ihn ihr um die Schultern legte.

»Dies ist verdammt noch mal der kälteste Ort, an dem ich je gewesen bin«, brummte er und beugte sich hinab, um Kohle in den Kamin zu schaufeln.

Carlisle lächelte. Das Klima war wie ein Schock nach dem warmen Wetter, das in seinem Heimatland herrschte. Manchmal hatte sie das Gefühl, in einem Traum zu leben. Sie hatte sich so nach ihm gesehnt, und nun war er bei ihr, und er war so zärtlich und aufmerksam, wie sie es nie zuvor bei ihm erlebt hatte.

Sie beobachtete, wie er das Feuer schürte, sich aufrichtete und den Haken wieder in den Ständer hängte. Er nahm ein kleines, goldgerahmtes Foto vom Kaminsims, warf einen schmunzelnden Blick darauf und brachte es zu Carlisle hinüber. Es war Grays und Tylers Hochzeitsfoto.

Carlisle betrachtete es lachend. Sie selbst machte auf dem Bild einen ausgesprochen lebendigen Eindruck. Tyler war ganz in Schwarz gekleidet, und Gray runzelte düster die Stirn.

»Du bist der einzige, der lacht«, sagte sie zu Chase.

»Das liegt daran, daß ich den Hochzeitsstrauß gefangen hatte.«

»Du willst damit sagen, du hast ihn mir weggeschnappt. Ich war deshalb schrecklich wütend auf dich.«

»Deshalb habe ich ihn dir ja auch stibitzt — um zu sehen, wie deine grünen Augen funkeln. Aber wie du siehst, war es ja gleichgültig, wer von uns beiden ihn schnappt. Wer hätte damals schon gedacht, daß wir einmal als Ehepaar enden würden?«

Carlisle lächelte traurig. »Ich kann immer noch nicht verstehen, warum ich dich so wenig leiden konnte und Javiers Geschichten über dich und das Massaker von San Miguel ohne weiteres Glauben geschenkt habe. Ich war damals voller Ideale und brannte so sehr darauf, den mexikanischen Bauern zu helfen, daß ich nicht einmal auf den Gedanken kam, mich bei dir zu erkundigen, was in der Mission geschehen war.«

Chase seufzte. Für einen Augenblick starrte er schweigend in die Flammen. »San Miguel war ein Tragödie, über die ich wohl niemals ganz hinwegkommen kann. Ich werde mir immer die Schuld daran geben. *Dios*, es gibt Momente, da ist es mir unmöglich zu glauben, daß meine Männer zu einem solchen Blutbad fähig waren.«

Auf seinem Gesicht spiegelte sich ein Schmerz wider, als sehe er die Greueltaten erneut vor sich.

Carlisle legte ihre Hand über die seine, um ihn zu trösten. »Es war wirklich nicht deine Schuld. Wenn du in der Lage gewesen wärst, das Massaker zu verhindern, dann hättest du es bestimmt getan. Als du San Miguel zum zweiten Mal eingenommen hast, ist nichts Derartiges passiert. Und Gott weiß, du hattest wirklich gute Gründe, dich an ihnen zu rächen.«

»Ich habe ein Kreuz am Mineneingang errichten lassen, zur Erinnerung an Esteban, habe ich dir das schon erzählt? Der Gedanke daran, daß er dort oben ganz alleine ist, erschreckt mich. Er sollte auf der Hacienda de los Toros beerdigt sein. Er hat diese Ranch so sehr geliebt.«

Carlisle nickte verständnisvoll, und ihr wurde klar, wie sehr ihr Mann immer noch um seinen Freund trauerte. Aber hatte sie selbst nicht die gleiche Furcht und das gleiche Leid durchlebt, als sie dachte, daß Tyler sterben würde?

»Es kann manchmal sehr schmerzhaft sein, jemanden zu lieben«, murmelte sie.

Chase legte seinen Arm um sie. »Ich hatte keine Ahnung, wie sehr ich ihn vermissen würde.« Er streichelte über ihre Wange. »Und es war sogar noch schlimmer, als du mich verlassen hast. Alles in mir war tot.«

»Ich hätte nicht gedacht, daß du kommen würdest«, sagte sie leise. »Ich dachte, du seist froh, daß ich fort bin.«

Chase lächelte und küßte ihre Schläfe.

»Anfangs war ich verteufelt wütend, das kannst du mir glauben — auf dich ebenso wie auf Mutter. Nachdem mich Mutter und Tomas dann einige Zeit lang mit empörten Blicken bedacht hatten, wurde mir langsam klar, wie dumm ich gewesen war. Danach konnte mich nichts in der Welt mehr von dir fernhalten.«

Er zog ihren Kopf an seine Schulter. »Verlaß mich niemals wieder, Carly.«

»Ich hatte Angst, daß du mich nach der Geburt des Kindes wegschicken würdest«, flüsterte sie.

Chase streichelte ihren Handrücken. »Ich weiß. Ich habe dich dazu gebracht, wegzugehen. Du hast mich verletzt, und ich wollte dich ebenfalls verletzen. Deshalb habe ich dumme, verabscheuungswürdige Dinge getan. Aber all das gehört der Vergangenheit an. Ich werde dir niemals wieder weh tun, Carly.«

In den folgenden Tagen hielt sich Chase an sein Wort. Er war gut zu ihr, kümmerte sich um ihre Bedürfnisse und hielt sie nachts zärtlich in seinen Armen. Tagsüber unternahmen sie Spaziergänge und unterhielten sich mehr, als sie es jemals zuvor getan hatten. Manchmal spielten sie vor dem Kamin eine Partie Schach, aber es gelang ihr nicht, ihn zu besiegen. Oft legte er seine Hand auf ihren Bauch, um zu fühlen, wie sich das Baby bewegte. Obwohl sie überglücklich war, gab es jedoch eine kalte, harte Stelle in ihrem Herzen, die einfach nicht schmelzen wollte, denn sie trauerte um ihren kleinen Neffen, der niemals das fröhliche Lächeln seiner Mutter sehen würde.

Einige Wochen nach dem Begräbnis wurde sie wieder einmal von diesen melancholischen Gedanken überfallen. Sowohl Gray als auch Chase erledigten irgendwelche Dinge außer Haus, und sie saß im Salon der Familie in einem Schaukelstuhl und blickte auf den tiefverschneiten Garten hinaus.

Im letzten Monat, während die Genesung von Tyler weitere Fortschritte gemacht hatte, waren alle im Haus auf Zehenspitzen durch die Zimmer geschlichen. Gray leistete seiner Frau oft Gesellschaft, aber wenn er dies nicht tat, war er ein stiller, grübelnder Fremder, in dem Carlisle ihren Bruder nicht mehr wiedererkannte. Er bewachte Tylers Krankenzimmer wie ein Drache und erlaubte Carlisle und Chase nur eine kurze Besuchszeit pro Tag. Die einzige gute Nachricht war die kurze Mitteilung von Stone, daß es ihm gutgehe und er auf dem Weg nach San Francisco sei — und das mit einer Nonne! Aber zumindest war er in Sicherheit, und sie mußten sich um ihn keine Sorgen mehr machen.

Carlisle blickte auf, als Harriet Bond von der Küche hereinkam. Sie hatte die ältere Frau liebgewonnen. Harriet war immer freundlich und liebenswürdig und Tyler treu ergeben. In gewisser Weise erinnerte Harriet Carlisle an Chases Mutter, obwohl Dona Maria eine herablassendere, autoritärere Art besaß.

»Guten Tag, Carlisle. Ist es nicht ein wenig kühl hier drin für Sie?«

»Nein, es ist eigentlich sehr angenehm. Wenn die Sonne so durch das Fenster scheint, hat man gleich das Gefühl, daß es wärmer ist. Wie geht es Tyler heute?«

»Sie fühlt sich viel besser. Sie würde sich freuen, wenn Sie hinaufkommen würden. Hildie und ich haben ihr in einen Stuhl geholfen. Gray wird uns wahrscheinlich den Kopf abreißen, wenn er sieht, daß sie nicht mehr im Bett liegt, aber Charles hat versichert, daß es ihr guttun würde. Sie ist begierig darauf, mit Ihnen zu reden.«

Carlisle zögerte. »Könnte es nicht sein, daß sie sich bei meinem Anblick wieder schlechter fühlt? Mein Bauch ist mitterlweile so dick. Ich möchte sie nicht wieder traurig machen.«

Harriet lächelte. »Tyler ist um einiges stärker als Sie denken. Sie wird Ihnen Ihr Kind nicht mißgönnen, meine Liebe. Sie wird noch lange um ihr eigenes trauern, aber sie wird sich mit Ihnen über das Ihre freuen.«

Sie gingen zusammen zur Vordertreppe. Harriet machte sich auf den Weg in den Salon, um ihrem Mann Gesellschaft zu leisten, während Carlisle allein die Treppe hinaufstieg. Sie durchquerte den Flur und blieb an der geöffneten Tür des Kinderzimmers stehen. All das Glas und die zerbrochenen Gegenstände waren weggeräumt worden, die Möbel wieder zurechtgerückt und repariert. Chase hatte ihr erzählt, was geschehen war, und es überlief sie jedesmal ein Schauer, wenn sie daran dachte.

Sie klopfte an Tylers Tür, trat ein und fand die Kranke in einem Ohrensessel vor der Tür sitzend, die auf den Balkon hinausging. Eine gelb-blaue Decke war über ihren Schoß gebreitet. Tyler lächelte.

»Carly! Ich hatte gehofft, daß du kommen würdest. Manchmal, wenn Gray arbeitet, bin ich so einsam.«

Während Carlisle das Zimmer durchschritt, war sie sich ihres Zustands äußerst bewußt, besonders, als Tylers Blick auf ihren dicken Bauch fiel. Sie zog vorsichtig einen Stuhl heran und setzte sich zu Tyler. Unerklärlicherweise fühlte sie sich schuldig. Als Tyler ihre Hand nahm, blickte sie auf.

»Wie geht es dir, Carly? Du bist doch nicht krank gewesen, oder?«

»Nein, mir geht es gut. Um dich machen wir uns Sorgen. Du mußt dich ausruhen und vorsichtig sein.«

»Ehrlich gesagt fühle ich mich seit einigen Tagen viel besser. Ich bin immer noch zu schwach, um allein zu laufen, aber es tut gut, hier zu sitzen und auf die Straße zu schauen.«

Carlisle blickte durch die Scheiben auf die kahlen Zweige der Bäume und die Lincoln Avenue hinunter. Sie war entsetzt, wie unbehaglich sie sich fühlte. Aus Angst, Tyler aufzuregen, wußte sie nicht einmal, was sie sagen sollte. Sie fürchtete sich davor, daß Tyler das Kind erwähnen könnte, und saß deshalb ganz verkrampft auf ihrem Stuhl.

»Er war hübsch, nicht wahr, Carlisle?« erkundigte sich Tyler, den Blick auf die Bäume gerichtet. »Er hätte einmal wie Gray ausgesehen, glaubst du nicht?«

Carlisles Kehle war wie zugeschnürt, und sie konnte nicht verhindern, daß ihr Tränen in die Augen stiegen.

Als sich ihr eigenes Kind im Bauch bewegte, fühlte sie sich nur noch schlimmer.

»Tyler, bitte nicht«, begann sie und betupfte sich mit einer Ecke des Taschentuches die Augen. »Du solltest dich nicht immer wieder damit beschäftigen, weißt du. Je mehr du darüber sprichst, desto länger ...«

»Aber ich muß! Versteh doch! Niemand will mit mir über ihn reden. Weder Gray noch Charles. Und Harriet trauert immer noch um ihre eigenen Kinder, so daß ich noch nicht einmal mit ihr reden kann. Jeder tut so, als habe mein Sohn nie existiert. Aber das hat er. Er war hier. Ich habe ihn im Arm gehalten, wenn auch nur für einige Tage!«

Tyler schluchzte, aber ihre Tränen versiegten rasch. Sie lehnte sich nach vorne und preßte ihre Wange gegen Carlisles Hand.

»Bitte, Carly, ich möchte über ihn reden.«

Carlisles Herz zog sich zusammen, aber sie streichelte Tylers Haar. »Ja, er war sehr hübsch«, flüsterte sie und kämpfte gegen ihre eigenen Gefühle an. »Ich habe ihn direkt nach der Geburt einige Zeit halten dürfen, als sich Charles um dich kümmerte. Er war ein guter, kleiner Junge.«

»Er hat nicht viel geweint, nicht wahr?« Tyler hob ihr Gesicht. »Ich war sehr krank, aber daran erinnere ich mich.« Sie schwieg einen Augenblick und fuhr dann fort. »Ich bin Gott so dankbar, daß ich ihn halten und liebhaben durfte, bevor er starb.«

»Du wirst andere Kinder haben, Tyler«, sagte Carlisle, als Tyler wieder zu weinen begann.

»Aber keines wird so sein wie er. Er war etwas Besonderes, denn er wurde gezeugt, als mir zum ersten Mal klar wurde, wie sehr ich Gray liebe. In meinem Herzen wird er immer einen besonderen Platz einnehmen.«

»Ich kann dich verstehen, Tyler. Wirklich. Ich empfinde das gleiche bei meinem Baby. Und nun weiß ich, wie zerbrechlich das Leben ist und wie schnell sich die Dinge ändern können. Ich weiß nicht, warum mein Kind noch am Leben ist, während deins sterben mußte, und manchmal komme ich mir deshalb so schuldig vor.«

Tyler blickte zu Boden und biß sich auf die Unterlippe. »Ich schäme mich, es einzugestehen, aber anfangs hatte ich auch solche Gedanken. Aber Gott sei Dank gingen sie schnell vorbei. Mein Sohn ist von mir gegangen, und obwohl ich weiß, daß ich dich um dein Glück beneide, werde ich dein Kind doch liebhaben, denn es gehört dir und Chase. Aber du mußt vorsichtig sein. Du darfst nichts Gefährliches tun.«

Tyler richtete sich auf und blickte in Carlisles tränenüberströmtes Gesicht, während sie fortfuhr. »Das Weinen hilft mir immer. Aber wenn ich Gray sehe, bricht es mir fast das Herz. Ich kann den Schmerz in seinen Augen sehen, obwohl er nie mit mir über unseren Sohn spricht. Er möchte nicht einmal darüber reden, noch ein Kind zu bekommen. Ich glaube, er hat Angst.«

»Er hat Angst, dich zu verlieren, Tyler. Das weiß ich. Ich habe ihn in der Nacht gesehen, als es dir so furchtbar schlecht ging, und ich werde niemals diesen schrecklichen Ausdruck in seinen Augen vergessen.«

»Dann mußt du mir dabei helfen, ihn davon zu überzeugen, daß es mir jetzt wieder besser geht. Du mußt hier bleiben und dein Kind hier bekommen. Versprichst du mir das?«

Carlisle nickte, außerstande, es abzulehnen. »Bist du sicher, daß meine Niederkunft nicht zu schmerzhaft für dich sein wird?« fragte sie zögernd.

»Nichts könnte den Schmerz, den ich fühle, zum Verschwinden bringen. Er wird für immer ein Teil von mir sein. Aber wenn du dein Kind hier bekommst, dann wird Gray vielleicht sehen, was für eine glückliche Zeit es sein kann.«

»Wenn du es wirklich willst, dann werde ich bleiben.«

»Vielen Dank für dein Verständnis, Carly. Können wir noch ein wenig über ihn reden? Hatte er blaue Augen?«

»Ja, ganz dunkelblaue Augen.«

Sie unterhielten sich noch lange Zeit, lachten, weinten und trösteten sich gegenseitig, wie es niemand sonst vermocht hätte.

21

Carlisle stieg ins Bett und schmiegte sich in die Decken. Die Laken waren kuschelig und angenehm von dem Zinnbettwärmer, und Carlisle zog die Decken enger um sich, während sie zuschaute, wie Chase das Feuer schürte und dann im Zimmer umherging, um die Lampen zu löschen. Er blickte lächelnd zu ihr hinüber, entkleidete sich und zog die Bettvorhänge zusammen, um die Kälte, die von den frostigen Fenstern herüberzog, fernzuhalten.

»Oh, du bist so kalt«, rief Carlisle, als er zu ihr ins Bett kroch.

»Dann kannst du mich ja wärmen.«

Chase zog sie in seine Arme, bis sie ganz nahe beieinander lagen. Er begann sie zu küssen, und Carlisle seufzte zufrieden und legte ihre Arme um seinen Nakken. Eine lange Zeit genossen sie die Nähe, die Intimität, bis das Kind sich zu bewegen begann. Chase legte seine Hand auf Carlisles harten Bauch.

»Das Baby scheint nicht müde zu sein«, flüsterte er.

»Ist es nie«, erwiderte Carlisle und lachte leise. »Weißt du, wir müssen einen Namen finden. ›Baby‹ ist wohl auf die Dauer nicht so geeignet.«

»Ich finde, ›Baby‹ klingt gut«, murmelte Chase.

Carlisle lachte und ließ ihre Finger durch sein weiches, blondes Haar gleiten. Ihre Augen nahmen einen ernsten Ausdruck an. »Ich hatte an Esteban gedacht, wenn es ein Junge wird. Was hältst du davon?«

»Esteban würde sich sicherlich geschmeichelt fühlen.« Chase lächelte. »Aber was, wenn es ein Mädchen wird?«

»Dann würde ich sie gerne nach unseren Müttern benennen. Maria Christina. Wäre dir das recht?«

»*Sí.*«

»Oh, Chase, ich kann es kaum erwarten, zu erfahren, ob wir einen Sohn oder eine Tochter haben werden. Was glaubst du?«

»Ich glaube, du solltest vorsichtiger sein. Juana erzählte mir, daß du heute bis zum Tor gegangen bist.«

»Aber der Weg war freigeschaufelt, es lag kein Schnee mehr!«

Chase zog sie noch enger an sich. »Ich habe einfach Angst, daß du fallen oder wieder einen Unfall haben könntest«, murmelte er in ihr Haar hinein.

»Mach dir nicht zu viele Sorgen, Chase. Ich passe wirklich auf und bin sehr vorsichtig«, versicherte ihm Carlisle. »Und ich glaube nicht, daß ich große Schwierigkeiten bei der Geburt haben werde. Gray sagte, daß meine Mutter nie Probleme damit hatte. Ich muß so schnell gekommen sein, daß sie nicht einmal Zeit hatten, den Arzt zu rufen. Mein Vater hat mich entbunden. Ich hoffe, daß es mir auch so leichtfallen wird.«

»Ja. Ich bete nur, daß dir und dem Baby nichts passiert.«

Sie küßten sich erneut, und Carlisle schloß die Augen. Sie fühlte sich so sicher und geborgen in den starken Armen ihres Mannes, daß sie einschlummerte, obwohl das Kind in ihrem Bauch sich unermüdlich bewegte.

An einem Abend, ein paar Tage später, saß Chase im Eßzimmer. Er trank Wasser aus einem Kristallkelch und hörte zu, wie Gray Tyler und Carlisle die Details ihres kürzlich ausgehandelten Vertrages erläuterte. Als Tyler vor gut einem Jahr das erste Mal nach Chicago gekommen war, hatte sie eigentlich vorgehabt, Gray um Geld zu betrügen, mit dem sie die Plantage ihres Vaters zurückkaufen wollte. Ihr Plan war sowohl unehrlich als auch genial gewesen, aber Gray hatte ihn glücklicherweise durchschaut. Nun allerdings hatte er sich durch eine ironische Fügung des Schicksals sowohl für Grays Eisenbahnunternehmen als auch für die mexikanische Regierung zu einer lukrativen Realität entwickelt.

»Wie du siehst, Liebling, war deine Idee, eine Eisenbahnverbindung zwischen Monterrey und der texanischen Grenze einzurichten, gar nicht so schlecht«, sagte Gray und lächelte seiner Frau zu.

»Es scheint mir viel länger als ein Jahr zurückzuliegen, daß Harriet und ich versucht haben, dich zu betrügen«, sagte Tyler und errötete ein wenig. »Statt dessen habe ich mich in dich verliebt. Wer hätte gedacht, daß sich die Dinge so entwickeln würden?«

Gray hob ihre Fingerspitzen an seine Lippen. »Ich bin ein echter Glückspilz.«

»Wenn es demnächst eine Eisenbahnverbindung zur Hacienda de los Toros gibt, kannst du uns besuchen, ohne den Dampfer nehmen zu müssen«, warf Carlisle eifrig ein. »Und in Grays Privatwaggon hättest du eine angenehme Reise. Du wirst uns doch einmal besuchen, nicht wahr?«

»Ja, aber ich hoffe doch sehr, daß ihr nach der Geburt des Babys noch eine Weile hierbleiben werdet«, sagte Tyler mit ernster Stimme und blickte zuerst Carlisle und dann Chase an. »Wir würden uns wirklich sehr freuen.«

»Wir werden so lange bleiben, wie Carlisle möchte«, erwiderte Chase, »aber über kurz oder lang muß ich zurück. Es ist mir zwar hier gelungen, einige wichtige Kontakte für Präsident Juarez herzustellen, aber ich vernachlässige natürlich meine Aufgaben in Mexico City.«

»Es wird nun nicht mehr lange dauern«, murmelte Carlisle lächelnd.

Chase blickte liebevoll auf ihre schmale Hand hinab, die auf ihrem gerundeten Bauch lag. Sie näherte sich ihrer Zeit, und er war sich nicht sicher, ob ihr Leib überhaupt noch weiter anschwellen konnte. Er hatte noch nie eine schwangere Frau mit einem solchen Bauch gesehen. Und auch noch niemals eine Frau, die während ihrer Schwangerschaft so unglaublich schön war wie Carlisle.

Nachdem es Tyler langsam besser gegangen war und sie immer häufiger am Familienleben teilgenommen hatte, war Carlisle wieder ganz die alte. Chases Angst vor der Geburt hatte sich ein wenig gelegt, aber der bloße Gedanke an die Schmerzen, die ihr bevorstanden, erschütterten ihn bis ins Mark. Und bald war es soweit. Während der letzten Tage hatte sie immer wieder Wehen gehabt, aber jedesmal war es falscher Alarm gewesen. Obwohl Charles Bond auf ihren Anruf wartete, wurde Chase mit jedem Tag ängstlicher.

»Wenn wir doch nur noch mal einen Brief von Stone bekommen würden ...«, begann Carlisle und stockte dann mitten im Satz.

Chase setzte sich erschreckt auf, als sich ihr Griff um seine Hand plötzlich verstärkte.

»Was ist? Schon wieder Wehen?«

»Nein, dieses Mal fühlt es sich anders an.«

Als Carlisle sich plötzlich stöhnend vorbeugte, brach Chase in Panik aus. Er sprang auf die Füße und half ihr schnell vom Stuhl hoch, während Gray und Tyler sich beide besorgt erhoben.

»Großer Gott, es ist soweit!« rief er. »Kannst du laufen, Carly? Oder soll ich dich tragen?«

Carlisle klammerte sich wortlos an seinen Arm, während der Schmerz sie zu zerreißen schien. Tyler nahm die Dinge in die Hand. Sie kam um den Tisch herum und stützte Carlisles Ellenbogen.

»Gray, beeil dich und hol Charles! Und bring Harriet gleich mit! Chase, wir bringen sie nach oben ins Bett. Carly, kannst du laufen?«

»Ich weiß es nicht. Oh ...«

Ohne zu zögern hob Chase seine Frau in seine Arme. Während Gray zu den Ställen eilte, trug Chase Carlisle die Treppe hinauf. Sie krümmte sich in seinen Armen, als sie von einer weiteren Schmerzwelle erfaßt wurde, und er eilte den Flur entlang auf ihr Schlafzimmer zu, wo er Juana überraschte, die vor dem Kamin kniete, um das Feuer anzuzünden.

Er beobachtete das erschreckte Mädchen nicht weiter, sondern ging sofort auf das Bett zu, das bereits für die Nacht zurückgeschlagen war.

»Alles wird gut, Carly. Der Doktor ist schon unterwegs«, tröstete er sie und legte sie vorsichtig ins Bett. »Tyler und ich sind bei dir.«

Carlisle umklammerte seine Hand. »Chase, ich habe solche Angst. Es tut so weh.«

Die Wehen setzten aufs neue ein, und sie hielt ihren Bauch. Ihr Gesicht war schmerzverzerrt.

»Oh, großer Gott«, murmelte Chase, hielt ihre Hände fest und schaute sich verzweifelt nach Hilfe um.

Hinter ihm schickte Tyler Juana mit ruhiger Stimme nach unten, um heißes Wasser und Handtücher zu holen, und eilte dann auf die andere Seite des Bettes. Carlisle umklammerte Tylers Hand, und der Schmerz schien nachzulassen. Aber beinah sofort schrie sie auf und preßte Tylers Hand erneut.

»Chase! Es kommt, es kommt, ich weiß es! Ich spüre es!«

Mit aschgrauem Gesicht blickte Chase zu Tyler hinüber.

»*Dios,* Tyler!« rief er verzweifelt. »Was sollen wir nur tun?«

Tyler sah ihn an und begann dann, die Ärmel ihres Kleides hochzurollen. »Wir werden sie für Charles vorbereiten, und wenn es sein muß, dann werden wir das Kind selbst zur Welt bringen.«

»Chase! Chase!«

Carlisles Schreie ließen Chase Tyler und ihre Worte vergessen. Er beugte sich über sie und hielt sie fest, während sie von einer weiteren Wehe erfaßt wurde. Er strich ihr das Haar aus der Stirn und versuchte, gegen seine Angst anzukämpfen.

»Wir sind ja da, Carly. Alles wird gut, Liebling. Versuche, so ruhig wie möglich zu atmen.« Er wandte den Kopf zu Tyler und zischte ungeduldig: »Schick noch jemand nach dem verdammten Doktor, zum Teufel noch mal!«

»Dafür ist keine Zeit mehr«, erwiderte Tyler, während sie die Knöpfe an Carlys Kleid öffnete und begann, die Bänder der Petticoats aufzubinden. »Ich weiß nicht, warum es so schnell geht, aber ganz offenbar bekommt sie das Kind jetzt. Bitte, zieh die Decke weg. Ich will Carly ausziehen, damit ich sie untersuchen kann.«

»Oh, Gott, Tyler, weißt du, was du da tust?« rief Chase und riß die Decke herunter.

»Ja, natürlich. Ich habe Charles bei mehreren Geburten geholfen. Gewöhnlich dauern die Wehen einige Stunden, aber es sieht ganz so aus, als würde Carlisle ihre Kinder so schnell bekommen wie ihre Mutter. Bleib einfach bei ihr und sprich mit ihr, damit sie nicht in Panik gerät.« Als es ihr endlich gelungen war, Carlisles Unterkleider zu lösen, schnappte sie bestürzt nach Luft. »Allmächtiger, hilf uns. Hildie!«

Sie drehte sich zu dem Mädchen um. »Hol meine Schere. Lauf, lauf!«

Chase blickte zum Fußende des Bettes hinunter, wo Tyler mit gerötetem und besorgtem Gesicht hantierte.

»Oh, Gott, bitte«, murmelte er und schrie dann Juana an, die an Tylers Seite hockte. »Juana! Wo ist der verdammte Doktor? Sieh nach, ob er kommt!«

»Nein, Juana!« rief Tyler mit fester Stimme. »Bleib hier, falls ich dich brauchen sollte. Das Baby kommt jeden Moment. Es hat nicht vor, auf irgend jemanden zu warten. Sprich mit Carly, Chase. Sag ihr, daß alles gut wird.«

Chase verspürte eine ungewohnte Hilflosigkeit, aber er tat gehorsam, was Tyler sagte.

»Carly, Liebling, halt dich an mir fest. Wir werden das

zusammen durchstehen. Tyler hilft uns, und Gray und der Doktor werden jede Sekunde hier sein.«

Carlisle warf ihren Kopf hin und her. Ihr Gesicht war schweißüberströmt. »Es tut so weh, Chase. Ich glaube, ich kann es nicht ertragen . . .«

»Doch, das kannst du! Ich werde dir dabei helfen!« Er atmete durch, als die Wehe zu Ende ging und Carlisle erschöpft in die Kissen zurückfiel, und strich ihr mit einem feuchten Tuch über Gesicht und Hals.

»Ich kann den Kopf des Babys sehen«, rief Tyler aufgeregt. »Aber sie muß helfen, Chase! Wenn die nächste Wehe kommt, muß sie versuchen zu pressen. Charles hat gesagt, wenn der Kopf einmal zu sehen ist, dann sei es einfacher für die Mutter. Daran erinnere ich mich noch ganz genau.«

»Oh, Gott, ich schwöre, ich werde Carly niemals wieder anrühren! Ich werde ihr das hier nicht noch einmal zumuten«, murmelte Chase mit heiserer Stimme, während Carlisle in seiner Umarmung krampfartig zu zucken begann, das Gesicht vor Anstrengung verzerrt.

»Du mußt ihm helfen, *querida*«, flüsterte er. »Du mußt versuchen zu pressen, damit Tyler das Baby holen kann. Carly, kannst du mich hören?«

»Ja, ja, ich versuche es ja!« stöhnte sie durch zusammengepreßte Zähne.

»Genau so. Sehr gut«, murmelte Chase und wischte ihr erneut den Schweiß vom Gesicht. Sobald die Schmerzen verebbten, begannen sie sogleich aufs neue.

»Gott im Himmel, wie lange muß sie denn noch so leiden, Tyler?«

»Nur noch kurze Zeit, und ich kann ihr dabei helfen. Pressen, Carly. Versuch zu pressen. Es muß sein.«

Carlisle strengte sich an, bis ihr Gesicht dunkelrot anlief. Nur kurze Zeit später rief Tyler aufgeregt: »Oh, Chase, es ist ein Junge!«

Während Tyler das Baby schnell in eine weiche, blaue

Decke wickelte, blickte Chase auf Carlisle hinunter. Er war so erleichtert, daß er kaum Worte finden konnte. Ein schwacher, glucksender Schrei erfüllte das Zimmer, und er lächelte, als er sanft Carlisles Tränen wegwischte.

»Es ist vorbei, *querida*. Wir haben einen Sohn!«

»Ist er gesund?« flüsterte Carlisle und befeuchtete ihre Lippen.

»Ja, er ist gesund«, erwiderte Tyler, während sie das kleine Bündel in Carlisles Arme legte. Carlise schlug die Decke zurück und lächelte schwach, als sie das winzige Gesicht erblickte.

»Er hat rotes Haar, wie ich, Chase. Schau nur, wie hübsch er ist.«

Chase betrachtete das rote, runzlige Gesicht des Säuglings und dachte, daß sein Sohn wie ein winziger, alter Mann aussehe. Erst langsam begann ihm bewußt zu werden, welch einem Wunder er gerade beigewohnt hatte. Er berührte die winzigen Finger, und die kleine Hand schloß sich fest um seine Fingerkuppe.

»Chase? Tyler? Da stimmt etwas nicht!« keuchte Carlisle, und als ihr Körper von einer weiteren Wehe erfaßt wurde, wich alle Farbe aus Chases Gesicht. Er reichte Juana das Baby und nahm wieder Carlisles Hände, während Tyler zum Fußende des Bettes eilte.

»Mein Gott, da ist noch eins!« rief sie ungläubig. »Es kommt, Chase! Hilf ihr!«

»Noch eins? Noch ein Baby?« rief Chase.

»Ja! Sag ihr, sie soll pressen!«

Chase beugte sich zu Carlisle hinunter und sagte mit sanfter Stimme: »Carly, *mi amada,* halte durch! Du bekommst noch ein Baby! Du mußt noch einmal pressen, mein Schatz. Du schaffst das. Es ist bald vorbei.«

Fünf Minuten später stimmte der helle Schrei eines weiteren Säuglings in das schrille Jammern des Babys in Juanas Armen ein. Carlisle fiel erneut, völlig erschöpft, in Chases Umarmung zurück. Tyler lachte und hielt das zweite Kind in die Höhe. »Es ist noch ein Junge, Carly! Du hast zwei Söhne, wunderschöne Zwillinge!« Während sie das Baby säuberte, hielt Chase Carlisle zärtlich umfangen.

»Es ist vorbei, mein Liebling. Jetzt kannst du dich ausruhen.« Er strich ihr zärtlich über das Haar und blickte zu Tyler hinüber, die auf seine schreienden Söhne einsprach.

»Schhh, mein Hübscher«, sagte sie mit schmeichelnder Stimme zu einem der Babys. »Du bist ein hungriger, kleiner Kerl, nicht wahr? Du möchtest bestimmt gerne deine Mam kennenlernen.«

In diesem Augenblick eilte Charles Bond, gefolgt von Gray, zur Tür hinein.

»Keine Sorge! Hier bin ich!« rief er und blicke sich dann erstaunt um, als er die schreienden Kinder hörte.

Carlisle lächelte schwach, aber Chase und Tyler brachen in lautes Gelächter aus. Während die beiden Jungen weiterhin schrien, überließ es Chase den anderen, sich um die Kinder zu kümmern, und setzte sich auf die Bettkante. Er hob Carlisles Hand an seine Lippen.

»Du hast es beinahe leicht aussehen lassen«, log er und lächelte, während er ihr die feuchten, goldroten Haarsträhnen aus dem Gesicht strich.

»Ich glaube, ich bin dazu bestimmt, viele, viele Kinder zu bekommen«, flüsterte sie. Aber sie war müde, so müde, daß sie sich kaum bewegen konnte.

»Du mußt jetzt schlafen. Das hast du dir wirklich verdient, wo du zwei Söhnen an einem Tag das Leben geschenkt hast.«

Carlisle lächelte und streckte ihre Arme aus, als der Arzt mit einem der beiden Kinder auf sie zukam.

»Er ist gesund und hungrig wie ein Bär«, erklärte Dr. Bond und legte ihr den Säugling in den Arm.

Carlisle nahm das Kind und öffnete ihr Nachthemd. Das Baby bewegte sofort den Kopf, suchte nach der Brustwarze und begann mit gierigen, schmatzenden Lauten zu saugen. Während sie ihren Sohn stillte, blickte ihr Mann mit einem stolzen Lächeln auf sie herab, und ein wundervolles Gefühl von Zufriedenheit überkam sie. Danke, Gott, sagte sie im stillen. Danke, daß du mir diese beiden kleinen Jungen geschenkt hast.

Ihr Blick wanderte sofort über den Raum hinweg zu Tyler. Gray stand neben seiner Frau und schaute zu, wie Tyler Carlisles anderen Sohn in eine weiche, weiße Decke wickelte. Der kleine Junge schrie immer noch aus vollem Halse, aber als Tyler ihn aufnahm und an sich drückte, beruhigte er sich. Gray legte seinen Arm tröstend um seine Frau, aber Tyler hatte nur Augen für das Kind. Auf ihrem Gesicht erschien ein warmes Lächeln. Einen Moment später ging sie langsam auf das Bett zu und zögerte ein wenig, als wolle sie das Baby nur ungern aus ihren Armen lassen. Aber als es mit einem gurgelnden Laut zu protestieren begann, seufzte sie und schaute Carlisle an.

»Sie sind so wunderschön«, murmelte sie und legte das Kind in Carlisles anderen Arm.

Carlisle hielt ihre beiden Söhne fest. Sie war glücklich und zufrieden, aber ihr Herz blutete vor Mitleid, als sie Tränen in Tylers Augen glitzern sah.

»Würdest du mir helfen, Tyler?« flüsterte sie. »Ich bin so furchtbar müde, und ich glaube nicht, daß ich im Augenblick die Kraft habe, sie beide zu halten.«

Tyler wischte sich über die Augen, lehnte sich dann vor und küßte Carlisle auf die Wange. Dicht an ihrem Ohr flüsterte sie: »Ich hätte wissen sollen, daß du zwei bekommst, damit ich eins zum Festhalten habe.«

Während Tyler Carlisle das Baby von der Brust nahm, blickte Carlisle in die himmelblauen Augen ihres Bruders. Er dankte ihr und vermittelte ihr, wie sehr er sie liebte, ohne auch nur ein einziges Wort zu sagen. Nachdem Tyler sich mit dem weinenden Kind entfernt hatte, beugte er sich hinab und drückte Carlisles Hand.

»Gott sei Dank geht es dir gut«, murmelte er mit erstickter Stimme. »Ich hatte Angst um dich.«

Als das zweite Kind an Carlisles Brust zu saugen begann, setzte Gray sich zu seiner Frau auf das Sofa und legte den Arm um sie, während sie mit dem winzigen Baby schmuste.

»Ich liebe dich«, sagte Chase zu Carlisle. »Ich liebe dich und unsere beiden Kleinen.«

»Und ich liebe dich«, flüsterte sie, das Herz voller Freude. Ihr Leben hatte, wie das ihrer Söhne, gerade erst begonnen. Und während sie ihre Augen schloß und die liebkosenden Küsse ihres Mannes genoß, wußte sie, daß es ein wundervolles Leben werden würde, voller Liebe, Wärme und Geborgenheit.

Epilog

Juni 1872
Chicago, Illinois

An der LaSalle-Eisenbahnstation herrschte geschäftiges Treiben. Die Abschiedsgesellschaft stand neben einem der Züge, die in Richtung Süden starteten. Carlisle umarmte Tyler ein letztes Mal.

»Ich wünschte, du und Gray, ihr würdet eure Meinung ändern und gleich mit uns nach Mexiko kommen«, sagte sie und blickte forschend in Tylers Augen. »Du hast mir in den drei letzten Monaten so geholfen, ich weiß gar nicht, was ich ohne dich anfangen soll.«

Tyler lachte. »Wir werden euch innerhalb von einem Monat folgen, das verspreche ich dir. Aber ich mache mir keine Sorgen um dich und die Kinder. Du bist die geborene Mutter, genau, wie du immer gesagt hast. Und schau dir nur Chase an — er betet die Jungen an.«

Carlisle folgte ihrem Blick und betrachtete ihren Mann, der die Kinder hielt. Beide Söhne schliefen friedlich in seinen Armbeugen, während er und Gray sich verabschiedeten.

»Er ist wirklich ausgesprochen stolz auf sie, das muß ich schon sagen. Das ist einer der Gründe, warum wir nach Hause fahren. Er kann es kaum erwarten, sie seiner Mutter und Tomas vorzuführen.« Sie blickte Tyler an. »Ich hoffe, du wirst nicht einsam sein ohne sie.«

Tyler lächelte sie an. »Ich glaube, es ist an der Zeit, es dir zu sagen.« Sie senkte ihre Stimme zu einem Flüstern. »Es kann sein, daß ich wieder schwanger bin. Ich habe es Gray noch nicht gesagt, weil ich erst ganz sicher sein möchte.«

Carlisle lachte und umarmte sie, entzückt über die Neuigkeit. »Das ist ja wundervoll! Gray wird sich sehr freuen!«

»Ja, eure Jungen haben den Wunsch nach eigenen Kindern wieder in ihm geweckt. Aber warte, ich habe ein Geschenk für dich.« Tyler gab ihrem Fahrer ein Zeichen, und Carlisle begann zu lächeln, als Johnny mit Tylers blauem Schaukelpferd auf sie zukam.

»Du kannst es genausogut mitnehmen. Es ist nicht fair Enrico gegenüber, wenn Esteban eins hat und er nicht. Bei zweien werden sie sich wenigstens nicht streiten.«

»Aber du wirst es bald selbst brauchen«, protestierte Carlisle.

»Dann kannst du es ja zurückschicken. Wir werden eine Familientradition daraus machen und es jedesmal hin- und herschicken, wenn wir wieder ein Kind bekommen.«

Die Frauen lachten und umarmten sich herzlich. Dann ging Carlisle zu ihrem Bruder hinüber, um ihn zu umarmen. »Paß gut auf dich und Tyler auf, und schreibe auf jeden Fall, wenn du etwas von Stone und seiner Nonne erfährst«, sagte sie lächelnd. Dann nahm ihr Gesicht einen ernsten Ausdruck an. »Und vielen Dank, daß du da warst, als ich dich gebraucht habe.«

»Das wird sich niemals ändern«, erwiderte er. »Paß gut auf die beiden Jungs auf. Ich habe sie ziemlich in mein Herz geschlossen, weißt du.«

Als die Zugpfeife ertönte, stieg Carlisle zu Chase auf die Außenplattform von Grays privatem Pullman-Waggon. Er hatte die Babys bereits in den Kinderwagen gelegt, und als der Zug anruckte, schob Juana sie in den Waggon.

Carlisle und Chase standen nebeneinander und winkten Gray und Tyler zu, bis sie sie nicht mehr sehen konnten, und gingen dann ins Innere des Waggons zu ihren Kindern.

Juana legte sie gerade in ihre Körbchen im Gästeschlafraum.

Nachdem sie sicher waren, daß beide Jungen tief und fest schliefen, ergriff Chase Carlisles Arm und führte sie hinüber ins Schlafzimmer. Dort angekommen, begann er, ihr Kleid aufzuknöpfen.

»Du verlierst wirklich keine Zeit«, murmelte sie, als er ungeduldig an ihrem Mieder riß.

»Ich habe das Gefühl, als seien zehn Jahre vergangen, seit ich mit dir geschlafen habe, und ich werde keine Sekunde mehr länger warten. Verdammt, warum mußt du auch dieses Korsett anhaben! Wenn wir nach Mexiko kommen, werde ich dir ein paar Zigeunerkleider kaufen. Die lassen sich einfacher öffnen.«

Kichernd half ihm Carlisle bei den störenden Kleidungsstücken, begierig darauf, mit ihm unter die Bettlaken zu schlüpfen.

Nackt lagen sie eng beieinander, ließen ihre Hände über den Körper des anderen gleiten und begannen, die vertrauten Wölbungen und Mulden neu zu entdecken.

»Oh, wie habe ich das vermißt«, murmelte Chase. »Meine Güte, fühlst du dich gut an.«

Carlisle lächelte und preßte sich enger an ihn. Sie stöhnte auf, als seine Berührungen sie zu erregen begannen.

»Ich glaube, du hast bei der Geburt der Jungen geschworen, daß du mich nie wieder anrühren würdest«, flüsterte sie.

»Ich muß verrückt gewesen sein, wenn ich so etwas gesagt habe«, murmelte er atemlos, während sich der Zug auf den Weg nach Süden machte, Richtung Mexiko, zur Hacienda de los Toros.

LINDA LADD

LINDA LADD lebt in Poplar Bluff, einer kleinen Stadt im südlichen Missouri. Sie ist seit zwanzig Jahren mit Bill Ladd verheiratet, dessen besondere Mischung aus Kraft und Güte die Inspiration für ihre Helden ist. Ihre beiden Kinder Laurie, sechzehn, und Billy, vierzehn, sind ihr ganzer Stolz.

Linda pflegt viele Hobbys — zum Beispiel Reisen, Tennisspielen (was beinahe zu einer Besessenheit geworden ist) und die Lektüre der magischen Worte von Kathleen Woodiwiss und James Clavell. Als Geschichtsinteressierte liebt sie alte und dauerhafte Dinge. Sie sammelt antike Kerzenleuchter und viktorianische Bilderrahmen.

Ihre Leser und Leserinnen waren Linda immer ausgesprochen wichtig, und sie sagt: »›Midnight Fire‹ war ein ganz besonderes Buch für mich, und ich hoffe, daß Sie es ebensosehr genossen haben, Carlisle und Chase kennenzulernen, wie ich es genossen habe, ihre Geschichte zu erzählen. Nun, da ich das dritte Buch (›Dragon fire‹) abgeschlossen habe, wird mir der Kincaid-Clan wohl sehr fehlen. Ich möchte mich bei allen bedanken, die mir geschrieben haben. Ihre freundlichen, ermunternden Worte erhellen meinen Tag. Alle meine besten Wünsche!«

HEYNE
BÜCHER

Karen Robards

...Romane über das Abenteuer der leidenschaftlichen Liebe

04/123

Außerdem erschienen:

Das Mädchen vom Mississippi
04/25

Sklavin der Liebe
04/41

Piraten der Liebe
04/52

Freibeuter des Herzens
04/68

Tropische Nächte
04/82

Feuer für die Hexe
04/94

Im Zauber des Mondes
04/102

Süße Orchideen
04/108

Wilhelm Heyne Verlag
München